Diogenes Taschenbuch 20345

de
te
be

Patricia Highsmith

Lösegeld für einen Hund

Roman

Aus dem Amerikanischen von Anne Uhde

Diogenes

Titel der Originalausgabe: ›A Dog's Ransom‹

Die deutsche Erstausgabe
erschien 1974 im Diogenes Verlag
Umschlagillustration von
Tomi Ungerer

Veröffentlicht als Diogenes Taschenbuch, 1976

150/88/29/12
ISBN 3 257 20345 4

Meinem lieben Vater
Jay Bernard Plangman

I

Greta hielt ihrem Mann den Brief entgegen, als er in die Tür trat. »Du – ich hab ihn aufgemacht. Ich wußte, es war wieder einer von dem – von dem Widerling.«

Auf dem Umschlag war, wie sonst auch, als Adressat Mr. Edward Reynolds angegeben. Dies war der dritte Brief. Greta hatte Ed im Büro angerufen, aber den Brief hatte sie am Telefon nicht vorlesen wollen. Er war mit Kugelschreiber geschrieben und lautete:

»Hochverehrter ›Herr‹,
Sie kommen sich sicher großartig vor, aber ich kann Ihnen nur sagen, ich finde solche Leute wie Sie einfach zum Kotzen, und das finden andere auch. Ein eingebildeter Angehber sind Sie, weiter nichts. Vornehm tun, das können Sie. Tolle Wohnung und schicker Hund, und dabei bloß ein mieser kleiner Automat. Ihre Tage sind gezählt, vergessen Sie das nicht. Vornehm – das ich nicht lache. Der Unbekannte.«

»Du liebe Zeit«, meinte Ed mit etwas unsicherem Lächeln und gab seiner Frau den Brief und den Umschlag zurück; da sie die Hand nicht ausstreckte, legte er beides links auf den Flügel. »Na, Lisa – ja, ja, da bist du ja.« Liebevoll beugte er sich zu dem schwarzen französischen Pudel hinunter, der ihm um die Füße tanzte, und nahm die Vorderpfoten in seine Hand.

Greta nahm Brief und Umschlag vom Flügel, als berge das Papier die Gefahr einer Ansteckung. »Meinst du nicht, wir sollten die Polizei verständigen?«

»Nein, mein Herz. Mach dir keine Sorgen. Solche Leute machen sich eben auf diese Weise Luft, in Briefen, das ist aber auch alles. Sehr lästig manchmal, aber sonst tun sie einem nichts.« Ed hängte seinen Mantel an die Garderobe und trat ins Badezimmer, um sich die Hände zu waschen. Er war gerade aus dem Büro gekommen; und während er die Seife abspülte, dachte er: Den Schmutz von der U-Bahn bin ich jetzt los, und auch den von dem üblen Wisch da. Wer konnte die Briefe geschrieben haben? Vermutlich irgend jemand in der Nachbarschaft. Vor zwei Wochen hatte er George, einen der Pförtner unten, gefragt, ob irgendein Fremder sich mal nach ihm erkundigt habe, oder ob ihm, George, mal jemand – Mann oder Frau – aufgefallen sei, der sich in der Nähe des Hauses herumtrieb, und George hatte beides verneint. Sicher hatte er die Frage an die anderen Pförtner weitergegeben. Ob es einer aus dem Verlag war? Nein, ausgeschlossen. Immerhin: wissen konnte man so etwas nie. Ein anonymer Briefschreiber starrte einen ja nicht demonstrativ an, mußte überhaupt nicht unbedingt ein Feind oder Gegner sein. Andererseits: die Briefe dieses Unbekannten waren recht primitiv, so schrieb kein Mensch bei C. & D., nicht mal die Fensterputzer. Ed ärgerten die Briefe, aber Greta machten sie angst, und er mochte seinen Ärger deshalb nicht zu deutlich zeigen, damit ihre Furcht nicht noch anwuchs. Vielleicht war er auch nicht ganz frei von Angst – möglich war es. Jemand hatte sich ihn als Adressaten ausgesucht. Ob er der einzige war? Womöglich gab es in der Nachbarschaft noch weitere Zielscheiben für diesen Unfug?

»Ein Drink, Lieber? Lisa kann ja warten«, sagte Greta.

»Ja, schön. Erstmal nur einen Schluck.« Manchmal führte er den Hund aus, sobald er heimkam. Oder er trank erst ein Glas und ging dann mit ihm hinunter.

Greta war in der Küche. »Wie war der Tag heute – gut oder schlecht?«

»Ach – halb und halb. Wir hatten Konferenz – hat den ganzen Nachmittag gedauert.«

Lisa sprang mit freudigem »Wuff!« an Ed hoch; sie wußte, jetzt ging es nach draußen. Sie war ein Miniaturpudel, reinrassig, wenn auch nicht aus erstklassiger Zucht, mit dunkelgoldenen, sehr wachen Augen, empfindsam und rücksichtsvoll. Die Wohlerzogenheit war angeboren; Ed und Greta hatten nicht viel Zeit auf ihre Erziehung verwendet.

»Die Konferenz war heute?« Greta reichte Ed einen Whisky mit Soda und Eis.

»Ja, aber es ging alles gut ab. Keine Kontroversen.« Ed meinte die monatliche Lektoratskonferenz. Er merkte, daß Greta immer noch an den ominösen Brief des Unbekannten dachte und sich bemühte, die Zeitspanne zwischen seiner Heimkehr und dem abendlichen Dinner so aussehen zu lassen wie jeden Tag. Ed war Lektor im Verlag von Cross & Dickinson an der Lexington Avenue; er leitete seit sechs Jahren die Sachbuchabteilung. Jetzt war er zweiundvierzig.

Er setzte sich auf das dunkelgrüne Sofa und gab dem Kissen einen Klaps: die Erlaubnis für Lisa, dort ebenfalls Platz zu nehmen. »Soll ich noch was mitbringen?« Es war die übliche Frage.

»Ach ja, Lieber – etwas sauren Rahm, bitte, den habe ich vergessen, und ich brauche ihn für den Nachtisch.«

Am Broadway war ein Delikatessengeschäft. »Was gibt's denn heute?«

»Corned beef. Hast du's nicht gerochen?« Greta lachte.

Er hatte es gerochen und dann vergessen; es war eins seiner Lieblingsgerichte. »Weil du den Kohl noch nicht aufgesetzt hast.« Er stellte sein Glas hin und erhob sich. »Na, Lisa?«

Mit einem Satz war die Pudelhündin vom Sofa herunter und sprang in der Diele hin und her, als suche sie ihre Leine, die innen an der Schranktür hing.

»In zwanzig Minuten bin ich wieder da«, sagte Ed. Er griff nach seinem Mantel, ließ ihn dann aber hängen.

Der automatische Lift brachte ihn nach unten. In der Halle saß der Pförtner – heute war es George, ein kräftiger Neger. Er beugte sich zu Lisa hinunter und fragte: »Na, Lisa, wie geht's?« Doch Lisa hatte es heute eilig, ins Freie zu kommen. Sie warf grüßend die Vorderpfoten hoch und zerrte an der Leine, um schnell den Gehweg zu erreichen.

Beneidenswert, soviel Energie, dachte Ed. Er war heute müde und aus irgendeinem Grunde deprimiert. Lisa zog ihn nach rechts, wo die Westend Avenue und das Delikatessengeschäft lagen; dann hielt sie an, blieb stehen, hockte sich hin und pinkelte in den Rinnstein. Ed überlegte, ob er erst den Rahm besorgen sollte, und beschloß, zunächst im Riverside Park den Hund sich auslaufen zu lassen. Er stieg die Steintreppe mit der Reiterstatue Franz Sigels hinab, überquerte den Drive an der Verkehrsampel und löste den Hund von der Leine. Die Dämmerung fiel schnell im Oktober; es war jetzt kurz nach sieben, und drüben auf der anderen Hudsonseite flammten schon die Lichtreklamen auf. Letztes Jahr um diese Zeit, da lebte Margaret noch.

Seine Tochter. Nicht mehr daran denken, befahl er sich. Achtzehn Jahre. Was für ein Jammer, undsoweiter undsoweiter. Komisch, die abgegriffenen Worte brachten am ehesten Trost. Er wußte, das war, weil er es nicht fertigbrachte, sich ihren Tod deutlich vor Augen zu führen, das Nichtmehrdasein, den Jammer, die irrsinnige Vergeudung. Vielleicht war er auch gar nicht imstande, sich irgendetwas deutlich vor Augen zu führen. Das war vielleicht der Grund, warum er es nicht erst versuchte, es gar nicht wagte, an seine junge blühende Tochter zu denken, die sich da mit einem Haufen von Gammlern eingelassen hatte und durch Rauschgift ums Leben gekommen war. Nein, das war nicht richtig – sie war in einem Streit erschossen worden. Wie kam er nur auf Rauschgift? Ja, das stimmte schon: sie hatte Rauschgift genommen, aber daran war sie nicht gestorben. Ein Schuß hatte sie getötet, in einer Bar im Greenwich Village. Die Polizei hatte alle die jungen Leute verhört, die eine Waffe hatten, aber wer diesen einen Schuß abgegeben hatte, ließ sich kaum noch feststellen, und für Ed war es auch gleichgültig. Plastic Bar hieß das Lokal – ekelhaft. Nicht mal witzig. Später, nach der Nacht mit der Schießerei und der Razzia, hatten sie den Namen geändert.

Mit fester Stimme sagte er jetzt: »Also, Lisa, heute wird apportiert.«

Aber er hatte den blauen Gummiball vergessen. Einen Stein, den Lisa ebenso bereitwillig angebracht hätte, wollte er nicht nehmen, Steine waren nicht gut für ihr Gebiß.

»Lisa, ich hab deinen Ball zu Hause gelassen.«

Lisa blickte ihn erwartungsvoll an. Wirf doch irgend etwas! schien sie zu sagen.

Ed nahm einen kurzen dicken Stock, der zum Werfen schwer genug war, und schleuderte ihn fort. Lisa schoß hinterher und brachte ihn zurück. Sekundenlang hielt sie ihn fest und tat, als wolle sie ihn nicht hergeben; dann legte sie ihn artig vor Ed nieder, damit er ihn von neuem werfen konnte.

Wieder flog der Stock durch die Luft. Ich darf den sauren Rahm nicht vergessen, dachte Ed. Er klatschte in die Hände.

»Okay, Lisa!« rief er hinüber zu dem dunklen Buschwerk, wo der Hund auf der Suche nach dem Stock verschwunden war. Er kam nicht zurück, und Ed schlenderte auf die Büsche zu. »Komm, komm, Lisa, nun gib's nur auf.« Sicher hatte sie den Stock verloren und schnüffelte nun überall herum. Aber sie war nirgends zu sehen. Ed wandte sich um und pfiff. »Lisa!« rief er. »Lisa –?«

Auf dem Riverside Drive surrten die Autos vorüber. Die Ampel wechselte von Rot zu Grün.

»Lisa!«

Ed stieg zur Straße hinauf und suchte auf dem Gehweg. Aber hier konnte sie gar nicht sein, was sollte sie hier? Er trottete zurück über den grasbewachsenen Abhang zu den Büschen und Bäumen, wo sie verschwunden war. »Lisa – komm doch her!«

Plötzlich war es dunkel geworden. Ed ging den Weg zurück, den er gekommen war, parallel zu der Reiterstatue. »Lisa!« Nichts. Ob sie nach Hause gelaufen war? Nein, Unsinn. Trotzdem überquerte er schnell den Drive und lief hinüber zu seiner Eingangstür. George war in der Halle, und Ed sagte:

»Ich hab Lisa verloren, George. Wenn sie kommt, können Sie sie bitte hierbehalten?« Er wollte George die Leine zuwerfen, als ihm einfiel, daß er sie selbst brauchte, wenn er Lisa draußen fand.

»Sie können sie nicht finden, Mr. Reynolds?«

»Nein – sie rannte hinter was her und kam dann nicht wieder zum Vorschein. Ich bin gleich zurück!« Wieder lief Ed die Stufen hinunter und mußte lange warten, weil die Gegenrichtung grünes Licht hatte. Er überquerte den Drive. »Lisa – wo bist du?« Auf einmal hatte er wieder Hoffnung. Jetzt hatte sie die Suche nach dem Stock doch bestimmt aufgegeben.

Keine Antwort kam aus dem Dunkel des Parks und dem schwarzen Buschwerk. Vielleicht hatte der unbekannte Briefschreiber sie weggeholt? Ach was, Unsinn – kein Mensch konnte Lisa ›wegholen‹, dazu hätte er sie erschießen müssen, und von einem Schuß war nichts zu hören gewesen. Jetzt waren fast zehn Minuten vergangen, seit sie verschwunden war. Was sollte er bloß tun – einen Streifenpolizisten verständigen? Ja, das war wohl das beste. Er stieg die Stufen zum Fußweg empor. Kein Polizist war in Sicht, nur drei oder vier Leute, die alle für sich allein die Straße entlanggingen.

Er stand wieder vor seinem Haus.

»Nichts gesehen«, meldete George, der am Eingang stand und die Tür für eine ältere Frau offenhielt. »Was wollen Sie nun tun, Mr. Reynolds?«

»Ich weiß noch nicht. Weitersuchen.« Nervös drückte Ed dreimal auf den Aufzugknopf. Seine Wohnung lag im achten Stock.

»Du hast den Rahm vergessen«, sagte Greta, als er eintrat. »Ist was los?«

»Ich kann Lisa nicht wiederfinden. Im Park – ich habe einen Stock für sie geworfen, und da ist sie nicht zurückgekommen. Ich glaube, ich geh gleich nochmal runter, Liebes. Ich bleibe unten, bis ich sie finde. Warte, ich nehme die Taschenlampe mit.« Er nahm die Lampe aus der Dielenkommode.

»Ich komme mit dir. Moment – ich dreh nur den Herd ab.« Greta lief in die Küche.

Im Aufzug sagte Ed: »Paß auf, du gehst die Treppe beim Sigeldenkmal hinunter. Ich gehe weiter oben runter, dann komme ich zurück und wir treffen uns.«

Sie trafen sich nach wenigen Minuten im Park nahe dem Buschwerk, wo Lisa verschwunden war. Mit Hilfe der Taschenlampe untersuchte Ed sorgfältig den Boden in der näheren Umgebung. Er fand nichts – keine Spur von Lisa, keine Kratzfährte, gar nichts.

»Hier war es«, sagte er.

»Ich finde, wir müssen es der Polizei melden«, meinte Greta.

Das fand Ed ebenfalls. Sie kehrten nach Hause zurück und riefen unterwegs immer wieder Lisas Namen, bis sie den Riverside Drive überschritten hatten.

Ed fand im Telefonbuch das nächste Polizeirevier, rief an und wurde mit einem Mann verbunden, dem er eine Beschreibung des Hundes gab. Ja, das Halsband war mit einem Steuerschildchen versehen, ferner mit einer Erkennungsmarke, darauf stand ›Lisa‹ sowie Eds Name, Adresse und Telefonnummer. Und auch noch das Wort ›Belohnung‹, fiel ihm ein, aber er sagte nichts davon, es lohnte wohl nicht.

Sie hatten beide nicht viel Appetit und saßen unglücklich bei Tisch. Ed überlegte, was er unternehmen könne, und Greta sagte immer wieder, sie würden gleich noch einmal hinuntergehen, beide, und die ganze Umgebung absuchen. Als Ed sich gerade eine Zigarette angezündet hatte, klingelte das Telefon; er sprang auf in der Hoffnung, etwas über den Hund zu erfahren, doch es war Lilly Brandstrum, eine Freundin von Greta, und Ed reichte seiner Frau den Hörer.

Er grübelte weiter und hörte dann, wie Greta sagte: »Hör zu, Lilly, wir – wir sind nicht recht in Stimmung heute abend, weil der Hund – ja, Lisa ist weg. Ja – deshalb möchte ich jetzt nicht lange reden, weißt du.«

Eine Anzeige, dachte Ed. Wenn sie Lisa heute nicht zurückbekamen, wollte er die *Times* anrufen und eine Anzeige aufgeben. Er sah sich selbst gegen Mitternacht am Telefon stehen und setzte in Gedanken schon den Text mit der Überschrift ›Verlaufen‹ auf, während Greta sich noch mit ihrer Freundin unterhielt.

2

Der Tag, an dem Lisa verschwand, war ein Mittwoch. Am Donnerstag früh ging Ed noch einmal über den Drive in den Park und suchte alles ab. Auch nach Blutspuren forschte er jetzt, obgleich er keine Vorstellung hatte, was da geschehen sein konnte und was er zu erwarten hatte. Er fand nichts Auffälliges am Erdboden, aber er wußte natürlich auch, daß es unsinnig war, sich in einem öffentlichen Park nach zerwühltem Blattwerk oder Kratzern auf der Erde umzusehen. Hier war ja nicht gerade jungfräulicher Boden, wo einem ein gebrochener Zweig – sofern man ihn bemerkte – noch etwas zu sagen vermochte. Um nichts unversucht zu lassen, schritt er oben an der Straße auch noch am Bordstein entlang – vielleicht war Lisa doch überfahren und dort liegengelassen worden.

Schließlich kehrte er nach Hause zurück und berichtete, er habe nichts gefunden. Greta schenkte ihm noch eine halbe Tasse Kaffee ein. Inzwischen war auch die *Times* gekommen, die George an der Wohnungstür abgegeben hatte, aber die Verlustanzeige konnte erst morgen, Freitag, darinstehen. Ed hatte vereinbart, daß sie drei Tage hintereinander erscheinen sollte, wenn er sie nicht abrief. In der *Post* hätte er das Inserat auch noch aufgeben können, fiel ihm jetzt ein.

»Eddie – mach dir nicht soviel Sorgen. Vielleicht hat einer sie gestern abend noch gefunden und wollte uns nicht mehr anrufen, weil es schon spät war. Vielleicht kommt heute morgen ein Anruf.« Greta wollte den ganzen Tag zu Hause bleiben.

»Ruf mich doch an, ja? – Ruf mich auf jeden Fall heute nachmittag an.«

»Ja, natürlich.«

Greta – etwas mehr als 1,60 m groß und ein wenig rundlich – war als deutsche Jüdin in Hamburg geboren. Sie hatte leicht vorstehende Zähne, feines rötlichbraunes kurzgeschnittenes Haar und hellbraune Augen, die manchmal ins Grünliche schimmerten. Sie spielte sehr gut Klavier; vor ihrer Heirat vor dreizehn Jahren war sie Mitglied eines Philharmonischen Orchesters gewesen. Die Konzertlaufbahn hatte sie bei ihrer Heirat aufgegeben und hatte diesen Schritt, soweit ihr Mann wußte, niemals bereut. Als Kind hatte sie schwere Jahre durchgemacht: zuerst mit den Eltern im Exil in Frankreich, wo sie bis 1940 zur Schule gegangen war, dann in Amerika, wo die Eltern in Philadelphia mühsam eine neue Existenz aufbauten. Ed kam es immer vor, als sei sie älter als er – sie war vierzig und er zweiundvierzig. An Erfahrung war sie sicher älter. Und er liebte einfach die Vorstellung, daß sie älter sei – es machte sie anziehender für ihn. Sie war nicht die Mutter seiner Tochter; Margaret war das einzige Kind aus einer Ehe – einer übereilten Ehe –, die Ed mit zweiundzwanzig geschlossen hatte.

Es widerstrebte ihm heute morgen, das Haus zu verlassen; erst um 9.12 Uhr, also sehr spät, ging er fort. Er hatte um halb zehn eine Verabredung und nahm daher jetzt ein Taxi. Auf der Fahrt grübelte er weiter. ›Irgend etwas Schreckliches ist passiert. Wir sehen Lisa nicht wieder.‹

Nach einem guten Lunch mit seiner Sekretärin, Frances Vernon, und MacCauley, einem Autor des Verlages, hob sich seine Stimmung. Er zündete sich eine Zigarre an (pro

Woche rauchte er nicht mehr als vier) und lachte über einen Witz, den MacCauley eben erzählt hatte. ›Heute nachmittag oder heute abend hören wir bestimmt irgendwas von Lisa‹, dachte er.

Doch der Nachmittag verging, und sie hörten nichts. Eric Schaffner, früher Professor für Kunstgeschichte und ein Freund von Gretas Vater, erschien zum Aperitif, und wie immer drängte ihn Greta, zum Dinner zu bleiben. Ed war froh, daß er ablehnte.

»Lisa kommt bestimmt wieder«, sagte Eric überzeugt. Er und Greta fielen manchmal ins Deutsche zurück, das Ed nicht verstand – nur ein paar Sätze hatte er von Greta gelernt. Heute abend gab er sich keine Mühe; es irritierte ihn etwas, daß sie deutsch sprachen.

»Morgen ist ein neuer Tag, Eddie, und morgen steht die Anzeige in der Zeitung«, sagte Greta tröstend, als Eric gegangen war.

»Die steht schon heute abend drin«, gab Ed zurück. »Um zehn sind die Zeitungen überall an den Kiosken.«

Doch das Telefon klingelte an diesem Abend nicht mehr.

Am Freitag morgen ließ Ed sich Zeit. Die Post war meistens um halb zehn da, und er hatte keine Verabredung bis halb zwölf. Als Greta eine Bemerkung über die vorgerückte Zeit machte, erwiderte er: »Ich möchte die Post abwarten.« Es war jetzt zehn Minuten nach neun. Einer der Türhüter, George oder Mark – ein Weißer –, brachte jeden Morgen die Postsachen an die verschiedenen Haustüren. »Ich werd mal runtergehen und nachsehen.« Er sah Greta dabei nicht an und ging betont lässig zur Wohnungstür.

Im Grunde war er gefaßt gewesen auf den billigen Briefumschlag mit der linkischen Schrift; doch als er ihm von Mark zusammen mit drei anderen Postsachen ausgehändigt wurde, fühlte er, wie ihm der Schreck in die Glieder fuhr.

»Noch keine Nachricht wegen des Hundes, Mr. Reynolds?« fragte Mark.

»Nein, noch nicht«, gab Ed zur Antwort.

»Wir passen auf hier unten, Sie können sich darauf verlassen. Ich hab's heute morgen auch noch dem Delikatessenmann und seiner Frau gesagt.«

»Ja. Schönen Dank«, erwiderte Ed. Er wollte den Brief nicht hier unten öffnen, erst wollte er in der Wohnung sein; nur war da Greta, der er es gern erspart hätte. Während der Fahrt im Aufzug riß er den Umschlag auf und las.

»Werter Herr,
Ihre Lisa ist bei mir, wohl und munter. Wenn Sie sie wiederhaben wollen, legen Sie 1000 $ (eintausend Dollar) in Scheinen von höchstens zehn $, eingewikelt in Zeitungspapier, zwischen den 11. und 12. Gitterfosten an der Ostseite der York Avenue, 61st bis 62nd Street, und zwar Freitag abend um elf. Wenn Sie das Geld da nicht hinlegen wird der Hund umgebracht, wir werden ja sehen, ob er ihnen das wert ist. Netter als Sie ist der Hund jedenfalls.

Der Unbekannte

Eine Stunde speter finden Sie Lisa an denselben Fosten angebunden. Und lassen Sie ja die Polizei aus den Spiel, sonst wirds Ihnen leid tun.«

Da hatten sie es. Der Alptraum war Wahrheit geworden, dachte Ed – es war ein Satz, der ihn an die Klischees in den Manuskripten erinnerte, die er zuweilen lesen mußte. Er trat in die Wohnungstür.

»Eddie –?«

Sicher war er blaß geworden. »Ja, mein Liebling. Ich weiß nun, wo Lisa ist. Bitte, kann ich einen Whisky haben – pur? Ich kann's brauchen, auch wenn's noch früh am Tage ist.«

»Was ist los? Wo ist sie?«

»Der – der Mann mit den Briefen hat sie.« Ed ging in die Küche, beugte sich über den Ausguß und sprühte sich mit der Hand kaltes Wasser ins Gesicht.

»Wieso – hat er wieder geschrieben?« Greta brachte den Whisky.

»Ja, er verlangt ein Lösegeld, bis heute abend. Tausend Dollar.«

»Tausend Dollar?« fragte Greta ungläubig, und Ed merkte, es war nicht so sehr die Summe als vielmehr die irrsinnige Situation, die sie erschreckte. »Aber – meinst du, wir sollen das tun? Wo ist Lisa? Wer ist der Mann überhaupt?«

Ed trank den Whisky in kleinen Schlucken und hielt sich dabei am Ausguß fest. Der zerknüllte Brief lag auf dem Ablaufbrett.

»Ich muß es mir überlegen, Liebling.«

»Tausend Dollar – das ist doch Wahnsinn.«

»Der Mann ist ja auch wahnsinnig«, gab Ed zurück.

»Eddie, wir müssen der Polizei Bescheid sagen.«

»Ja, nur – das ist manchmal der sicherste Weg, etwas ganz zu verlieren – etwas Gestohlenes«, sagte Ed. »Wenn der Kerl Angst kriegt, wenn er etwa merkt, daß da Polizisten auf ihn warten –« Aber ein Mann in Zivil, bewaffnet, das ginge vielleicht, überlegte er. Vielleicht war es doch keine schlechte Idee, die Polizei zu benachrichtigen.

»Ich möchte den Brief mal lesen.« Greta nahm ihn und las ihn durch. »Mein Gott«, sagte sie halblaut.

Ed sah im Geist Lisa vor sich, wie sie sich um Mitternacht von der Leine losriß, an der der Unbekannte sie festhielt, und ihm – Ed – auf dem dunklen Gehweg Ecke York Avenue und 61st Street entgegenstürzte. Was sollte er tun – das Geld von der Bank holen? Der Satz von der Rückgabe des Hundes eine Stunde später, der wie ein PS dem Brief angefügt war, sah aus wie eine nachträgliche Idee, wie etwas, das der Unbekannte gar nicht ernsthaft vorhatte.

»Weißt du, Lieber, ich finde, du solltest der Polizei Bescheid sagen, damit sie jemand hinschicken zur Beobachtung, und mit dem Geld solltest du gar nichts unternehmen«, meinte Greta ernsthaft.

»Aber wenn wir Lisa wiederkriegen, ist das nicht tausend Dollar wert?«

»Natürlich ist sie das wert – deshalb ja gerade! Mir liegt doch nichts daran, um jeden Preis die tausend Dollar zu behalten.«

»Ich muß es mir noch überlegen. Und jetzt muß ich erstmal ins Büro.« Wenn er das Geld holen wollte, mußte er vor drei Uhr auf der Bank sein. Und so würde es auch wohl kommen, dachte er. Das mit der Polizei konnte er ja auch noch hinterher entscheiden. Nicht zum erstenmal wünschte sich Ed, ein Mann zu sein, der schnell zornig wurde, schnell eine Entscheidung fällte, die ihm richtig erschien. Selbst wenn sich so ein Mann manchmal irrte: er hatte sich doch entschlossen, er hatte gehandelt, getan, was er für richtig hielt. ›Ich zögere immer nur – aber ohne Hamlets Beredsamkeit‹, dachte er und lächelte innerlich, das Gesicht blieb unbewegt.

»Rufst du mich vormittags nochmal an?« Greta war ihm bis zur Wohnungstür gefolgt.

Ed sah, daß sie Angst hatte, allein in der Wohnung zu bleiben – physische Angst, was auch ganz verständlich war, denn der Unbekannte kannte vermutlich Greta sowohl wie ihn selbst vom Ansehen. Ob er lieber zu Hause bleiben sollte? Er wandte sich zu Greta und sagte eindringlich: »Geh heute nicht aus, Liebes. Und mach niemandem die Tür auf, hörst du? Ich werd's unten auch Mark noch sagen, er soll niemand zu dir herauflassen. Recht so? Du brauchst doch nicht auszugehen, oder?«

»Nein, ich muß nicht. Ich wollte mit Lilly irgendwo zu Mittag essen, aber das kann ich absagen.«

»Ja, tu das. Ich ruf dich im Lauf des Vormittags nochmal an. Leb wohl, Liebling.«

Während der Verlagskonferenz am Vormittag – auf der so viele Fragen erörtert wurden, daß sie am Nachmittag fortgesetzt werden mußte – war Ed mit seinen Gedanken immer wieder bei Lisa. Um halb zwölf war er zu der Überzeugung gekommen, daß ein Beamter in Zivil eine große Gefahr für Lisa bedeutete: er bestand womöglich darauf, dem Unbekannten zu folgen, nachdem der sich das Geld geholt hatte. Wenn der Unbekannte dann merkte, daß ihm einer folgte, würde er natürlich nicht mehr wagen, eine Stunde später mit dem Hund wiederzukommen oder einen anderen zu schicken. Ed rief daher Greta an, bevor er zum Essen ging, und teilte ihr mit, er habe beschlossen, das Geld zu bezahlen und die Polizei aus dem Spiel zu lassen. Greta war immer noch dafür, einen Mann in Zivil zu beauftragen.

»Aber wenn wir reinfallen«, wandte Ed ein, »dann hat es uns zwar tausend Dollar gekostet – ich meine, wenn wir den Kerl hinterher nicht zu fassen kriegen. Aber wenn wir's anders machen, haben wir viel mehr zu verlieren – nämlich den Hund.«

Greta seufzte tief. »Rufst du mich heute nachmittag nochmal an, Eddie? Ich bin so schrecklich unruhig.«

»Ja, ich ruf dich an – zweimal, wenn ich kann.«

Insgesamt hatten sie jetzt vier Briefe von dem Unbekannten erhalten. Wenn Ed sie der Polizei vorlegte – was er, wenn die Sache vorüber war, ganz bestimmt vorhatte –, so fand man in der Kartei vielleicht noch mehr Briefe an andere Leute von dem gleichen Absender. Druckschrift war genauso leicht zu identifizieren wie Schreibschrift, und diesem Kerl konnte dann das Handwerk gelegt werden, egal ob Lisa tot oder lebendig war. Allein die Briefe mochten schon auf seine Spur führen. Nur: ganz sicher war das natürlich nicht.

Nach einem hastigen Lunch im ›Brass Rail‹ an der Fifth Avenue ging Ed zur Bank und hob von seinem Konto tausend Dollar ab, die er sich in Zehndollarnoten auszahlen ließ. Er hatte mit einem dicken Packen gerechnet und dafür seine schwarze Aktentasche mitgebracht. Beim Hinausgehen kam ihm der Gedanke, daß ihn der Unbekannte vielleicht schon jetzt beobachtete. Er sah sich auf der Straße nicht um und ging mit ruhigen Schritten zurück ins Büro. Es war ein schöner Tag, frisch und sonnig. Ob Lisa jetzt wohl draußen war oder drinnen? Sicher bellte sie viel, sie war gewiß verstört und unglücklich. Wenn er nur wüßte, wie der Kerl sie in seine Gewalt bekommen hatte, dachte Ed, und er war sich klar darüber, daß sie auch tot sein konnte. Nichts war unmöglich.

Als Ed mit der Aktentasche nach Hause kam, berichtete Greta, es habe niemand angerufen außer ihm und Eric Schaffner, der sich nach Lisas Verbleib erkundigen wollte.

Greta hatte ein einfaches Essen gekocht. Das viele Geld, das auf dem Spiel stand, bedrückte sie, und sie vermied es, die Aktentasche anzusehen. Aber sie wollte heute abend um elf jedenfalls mitgehen. Ed versuchte sie davon abzubringen. Wo wollte sie auch auf ihn warten?

»An der York Avenue gibt es doch Lokale. Ich bestelle mir irgendwas zu trinken. Und weißt du was – ich werde Eric bitten mitzukommen. Ja, das tu ich.« Ed wollte nichts davon hören, aber sie unterbrach ihn. »Warum nicht? Das kann doch nichts schaden. Ich habe einfach keine Lust, dich allein zu dem Mann hingehen zu lassen.«

Ed lachte. Es war das erste Lachen seit Lisas Verschwinden.

Greta ging zum Telefon und rief Eric an, der fast immer zu Hause war. Ed hatte sie nicht davon abbringen können, Eric von seinem Vorhaben zu erzählen. Nun – vielleicht war es gar keine schlechte Idee, wenn Eric mitkam, dachte er.

Es war kurz vor elf Uhr abends, als Ed die Tür einer kleinen Bar auf der Third Avenue hinter sich schloß. Drinnen saßen Greta und Eric bei Whisky und Soda. Ed trug das in Zeitungspapier gewickelte Päckchen, das mit zwei starken Gummibändern zusammengehalten wurde, unter dem linken Arm. In etwa fünfzehn Minuten wollte er Greta und Eric hier wieder treffen; und er war nun doch ganz froh über diese Vereinbarung. Mäßig langsam schritt er die Straße hinauf nach Osten; an der Kreuzung der York Avenue ging er hinüber auf die östliche Seite und dann weiter in nördlicher Richtung. Er rechnete zwar nicht mit einem Zusammentreffen, aber ganz sicher konnte man bei Psychopathen niemals sein. Er stellte sich den Unbekannten klein und gedrungen vor, vielleicht vierzig oder auch schon fünfzig, jedenfalls schwächlich und feige. Er selbst war immerhin einsfünfundsiebzig groß und kräftig gebaut, er mußte sogar auf sein Gewicht achten. Während des Studiums auf der Columbia University hatte er ein Jahr lang auch geboxt und Fußball gespielt, wenn auch ohne große Begeisterung.

Ed holte tief Luft und reckte sich. Drüben an der 61st Street kam jetzt das Gitter in Sicht.

Vor ihm schritt ein schlanker junger Mann mit den Händen in den Taschen die Straße hinauf. Die Bäume am Bordstein ließen nur wenig vom Licht der Straßenlaternen auf den Gehweg durch. Hinter dem Gitter lag irgendein medizinisches Forschungszentrum, daran entsann er sich. Er warf einen Blick zurück, sah nichts Besonderes und begann die Pfosten abzuzählen. Zwischen den elften und zwölften Pfosten schob er das Papierbündel und stopfte es so fest, daß nichts hervorsah und das Päckchen trotzdem fest auf dem Zement auflag und nicht hinunterfallen konnte.

Er trat etwas zurück. Es war wohl besser, sich jetzt nicht weiter in der Gegend umzusehen. Er ging also den Weg zurück, überquerte unauffällig bei der Verkehrsampel den Fahrweg und trat gelassen in die kleine Bar ein.

Greta saß mit Eric in einer Box auf der rechten Seite und

winkte ihm erfreut zu. Eric erhob sich halb; auch er schien erleichtert, daß Ed zurück war.

»Was Neues gibt es nicht«, sagte Ed und setzte sich neben Eric. Plötzlich taten ihm alle Muskeln weh.

Greta hielt seinen Arm fest. »Hast du niemand gesehen? Keinen Menschen?«

»Nein, keinen Menschen.« Ed holte tief Luft und warf einen Blick auf seine Armbanduhr. Fünf Minuten nach elf. »Ein Whisky wäre nicht schlecht.«

»Ein doppelter«, warf Eric fröhlich ein.

Nein, lieber ein einfacher, dachte Ed. Aber ein doppelter war vielleicht besser, mit Wasser würde er lange reichen. Eine Stunde war ja immerhin abzuwarten. Er hörte kaum, was Greta und Eric redeten. Greta sprach davon, daß sie Lisa heute abend wiederhaben werde, und aus der Zuversicht ihrer Stimme merkte Ed, daß sie entweder einiges getrunken hatte oder übererregt war. Auch Eric war optimistisch, versuchte aber gleichzeitig vernünftig zu denken. »Mit Psychopathen weiß man nie, woran man ist – es hat keinen Zweck, allzu sicher zu sein. Wahnsinnig. Mein Gott, was für eine irrsinnige Geschichte.«

Ja, das stimmt, dachte Ed. Und dabei sah Eric aus, als habe er eine Unterhaltungssendung im Fernsehen vor sich und nicht ein Stück Wirklichkeit. Immer wieder blickte Ed auf die Wanduhr, aber sie schien um 11.23 Uhr stehengeblieben zu sein, er sah schließlich nicht mehr hin. Greta goß sich jetzt ebenfalls Wasser in ihr Glas. Sie war fest davon überzeugt, daß Lisa heute abend wiederkommen werde, das merkte Ed. Und sie war wirklich seit Mittwoch abend ganz ruhig – nein, sehr, sehr tapfer gewesen; nicht ein einziges sentimentales Wort hatte sie wegen Lisa geäußert, sondern alles bei sich behalten, und sie liebte den Hund doch genauso wie er. Herrgott – vielleicht würde sich der Unbekannte human verhalten, und sie fanden um Mitternacht Lisa an den Pfosten gebunden. Ed wollte um Punkt zwölf dort sein, keinen Moment früher. Selbst wenn er den Mann noch zu sehen bekam – selbst wenn er die Leine aus seiner Hand entgegennahm, wollte er nicht versuchen, sich das Gesicht einzuprägen, um ihn später fassen zu können. Nein, nichts wollte er tun – er wäre ja viel zu froh, den Hund zurückzuhaben. Ed merkte, daß er über einen Scherz lachte, den Eric Greta erzählte und den er gar nicht gehört hatte.

»Wir achten auf die Zeit«, sagte Eric, lächelnd und korrekt, wie es seine Art war.

Die Minuten vor Mitternacht vergingen schnell. Um sechs Minuten vor zwölf erhob sich Ed und sagte:

»Also dann – auf bald.«

Greta sah müde aus, die Hoffnung war auf ihrem Gesicht erloschen. »Wann bist du wieder hier?« fragte sie.

»Spätestens um zwanzig nach zwölf«, erwiderte Ed zum drittenmal. Sie hatten abgemacht, daß er, wenn Lisa nicht da war, zurückkam und ihnen Bescheid gab; er war aber bereit, dann noch einmal hinzugehen und länger zu warten. Natürlich hatten Eric und Greta zuerst mitgehen wollen, aber davon wollte Ed nichts hören; denn wie sehr sie auch versuchen würden, sich unsichtbar zu machen – der Unbekannte würde sie doch entdecken und dann sofort verschwinden.

Ed schritt jetzt schneller aus; erst auf der Ostseite der York Avenue verlangsamte er sein Tempo und spähte nach vorn in die Dunkelheit. Er versuchte Lisa auszumachen, wie sie – schwarz, vierbeinig, allein am Gitter angebunden – erst in der einen und dann in der anderen Richtung an der Leine zerrte und festzustellen versuchte, wer wohl kommen und sie losmachen würde. Aber es war zu dunkel, man konnte nichts erkennen, und als Ed unter einer Straßenlampe auf seine Uhr sah, war es erst drei Minuten vor zwölf. Zwischen 61st und 62nd Street blieb er stehen und wartete, mit der Hand an einen Baum gestützt. Jetzt war das Warten nicht mehr so schlimm. Der Unbekannte konnte sich ja nun weiß Gott ein Taxi leisten, vielleicht hatte er das auch schon getan und war etwas weiter oben an der Straße mit dem Hund ausgestiegen. Dann mußte er jetzt mit Lisa die Straße herunterkommen. Aber natürlich konnte es genausogut die entgegengesetzte Richtung sein. Ed wandte sich schnell um und blickte suchend den Gehweg hinunter. Nichts war dort zu sehen. Er suchte auf der anderen Straßenseite und fuhr leicht zusammen, als er dort einen Hund an der Leine sah; aber es war ein weißer Hund, den eine Frau ausführte. Wenn der Unbekannte nun eine Frau war?

Jetzt war es zwölf Uhr fünf. Ed trat näher ans Gitter heran, wo er das Geldpäckchen hinterlegt hatte, und sah, daß es verschwunden war. Ausgezeichnet. Wieder blickte er die Straße auf und ab und spähte nach einem Taxi – einem Taxi, das langsam herankam und dem ein Mann mit Hund entstieg. Es kam keins. Um achtzehn Minuten nach zwölf verließ er seinen Standort und ging wie versprochen zurück in die Bar. Er hob die Hand und lächelte ein wenig, als er auf Greta und Eric zutrat, doch er sprach erst, nachdem er sich gesetzt hatte. »Das Geld ist weg, aber der Hund ist noch nicht da. Sorry.«

»Oh, Eddie«, sagte Greta. Sie sah aus, als habe jede Hoffnung sie verlassen.

»Er kann sich verspätet haben«, meinte Ed. »Ich gehe natürlich nochmal hin.«

»Erstmal einen Schnaps. Und vielleicht auch einen Kaffee«, schlug Eric vor.

»Nein, nein, danke.« Ed wollte keine Zeit verlieren und stand auf. »Bis eins werde ich warten.«

»Und dann bis zwei, und dann bis drei«, sagte Greta.

»Wir kommen mit«, erbot sich Eric. »Wenn er Lisa hinbringt –«

»Ich gehe lieber allein, Eric, wirklich, ich halt's für besser. Um eins komme ich zurück, aber ich will jetzt lieber gehen.« Ed war schon an der Tür.

Auch jetzt lag der Gehweg am Gitter still und verlassen da. Es war zwei Minuten nach halb eins. Ed versuchte ruhigzubleiben. Bis ein Uhr warte ich, gut. Vielleicht war etwas dazwischengekommen, der Mann hatte kein Taxi gefunden oder sowas. Wenn er zum Beispiel in Greenwich Village wohnte und das Geld dorthin bringen mußte – oder weiter oben im Westen, gegen den Riverside Drive zu –

Um zehn Minuten vor eins wurde es Ed klar, daß er in eine Falle gegangen war. Seine Augen brannten. Zwei Minuten vor eins, dann ein Uhr. Rastlos schritt er die Straße entlang bis zur Ecke, wo er hätte hinübergehen können. Er konnte sich nicht losreißen. Um zehn Minuten nach eins sah er Greta und Eric über die York Avenue kommen. Das war zu erwarten gewesen.

»Nichts?« fragte Greta, als sie noch einige Meter entfernt war.

»Nein, nichts.«

Sie stöhnte auf. »Eddie – der Mann hat uns reingelegt.«

»Kann sein«, gab Ed zurück.

»Wo hattest du das Geld hingelegt? Zeig's mir«, bat Eric.

Ed zählte die Pfosten annähernd ab und wies auf die Gitterstelle.

»Ein Schuft, dieser Kerl. Tausend Dollar – nicht zu fassen. Aber jetzt gehst du hoffentlich zur Polizei.«

Ed spähte immer noch ins Dunkle. Wenn Lisa plötzlich auftauchte, wollte er Greta und Eric sofort bitten zu gehen. Es störte ihn, daß sie hier waren.

»Eddie, wie lange willst du noch warten?« fragte Greta.

»Ich werd eine Zigarette rauchen.« Es war seine letzte. Er ließ sein Feuerzeug aufflammen; auf einmal fühlte er sich erschöpft und gereizt. »Ja, ja, ich werd's der Polizei melden. Bestimmt.«

Aber als Greta und Eric sich zum Gehen wandten und nach einem Taxi Ausschau hielten, sagte er: »Du – ich möchte doch noch eine halbe Stunde warten.«

»Er weiß doch, wo du zu finden bist, wenn er sich verspätet hat. Er kann uns ja anrufen«, wandte Greta ein.

Ja, da hatte sie recht. Ed gab nach. Es war eine Niederlage, fast wie der Tod – Lisas Tod, dachte er und stieg zu den beiden andern ins Taxi.

Sie setzten Eric an seiner Wohnung in der 79th Street ab und fuhren nach Hause.

Als sie die Wohnungstür aufschlossen, klingelte das Telefon, und Ed stürzte an den Apparat.

»Hallo, Ed – hier ist Lilly. Habt ihr's geschafft?« fragte Lilly Brandstrum gespannt.

Ed ließ den angehaltenen Atem entweichen und sagte: »Nein ... Ja – ja.« Das Geld habe er hinterlegt, gab er an.

»Mein Gott, das tut mir leid. Unglaublich – das ist doch kriminell, sowas!«

»Möchtest du Greta noch sprechen?«

Er hätte am liebsten sofort jetzt die Polizei angerufen. Sie konnten ja einen Mann in Zivil an der York Avenue postieren und die Stelle die ganze Nacht beobachten lassen. Aber er war nicht mehr imstande, das alles heute nacht noch richtig zu erklären. Er merkte, wie zornig, verstört und erschöpft er war. Es war wohl besser, mit der Meldung bis morgen früh zu warten.

3

Ed lag im Bett und fand keinen Schlaf. Greta merkte es, obgleich er sich nicht rührte, und bat ihn, ein Schlafmittel zu nehmen, was er jedoch ablehnte. Er sehnte sich danach, sie in die Arme zu nehmen und so mit ihr zusammen einzuschlafen, aber er konnte nicht. Ihm schien, als sei alles in der Schwebe geblieben, unabgeschlossen und unfertig. Greta fand seine Hand unter der Decke, drückte sie und hielt sie fest. Warum nur war er so tief verstört? Natürlich, weil Lisa vielleicht tot war, und das Geld war auch weg. Nein, das war es nicht, das Geld konnten sie verschmerzen. Es war das Böse, das ihnen begegnet war. Es war Lisas Fehlen, die Leere in der Wohnung. Wie damals, als Margaret starb: vier Tage war sie verschwunden gewesen, und sie hatten alle ihre Freunde angerufen, soweit sie die Telefonnummern wußten. Dann kam die Nachricht von der Polizei, daß sie tot war, daß man sie ins Leichenschauhaus gebracht hatte. Ed wußte noch genau, wie leblos die Wohnung nachher war. Greta hatte Margarets Zimmer ausgeräumt, es lag dem Schlafzimmer gegenüber auf der anderen Seite der Diele; in der ganzen Wohnung hatte sie die Möbel umgestellt, damit alles verändert aussah. Und doch: wenn er an der offenen Tür von Margarets altem Zimmer vorbeiging (es war jetzt eine Art Leseraum oder Gastzimmer, zwei Goldfischbassins standen darin, und Greta hatte ihre Malsachen und die Nähmaschine dort untergebracht), kam es immer noch vor, daß ihn der Schrekken durchfuhr, als sei alles erst eben passiert. Sie war im dritten Semester gewesen, an der New Yorker Universität.

Ed hätte es gern gesehen, wenn sie sich Barnard ausgesucht hätte – er selbst war in Columbia gewesen –, aber die meisten ihrer alten Schulfreunde waren auf der New Yorker Uni. Es war ihm alles noch so gegenwärtig: wie er auf das Geräusch ihres Schlüssels in der Wohnungstür wartete, auf ihr Erscheinen in der Diele; immer war sie voller Lebenslust und voller Neuigkeiten, oft auch hungrig – und nun ging es ihm genauso mit Lisa, so unsinnig das auch klang. Er wartete darauf, daß Lisa aus einem der Zimmer hereintrabte, daß sie ihn ansah und erwartungsvoll knurrte, weil es Zeit zum Ausgehen war. Lisa kannte die Zeit genau, besser als er. In der Küche stand noch ihr Wassernapf, und bevor er sich heute abend auf den Weg zu dem Unbekannten machte, hatte er wie unter einem Zwang frisches Wasser hineingefüllt, obwohl er den Zwang für ein böses Omen hielt. Im Grunde glaubte er nicht an so etwas.

Irgendwann schlief er dann ein.

Um viertel nach acht betrat Ed am nächsten Morgen die Polizeiwache an der 109th Street; die vier Briefe des Unbekannten – jeder im Umschlag – hielt er in der Hand. Er wurde ins Büro von Captain MacGregor geführt, dem er alles berichtete und die Briefe vorlegte. Der Absender hatte die Briefe nicht mit Datum versehen, doch Ed hatte die beiden letzten datiert und die Daten der ersten nach Gutdünken oben auf die Briefe gesetzt. Zwischen dem ersten und dem letzten lagen fünfunddreißig Tage.

MacGregor, ein hagerer Fünfziger mit dunkelblondem Bürstenschnitt, stand an seinen Schreibtisch gelehnt und besah sich die Briefe.

»Ich dachte, Sie hätten vielleicht noch mehr Anzeigen

von Leuten, die auch solche Briefe bekommen haben«, sagte Ed. »Von demselben Mann, meine ich.«

»Nein, ich glaube nicht«, erwiderte MacGregor. »Aber würden Sie bitte mal mit rüberkommen – die Kartei für diese Sachen ist drüben.«

Ed folgte ihm in einen großen Raum, dessen Tür offenstand. Am Schreibtisch saß ein kräftiger Polizist und telefonierte. Überall lagen Akten. Weiter hinten in einem kleineren Raum sah Ed einen elektrischen Kocher mit einer altmodischen Kaffeemaschine aus grauem Metall. Zwei junge Polizisten standen wartend im Zimmer. In einer Ecke blätterte MacGregor in einer dicken grünen Mappe. Der Beamte am Telefon gab nichts als Zahlen und Buchstaben von sich, nur gelegentlich kam ein kurzes »Gut«. MacGregor brachte bestimmt für einen Hund nicht viel Interesse auf, dachte Ed. Anonyme Briefschreiber waren meist nicht mehr als eine Plage, solange sie nicht ein Kind entführten oder ein Haus in Brand steckten. Vermutlich hielt ihn MacGregor außerdem für einen Idioten, weil er das Geld bezahlt hatte.

MacGregor trat jetzt mit der Mappe heran. »Also dies hier ist keineswegs erschöpfend, wissen Sie – das ist nur das Material von hier, von unserer Revierwache. Die vollständigen Akten sind drüben, Center Street. Ich habe hier nichts gefunden, das Ähnlichkeit mit der Druckschrift in Ihren Briefen hat. Was wir tun könnten, ist, Ihre Briefe fotokopieren und die Originale zur Zentrale rüberschicken, zum Vergleich.«

Der dicke Polizist legte den Hörer auf. MacGregor fragte ihn: »Sowas schon mal gesehen, Frank?« und legte einen der Briefe auf den Schreibtisch.

Der andere seufzte, stützte die Hände auf den Tisch und besah sich die Druckschrift. »Nein. Nein – kenn ich nicht. Soll der hier in der Gegend wohnen?«

»Wissen wir nicht. Sieht so aus, ja. Der Herr hier, Mr. –«

»Reynolds«, sagte Ed.

»– wohnt 106th Street. Die vier Briefe sind mit der Post gekommen. In dem letzten werden tausend Dollar Lösegeld verlangt, für einen Hund. Wie war das doch noch – seit wann ist er verschwunden? Seit Mittwoch, nicht wahr?«

»Ja.«

»Gestern abend hat Mr. Reynolds die tausend Dollar hingebracht, in Zehndollarscheinen, hinterlegt an der Stelle, die im Brief angegeben ist. Das Geld wurde abgeholt. Das war alles – kein Hund.«

Die schwarzen Augenbrauen des Dicken hoben sich bei der Erwähnung der tausend Dollar und blieben oben. Auf dem Schreibtisch stand ein Holztäfelchen mit der Aufschrift: *Lt. Frank Santini.* »Irgendwelche Telefonanrufe?«

»Nein«, erwiderte Ed.

»Wir können die Schrift prüfen lassen«, meinte Santini. »Wollen Sie uns Ihren Namen und die Adresse hinterlassen, Mr. Reynolds? Oder haben wir das schon, Mac?«

Nein, MacGregor glaubte nicht, daß man es schon hatte, und Santini notierte beides, ebenso Eds Verlagsadresse und Telefonnummer.

»Ich möchte Ihnen den Hund noch beschreiben«, sagte Ed. »Es ist ein französischer Pudel, Miniaturgröße, schwarz mit hellbraunen Augen, vier Jahre alt. Holländischer Schnitt –«

»Was –?«

»Das ist die Schnittart – sie ist getrimmt. Sie heißt Lisa – L-i-s-a. Name und Steuermarke sind am Halsband.«

»Wann zuletzt gesehen?«

Das Telefon klingelte. Santini nahm den Hörer.

»Im Riverside Park, 106th Street, Mittwoch, den vierzehnten Oktober, ungefähr um halb acht Uhr abends.«

MacGregor hatte alles notiert, klappte das Heft zu und schob es Santini hinüber. Ed kam es so vor, als sei alles, was er über Lisa angegeben hatte, irgendwo zwischen den Seiten des Notizbuchs hängengeblieben. MacGregor war jetzt in Santinis Gespräch vertieft und gab ihm drängend einige Anweisungen.

»Na schön, und wo war der Streifenwagen?« fragte Santini jetzt. »Den Wagen haben wir ja geschickt ... Ach, erzähl mir doch nichts.«

Die beiden jungen Polizisten standen geduldig im Hintergrund, als warteten sie auf Anordnungen ihrer Vorgesetzten. Der eine sah noch sehr jung aus, er glich eher einem Studenten als einem Polizeibeamten.

Als Santini sein Gespräch beendet hatte, sagte Ed zu ihm und MacGregor: »Hoffentlich finden Sie bald irgend etwas heraus. Für mich ist die Hauptsache, daß ich meinen Hund lebendig wiederkriege – das Geld ist mir nicht so wichtig. Kann ich Sie heute im Laufe des Tages anrufen und fragen, ob Sie etwas erfahren haben?«

Santini blickte zu MacGregor auf. Er hatte schmale Lippen; das halbe Lächeln war weder freundlich noch wirklich zynisch.

MacGregor schien nicht recht zu wissen, was er sagen sollte. »Ja – doch, das können Sie. Selbstverständlich. Wir schicken die Briefe heute noch rüber und werden sehen, daß wir schnell eine Antwort kriegen.«

Er begleitete Ed bis zur Eingangstür. Auf einer Bank nahe der Tür hockte ein Wrack von einem Mann; er sah aus, als sei er seit Tagen stockbetrunken. Ein Striemen zog sich über die eine Backe, und die angeschwollenen Augen waren halb geschlossen. Da er kaum bei Besinnung war, brauchte er anscheinend keinen Bewacher, denn ein Beamter war nirgends zu sehen.

»Hübscher Anblick, was?« MacGregor war Eds Blikken gefolgt. »Manchmal sind wir hier die reine Trinkerbewahranstalt.«

Auf der Treppe, die zur Straße führte, wandte sich Ed noch einmal um. »Glauben Sie, Sie werden den Mann finden?« Er gab sich Mühe, nicht allzu beharrlich zu erscheinen. »Was meinen Sie, wie die Chancen stehen? Ich wüßte es gern. Ganz ehrlich.«

»Fünfzig-fünfzig, würde ich sagen. Vielleicht auch noch weniger, Mr. Reynolds. Ich sag's Ihnen offen. Mehr kann ich im Moment nicht sagen. Sie hören von uns.«

Ed ging nach Hause. Der letzte Satz – Sie hören von uns – war der gleiche, genau der gleiche Satz, den Stellungsuchende immer zu hören bekamen, und klang auch genauso vielversprechend. Ed merkte, wie er die Vorübergehenden musterte, wie er darauf wartete, daß irgend jemand ihn etwas aufmerksamer ansah als mit dem abwesend-gleichgültigen Blick des zufälligen Passanten. Er fand keinen. Und doch – in einem dieser Häuser mit all den Fenstern, hinter denen sich Menschen zankten, liebten, zu Tisch setzten, lachten und um einen sorgten, der vielleicht zu spät kam: hinter einem dieser Fenster lebte der Unbekannte. Er mußte hier in der Nähe wohnen. Der Gedanke daran gab Ed einen Augenblick das angstvolle Gefühl, nackt zu sein, jetzt am hellen Tag – ein deutliches Gefühl von Ohnmacht und Gefahr. Der Kidnapper kannte ihn, aber er kannte den Kidnapper nicht. Jeder von den Leuten, die ihm hier entgegenkamen und anscheinend gar nicht auf ihn achteten, konnte der Unbekannte sein. Vielleicht lachte er sich ins Fäustchen beim Anblick des Mannes, der die Straße entlangging, allein, ohne seinen Hund.

Heute war Sonnabend. Es war noch früh – nicht ganz neun Uhr, und die Sonne schien. Was konnte er Greta mitbringen, um ihr eine Freude zu machen? Vielleicht einen Kuchenring; am Broadway war eine gute jüdische Bäckerei, wo es ausgezeichneten Kuchen gab. Er bog ab zum Broadway. Immer noch betrachtete er die Entgegenkommenden. War dies der Unbekannte? Oder der da drüben?

Allmählich nahm sein Gesicht einen ruhigeren, fast heiteren Ausdruck an. Schließlich war jetzt die Polizei an der Reihe, dazu hatte er denen ja den ganzen Fall vorgetragen.

Die junge blonde Verkäuferin in der Bäckerei kannte ihn und Greta und begrüßte ihn mit strahlendem Lächeln. »Guten Tag, Mr. Reynolds, wie geht es Ihnen? Und Ihrer Frau?«

»Danke schön, sehr gut.« Auch Ed lächelte jetzt. »Kann ich bitte – ich hätte gern einen Kuchenring.« Ein Duft nach frischem Buttergebäck, nach Zimt und Rumkugeln erfüllte den Laden.

Die Verkäuferin nahm in jede Hand ein Stück Pergamentpapier, ergriff den Kuchenring und hielt dann inne. »Ach ja – eine Kundin hat mir das mit Lisa erzählt. Haben Sie schon was gehört?«

»Nein. Aber ich komme gerade von der Polizei«, erwiderte Ed freundlich. »Wir sind ganz zuversichtlich. Bitte geben Sie mir auch noch zwei Brötchen.«

Dann erstand er noch drei Schachteln Zigaretten in dem Laden an der Straßenmitte. Es konnte ja sein, daß heute irgend etwas passierte und er oder Greta nicht mehr zum Supermarkt kamen, wo sie Samstag morgens ihre wöchentlichen Einkäufe machten.

»Mark hat mir erzählt, daß Ihr Hund weg ist, Mr. Reynolds«, sagte der Zigarrenhändler, ein schmaler sechzigjähriger Ire.

»Ja, seit Mittwoch abend ist er weg. Ich hab's auf der Polizei gemeldet, aber wenn Sie ein bißchen die Augen offenhalten würden, wäre ich Ihnen dankbar.«

»Aber ja, gerne.«

Ed trat aus dem Laden mit dem warmen Gefühl, ringsum von Freunden umgeben zu sein – selbst wenn auch der Unbekannte in der Nähe wohnte.

»Komm, jetzt machen wir's uns gemütlich beim Frühstück«, sagte Ed, als er die Wohnungstür öffnete. Greta erwartete ihn; sie trug eine schwarze Hose, flache rote Sandalen und eine lustig geblümte Bluse. »Hast du was gehört?« fragte sie.

»Nein, leider nicht. Aber ich hab mit den Leuten gesprochen. Auf der Polizei, meine ich.« Er hielt die Pappschachtel aus der Bäckerei am Bindfaden in die Höhe. »Hier – was Süßes für dich!« Er ging in die Küche. »Ein schöner starker Kaffee wär nicht schlecht jetzt, was meinst du?«

»Was haben sie denn gesagt?«

Ed entzündete die Gasflamme unter der großen gläsernen Kaffeemaschine. »Ja – ich hab also mit zwei Männern gesprochen und hab ihnen gesagt, wo sie mich finden und so. Auch daß du meistens hier zu erreichen bist. Die Briefe habe ich dagelassen.«

»Kennen sie den Mann denn?«

»Nein, offenbar nicht. Sie schicken die Briefe erstmal rüber ins Hauptbüro an der Center Street. Ich ruf nachher nochmal an.« Er legte ihr den Arm um die Schultern und küßte sie. »Ich weiß, mein Herz, viel ist das nicht, aber was sollte ich sonst noch tun?« Vielleicht, dachte er, einen anderen Anzug anziehen, falschen Schnurrbart ankleben und dann durch die Gegend streichen und jemandem nachspüren, der heimlich das Haus beobachtete? »Komm, mach mal die Schachtel auf – wir legen den Kuchenring noch einen Augenblick in den Backofen, ja?«

Mit einer Schulterbewegung schob sich Greta vom Türrahmen weg. »Peter hat eben angerufen.«

»So früh schon? Hm.« Peter Cole war ein junger und sehr arbeitseifriger Lektor des Verlages; er nahm oft übers Wochenende Manuskripte mit nach Hause und rief Ed fast jeden Samstag wegen irgendwelchen – nicht immer sehr wichtigen – Fragen an. Ed fiel jetzt ein, daß er ebenfalls ein Manuskript, eine Biographie, zum Lesen mit nach Hause genommen hatte. »Ich soll wohl zurückrufen, oder –?«

»Ich weiß es nicht mehr. Entschuldige, Eddie, ich hab's vergessen.« Geistesabwesend schob Greta die Kaffeemaschine zurecht.

Etwas später saßen beide in der Eßnische des großen L-förmigen Wohnraums. Das Fenster ging auf die Straße, und von seinem Platz gegenüber dem Hudson konnte Ed den langen Grünstreifen des Riverside Park sehen. Ob der

Unbekannte jetzt dort unten herumstrich? Ob er um den Supermarkt am Broadway herumlungerte, weil er wußte, daß entweder Ed oder Greta dort jeden Samstagmorgen gegen elf anzutreffen war? Oft hatten sie auch Lisa mitgenommen, sie wurde dann draußen angebunden.

Greta stützte den Kopf in die Hand. »Ich hab gar keinen Mut mehr, Eddie.«

»Ja, ich weiß, mein Herz. Ich werde gleich noch einmal die Revierwache anrufen. Wenn sie nichts weiter wissen, geh ich selber mal rüber in die Zentrale.«

»Jetzt ist es beinahe drei Tage her. Ob sie wohl genug zu fressen bekommt?«

Sie nahm also an, daß der Hund noch am Leben war; das freute Ed. »Darüber mach dir nur keine Sorgen. Sie ist ja gut in Form.«

Greta legte ihre Zigarette ab und bedeckte die Augen mit den Fingerspitzen. »Wenn sie tot ist, weiß ich nicht, was ich machen soll, Eddie«, sagte sie mit tränenerstickter Stimme.

Ed kniete sich neben sie. Am liebsten hätte er tröstend gesagt: Dann schaffen wir uns gleich einen anderen Hund an. Aber für solche Worte war jetzt nicht die Zeit. Es hätte sich angehört, als sei mit Lisas Rückkehr endgültig nicht mehr zu rechnen.

»Sie ist so ein liebes Tier, nicht? Als Hund ist sie einfach alles, was man sich wünschen kann.«

Ja, das hatten schon viele ihrer Bekannten gesagt. Selbst als Welpe hatte sie niemals Schuhe angenagt; sie biß nur immer mit Feuereifer auf den falschen Knochen herum, die man in Tierhandlungen für die Beißübungen junger Hunde kaufen konnte. Ed lachte ein wenig. »Sie ist wirklich ein Schatz, das ist wahr, und ich liebe sie ja genauso, mein Herz. Nun komm, weine nicht mehr. Wie steht's denn mit den Einkäufen – hast du eine Liste gemacht? Dann wollen wir mal –« Dabei fiel ihm ein, daß er an diesem Wochenende die Biographie durchlesen mußte, und das war ein dicker Brocken. Na schön, dann las er eben die Nacht durch, wenn's sein mußte. »Hast du Lust, heute nachmittag ins Kino zu gehen? Oder lieber heute abend? Wie hieß doch noch der Film, den wir sehen wollten – *Catamaran*, nicht wahr? Ich seh mal die Anfangszeiten nach.«

Langsam beruhigte sich Greta. Noch immer trug ihr Gesicht den unglücklichen Ausdruck, aber in Gedanken war sie offenbar schon bei den wöchentlichen Besorgungen. Meistens aßen sie sonntags um zwei oder drei zu Mittag, gut und reichlich; abends gab es dann nur noch einen kalten Imbiß. »Ich denke, ich mache Sauerbraten. Den könnte ich über Nacht in Marinade legen, was meinst du?«

Gemeinsam fuhren sie dann im Aufzug nach unten und gingen zum Supermarkt, nachdem Ed erst noch die Wäsche, in zwei Kissenbezüge eingeschlagen, in den Waschsalon am Broadway gebracht hatte. Dann traf er sich mit Greta im Supermarkt und reihte sich mit dem fast gefüllten Wägelchen in die Menschenschlange vor der Kasse ein, während sie noch weiter suchend hin und her ging und ein paar Kleinigkeiten – Krabben in einer Dose, Leberpaste – hinzufügte. Im Grunde gab es natürlich einfachere Besorgungsmethoden, dachte er; und ein Mann in seiner Stellung kaufte auch gewöhnlich nicht im Supermarkt ein. Aber so hatten sie es gehalten, als sie sich damals kennenlernten, und Ed tat es noch heute gern. Fleisch kauften sie in einer Metzgerei auf der anderen Broadwayseite. Ed nahm sich vor, nicht mehr an Lisa zu denken, wenn sie jetzt gleich auf die Straße traten, sich nicht mehr vorzustellen, wie sie an den Pfosten gebunden war und wild zappelte vor Freude, wenn er mit Greta auf sie zukam. Schließlich war ein Hund nicht das Schönste im Leben. Es lag ja auch nur daran, daß Lisa bei ihnen beiden jetzt die Stelle eines Kindes eingenommen hatte, das wußte er sehr wohl.

»Na los, weiter«, sagte der Mann an der Kasse, als Ed ein paar Sekunden zögerte, bevor er seine Einkäufe aus dem Wägelchen nahm und aufs Fließband legte, das sich sofort in Bewegung setzte. Er blickte sich nach Greta um und sah erleichtert das Lächeln auf ihrem Gesicht, als sie mit einer Ananas in der Hand auf ihn zukam, so als wollte sie sagen: ›Ja, ich weiß – Verschwendung, aber ich hatte so Lust darauf.‹ Sie schob sich hinter Ed in die Reihe, ohne sich um die Frau dahinter zu kümmern, die verärgert aufsah.

Um fünf Uhr rief Ed das Polizeirevier an. Ja, den Brief hatten sie an die Zentrale weitergegeben, aber eine Antwort war noch nicht da, sagte der Mann am Telefon.

»Spreche ich mit Captain MacGregor?«

»Nein, der hat jetzt frei.«

»Und wann wird man irgendwas erfahren können?«

Der Mann stieß einen hörbaren Seufzer aus. »Das kann ich Ihnen nicht sagen, Sir.«

»Kann ich in der Zentrale anrufen?«

»Nein, eh – das haben sie dort nicht gern. Sie wüßten ja auch nicht, an wen Sie sich wenden sollten. Selbst ich wüßte das nicht.«

»Also wann kann ich etwas erfahren? Morgen?«

Sonntags, so gab man Ed zu verstehen, war die Zentrale schwächer besetzt als sonst. Das entnahm er jedenfalls den Worten des anderen. Die Vorstellung, bis Montag tatenlos warten zu müssen, war ihm schrecklich.

»Es geht mir nicht um die Briefe, wissen Sie. Mein Hund ist gestohlen worden. Das alles habe ich heute morgen Ihrem Captain MacGregor schon erzählt, und auch dem – dem anderen Beamten, Santini hieß er, glaube ich.«

»Ja«, gab die Stimme teilnahmslos zurück. Nichts war daraus zu hören, weder Erinnerung an das Gespräch noch irgendwelches Interesse.

»Deshalb eilt es mir so – ich will nicht, daß der Hund ums Leben kommt, und er ist jetzt in den Händen von diesem – diesem Briefschreiber. Mir ist es völlig egal, wer der Mann ist, glauben Sie mir. Es liegt mir einzig und allein daran, meinen Hund wiederzukriegen.«

»Ja-ha, ich verstehe, aber –«

»Können Sie nicht bis heute abend noch irgend etwas feststellen?« fragte Ed sehr höflich aber bestimmt. »Vielleicht kann ich Sie gegen zehn nochmal anrufen?« Wenn er doch den Leuten Geld geboten hätte, damit sie Dampf dahinter machten. Aber das ging wohl nicht. »Könnten *Sie* nicht vielleicht jetzt mal in der Zentrale anfragen, ob sie irgend etwas herausgefunden haben?«

»Ja, gut.« Sehr zuversichtlich klang die Stimme nicht.

»Schön, dann rufe ich Sie später nochmal an.«

Um halb sieben begann eine Vorstellung von *Catamaran* in der 57th Street, die Ed und Greta sich ansahen. Es war ein abenteuerlicher Film mit viel Gefahr, Südsee, exotischen Inseln und einem heldenhaften Sieg über

Schicksal und Elemente. Ed ließ sich zeitweise ganz ablenken von den eigenen Sorgen und von seinem Leben. Vielleicht ging es Greta ebenso –? Nach der Vorstellung aßen sie in einem Steakhouse ausgezeichnete Hamburger und tranken Rotwein dazu. Kurz vor zehn waren sie zu Hause, und Ed rief die Revierwache an.

Er wolle sich, sagte er, wie vereinbart nach seinem verschwundenen Hund erkundigen, und nach dem Stand der Dinge wegen der anonymen Briefe. Wieder war ein neuer Mann am anderen Ende der Leitung, und er mußte alle Einzelheiten wiederholen.

»Ein Bericht aus der Zentrale liegt hier nicht vor.«

Am liebsten hätte Ed den Hörer auf die Gabel geknallt, doch er blieb höflich und sagte noch ein paar nichtssagende Worte. Sehr schade, daß er den Leuten die verdammten Briefe ausgehändigt hatte. Wären sie noch hier, so hätte er doch wenigstens irgend etwas in der Hand, etwas Greifbares, mit dem sich vielleicht was anfangen ließe. Oder war er schon im Begriff, den Verstand zu verlieren?

»Nun?« fragte Greta.

»Gar nichts. Ich muß es morgen nochmal versuchen. Jetzt muß ich erstmal mein Manuskript in Angriff nehmen.«

»Mußt du noch lange lesen? Soll ich dir Kaffee machen?«

Ed zögerte. Kaffee oder was Alkoholisches? Eigentlich war ihm Kaffee lieber. Oder vielleicht beides. Aber vielleicht würde ihn Kaffee heute am Einschlafen hindern –? »Ja. Trink doch auch noch eine Tasse mit.«

Greta war meistens für Kaffee, den sie gern stark trank und der ihr auch selten den Schlaf nahm. Eigentlich erstaunlich, aber vielleicht hatte sie starke Nerven. »Ja, ich bin dafür, ich möchte noch etwas nähen.«

»Schön – dann also Kaffee«, sagte Ed lächelnd. Er ließ sich ins Sofa fallen und zog das geheftete Manuskript, das auf dem Couchtisch lag, zu sich auf den Schoß.

Die Biographie beschrieb das Leben von John Phelps Henry, einem wenig bekannten englischen Captain aus der Mitte des achtzehnten Jahrhunderts, der mit vierzig der See den Rücken kehrte und Optiker wurde. Ed war, als er etwa die Hälfte gelesen hatte, immer noch nicht begeistert von der Idee, das Buch herauszubringen. Der Gedanke stammte von Bruthers, einem der Verlagsleiter bei Cross & Dickinson, der gleichzeitig Cheflektor (und älter als Ed) war; er hatte seit kurzem ein Faible für die Idee, eine Biographienreihe von wenig bekannten Männern der Vergangenheit herauszubringen. Das Projekt erinnerte Ed immer an die sogenannten ›kleinen Dichter‹, die vermutlich deshalb klein genannt wurden, weil ihre Talente nicht groß waren. Bei diesem Buch hier war nicht mal der Stil irgendwie bemerkenswert; selbst Captain Henrys erotische Erlebnisse wirkten fade. Kein Mensch würde so ein Buch kaufen. Doch Ed grub sich standhaft weiter durch die vielen Seiten – er wollte Bruthers mit gutem Gewissen berichten können, er habe zu Ende gelesen.

Greta kam mit dem Kaffee, und nach einer Weile hörte Ed aus dem Zimmer, das früher Margaret gehört hatte, das vertraute Surren der Nähmaschine.

Er las weiter; stetig wanderten die Augen über die vielen Blätter, die kein Ende nehmen wollten. Noch mehr als einhundertsiebzig Seiten. Heute abend hatte es sicher keinen Zweck, noch einmal auf die Revierwache zu gehen.

Nur gut, daß Greta ihn nicht darum gebeten hatte. Sie hatte nichts davon erwähnt, und er war froh darüber, denn sonst wäre er gegangen. Aber es war sinnlos – wenn der Unbekannte den Hund wirklich zurückbringen wollte, konnte er ja anrufen.

Das Telefon klingelte. Es war fast Mitternacht, und mit der Vorahnung einer guten Nachricht sprang Ed auf. Etwas also geschah nun doch noch – irgendwas bekam er jetzt zu hören, vermutlich von der Polizei. Vielleicht aber auch von dem Unbekannten selbst.

»Hallo. Ist dort Mr. Reynolds?«

»Ja.«

»Hier ist Patrolman Duhamell. Clarence Duhamell. Sie waren heute morgen bei uns auf der Wache.«

»Ja.« Ed faßte den Hörer fester.

»Ich war dabei, als Sie mit Captain MacGregor sprachen, Mr. Reynolds. Ich –«

»Haben Sie etwas erfahren?«

Greta stand in der Tür zur Diele und hörte gespannt zu.

»Nein, das leider nicht. Aber ich würde Sie gern einmal sprechen, wenn es Ihnen recht ist. Die Sache ist – ich weiß zufällig, daß die Kollegen bei uns im Revier im Augenblick sehr viel zu tun haben, weil wir eine ganze Anzahl Einbrüche hatten in der letzten Zeit, und da haben sie – Ich fange morgen abend mit der Nachtschicht an, Mr. Reynolds. Ich dachte, es wäre vielleicht gut, wenn man sich mal etwas in der Gegend hier umsieht.«

»Ja.« Ed war enttäuscht, weil es nichts Neues gab, aber gleichzeitig dankbar für die Anteilnahme. »Paßt es Ihnen wohl, wenn ich morgen früh mal bei Ihnen vorbeikomme?« fragte die junge Stimme jetzt etwas sicherer.

»Ja, selbstverständlich. Haben Sie die Adresse?«

»O ja, die habe ich mir notiert. Ungefähr um elf Uhr?«

»Schön.«

»Wer war das?« fragte Greta.

»Ein Polizist von der Revierwache, wo ich heute morgen war. Er will morgen früh um elf herkommen.«

»Hat er was erfahren?«

»Nein – er sagt nein. Es klang, als ob er aus eigenem Antrieb käme.« Ed zuckte die Achseln. »Na ja, wenigstens etwas. Sie tun jedenfalls was.«

4

Patrolman Clarence Pope Duhamell war vierundzwanzig Jahre alt. Er hatte ein Hochschulstudium – Hauptfach Psychologie – absolviert, hatte aber, als er die Universität verließ, noch keine rechte Vorstellung, was er mit seiner Ausbildung anfangen wollte. Dann folgte der Militärdienst: zwei Jahre lang hatte er als Rekrutierungsberater in vier verschiedenen Camps der Vereinigten Staaten gesessen. Vietnam war ihm zur Freude und Erleichterung seiner Eltern erspart geblieben. Nach der Entlassung vom Militär hatte er zunächst eine Stellung in der Personalabteilung einer großen New Yorker Bank angenommen, die mehr als achtzig Zweigstellen in der Stadt besaß. Nach sechs Monaten fand Clarence die Arbeit erheblich langweiliger als erwartet. Die Arbeitgeber waren durch einen Erlaß der Liga für Menschenrechte angehalten, bei Neueinstellungen vor allem Angehörige der Minderheiten zu berücksichtigen, und Clarence sah sich daher häufig gezwungen, Bewerber ohne Rücksicht auf Eignung und Qualifikation zu empfehlen, was zur Folge hatte, daß man bei Mißhelligkeiten und Fehlern im Bankbetrieb ihm oder anderen höheren Angestellten die Schuld gab. Im Grunde war das alles natürlich albern, und Clarence hörte noch Bernie Alpert sagen: »Mensch, nimm das doch nicht so persönlich, Clare – du kommst doch grad vom Militär, nun mußt du hier eben weiter gehorchen, das ist alles.« Aber die Arbeit in der Bank hatte sich auf diese Weise nicht nur als unbefriedigend erwiesen, sondern war für ihn wie eine Sackgasse: man erlaubte ihm nicht, den für eine bestimmte Tätigkeit bestgeeigneten Mann auszusuchen, und das war immerhin Zweck und Ziel seiner ganzen Ausbildung gewesen. Als er sich dann nach etwas Neuem umsah – so unvoreingenommen, wie er so etwas stets versuchte –, las er eines Tages von den Einstellungsmöglichkeiten bei der Polizei. Die Werbebroschüre hatte sogar ihren Weg in die Personalabteilung der Merchant & Bankers Trust Company gefunden, als habe die Vorsehung sie dort eigens für so unentschlossene Leute wie Clarence Duhamell niedergelegt. Die bunte Vielfalt der Polizeiarbeit, die Versorgungs- und Sozialleistungen und auch die Anforderungen, die man an die Bewerber stellte, waren wirksam und anziehend dargestellt. Betont wurde besonders, einen wie großen Dienst ein Polizeibeamter der Menschheit und seiner Heimatstadt leisten konnte. Er sei, so hieß es da, eher als jeder andere in der Lage, Kontakte zu seinen Mitmenschen herzustellen und gestrauchelte Einzelgänger ebenso wie ganze Familien auf den rechten Weg zurückzuführen. Clarence Duhamell erkannte plötzlich, daß ein Polizist nicht immer ein plattfüßiger Trottel oder ein Mafioso zu sein brauchte; genausogut konnte er ein Hochschulabsolvent sein, wie er selbst es war, ein Mann, der Krafft-Ebing und Freud so gut kannte wie Dostojewski und Proust. Sein Entschluß war gefaßt, und er meldete sich zum Dienst bei der New Yorker Polizei.

Aufgewachsen war Clarence in Astoria, Long Island, wo seine Eltern noch heute wohnten. Die Mutter war anglo-irischer Abstammung, der Vater kam aus französisch-deutsch-englischer Familie. Nach einem Jahr bei der Polizei war Clarence mit seiner Tätigkeit einigermaßen zufrieden. Enttäuschungen waren zwar nicht ausgeblieben: von

Kontakten mit einzelnen (Delinquenten oder Kriminellen jeden Alters) konnte kaum die Rede sein, und als er kurze Zeit auf einem Revier der East Side Dienst tat, war es mehrfach zu riskanten Vorfällen gekommen, so daß Clarence mit dem Sprechfunkgerät in Deckung gehen und den Streifenwagen zu Hilfe rufen mußte. Er hatte strikte Anweisung von seinem Vorgesetzten, sich fit und einsatzbereit zu halten und in jedem Falle Beistand zu holen, wenn er annahm, die Gegenseite könne mit Schußwaffen vorgehen. Alles gut und schön – er hatte aber schließlich doch um Versetzung gebeten, nicht aus Furcht, sondern weil er sich in dem Revier dort unten völlig fehl am Platz vorkam. Die Wache an der West Side, zu der er jetzt gehörte, war nicht viel besser, aber aus anderen Gründen: die Kollegen und auch die Vorgesetzten waren nicht sehr freundlich. Clarence war jetzt kein grüner Anfänger mehr, doch war er immer noch jung und idealistisch und lehnte es zum Beispiel ab, Schmiergelder anzunehmen. Auch die zwei Dollar pro Woche nahm er nicht, die manche Geschäftsleute den Polizisten zusteckten, damit sie als Gegenleistung kleinere Übertretungen und Verstöße ignorierten. Es gab Cops, die beträchtlich mehr erhielten, das wußte Clarence; einige bekamen achthundert oder tausend Dollar im Monat an Bestechungsgeldern. Er hatte natürlich immer gewußt, daß es bei der Polizei Korruption gab, und er hatte nicht die Absicht, sich als Reformator aufzuführen oder irgend jemand anzuzeigen; aber man wußte von ihm, daß er keine Schmiergelder annahm, und die Kollegen, die es taten – das war die Mehrzahl –, gingen ihm aus dem Wege. Man wurde nicht recht warm mit ihm. Er war stets höflich (das konnte ja nicht schaden), kam einem aber erst näher, wenn man selber den ersten Schritt getan hatte. Die Revierkollegen am Riverside Drive taten das nicht. Clarence mochte nicht schon wieder um Versetzung bitten – schließlich mußte sich ein Mann sein Glück selber schmieden. Am besten fuhr man natürlich, wenn man in den ausgefahrenen Geleisen blieb und stur, wie es die meisten taten, sein Leben auf der sicheren Bahn zu Ende lebte, ohne Risiko und ohne Gefahren. Immerhin: wenn es ihm im nächsten Jahr bei der Polizei noch nicht besser gefiel, dann wollte er gehen.

Von mechanischer Routine hielt Clarence nichts; er erwartete von seinem Leben mehr. Das war der Grund, warum er Edward Reynolds angerufen hatte: hier war einfach ein anständiger Mensch mit einem nicht alltäglichen Problem, das auf der Revierwache gewiß nicht viel Beachtung finden würde. Solche Leute traf man nicht jeden Tag. Und die Monotonie des Alltags lag für Clarence ja gerade in der immer wiederkehrenden fatalen Ähnlichkeit von Tat und Tätern, mit denen er zu tun hatte: kleine Einbrüche in Autos und Wohnungen, Laden- und Handtaschendiebstähle, Überfälle, die nie aufgeklärt wurden, so wenig wie die meisten Ladendiebereien, selbst wenn ein Dutzend Leute den Täter mit der Beute weglaufen sahen.

Als Clarence die Stellung in der Bank annahm, hatte er im Osten an der 19th Street eine Wohnung gemietet, im vierten Stock, ohne Aufzug. In dieser Einzimmerwohnung mit Kochnische und Bad wohnte er auch jetzt noch, denn die Miete war billig: 137 Dollar im Monat. Die meisten seiner Sachen befanden sich dort, obgleich er in den letzten Monaten fast jede Nacht bei seiner Freundin Marylyn Coomes verbracht hatte, die ein Apartment in Greenwich Village bewohnte. Marylyn war zweiundzwanzig, hatte ihr Studium an der New Yorker Universität abgebrochen und arbeitete freiberuflich als Schreibkraft. Manchmal nahm sie auch für kurze Zeit eine feste Stellung an, damit sie nach dem Ausscheiden dann Arbeitslosenunterstützung beziehen und ihr Einkommen erheblich aufbessern konnte. »Den Staat muß man ausnehmen – die haben's dicke«, sagte sie immer, und irgendwie nahm man ihr das alles auch ab. Wenn es ihr paßte, log sie ohne Bedenken. Clarence hielt nicht allzuviel von ihren ethischen Grundsätzen; wo es anging, ignorierte er sie. Marylyn war sehr links, viel mehr als Clarence, der sich auch für links hielt; aber Marylyn war dafür, daß erstmal alles zerstört und dann neu angefangen wurde. Clarence fand, man solle lieber die Zustände dadurch verbessern, daß man die existierende Gesellschaftsstruktur mitbenutzte. Darin lag der wesentliche Unterschied zwischen ihnen. Viel wichtiger jedoch war die Tatsache, daß Clarence Marylyn liebte und daß sie ihn als Liebhaber akzeptiert hatte, und zwar als einzigen; dessen war er zu neunundneunzig Prozent sicher, und das eine Prozent Zweifel war sicher nur seine Einbildung. Vor ihr hatte er zwei Freundinnen gehabt; beide waren gar nicht zu vergleichen mit der rötlichblonden Marylyn. Die eine war jung und schüchtern gewesen, immer sah es so aus, als schäme sie sich seiner; die andere war eher keß und gleichgültig, für sie war er nicht der einzige Mann, und das wurde zu einer unmöglichen Situation für ihn. Beide hatten ihm zu Erfahrungen verholfen, das war alles. Mit Marylyn war es ganz anders. Mindestens viermal hatte er sich schon mit ihr zerstritten, aber nach etwa fünf Tagen war er jedesmal zu ihr zurückgekehrt.

Mindestens viermal hatte er sie auch schon gebeten, ihn zu heiraten, aber heiraten wollte sie nicht – noch nicht. »Vielleicht nie – wer kann das wissen. Heirat ist doch was Altmodisches, weißt du das nicht?« Mit Geld konnte sie überhaupt nicht umgehen. Hatte sie nach einer Tipparbeit mal achtundzwanzig Dollar verdient, so gab sie das Geld noch am gleichen Tage aus – für einen schicken Mantel in irgendeinem billigen Laden, für eine Topfpflanze oder für Bücher. Immerhin, ihre Miete schien sie pünktlich zu bezahlen. Schließlich war das, was sie verdiente, ja auch ihr eigenes Geld, und Clarence redete ihr da nicht drein; aber einmal, als sie vor ihm die Treppe hinunterging, hatte er gesehen, wie ihr ein paar Dollarnoten einfach aus der Manteltasche fielen. Geldtaschen mochte sie nicht. Er übernachtete jetzt öfter in ihrer Wohnung als in seiner eigenen, was nach der Dienstvorschrift eigentlich nicht zulässig war. Die paar Male, als er mit einem Anruf rechnen mußte, hatte er zu Hause geschlafen. Nie war ein Anruf gekommen, aber das konnte man ja vorher nicht wissen.

Am Sonntag morgen, als er zu Edward Reynolds gehen wollte, erwachte er in Marylyns Bett. Er hatte ihr von der Verabredung mit dem Mann erzählt, dessen Hund gestohlen worden war. Jetzt stand er auf, machte Kaffee, öffnete eine Dose mit Orangensaft und brachte beides auf einem Tablett zu Marylyn, die noch im Bett lag.

»Am Sonntag arbeiten!« sagte Marylyn mit verschlafener Stimme. Sie gähnte und hielt sich lässig die Hand vor den Mund. Das lange rotblonde Haar lag ausgebreitet auf dem Kopfkissen. Auf der Nase hatte sie ein paar Sommersprossen.

»Ist keine Arbeit, Schatz. Kein Mensch schickt mich zu

Mr. Reynolds.« Clarence stellte das Tablett fest auf die Bettkante, damit es nicht kippte. Ein zarter Hauch von Marylyns Parfum stieg aus den warmen Kissen, die er eben verlassen hatte; er wäre gern wieder zu ihr unter die Decke geschlüpft – ob er anrufen und Mr. Reynolds bitten sollte, die Verabredung auf zwölf Uhr zu verschieben? Nein, es war wohl besser, er ließ es so. »Ich bin bestimmt vor eins zurück, du.«

»Heute nachmittag bist du doch frei – und heute abend, ja?«

Clarence zögerte kurz. »Um acht hab ich Dienst. Neue Schicht.« Alle drei Wochen wechselten die Schichten. Die Nachtschicht von zwanzig bis vier Uhr mochte er gar nicht, denn dann konnte er abends nicht mit Marylyn zusammensein. Zum drittenmal war ihm nun diese Schicht zugeteilt worden.

In kleinen Schlucken trank er seinen Kaffee. Marylyn hatte verschlafen geächzt, als er ihr Bescheid gab. Sie war noch nicht ganz wach. Er warf einen Blick auf seine Uhr und dann auf den Stuhl vor dem Frisiertischchen, als müßten dort noch seine Hose und Jacke liegen, die er doch gestern abend ordentlich in den Schrank gehängt hatte. Jetzt hing ein schwarzer Büstenhalter über der Stuhllehne, und auf dem Sitz lag ein aufgeschlagenes Buch aus der Leihbücherei mit dem Rücken nach oben. Sehr ordentlich war Marylyn nicht. Na ja – es könnte schlimmer sein. Zum Beispiel wenn sie mit einer Freundin zusammen wohnte – das wäre übel.

Clarence duschte in dem kleinen Badezimmer, rasierte sich mit dem Apparat, den er dort aufbewahrte, und zog seine gewöhnliche Kleidung an: dunkelblauer Anzug, weißes Hemd, unauffälliger Schlips und dunkelbraune Schuhe. Auf die Schuhe war er besonders stolz; er holte sich den Lappen, der unter dem Ausguß in der Küche hing, und polierte sie gründlich. Dann stellte er sich vor den Badezimmerspiegel und kämmte sein Haar. Er hatte hellblaue, etwas bläßliche Augen. Das lichtbraune Haar war nicht ganz kurz gehalten; man nahm das erstaunlicherweise bei der Polizei nicht so genau. Die Oberlippe war fast so voll wie die untere – er fand seinen Mund nett und angenehm, tolerant im Ausdruck und selten streng.

»Soll ich was zum Essen mitbringen, oder wollen wir ausgehen?« Behutsam setzte sich Clarence auf die Bettkante.

Marylyn hatte das Tablett auf die andere Seite gestellt und den Kopf im Kissen vergraben. »Ich hab doch gesagt, daß ich Huhn mitgebracht habe«, murmelte sie schläfrig. »Komm nur erstmal wieder und dann ins Bett, ich mach das schon.«

Sein Herz schlug höher. Lächelnd legte er sich neben sie und küßte sie auf die Schläfe, nahm sich jedoch in acht, damit das frische Hemd nicht zerdrückt wurde. »Auf bald, Schatz.«

Eine Minute vor elf stand er unten in Edward Reynolds' Apartmenthaus und bat den Pförtner, oben anzurufen, er werde erwartet, Clarence Duhamell. Der Pförtner, den Telefonhörer in der Hand, nickte bestätigend, und Clarence betrat den Aufzug und fuhr in den achten Stock.

Oben stand Mr. Reynolds vor der offenen Wohnungstür; er schien erstaunt, den Besucher in Zivil zu sehen.

»Guten Morgen. Clarence Duhamell«, sagte Clarence.

»Guten Morgen. Bitte kommen Sie herein.«

Clarence trat in einen großen Wohnraum mit vielen Büchern, Bildern und einem Klavier. Die junge Frau, die in der Sofaecke saß, sah er nicht gleich.

»Das ist meine Frau, Greta«, sagte Mr. Reynolds.

»Guten Tag«, sagte Clarence höflich.

»Guten Tag.« Sie sprach mit ganz leisem Akzent.

»Bitte nehmen Sie Platz – wo Sie wollen«, forderte ihn Mr. Reynolds auf. Er trug ein dunkelblaues Sporthemd, die graue Flanellhose war nicht gebügelt.

Clarence setzte sich auf einen Stuhl. »Wissen Sie, ich bin gar nicht sicher, daß ich Ihnen überhaupt helfen kann«, begann er. »Aber versuchen möchte ich es. Ich hörte, wie Sie auf der Revierwache angaben, daß Sie vier Briefe bekommen haben.«

»Ja, das stimmt. Die habe ich auf der Wache gelassen. Und der Schreiber der Briefe hat offenbar unseren Hund.«

»Wie ist der Hund denn eigentlich gestohlen worden?«

Ed berichtete. »Ich habe keinerlei Geräusche gehört, auch kein Bellen. Es war schon ziemlich dunkel. Aber ich kann mir überhaupt kein Bild machen, wie einer den Hund zu fassen bekommen hat.«

»Ein französischer Pudel –?« sagte Clarence.

»Ja, schwarz. So hoch ungefähr.« Ed hielt eine Hand mit dem Daumen nach unten knapp zwei Fuß hoch über den Boden. »Lisa heißt sie. Vier Jahre alt. Sie läßt sich nicht einfach von Fremden mitnehmen, das gibt's nicht.«

Clarence hörte aufmerksam zu. Er merkte, daß Mr. Reynolds ihm etwas skeptisch gegenüberstand. Er spürte auch, daß Mr. Reynolds innerlich traurig war. Warum wohl? Er hatte dunkle Augen und einen entschlossenen Mund, der aussah, als verstehe er zu lächeln und zu lachen, doch jetzt war der Mund traurig. Ein verständiger und geduldiger Mann, dachte Clarence. »Und die tausend Dollar haben Sie also bezahlt.« Das hatte Clarence auf der Revierwache mit angehört.

»Ja, und das war sicher falsch. Aber in dem Brief wurde es verlangt – den Brief hatte ich vorher bekommen. Da stand, daß der Hund zurückgegeben werden sollte, eine Stunde nachdem das Geld abgeholt war, Ecke York Avenue und 61st Street. – Trinken Sie eine Tasse Kaffee?«

Mrs. Reynolds stand auf. »Ich mach ihn schnell heiß – er ist ganz frisch. Wir sind heute spät aufgestanden.« Freundlich lächelte sie Clarence zu.

»Vielen Dank«, sagte Clarence. »Mr. Reynolds, darf ich etwas fragen – haben Sie vielleicht Feinde? Irgend jemand, den Sie im Verdacht haben?«

Mr. Reynolds lachte. »Feinde – das wäre vielleicht möglich, oder eher Nichtfreunde, aber nicht so wie dies hier. Ich glaube, der Mann ist nicht richtig im Kopf. Die Briefe haben Sie doch gelesen?«

»Nein, leider nicht.« Das war schade, und Clarence kam sich sehr töricht vor. Er hätte sich die Fotokopien auf der Wache zeigen lassen sollen. Dazu hatte ihm der Mut gefehlt, und das war dumm. »Ich kann mir die Kopien heute abend mal ansehen – um acht habe ich Dienst. Ich fange gerade eine neue Schicht an.«

Mr. Reynolds sagte nichts darauf.

»Ist Ihnen in der Nachbarschaft irgend jemand aufgefallen, der Sie beobachtet oder so?« fragte Clarence.

»Nein, tut mir leid. Das hab ich mir auch schon überlegt.«

Mr. Reynolds hatte einen kraftvollen Kopf; das schwarze Haar wies nur wenige graue Fäden auf. Es war dicht und widerspenstig und wollte sich trotz des seitlichen Scheitels nicht fest anlegen. Die Nase, gerade und kräftig, war nicht eigentlich hübsch, doch die dunklen Augen und der Mund gefielen Clarence. Es war das Gesicht eines römischen Generals – vielleicht Mark Antonius.

Jetzt erschien Mrs. Reynolds wieder, sie trug ein Tablett mit Kaffee und dänischem Gebäck. Ihre Aussprache verriet den deutschen Akzent, fand Clarence. Und sie sah auch jüdisch aus, oder zumindest halbjüdisch.

»Ich habe vor, auf die Leute hier in der Gegend etwas mehr als sonst zu achten«, erklärte Clarence. »Es muß jemand aus der näheren Umgebung sein. Darf ich fragen, wann Sie morgens aus dem Hause gehen und wann Sie abends wiederkommen, Mr. Reynolds?«

»Ja – ich gehe kurz vor neun weg und komme um sechs oder viertel nach sechs abends wieder. Wissen Sie, ich hätte die Sache gern schnell aufgeklärt, wenn das möglich ist«, sagte Ed, von plötzlicher Ungeduld gepackt. »Uns liegt nur an dem Hund, die tausend Dollar soll der Teufel holen. Ich habe ja keine Ahnung, was dieser Verrückte mit dem Hund anstellt, aber jedenfalls kann das so nicht weitergehen.« Er blickte zu Greta hinüber, die eine wortlose Geste machte, um ihn zu beruhigen.

»Ja, das verstehe ich.« Clarence suchte nach Worten. Was konnte er noch tun oder sagen? Sicher war der Eindruck, den er hier gemacht hatte, nicht der allerbeste – jedenfalls nicht so glänzend, wie er gehofft hatte.

»Hoffentlich stellt die Polizei zunächst mal fest, ob hier in der Gegend irgendwas bekannt ist von anonymen Briefschreibern. Das scheint mir das nächstliegende zu sein«, meinte Ed. Er trank seinen Kaffee in kleinen Schlucken.

»Ja, ganz sicher. Ich werde mal auf der Zentrale nachfragen, ob man dort etwas weiß.«

»Noch Kaffee, Mr. Duhamell?« Mrs. Reynolds sprach seinen Namen so aus, als wisse sie genau, wie er geschrieben wurde.

»Danke schön, nein. Haben Sie wohl ein Bild von dem Hund?«

»O ja, jede Menge«, sagte Ed.

Greta ging hinüber zum Bücherregal und zog – aus der Luft, so schien es Clarence – ein Bild in weißem Rahmen hervor: das Farbfoto eines schwarzen Pudels, der neben einem Tischbein saß und den Betrachter mit Augen anblickte, die das Blitzlicht bläulich-weiß erscheinen ließ.

»Für Leute, die sie nicht kennen, sehen alle Pudel gleich aus«, sagte Greta. »Ich würde Lisa zwei Straßen weit erkennen – wenn ich sie sähe, natürlich.« Sie lachte. Das Lachen klang warm, und ihr Lächeln war freundlich.

Clarence erhob sich und gab das Foto zurück. »Vielen Dank. Ich werde die Kollegen auf der Wache mal anstoßen. Das Dumme ist nur – wir haben im Augenblick soviel Routinekram, Einbrüche von Junkies und so –«

»Ach ja, Junkies –«, sagte Ed und seufzte verständnisvoll.

»Ja, dann – vielen Dank, daß Sie Zeit für mich hatten«, sagte Clarence.

»Wir haben zu danken.« Ed stand auf. »Soviel persönliche Mühe hatten wir wirklich nicht erwartet. Ja, übrigens – was halten Sie von einem Privatdetektiv, oder bin ich da zu naiv? Kann ein Privatdetektiv überhaupt mehr erreichen als die Polizei?« Er lächelte sein leicht verzerrtes mutloses Lächeln.

»Ich glaube eigentlich nicht. Wir haben ja die Unterlagen über solche Briefschreiber, wissen Sie – es kommt nur darauf an, daß man sich die Sachen richtig vornimmt«, meinte Clarence.

Sie brachten ihn an die Wohnungstür. »Ich melde mich, sobald ich etwas erfahren habe«, sagte er zum Abschied.

Draußen war es kalt. Er hätte seinen Mantel mitnehmen sollen. Langsam schritt er in Richtung auf den Broadway und suchte mit den Augen die Straße ab nach Herumtreibern oder sonstigen Gestalten, die den Eindruck machten, als beobachteten sie das Reynolds'sche Haus. Clarence mochte die Gegend am Riverside Drive nicht, die großen Wohnblocks sahen auch bei Tage unfreundlich-düster aus. Nirgends bis hinauf zum Broadway gab es irgendwelche Läden, nichts als graue Betonkästen, die aussahen, als ständen sie dort seit achtzig Jahren oder noch länger. Auch die Menschen sahen hier alt aus, die meisten schienen Juden oder Ausländer zu sein; sie hatten etwas Traurig-Mutloses an sich. Auf die beiden Reynolds traf das allerdings nicht zu, auch ihre Wohnung war gewiß kein Bourgeois-Museum. An den Wänden hingen moderne Bilder, die Bücher schienen interessant, und dem Klavier sah man es an, daß es gespielt wurde – obenauf lagen außer Notenblättern auch noch Bücher über Chopin und Brahms. Clarence ging den Broadway hinauf bis zur nächsten Kreuzung und bog dann nach links ab. Vom Hudson herauf kam ein kalter Wind, und er schob die Hände in die Hosentaschen. Er wollte sich die Stelle ansehen, wo Mr. Reynolds seinen Hund verloren hatte.

Ecke 106th Street ging er die Treppenstufen hinab, am Reiterdenkmal von Franz Sigel vorbei – ein Soldat aus dem Bürgerkrieg, fiel ihm ein, einer von der Nordseite – und überquerte den Riverside Drive. Im Park hauchte er in die Hände und wandte sich nach Norden. Überall Buschwerk und kleine Bäume – hier hätte sich leicht einer verstecken können. Es war jetzt fast zwölf – ob er auf die Wache gehen und gleich nach den Briefen fragen sollte?

Nein, jetzt nicht, beschloß er und schritt trotzdem weiter auf der Westseite in Richtung auf die Stadtmitte, wobei er immer noch Ausschau hielt nach dem potentiellen Briefschreiber, einem Einzelgänger vermutlich, mißtrauisch und argwöhnisch gegen jedermann. Oder ob er vielleicht eher frech war? Geh jetzt nicht auf die Wache, warnte er sich; kann sein, daß Santini Schicht hat, der Lümmel, und wenn er den wegen der Briefe fragte, würde er sauer reagieren. Andererseits: warum sollte ihn das kümmern?

Clarence trat in die Revierwache. Im Vorraum saß ein älterer schwarzer Polizist – er hieß Sam oder Sims oder so ähnlich, Clarence wußte es nicht mehr – auf einem Feldstuhl und las ein Heft mit Comics. »Na – schönen guten Morgen, Mr. Clarence«, sagte er.

»Gleichfalls«, gab Clarence mit freundlichem Lächeln zurück und trat in den ersten Raum an der linken Seite des Flurs.

Am Tisch saß nicht Santini – der konnte im nächsten Raum sein, wo die Akten und Unterlagen aufbewahrt wurden –, sondern ein Polizeibeamter namens Boulton, ein umgänglicher Mann.

»Na –«, sagte Boulton im gleichen Ton wie Sam.

»Guten Tag, Sir. Meine Schicht fängt erst heute abend um acht an, aber ich wollte gern die Briefe – die anonymen Briefe an Edward Reynolds – könnte ich mir wohl die Fotokopien mal ansehen? Sie wissen: der Mann, dem der Hund gestohlen wurde.«

»Reynolds«, wiederholte Boulton und warf einen Blick auf den mit Papieren gefüllten Drahtkorb, der auf seinem Schreibtisch stand. Er zog ihn zu sich heran. »Himmel, wenn bloß mal – ja, ich weiß, gestern war das. Der Kram da müßte längst abgelegt sein. Was wir hier brauchen, ist 'ne Bürotippse.«

Clarence lachte höflich. Die Briefe lagen bestimmt nicht in dem Drahtkorb.

»Warte mal, Reynolds – doch ja, ich weiß.« Er langte nach einem Papierstapel auf dem Tisch, nahm ihn in die Hand und fragte: »Was wollen Sie denn damit?«

»Ach, es interessiert mich. Ich war dabei, als der Mann gestern hier auf die Wache kam und die Meldung abgab. Der Hund ist immer noch verschwunden, deshalb dachte ich, ich könnte mir die Briefe vielleicht mal ansehen, oder die Kopien.«

Der Beamte blätterte in den Papieren und war dabei, mehrere zusammengeheftete Fotokopien herauszuziehen, als das Telefon klingelte.

Er ließ sich in den Stuhl zurückfallen und griff nach dem Hörer.

Da lagen vier Briefe, chronologisch geordnet und alle nicht von der Hand des Briefschreibers datiert. Vermutlich hatte Mr. Reynolds das Datum eingesetzt. Der erste stammte vom September und lautete:

»Werter Angehber,
Solche Leute wie Sie kann ich den ganzen Tag nicht leiden. Und dabei glauben Sie wunder was für ein fahbelhafter Mann Sie sind. Passen Sie man auf, auch Ihnen kann noch was schiefgehen. Das Leben ist kein Rosenbeet, schon gar nicht mit Leuten wie Sie einer sind. Zufällig bin ich nämlich selber viel wichtiger und interesanter als Sie. Vielleicht treffen wir uns mal irgendwo. Das wird für Sie keine reine Freude sein.

Der Unbekannte.«

Widerwärtig, so ein Wisch, dachte Clarence und scharrte unruhig mit den Füßen, bevor er den nächsten Brief vornahm, der etwas später datiert war. Boulton telefonierte immer noch.

»Ich glaube Ihnen geht es reichlich gut. Und dabei sind Sie bloß ein Automat, nichts weiter. Sie glauben wohl, alle sind so wie Sie? Aber da kann keine Rede von sein. Bloß weil Sie verheiratet sind und eine große Stellung haben und einen Hund, der genau so prozig ist wie Sie selber. Kann gut sein, das das alles mal ein Ende hat, bevor Sie ins Gras beißen, Sie Wichtigtuer. Das sollten Sie sich mal überlegen.

Der Unbekannte.«

Clarence las auch noch die beiden letzten Briefe; im vierten war die Rede von dem Hund. Ton und Inhalt versetzten ihm einen Schock. Solche Briefe zu schreiben an so ruhige nette Leute wie die Reynolds! Unglaublich.

Boulton hatte sein Gespräch beendet. Clarence gab ihm die Papiere zurück und sagte: »Vielen Dank auch, Sir. Dann also bis heute abend.«

»Bei mir nicht – heute abend nicht«, gab der Beamte mit vielsagendem Lächeln zurück, als habe er eine lebenswichtige Verabredung und denke gar nicht daran, heute Dienst zu tun.

Clarence war wieder draußen. Er schritt am Riverside Drive entlang und faßte alle Leute ins Auge, die ihn ein wenig zu lange anstarrten. Er war erfüllt von freudiger Erregung. Jetzt wollte er seine Mutter anrufen, das würde sie freuen. Bloß – es war jetzt viertel vor eins, wahrscheinlich saß sie gerade mit seinem Vater beim sonntäglichen Mittagessen, an dem vielleicht noch ein oder zwei Gäste aus der Nachbarschaft teilnahmen.

Der kleine Mann dort in dem dunkelgrauen Mantel und den vertragenen Schuhen, der sich an der Häuserwand entlangdrückte – konnte der es sein? Der Mann blickte ihn überhaupt nicht an. Clarence sah flüchtig den Stoppelbart auf dem grauen Gesicht. Nein, der war es nicht – er war zu verwahrlost; der anonyme Briefschreiber machte zwar orthographische Fehler, aber er hatte etwas dämonisch Systematisches an sich, die Adressen waren richtig geschrieben (unter jedem Brief war eine Fotokopie des Umschlags abgedruckt gewesen); die neiderfüllte Bitterkeit, die aus den Briefen sprach, schien von irgendetwas angestachelt zu werden. Was der Mann wohl für eine Arbeit hatte – wenn er überhaupt arbeitete? Viele solcher Spinner lebten von der Unterstützung, oder sie waren über fünfundsechzig und bezogen eine knappe Rente. Ob dieser schon fünfundsechzig war? Und was war nun mit dem Hund? Das war ja die Hauptsache, hatte auch Mr. Reynolds gesagt.

Kurz entschlossen hielt Clarence ein Taxi an und stieg ein. Er hatte keine Lust, mit der Untergrundbahn zu fahren. Marylyn lag sicher noch im Bett und las die *Sunday Times*, die er ihr gestern abend noch besorgt hatte.

Als der Wagen an der 8th Street ankam, sagte Clarence: »Kann ich hier bitte aussteigen?« Er trat in den Drugstore an der Ecke und rief seine Eltern in Astoria an. Sein Vater meldete sich.

»Na, Clare, wie geht's denn?« fragte er. »Alles in Ordnung bei dir?«

»Ja, alles tadellos. Ich wollte euch bloß mal Guten Tag sagen.«

Er sprach auch mit seiner Mutter, die sich zunächst erkundigte, ob er auch keine Schußwunde in Arm oder Bein hatte, und dann in die Küche stürzte, um die Herdflamme abzuschalten. Wann kam er sie besuchen? fragte sie. Das letztemal war schon so lange her.

Drei Wochen war es her. »Ich weiß noch nicht. Bald, Mutter.« Er wollte gerade erzählen, daß er jetzt Nachtdienst habe. Aber dann machte sich seine Mutter Sorgen um ihn.

»Clary – mußt du denn immer deine Freizeit bei deiner Freundin zubringen? Du kannst sie doch mal mitbringen zu uns!«

Es war die übliche Unterhaltung, aber Clarence war danach wohler zumute. Seine Eltern kannten Marylyn noch nicht. Clarence hatte es nicht fertiggebracht, sie ganz unerwähnt zu lassen, nur seine Begeisterung hatte er im Zaum gehalten. Seinem Vater war sie trotzdem nicht entgangen; er fragte jetzt immer, wann er seine Braut denn nun mal mitbrächte. Sein Vater gebrauchte gern so archaische Ausdrücke.

In einem Delikatessengeschäft kaufte Clarence geeiste

Erdbeeren und eine Dose Kronsbeerenkompott zum Brathähnchen; auch Brot nahm er mit, denn Marylyn war immer knapp an Brot, weil Clarence viel aß. Er hatte beide Schlüssel – einen für die Haustür unten, einen für die Wohnungstür. Als er davorstand, klopfte er an die Tür.

»Clare? Komm rein.«

Sie war noch im Bett, hatte die Zeitungen um sich verstreut und sah hinreißend aus, obgleich sie noch nicht mal ihr Haar gekämmt hatte. »Na – wie war's denn?« fragte sie.

Clarence kniete vor dem Bett, die Tüte mit den Einkäufen stand auf dem Boden. »Ganz interessant«, sagte er halblaut und vergrub das Gesicht in dem warmen Laken über ihrer Brust. Tief atmete er ihren Duft ein. »Sehr interessant, wirklich. Eine wichtige Sache.«

»Wieso denn?« Spielerisch fuhr sie ihm mit den Fingern durchs Haar und schob seinen Kopf beiseite. »Mensch – nie hätte ich gedacht, daß ich mal was mit der Polente zu tun kriege. Nimmst du den Kram wirklich so ernst?«

Er saß auf dem Fußboden und folgte ihr mit den Augen, als sie jetzt aus dem Bett stieg und quer durch den Raum ins Badezimmer ging. Ihre Worte erschreckten ihn, obgleich er wußte, sie meinte es nicht ernst. Sie gehörte einfach in eine andere Welt, dachte er. Von seinem Leben verstand sie nicht das geringste. Es war komisch: der Begriff von Recht und Ordnung war ihr fremd, sie hielt nichts davon. »O ja!« sagte er zu der geschlossenen Tür, als er jetzt behende mit gekreuzten Füßen aufsprang. »Diese Reynolds, das sind wirklich so nette Leute!« In sich hineinlächelnd legte er Jackett und Schlips ab. Im Bett verstand er sich mit Marylyn ausgezeichnet, und ganz ohne Worte.

5

In dem Augenblick, als Clarence in Marylyns Wohnung nackt zu ihr unter die Decke schlüpfte, setzte Kenneth Rowajinski in seiner Wohnung Ecke Westend Avenue und 103rd Street den Kugelschreiber zu einem zweiten Erpresserbrief an. Ob er ihn abschicken würde, stand noch nicht fest; er schrieb öfter Briefe, die nie abgesandt wurden. Schon das Schreiben machte ihm Spaß. Als er oben auf den Briefbogen »New York« gesetzt hatte, stützte er sich auf den Ellenbogen und blickte leer, mit halbem Lächeln, vor sich hin.

Er war einundfünfzig, klein und untersetzt, doch bei guter Gesundheit, nur hinkte er auf dem rechten Fuß. Vor vier Jahren war ihm die Trommel einer Zementmischmaschine auf den Fuß gefallen und hatte den Mittelfußknochen durchschlagen. Als dann Komplikationen dazukamen, hatte man den großen und den zweiten Zeh abnehmen müssen. Dafür bezog Kenneth jetzt eine monatliche Invalidenrente von zweihundertsechzig Dollar. Er war ungelernter Bauarbeiter mit einiger Erfahrung im Rohrlegen gewesen und galt als guter Vorarbeiter, so wie manche Männer beim Militär als gute Feldwebel gelten, auch wenn sie es niemals weiterbringen. Kenneth hatte Glück gehabt: sein Anwalt hatte in dem Entschädigungsantrag angegeben, er sei Facharbeiter gewesen und habe gerade vor der Beförderung gestanden, als der Unfall passierte; die Entschädigung wurde daher großzügig bemessen. Nur konnte er jetzt nie mehr (mit einem Gemisch aus Wehmut, Selbstmitleid und seltsamem Stolz dachte er manchmal daran) auf einem Baugerüst herumklettern; dafür war er zu Recht entschädigt worden.

Der rundliche Kopf trug ein rundes Gesicht, mit wettergebräunten Backen und grober Knollennase. Der Gesichtsausdruck war entweder vergnügt oder aufmerksam-argwöhnisch – dazwischen gab es kaum etwas. Selbst in Augenblicken der Entspannung oder im Schlaf lag das halbe Lächeln auf den Zügen. Der Ausdruck wechselte blitzschnell: Kenneth konnte zufrieden über einem Brief sitzen, den er gerade schrieb, und ohne Übergang abwehrend feindselig aufblicken, wenn jemand an die Tür klopfte oder wenn er draußen jemand vorbeigehen hörte. Seine Wohnung lag im Tiefparterre an der Straßenecke, sie bestand aus einem sehr großen Raum und einem winzigen W.C. hinter einer Tür, mit Waschbecken und Spiegel, aber ohne Bad; dafür stellte sich Kenneth mindestens zweimal wöchentlich nackt zum Waschen auf eine alte Zeitung vor den Waschtisch. Da nie ein Sonnenstrahl in den Raum fiel, mußte man dauernd Licht brennen lassen, aber das machte ihm nichts aus. Die halbhohen Fenster zur Westend Avenue lagen mehr als einen Meter über dem Erdboden; aufgemacht wurden sie nie. Kenneth sah oft die Beine der Vorübergehenden, etwa bis zur Hüfte, und zuweilen hörte er das kratzende Scharren eines Absatzes auf dem Metallrost des Gehsteigs draußen. In einer Zimmerecke stand ein Bügelbrett und daneben eine schäbige Stehlampe. Überall im Zimmer, auf dem Fußboden, in den Ecken und neben dem durchgesackten Bett, das manchmal gemacht wurde und öfter ungemacht blieb, lagen Zeitungen, zusammengefaltet oder halboffen, teilweise gelesen oder auch unberührt. Gekocht wurde auf einem kleinen Gestell mit Doppelkochplatte, das an der Wand stand; links davon saß Kenneth jetzt am Tisch. Auch der Kleiderschrank war kein richtiger Schrank, nur eine Stange, die an zwei Drähten von einem Bord an der Wand herunterhing. Aber Kenneth besaß nur wenig an Kleidung – drei Hosen, zwei Jacketts, einen Mantel und einen Regenmantel, ferner vier Paar Schuhe, von denen eins so alt war, daß er sie bestimmt nicht mehr tragen würde. Er besaß auch ein Transistorradio, das vor einigen Monaten kaputtgegangen war; er hatte sich nie die Mühe gemacht, es reparieren zu lassen. Vor seiner Tür verlief ein Gang bis zu einer kleinen Treppe, die direkt zur Haustür an der Straße führte, und rechts gelangte man über ein paar Stufen zur Parterrewohnung seiner Hauswirtin. Die Mülleimer wurden im Gang vor seiner Tür abgestellt, daher hörte er öfter die Schritte des hünenhaften schwachsinnigen Sohnes seiner Hauswirtin, der die Abfalleimer auf die Straße schleppte. Kenneth argwöhnte, daß der Schwachsinnige zuweilen heimlich in den Gang kam, um durch das Schlüsselloch in sein Zimmer zu spähen; deshalb hatte er ein Stück Blechfolie, fünfundzwanzig Zentimeter lang und sechs Zentimeter breit, die er eines Tages genau passend im Rinnstein fand, über dem Schloß an seine Tür genagelt. Den unteren Rand schob er hinter den Riegel, der unterm Schlüsselloch angebracht war. So konnte der Sohn – Orrin hieß er – die Klappe nicht beiseite schieben, selbst wenn er irgendwas durchs Schlüsselloch steckte, denn sie war oben festgenagelt und verschob sich nicht. Außerdem ließ sich die Tür von innen versperren, wenn man die biegsame Folie unten herauszog und dann den Riegel einfach vorschob.

Kenneth war das zweite von drei Kindern eines polnischen Einwanderers, der kurz vor dem ersten Weltkrieg nach Amerika gekommen war und eine Deutsche geheiratet hatte. Kenneths Schwester Anna wohnte in Pennsylvanien; sie schrieben einander fast nie. Paul, der jüngere Bruder, lebte jetzt in Kalifornien, aber mit dem war Kenneth fertig – er war ein Angeber, bloß weil er es zu etwas gebracht hatte. Seine beiden Kinder waren fast erwachsen, und zweimal, als Kenneth ihn um Geld gebeten hatte – Arbeit war knapp damals –, hatte Paul sich geweigert, ihm was zu leihen. Von Schenken war natürlich überhaupt nicht die Rede gewesen. Darauf hatte ihm Kenneth gründlich die Meinung gesagt, und seitdem hatte er von Paul kein Wort mehr gehört. Mit dem war er ein für allemal fertig, Gottseidank.

Manchmal fand Kenneth, er sei eigentlich gut dran, weil er gewissermaßen von der Umgebung und besonders von den Menschen in New York durch sein monatliches Einkommen von zweihundertsechzig Dollar unabhängig war. Aber manchmal bedauerte er sich auch, weil er – hinkend und immer allein – in einer nicht gerade sehr schönen Wohnung lebte. Dann wieder fand er, der große Raum und das freie Leben seien doch was Wunderbares. Solche glücklichen Momente stellten sich meist nach einem Schlemmermahl – Knackwurst mit Sauerkraut – ein; dann lehnte er sich im Stuhl zurück, klopfte sich auf den Bauch und lächelte zur Zimmerdecke hinauf, von der eine nackte Birne herunterhing.

Nach längerem Nachdenken begann er jetzt zu schreiben.

»Werter Herr,
Ihr Hund lebt und ist wohlauf. Ich habe mich jedoch entschlossen, Sie um weitere 1000 $ (eintausend Dollar) zu ersuchen, was einen Mann in Ihrer Stellung ja nicht schwer fallen dürfte.«

Er hatte eigentlich sagen wollen, er brauche die tausend Dollar dringend für sich selbst, doch fiel ihm dafür keine elegante Formulierung ein, und er wollte nicht als Bettler dastehen. Er fuhr also fort:

»Am Dienstag abend um 11 Uhr werden Sie daher weitere eintausend Dollar in Zehndollarscheinen an derselben Stelle am Gitter hinterlegen, York Avenue, wie gehabt. Ich garantiere Ihnen, daß Sie diesmal den Hund eine Stunde speter am Fosten angebunden finden. Verpassen Sie die Schance nicht, das rate ich Ihnen.

Der Unbekannte.«

Prima – das konnte er so lassen und brauchte es nicht nochmal abzuschreiben. Kenneth stand auf und wollte sich zur Belohnung ein Bier aus dem kleinen Kühlschrank neben dem Herd holen. Es war jedoch nur noch eine halbe Flasche da, und das Bier war schal. Sechs oder sieben leere Flaschen standen auf dem Boden. Er mußte mehr holen – na, zum Glück konnte er sich das ja jetzt leisten. Mit der halbleeren Flasche in der Hand wandte er sich um und grinste das ungemachte Bett an. Am Fußende lag zwischen den Laken ein Bündel mit etwa neunhundertfünfzig Dollar, in ein Geschirrtuch eingerollt und mit Gummiband versehen. Er besaß außerdem ein Sparkonto mit ein paar hundert Dollar, aber er hatte nicht vor, die Bank jetzt durch ungewöhnliche Einzahlungen auf sein Konto aufmerksam zu machen.

Aus Edward Reynolds waren ganz bestimmt noch einmal tausend herauszuholen, das stand fest. Nur durfte Kenneth natürlich nicht riskieren, sich die Polizei auf den Hals zu ziehen. Ob er es wagen sollte? Er wußte, Reynolds war auf der Polizei gewesen, er war ihm am Samstag morgen von seiner Wohnung aus gefolgt und hatte sich gratuliert, daß er die Zeit ungefähr richtig erraten hatte, zu der Reynolds sich auf den Weg machte. Er hatte ihm allerdings auch schon am vorherigen Morgen und Abend aufgelauert.

Und dabei war der ganze Klimbim im Grunde ganz sinnlos, denn der schicke Hund war schon seit Mittwoch abend tot. Mit einem Stein in der Hand hatte Kenneth im Gebüsch gekauert und Lisa, als sie heransprang, einen harten Schlag auf den Kopf versetzt. Er hatte allerdings Glück gehabt; aber immerhin, es war auch eine Leistung gewesen, den Hund im Sprung so zu erwischen, daß er keinen Ton mehr von sich gab und gleich beim ersten Schlag hin war. Kann sein, daß er noch einen leisen Ton von sich gegeben hatte, der aber im Autogehupe und im anschwellenden Verkehrslärm unterging. Jedenfalls hatte Kenneth den Hund auf den Arm genommen und war weitergegangen in nördlicher Richtung, bis zum nächsten Gebüsch, wo er dem Tier einen zweiten Schlag versetzte, der ihm bestimmt den Rest gab. Dann war er im Dunkeln weitergegangen bis hinauf zum Gehsteig und auf Umwegen bis zu dem Eckhaus, in dem er wohnte. Im Park hatte er dem Hund das Halsband abgenommen und in die Tasche gesteckt; er hatte vorgehabt, das Tier in einen der Abfallbehälter zu stopfen, doch die Behälter waren alle aus Draht, da konnte man hindurchsehen. So hatte er den Hund mit nach Haus genommen. Nur ein- oder zweimal hatte ein Vorübergehender einen Blick darauf geworfen, aber nichts gesagt – den Straßenlaternen war Kenneth natürlich weit aus dem Wege gegangen –, obwohl immer noch etwas Blut aus dem Kopf tropfte. Zu Hause hatte er das älteste Bettlaken herausgesucht und den Hund darin eingewickelt; dann war er mit dem Bündel fast zwanzig Straßen weit in einen anderen Bezirk marschiert und hatte das Tier dort in einen Abfallbehälter fallen lassen; er war auch aus Draht, aber der Hund war ja eingepackt, und in dieser Gegend, wo überall Abfälle und Zeitungspapier auf den Straßen lagen, machte es sicher nichts aus, hier steckten die Leute sogar neugeborene Kinder in die Abfallkörbe. Nach dem Hund krähte bestimmt kein Hahn mehr.

Ihm fiel ein, wie er auf dem Heimweg das Halsband in seiner Tasche befingert und sich vorgenommen hatte, es nicht weiter anzusehen, obgleich er sich gleich nach der Tötung des Hundes ausgemalt hatte, wie er das Ding zu Hause in Ruhe betrachten würde. Das Halsband hatte zwei anhängende Plättchen, ein Namensschild, Metallringe und Beschläge, das feste gelbe Leder war von erster Qualität. Kenneth hatte das Halsband aus der Tasche gezogen und am Bordstein in den Abfluß geworfen.

Seine Absicht war gewesen, von Reynolds ein Lösegeld zu verlangen. Das war geschehen, er hatte jetzt das Geld. Außerdem hatte er Reynolds Scherereien gemacht durch die Anzeige in der Zeitung, die der feine Herr extra einsetzen mußte. Er hatte es ihm ordentlich gegeben, dem Angeber mit seinem dunkelblauen Mantel und den teuren Schuhen und Handschuhen, die er auch trug, wenn es gar nicht kalt war. Und den Hund hatte er auch noch erledigt, der bei schlechtem Wetter einen karierten Überzug trug und bei Kälte sogar einen roten Rollkragenpullover.

Kenneth liebte es, durch die Straßen zu schlendern ohne Zweck und Ziel. Beim Gehen tat sein Fuß nicht weiter weh, er hinkte eigentlich nur, weil die beiden Zehen fehlten. Manchmal, das wußte er selbst, übertrieb er auch das Hinken, wenn es ihm darauf ankam, Mitgefühl zu erwekken, oder wenn er im Autobus oder in der Untergrundbahn gern einen Sitzplatz haben wollte. Es war zwar noch niemals jemand für ihn aufgestanden, aber wenn ein Platz frei wurde und ein anderer ihn auch haben wollte, so half das Hinken doch. Er ging gern zu Fuß; dann jagten seine Gedanken, angeregt von hunderterlei Dingen, die er unterwegs sah: ein Kinderwagen, ein Polizist, zwei überelegante Frauen im Taxi, eine Dicke, beladen mit Lebensmitteln, und dann die vielen aufgeblasenen Leute, bei denen er in die Fenster sehen konnte – Männer in Hemdsärmeln vor dem Fernsehschirm, eine Frau, die ein Tablett mit Bier und Gläsern hereinbrachte, warmes Lampenlicht auf Bücherwänden und Bildern. Alles Angeber, die Leute da, und Schwindler noch dazu, sonst hätten sie ja nicht so viel Geld und könnten sich keine Frau leisten, die sie bediente, das lag auf der Hand. Mit Frauen hatte Kenneth wenig im Sinn, die ließen sich doch nur mit Männern ein, die viel für sie springen ließen, davon war er überzeugt. Auch sexuell war bei ihnen gar nichts oder verschwindend wenig zu holen, sie benutzten ihre Reize alle nur dazu, sich die Männer gefügig zu machen.

Neben Edward Reynolds gab es noch einige andere Leute, die Kenneth belauerte: eine Frau, ebenfalls mit einem Pudel, aber weiß und kleiner als der von Reynolds; sie trug hochhackige Schuhe und schwarzgefärbte Haare, lokkig wie ihr Pudel, ab und zu traf sie sich am Broadway mit einem großen, auffallend gekleideten Mann, wahrscheinlich ihr Freund, von dem ihr Mann nichts wußte, und ging dann mit ihm entweder in eine Bar oder in ihre Wohnung, wo sie etwa eine Stunde lang blieben. Ebenso beobachtete er einen gutangezogenen, aber betrübt aussehenden jungen Mann, der sich jeden Morgen um acht Uhr fünfzehn auf den Weg zur Untergrundbahnstation 103rd Street machte. Er sah irgendwie wehleidig aus. Eine Weile hatte Kenneth vorgehabt, sich den weißen Pudel anzueignen (manchmal nahm ihn die Frau mit in den Riverside Park und machte ihn dort von der Leine los), und er hätte den Plan auch wohl ausgeführt, wenn nicht eine Kleinigkeit ihn abgelenkt hätte von seinem Vorhaben: eines Morgens kam Reynolds (dessen Namen Kenneth damals noch nicht kannte) aus dem Haus mit einem offenen Brief in der Hand, und auf dem Broadway ließ er den Umschlag in einen Papierkorb fallen. Vorsichtig war Kenneth ihm gefolgt und hatte den Umschlag aus dem Korb gefischt: auf diese Weise hatte er Reynolds' Namen erfahren und war nun imstande, ihm Briefe zu schreiben. Das Schreiben machte ihm Spaß; er kannte die Wirkung von Briefen und wußte, daß er die Empfänger damit in Unruhe versetzte. Er wußte ebenfalls, daß die Briefe für ihn selbst nicht ganz ungefährlich waren, aber er fand, der Spaß lohne sich. Etwa dreißig oder vierzig Briefe hatte er bisher losgelassen, an ungefähr ein Dutzend Leute. Manche der Empfänger hatte er nachher beobachtet, wenn sie aus ihren Häusern kamen; es amüsierte ihn, wenn er sah, wie sie sich ängstlich auf der Straße umsahen und ihn manchmal direkt anblickten. Manche Namen las er von Paketen ab, die in die Häuser geliefert wurden. Solche Leute, nahm er an, hatten meist Geld, und das bedeutete, daß sie ein geeignetes Objekt für jede Drohung waren.

Kenneth wußte jetzt, daß Reynolds auf der Revierwache gewesen war und daß es deshalb für ihn selbst riskant sein konnte, sich in der näheren Umgebung sehen zu lassen; er wußte aber auch, daß er es trotzdem nicht lassen und immer wieder dort vorbeigehen würde. Vielleicht stellten sie einen Sonderpolizisten ab, der sich nach ›verdächtigen Gestalten‹ umsehen sollte? Wohl kaum. Die Polizei hatte anderes zu tun, das wußte er selber am besten, er sah sie ja auf ihren fetten Hintern in der Kneipe am Broadway sitzen: Pistole, Notizbuch, Gummiknüppel neben sich, so pflanzten sie sich mitten auf den Hockern auf, schlürften Kaffee und schlangen Banana-Pie in sich hinein.

Sonntag abend schlenderte Kenneth gegen acht Uhr auf den Riverside Drive zu. Um diese Zeit hatten sonst Reynolds oder seine Frau immer den Hund ausgeführt. Vielleicht waren sie auch heute unterwegs, melancholisch, weil ihnen der Hund fehlte. Überall sah man jetzt die Vierecke der Fenster hellwerden; das Licht ging an in den Wohnungspalästen. Alles Snobs, die Leute hier. In allen Häusern saßen Pförtner, die aufpaßten und einen nicht reinließen. Es gab aber doch Diebe, die waren schlau genug und kamen rein. Kenneths heimliches Lächeln, das die hellroten Lippen verzerrte, blieb in den Mundwinkeln hängen. Mord – das war nicht sein Bier; er machte es auf die feinere Tour. Folter, und schön langsam.

Da war der Bulle wieder – der große Blonde, den er schon drei- oder viermal hier gesehen hatte. Ostentativ blickte Kenneth an ihm vorbei, als sie in zwei Meter Abstand auf dem Drive aneinander vorübergingen; aber er fühlte den Blick des anderen auf sich ruhen. Er wollte den Fahrweg überqueren und ein Stück die 100th Street hinuntergehen, bevor er sich auf den Heimweg machte, und es gab auch gar keinen Grund, diesen Plan zu ändern. Er hatte schon einen Fuß auf den Fahrweg gesetzt, der unversehrte Fuß war noch oben und die Ampel zeigte Grün, und noch immer zögerte er. Er stand jetzt an der Ecke 108th Street und blickte nach links den Drive hinunter, um zu sehen, ob der Cop weiterging. Nein: er war stehengeblieben und hatte sich umgedreht – nach ihm, das merkte Kenneth. Er wandte sich um und bog in die 108th Street ein. Lieber nicht direkt nach Hause gehen, falls der Bulle ihm folgen wollte. Es wurde schon dunkel. Kenneth versuchte, das Hinken möglichst zu verbergen. Er hätte sich gern eine Weile ausgeruht in einem der kleinen Kaffeelokale oder in dem Lebensmittelgeschäft, wo er sonst Bier und Eier holte, aber diese Läden waren alle hell erleuchtet; wenn der Bulle dann reinkam, konnte er sich Kenneth gut ansehen, und das durfte er nicht. Wenn man bloß rauskriegen könnte, ob der Bulle ihm folgte oder nicht –

Kenneth war am Broadway stehengeblieben und ging dann auf der östlichen Straßenseite weiter. Ecke 105th Street hielt er an und warf unauffällig einen Blick zurück. Hinter ihm waren mindestens acht Leute auf dem Gehweg, aber kein Polizist. Gut – dann also nach Hause, und zwar schleunigst. Er kam sich vor wie auf der Flucht, aber er hatte daneben auch das Gefühl, das Schlimmste überstanden zu haben. Er öffnete die Haustür und schlug sie hinter sich zu, dann hinkte er zu seiner eigenen Tür und schloß sie auf.

Geschafft. Hier war er sicher. Er trat an den Tisch, faltete hastig den Brief zusammen, den er an Reynolds geschrieben hatte, und schob ihn unter ein paar Wäschestücke in die oberste Schublade der alten Kommode. Er warf einen Blick auf das ungemachte Bett, wo er das Geld versteckt hatte. Nur Ruhe, sagte er sich. Erstmal ein Glas Bier. Aber Bier war nicht mehr da, und er wagte jetzt nicht noch einmal auszugehen. Er mußte also heute ohne Bier auskommen. Pech. Er machte sich an die Vorbereitung des Abendessens. Eine Dose Bohnen: er hatte eine besonders gute Marke, sie war etwas teurer als die von ›Heinz‹, aber für heute abend gerade richtig. Beim Essen las er die Zeitung, die er vorher nur überflogen hatte. Politik interessierte ihn kaum. Internationale Konferenzen, selbst Kriege: das waren Dinge, die sich Tausende von Meilen entfernt abspielten und sein Leben gar nicht berührten – so wenig wie eine Theatervorstellung das wirkliche Leben eines Menschen berührt. Manchmal blieb sein Blick an einer Meldung hängen: eine Frau, die in einem dunklen Torweg überfallen worden war, oder ein Selbstmörder, den man in einer New Yorker Wohnung gefunden hatte. Solche Nachrichten las er bis zum letzten Buchstaben.

Kenneth hatte jetzt aufgeräumt und sich bis zum Gürtel ausgezogen, um sich am Waschbecken zu waschen, als es an die Tür klopfte. Wegen des laufenden Wassers hatte er keine Schritte gehört. Verdammt – hitziger Ärger stieg in ihm auf, Ärger und leise Angst. Er knöpfte das Hemd zu, ließ es aber über die Hose hängen.

»Wer ist da?« rief er scharf.

»Mrs. Williams!« kam eine energische Stimme zurück; es klang, als ob der Name genügen müsse, damit die Tür geöffnet wurde. Mrs. Williams war seine Hauswirtin.

Verärgert schob Kenneth den Riegel zurück und schloß die Tür auf.

Mrs. Williams war groß, stark und unförmig. Ihr Haar war grau, der Gesichtsausdruck säuerlich-gespannt. Immer waren die geröteten Augen weit aufgerissen, als sei sie soeben tief beleidigt worden. »Haben Sie was angestellt, Mr. Rowajinski?« Sie hatte eine schauerliche Art, seinen Namen auszusprechen.

»Wieso – nein.«

Sie ließ sich nicht abweisen. »Wenn Sie nämlich was angestellt haben, dann haben Sie die längste Zeit hier gewohnt. Sie und Ihre zwanzig Dollar in der Woche, auf die kann ich verzichten. In meinem Haus will ich keine zweifelhaften Leute wohnen haben.« Sie redete und redete.

Kenneth wußte immer noch nicht, worauf sie hinaus wollte. Schließlich kam sie mit der Sprache heraus. »Eben war ein Polizist hier, der hat mich gefragt, wie Sie heißen und wovon Sie eigentlich leben.«

»Ein Polizist?«

»Jawohl. Was da eigentlich los ist, hat er mir nicht gesagt. Das möchte ich gern von Ihnen wissen.«

»Woher soll ich das wissen? Ich habe nichts getan.«

»So – Sie haben nichts getan? Auch nicht bei anderen Leuten in die Fenster geschielt oder sowas?«

»Sind Sie runtergekommen, um mich zu beleidigen?« Kenneth richtete sich auf. »Wenn Sie das –«

Sie unterbrach ihn schroff. »Hören Sie doch auf. Ein Cop kommt nicht her und stellt einem Fragen, wenn er keinen Grund hat. Und in meinem Haus will ich keine Schnüffler haben, das habe ich nicht nötig, es gibt genug andere Leute. Wenn der Mann nochmal kommt, schmeiße ich Sie raus, verstanden?«

Sie müßte erstmal kündigen, dachte Kenneth, aber er war zu verstört, um das jetzt vorzubringen. »Schon gut, Mrs. Williams«, sagte er bitter. Er hielt den Türgriff so fest gepackt, daß ihm die Finger wehtaten.

»Sie wissen jedenfalls jetzt Bescheid.« Sie wandte sich um und ging hinaus.

Kenneth verschloß die Tür hinter ihr und schob den Riegel vor. Er holte tief Luft. Wenigstens hatte der Bulle nicht direkt nach ihm gefragt, er hatte nicht verlangt, ihn zu sehen oder sein Zimmer zu durchsuchen. Aber vielleicht holte er sich bloß noch einen Haussuchungsbefehl? Bei diesem Gedanken brach Kenneth am ganzen Körper der Schweiß aus. Der Abend war hin. Er nahm den zusammengefalteten Brief aus der Schublade und zerriß ihn. Und noch als er im Bett lag, horchte er auf Schritte vor seiner Tür.

6

Clarence hatte tatsächlich einen Augenblick die Absicht gehabt, nach diesem ominösen Rowajinski persönlich zu fragen, um selber mit ihm zu sprechen. Nur war es jetzt fast neun Uhr, er hatte seine erste Runde noch nicht beendet, und gleich sollte er den Kollegen – Cobb hieß er – wieder treffen, der heute abend sein Partner war. Nach Dunkelheit gingen sie immer zu zweit auf Streife. MacGregor hatte ihnen bei der Tagesbesprechung heute eingeschärft, die Augen besonders in der 105th Street offenzuhalten; auf dem Revier lag die Meldung einer Frau vor, die besagte, daß sich in ihrem Haus ein fremder Mann aufgehalten habe, ein Mann, der ins Haus gekommen war, ohne unten den Pförtner zu passieren; vielleicht war er noch irgendwo versteckt, oder er hatte das Haus für einen späteren Überfall ausgekundschaftet. Clarence hatte jedoch, seit er um acht seinen Dienst antrat, nur Augen gehabt für einen möglichen anonymen Briefschreiber, also für einen Typ, der seltsam oder irgendwie lichtscheu aussah. Deshalb hatte er sich für wenige Minuten von Cobb getrennt und war einem gebückten kleinen Mann, der ihm sehr verdächtig vorkam, bis zu einem Haus in der 95th Street gefolgt.

Der Mann, ein Italiener namens John Vanetti, war über sechzig, er sprach nur wenig Englisch und schien außerdem noch einen Sprachfehler zu haben. Er war völlig verstört gewesen, als der Polizist ihm folgte, sogar bis in seine Wohnung, obgleich Clarence denkbar behutsam und höflich vorging.

»Ich möchte Sie bitten, etwas in Druckschrift zu schreiben«, hatte er zu dem alten Mann gesagt.

»Wie? Was –?« der Italiener schlotterte.

»Hier – bitte, schreiben Sie. In Druckschrift. Schreiben Sie einfach bloß: Sehr geehrter Herr, können Sie heute abend ...« Eine Tortur war es gewesen. Der alte Mann war Schuhmacher, er arbeitete in einer Werkstatt am Broadway, das stimmte alles. In der ärmlichen kleinen Einzimmerwohnung fanden sich eine ganze Anzahl Schusterwerkzeuge. Der Alte brachte kaum die paar Druckbuchstaben zustande, immer wieder fiel er in Schreibschrift zurück – nein, das war ganz gewiß nicht der Unbekannte. Clarence hatte sich höflich entschuldigt und das Haus verlassen. Phantastisch, daß es solche Typen noch gab in New York. Er hatte geglaubt, sie seien schon in seiner Kindheit ausgestorben.

Aber dann, als er wieder mit Cobb zusammen durch die Straßen patrouillierte, war ihm der Krüppel aufgefallen, und sofort wußte er: den hatte er in dieser Gegend schon öfter gesehen. Dieser Mann war viel wendiger als der Italiener vorhin, er hinkte leicht und hatte etwas an sich – etwas Huschendes, Absonderliches, das war es. Das war genau der Typ, nach dem er Ausschau hielt. Er war ihm dann gefolgt und hatte auch mit der Hauswirtin gesprochen. Doch jetzt war es fast neun Uhr, um neun war der stündliche Anruf bei der Revierwache fällig; er war also mit Cobb weitergegangen und hatte nichts mehr unternommen. Aber er wußte nun, wie der Mann hieß, Rowajinski, und wo er wohnte. Morgen wollte er hingehen und sich den Mann vornehmen.

In der 105th Street fiel den beiden Polizisten nichts Ungewöhnliches auf, alles sah aus wie immer. Sie fragten den Pförtner in dem Apartmenthaus, ob alles in Ordnung sei. Er schien sich zu freuen, daß sie kamen, und meinte, ja, soweit er wisse, sei alles in Ordnung.

Kurz nach zehn trennte sich Clarence noch einmal kurz von Cobb und trat in das Haus, in dem Mr. Reynolds wohnte. Er bat den Pförtner, in der Wohnung anzurufen. Mr. Reynolds war am Apparat.

»Hier ist Clarence Duhamell vom Polizeirevier, Mr. Reynolds. Ich wollte nur fragen, ob Sie etwas gehört haben. Oder ob es irgendwas Neues gibt.«

»Nein, wir haben nichts gehört. Und Sie?«

»Gar nichts, nein. Die Briefe haben auch nichts ergeben. Ich frage morgen nochmal bei Ihnen an, Sir.« Clarence hatte vorher die Hauptwache angerufen und erfahren, daß keine Briefe in ähnlicher Handschrift vorlagen.

»Danke, ja. Vielen Dank.«

Die Enttäuschung in Mr. Reynolds' Stimme entging Clarence nicht.

Am Montag nachmittag machte er sich auf den Weg zu Kenneth Rowajinski. Er war in Zivil. Die Hauswirtin öffnete und Clarence hatte Glück: Mr. Rowajinski war zu Hause. Sie führte ihn durch eine Tür und dann ein paar Stufen hinunter in einen Vorraum. Jetzt erst erkannte sie ihn wieder und schien entsetzt.

»Sie sind ja der Polizist von gestern!« sagte sie.

»Ja«, gab Clarence lächelnd zurück. »Wir haben gestern zusammen gesprochen.« Erstaunlich, was die Uniform ausmachte. Für manche Leute waren Cops anscheinend gar keine Menschen; daß sie normale Kleidung besaßen, schien unfaßbar.

»Sagen Sie mal«, flüsterte die Frau, »hat der Mann irgendwas angestellt? Dann werde ich ihn nämlich –«

»Nein nein. Ich möchte ihn nur sprechen.«

Clarence sah, sie brannte vor Neugier, aber sie führte ihn an die hellgrüne Tür und klopfte an.

»Hier ist es. – Mr. Rowajinski?!«

Kenneth schob den Riegel zurück und öffnete. »Was ist denn los?« Als er Clarence sah, fuhr er zusammen.

»Patrolman Duhamell.« Clarence hielt ihm seine Brieftasche mit dem polizeilichen Ausweis hin. »Kann ich Sie mal einen Augenblick sprechen?«

Mrs. Williams machte eine vielsagende Kopfbewegung und blickte Rowajinski an, als wolle sie sagen: Da haben Sie's. Clarence trat ins Zimmer. Mrs. Williams stand noch da, als Rowajinski die Tür zumachte. Er verriegelte sie und schob eine kleine Metallscheibe hinter den Riegel. Das Zimmer machte einen trübseligen und verwahrlosten Eindruck, groß und schmutzig, mit Farbflecken, wo jemand den Versuch unternommen hatte, die Wand zu streichen. Von einem Hund war nichts zu sehen.

»Was gibt's?« fragte Rowajinski.

Clarence blickte ihn offen und freundlich an. »Wir suchen hier in der Gegend jemand, der einen Hund gestohlen hat. Da müssen wir natürlich mit vielen Leuten ein paar Worte reden.« Er hielt inne und sah erstaunt, wie die Augen seines Gegenübers plötzlich scharf wurden, doch die rosigen Lippen brachten es fast fertig zu lächeln. »Würden Sie wohl mal ein paar Worte schreiben? Nicht viel – nur ein paar Worte, das genügt.«

Rowajinski zuckte die Achseln, hob eine Hand, drehte sich halb um und fragte: »Wieso denn?«

Was er damit sagen wollte, wußte Clarence nicht, er nahm es aber als Zustimmung. Er zog sein Notizbuch aus der Tasche und trat damit an den Tisch, auf dem Zeitungen, Bleistifte, Federhalter, ein abgegessener Teller und eine Gabel herumlagen. Der Mann nahm den Teller und stellte ihn beiseite. Dann ergriff er den Kugelschreiber, den Clarence ihm reichte, und setzte sich.

»Bitte schreiben Sie in Druckbuchstaben«, sagte Clarence. »Schreiben Sie: Werter Herr, wir treffen uns an der Ecke York Avenue.«

Kenneth hatte vorgehabt, seine Handschrift zu verstellen; das große W, mit dem er anfing, versah er oben und unten mit schwungvollen Schnörkeln. Dann kam ein kleines e, doch schon beim dritten Wort verfiel er in seine normale Druckschrift. Sein Herz jagte. Was er beim Schreiben empfand, war fast ein Lustgefühl – Lust und gleichzeitig Angst. Kein Zweifel, sie hatten ihn erwischt. Nach dem letzten Wort übergab er das Papier mit leichtem Zittern dem Polizisten und sah das Aufleuchten des Erkennens in den blauen Augen. Der Mann hatte die Schrift erkannt.

»Mr. Rowolowski –«

»Rowajinski.«

»Mr. Rowajinski, ich muß Ihnen noch einige Fragen stellen.« Clarence zog einen Stuhl an den Tisch und setzte sich. »Ihre Schrift ist ganz ähnlich wie die in den Briefen, die bei uns auf der Revierwache liegen. Sie haben an einen Mr. Reynolds geschrieben, nicht wahr? Edward Reynolds, 106th Street?«

Kenneth flog immer noch. Einen Ausweg gab es jetzt nicht mehr. »Ja«, sagte er. Es war ein Eingeständnis, aber keine Kapitulation.

»Sie haben also den Hund?« fragte Clarence jetzt noch behutsamer. »Mr. Reynolds liegt hauptsächlich daran, den Hund zurückzubekommen.«

Wieder verzog Kenneth den Mund zu einem vagen Lächeln, um Zeit zu gewinnen. Irgendwas reden, egal was. Ausspinnen. Undeutlich nahm eine Idee in seinem Kopf Gestalt an. »Der Hund ist bei meiner Schwester, in Long Island. Dem geht's sehr gut.« Und dann wurde ihm blitzartig klar, was dieses Eingeständnis bedeutete: daß er den Hund gestohlen und die tausend Dollar eingesteckt hatte.

»Schön. Dann bringen Sie jetzt also den Hund wieder her, so schnell wie möglich«, sagte Clarence lächelnd und erhob sich.

Der Kerl triumphiert, dachte Kenneth. Er schwieg und rieb sich das Kinn.

»Geben Sie mir bitte die Adresse Ihrer Schwester, Mr. – Rowajinski. Dann kann ich den Hund jetzt gleich selber abholen.«

»Nein«, sagte Kenneth hastig.

»Was soll das heißen – nein?« Clarence runzelte die Stirn. »Ich will den Hund noch heute hier haben, verstanden? Wo wohnt Ihre Schwester?«

»Queens.«

»Hat sie Telefon?«

»Nein.«

»Wie heißt sie? Sie ist doch wohl verheiratet – wie ist der Name? Hören Sie zu, Mister, ich habe keine Lust, mich hier lange mit Ihnen aufzuhalten. Ich wünsche eine Antwort, haben Sie mich verstanden?« Drohend trat Clarence einen Schritt vor. Er hätte den Kerl gern am Zeug gepackt und gründlich geschüttelt, um endlich mit ihm weiterzukommen, nur fürchtete er, dies sei nicht der richtige Moment. Vielleicht erfuhr er mehr, wenn er etwas Geduld aufbrachte. »Also bitte: Namen und Adresse.«

»Ich will aber nochmal tausend Dollar haben«, sagte Kenneth.

Clarence lachte laut auf. »Mr. Rowalski oder wie Sie heißen, ich werde hier im Zimmer alles auf den Kopf stellen, und zwar jetzt sofort, bis ich die Adresse habe. Oder Sie kommen mit mir auf die Wache, da können Sie sich auf allerhand gefaßt machen. Also los jetzt.«

Kenneth saß immer noch am Tisch; jetzt verschränkte er die Arme und blickte Clarence an, gefaßt auf Püffe oder Schläge, was auch kommen mochte. »In meiner Wohnung werden Sie die Adresse nicht finden«, verkündete er großspurig. »Außerdem ist abgemacht, daß der Hund umgebracht wird, wenn ich bis morgen abend nicht nochmal tausend Dollar kriege.«

Wieder lachte Clarence. Er stemmte die Hände in die Seiten und besah sich ringsum das Zimmer. »Mit der Kommode da drüben können Sie anfangen«, sagte er dann. »Los.« Er machte eine Bewegung mit der Hand.

Es blieb Kenneth nichts anderes übrig, er mußte aufstehen. In diesem Augenblick hörte man Schritte draußen im Gang: die geschäftig schlurrenden Pantoffeln, in denen die alte Williams über den Flur schob, und die schweren Tritte des ungeschlachten Sohnes, den sie angesichts der erhobenen Stimmen im Zimmer ihres Mieters wohl herbeigeholt hatte. Verdammt, die beiden standen vor der Tür und horchten. Kenneth ging hinüber zu der Kommode mit den drei langen Schubladen.

»Erstmal bitte Ihre Taschen ausleeren.«

»Haben Sie überhaupt einen Haussuchungsbefehl? Dann möchte ich ihn mal sehen.«

»Mir genügt das da«, erwiderte Clarence ruhig und wies auf den Zettel mit Kenneths Druckbuchstaben, der noch auf dem Tisch lag. Als Kenneth jetzt darauf zuging, sprang Clarence vor und steckte ihn ein.

Bei der Leerung der Taschen half Clarence mit. Zutage kamen mehrere zusammengefaltete Geldscheine, ein Schlüsselring, ein schmutziges Taschentuch, ein paar graue Notizzettel für Besorgungen. Clarence war nur an der Adresse der Schwester gelegen, er sah sich im Geist schon auf sämtlichen Meldeämtern New Yorks danach suchen. »Haben Sie keine Brieftasche? Oder ein Adreßbuch?«

»Nein.« Kenneth riß die dritte Schublade heraus. Es war ihm verhaßt, daß jemand seine Sachen betrachtete und anfaßte.

Dann kam der Tisch dran. Er hatte ebenfalls eine Schublade, aber darin lagen hauptsächlich Messer und Gabeln und Löffel, darunter einige offensichtlich gestohlene; ferner ein Dosenöffner und schließlich Kenneths Versicherungskarte und die Unterlagen seiner Versehrtenrente. Clarence notierte sich die Nummer der Karte.

Jetzt die Bücher. Acht oder zehn Paperbacks und zwei Bände aus der Leihbibliothek lagen auf dem Fußboden unter dem Fenster. Clarence blätterte sie schnell durch; dann spähte er unter das Bett und zog die Bettstelle von der Wand, damit er dahinterschauen konnte. Er suchte auch in der Toilette und auf dem Küchenbord über den Kleidern, die dort hingen. Alle Taschen der Kleidungsstücke wurden durchsucht.

»Die Adresse haben Sie bestimmt im Kopf«, sagte Clarence gereizt. Er war jetzt böse, denn auch das Geld hatte er nicht gefunden.

»Meine Schwester hat ihre Anweisungen«, gab Kenneth großartig zur Antwort. »Morgen abend wird der Hund umgelegt, wenn ich nicht bis elf Uhr mit dem Geld bei ihr bin.«

»Und Sie nehmen tatsächlich an, daß Sie damit durchkommen und noch mehr Geld kriegen? Haben Sie Mr. Reynolds nochmal geschrieben?«

»Ich wollte ihn anrufen, in seiner Wohnung«, sagte Kenneth frech. »Wenn er seinen Hund wiederhaben will –« und dann übermannte ihn die Wut. »Ja, die Adresse habe ich im Kopf, und Sie kriegen sie bestimmt nicht!«

Grillen, den Kerl, dachte Clarence. Er zündete sich eine Zigarette an. Einbuchten. Dann kann Santini oder Manzoni ihn vornehmen und die Schrauben ansetzen. Aber ob die sich überhaupt soviel Mühe machen würden? Man müßte ihnen ein bißchen Lust machen, dann vielleicht. Und wenn sie nun gar kein Interesse hatten? Oder wenn Rowajinski nicht nachgab? Ob er selber ihn knacken konnte, hier oder auf der Wache? Würde MacGregor das erlauben –? »Wer soll denn den Hund aus Queens hierher zurückbringen?« fragte er.

»Meine – meine Schwester. Ich treffe sie.«

»Hat sie ein Auto? Oder ihr Mann?«

»Ja, sie kommt mit ihrem Mann, im Auto.«

Fabelhafte Familie, dachte Clarence und hätte es gern laut gesagt, aber er wollte den Mann nicht noch mehr reizen. Die Hauptsache, das hatte Mr. Reynolds betont, war der Hund und daß er lebend zurückkam. Aber ob das alles stimmte, was der Kerl da redete? »Ihre Schwester – wohnt sie in einem Wohnblock?«

»Nein. Kleines Haus.«

»Können Sie mir das irgendwie beweisen?«

»Wieso – beweisen?«

»Das ist Ihre Sache. Vielleicht kann ich Ihre Schwester anrufen, damit ich weiß, daß der Hund noch am Leben ist und daß sie ihn herbringt. Ja –?«

»Ich habe Ihnen doch gesagt, meine Schwester hat kein Telefon. Und ich will nicht, daß sie da mit reingezogen wird!«

Der Kerl war tatsächlich bekloppt. Zum erstenmal seit Beginn des Verhörs wandte Clarence die Augen ab vor dem Blick des anderen, aus einem seltsamen Gefühl der Unruhe. Geisteskranke waren – ja, sie machten ihm Angst. Man war nie sicher, was sie im Sinn hatten. Daran hatte er hier noch gar nicht gedacht, aber jetzt fiel es ihm ein: es war wohl besser, diesen Rowajinski nicht aus den Augen zu lassen. Und noch etwas anderes fiel ihm zu seiner Erleichterung ein: er stand ja nicht allein. Er hatte den Kerl zwar selber, ohne Hilfe, gefunden, und das wollte er auch gern gewürdigt sehen, aber er konnte doch Santini oder MacGregor bitten, die Adresse aus ihm herausholen zu lassen. Und inzwischen konnte er den Reynolds berichten, daß er den Kidnapper aufgespürt hatte. Bei dem Gedanken daran hob sich seine Stimmung.

»Also, Mr. Rowajinski, Sie kommen jetzt mit mir auf die Wache«, sagte Clarence entschieden.

Proteste, Widerreden. Herrgott, war das ein gräßlicher Zeitgenosse!

»Los, holen Sie Ihren Mantel«, befahl Clarence.

Kenneth war jetzt in der Defensive, gab aber noch nicht auf. Wie wollten die es denn anstellen, eine Schwester von ihm zu finden? Und noch dazu in Long Island? Seine Schwester wohnte in Pennsylvanien. Er hatte mal ihre Adresse gehabt, hatte sie jedoch längst verloren, und im Kopf hatte er sie ganz sicher nicht. »Sie werden ja sehen – das hat alles gar keinen Zweck, wenn Ihnen an dem Hund was liegt. Der Hund wird morgen abend um sechs umgebracht, wenn meine Schwester nicht vorher erfährt, daß das Geld kommt.«

»Und wie erreichen Sie sie?«

»Ich rufe an, woanders. Das ist alles abgemacht.«

Clarence zögerte. Ob das stimmte? Einen Brief an Mr. Reynolds hatte der Kerl nicht geschrieben; es mochte zutreffen, daß er ihn hatte anrufen wollen und daß er, wenn er das Geld nicht bekam, dann seine Schwester benachrichtigte. Was also riskierte er, Clarence, wenn er noch Stunden wartete? Er nahm eine Miene verachtungsvoller Überlegenheit an. Zweifellos war es im Grunde seine Pflicht, diesen Rowajinski sofort auf die Wache zu bringen. Aber Mr. Reynolds wollte seinen Hund wiederhaben, das war ihm das einzig Wichtige. Wenn die Schwester nicht von ihrem Bruder hörte, würde sie vermutlich den Hund einfach umbringen, um ihn los zu sein.

Kenneth erkannte seinen Vorteil und nutzte ihn aus. Was er in der Hand hatte, war das Leben des Hundes – keine schlechte Waffe. »Sie haben mich doch wohl verstanden«, sagte er. »Daß Mr. Reynolds mit Leichtigkeit nochmal tausend Dollar zahlen kann, das wissen Sie auch. Ich hab das meiner Schwester fest zugesagt.«

Den Kerl gleich hier in die Mangel nehmen, dachte Clarence und versuchte, Zorn und Energie bis zur Tat anwachsen zu lassen. Die Kollegen würden es bestimmt so machen: den Mann einfach zusammenschlagen. Was die Kräfte anging, so war er diesem Polen, der zwar stämmig aussah, ganz sicher überlegen. Langsam machte er einen Schritt auf Rowajinski zu. »Na schön. Aber erstmal werden Sie mir jetzt sagen, wo Ihre Schwester wohnt. Los, Mister!« Er schlug dem andern die halbgeschlossene Faust ins Gesicht.

Rowajinskis rote Lippen zitterten unter dem Stoß. Er blickte Clarence verblüfft an.

Clarence packte den andern vorn an der Kleidung und schob ihn rückwärts an die Wand. Sein Atem roch nach Frankfurter Würstchen. Was Clarence jetzt tat, stand nicht in den Polizeivorschriften, aber unter gewissen Umständen tat es jeder Polizist. Er schlug dem andern senkrecht auf den Nasenrücken, wie er es in einem Hinterzimmer einmal von Manzoni gesehen hatte.

»Ich sag gar nichts! Und den Hund kriegen Sie lebendig nicht wieder!« Rowajinskis Stimme war plötzlich schrill geworden.

Clarence ließ die Hände sinken und tat einen tiefen Atemzug. Er warf einen Blick auf seine Uhr. Erst mußte er wohl mit Mr. Reynolds sprechen, dann konnte man weitersehen. »Wie haben Sie den Hund zu fassen gekriegt?«

Der Pole ließ offenbar erleichtert die Schultern fallen. »Och, der kam einfach so mit. Ganz zutraulich. Kam einfach mit mir ins Taxi, und dann hab ich ihn nach Long Island gebracht.«

»Hat Ihre Schwester einen Garten?«

Kurzes Zögern. »Nein, bloß 'ne Wohnung.«

»Vorhin haben Sie gesagt, ein kleines Haus.«

»'ne Wohnung ist es.«

»Und wo – in welcher Gegend in Queens?«

»Sag ich nicht!«

Man könnte den Streifenwagen in Queens Bescheid geben, damit sie auf einen kleinen schwarzen Pudel namens Lisa achteten. Die Frau mußte ihn doch wohl mal ausführen? Nein, vielleicht war das nicht mal nötig, leider. Und Queens war ein riesiger Bezirk. »Ich wünsche, daß der Hund heil und gesund zurückgebracht wird, verstanden?«

»Klar.«

»Ich werde Ihnen in ein paar Minuten noch was sagen. Ich komme gleich wieder.«

Rowajinski wandte argwöhnisch den Kopf und blickte Clarence wie ein Vogel schief aus einem Auge an. »Sie kommen zurück – hierher?«

»Ja.« Clarence trat an die Tür und versuchte, den Riegel mit dem Metallplättchen zurückzuschieben. Rowajinski half ihm. Man mußte das Plättchen erst herausziehen, dann ließ sich der Riegel verschieben. Clarence überlegte. Er hätte auch noch unter den Fußbodenbrettern nach dem Geld – oder dem, was davon noch da war – suchen müssen. Andererseits: wie sollte der Kerl es wegschaffen. Wenn die Schwester das Geld hatte, was sehr wahrscheinlich war, dann konnte die Polizei sie aufspüren, auch wenn es gar nicht seine Schwester war. War der Hund erst zurück, konnte man den Kerl auf den Grill legen.

Als Clarence durch den Hausflur ging, wurde die Wohnungstür, zu der rechts ein paar Stufen führten, geschlossen. Aha – die Hauswirtin hatte gelauscht. Während er die Treppe zur Haustür hinaufstieg, hörte er, wie der Pole seine Tür zuschloß und verriegelte.

Es war zehn Minuten nach fünf. Clarence lief schnell durch die Straßen bis zu dem Häuserblock, wo die Reynolds wohnten. Sicher war Mr. Reynolds noch nicht zu Hause. Außer Atem bat Clarence den schwarzen Pförtner, in der Wohnung oben anzuläuten.

»Mrs. Reynolds? Hier ist Clarence Duhamell. Kann ich eben mal hinaufkommen?«

»Natürlich, gern. Kommen Sie nur.«

Er fuhr nach oben und drückte im achten Stock auf die Klingel. Als die Tür geöffnet wurde, trat er lächelnd in die Diele.

»Ich hab ihn gefunden, den Mann. Der die Briefe geschrieben hat.«

»Gefunden? Und wo ist Lisa?«

»Er behauptet, der Hund sei bei seiner Schwester in Long Island. Wo, das will er nicht sagen. Es ist ein Mann mit polnischem Namen, er wohnt 103rd Street. Die Schwierigkeit ist nur dies: er will bis morgen abend noch einmal tausend Dollar haben, sonst bringt seine Schwester den Hund um, sagt er.«

»O mein Gott!«

»Deshalb wollte ich das erstmal mit Ihnen besprechen. Ich würde gern mit Ihrem Mann sprechen – könnte er wohl herkommen? Ich meine jetzt?«

»Ich kann ihn anrufen, natürlich.« Sie sah zum Telefon hinüber. »Aber er sagt bestimmt ja. Er wird das Geld hergeben, das weiß ich. Handelt es sich nur darum? Ich verstehe das einfach nicht.«

»Ja – aber Sie könnten ihn doch vielleicht lieber anrufen, Mrs. Reynolds. Ich wäre Ihnen dankbar.«

Sie wählte eine Nummer und verlangte Edward Reynolds. »Hallo, Frances? Hier ist Greta Reynolds. Kann ich wohl meinen Mann mal sprechen? Es ist dringend ... Ja, aber es ist wichtiger als ein Interview, wirklich. Sie müssen ihm Bescheid sagen, bitte.« Längere Pause.

Clarence hatte die Hände in die Taschen versenkt und wartete unruhig. Greta starrte auf den Fußboden und biß sich auf die Unterlippe.

»Hallo, Eddie ... Du, der Polizeibeamte ist hier. Sie haben den Mann gefunden! Ja ... ja. Könntest du wohl jetzt gleich herkommen, wir müssen etwas besprechen ... nein, ich kann's dir jetzt nicht erklären, aber es ist sehr wichtig, du mußt wirklich kommen, bitte ...«

Clarence war bereit, die Sache am Telefon zu erklären, aber Mr. Reynolds konnte offenbar sein Büro sofort verlassen.

»Er wird in ungefähr fünfzehn Minuten hier sein«, sagte Greta zu Clarence. »Er freut sich sehr. Bitte nehmen Sie doch Platz, Mr. Duhamell.«

Clarence setzte sich auf einen Stuhlrand.

»Wie haben Sie ihn bloß gefunden?«

Er erzählte ihr, wie er dem Mann bis zu seiner Wohnung gefolgt war. »Dann habe ich ihn etwas in Druckschrift schreiben lassen – dies hier.« Er zog den zusammengefalteten Zettel aus der Tasche und erhob sich, um ihn ihr zu geben.

»O ja, das ist dieselbe Schrift.«

»Ja, bestimmt. Da bin ich ganz sicher.«

»Kann man ihn denn nicht dazu bringen, daß er sagt, wo

seine Schwester wohnt? Man kann doch Leute zu so etwas zwingen, nicht wahr?«

»Ja, normalerweise schon. Ich würde ihn auch gern mit auf die Wache nehmen, bloß, offen gesagt, glaube ich nicht, daß die Kollegen sich viel Mühe mit ihm machen würden. Ich weiß nicht – ich bin nicht sicher, daß man ihn mürbe kriegt. Er ist – er ist ein komischer Kerl, wissen Sie.«

Vielleicht – das fiel Clarence jetzt ein – war Greta als junges Mädchen selbst einmal gefoltert worden, vielleicht war sie oder waren ihre Eltern in einem deutschen Konzentrationslager gewesen. Greta war dabei, den Eisbehälter aus der Küche zu holen; sie fragte Clarence, ob er etwas trinken wolle, Whisky oder eine Tasse Kaffee. Clarence lehnte ab; er wollte möglichst schnell zurück zu Rowajinski.

Sie hörten einen Schlüssel in der Tür, und Mr. Reynolds trat ein.

»Guten Tag, Mr. Duhamell. Sie haben den Mann also gefunden.«

»Ja. Es ist ein Pole, Rowajinski heißt er.« Clarence sah den Namen deutlich vor sich.

»Du – er will nochmal tausend Dollar haben«, sagte Greta.

»Dann erzählen Sie mal.« Ed ließ die Aktentasche aufs Sofa fallen.

»Sie sollen morgen abend um elf tausend Dollar hinterlegen, an derselben Stelle wie neulich«, sagte Clarence. »Der Hund ist in Queens, bei der Schwester von dem Polen. Das behauptet er jedenfalls.«

»Hm-m. Haben Sie mit der Schwester gesprochen?«

»Das ist es ja – er will nicht sagen, wo sie wohnt, und

auch ihren Namen nicht. Deshalb wissen wir eben nicht sicher, ob sie den Hund tatsächlich hat. Er sagt, sie – die Schwester – wird den Hund morgen abend um sechs umbringen, wenn das Geld nicht fest zugesagt wird. Deshalb will –«

»Das ist ja unglaublich«, sagte Ed.

»Deshalb möchte ich versuchen«, fuhr Clarence fort, »die Schwester ausfindig zu machen, und inzwischen würde ich dem Mann fest zusagen, daß er morgen abend das Geld bekommt. Wenn wir die Schwester bis morgen abend finden, dann kriegen wir auch den Hund, und dann fällt natürlich das Geld weg. Er muß angeblich seiner Schwester bis morgen bestätigen, daß das Geld kommt.«

»Mein Gott«, murmelte Ed und nahm Greta den Drink ab, den sie ihm gebracht hatte. »Danke schön, mein Liebes. Und warum will dieser Pole – was ist das eigentlich für ein Mensch?«

Clarence beschrieb ihn und schrieb den Namen und die Adresse auf einen Zettel, den er aus seinem Notizbuch riß. »Ich habe das ganze Zimmer nach der Adresse der Schwester durchsucht, aber nichts gefunden. Auch das Geld nicht, das er von Ihnen hat.«

»Ach, das Geld –«, wehrte Ed leicht ungeduldig ab.

»Hier – das habe ich ihn schreiben lassen, in Druckschrift.« Clarence nahm den Zettel vom Couchtisch und zeigte ihn Ed. »Daher wußte ich, daß er der Mann ist.«

»Hm – ja.« Ed gab ihm das Papier zurück.

»Was machen wir nun, Eddie? Es lohnt doch den Versuch, meinst du nicht?« fragte Greta.

»Doch, natürlich.« Ed trank ein paar Schluck. »Ich soll also morgen früh einen Brief von ihm bekommen?«

»Er wollte Sie anrufen, sagt er.«

»Wo ist er denn jetzt?«

»In seiner Wohnung. Deshalb muß ich jetzt schnell wieder hin und die Sache mit ihm abmachen. Ich meine, ihm Bescheid sagen, ob Sie einverstanden sind mit dem Geld.«

Ed lächelte ein wenig und zog die Schultern hoch. »Sie hätten ihm ja sagen können, ich sei einverstanden – ob's nun stimmt oder nicht, und sich dann nach der Schwester umsehen.« Er hatte kaum zu Ende gesprochen, als ihm seine Worte leid taten. Der junge Mann war so stolz darauf, daß er den Kerl gefunden hatte, und sie hatten allen Grund, ihm dankbar zu sein, das wußte Ed. »Gut – Sie können ihm also sagen, er kriegt das Geld. Meinen Sie, er ruft mich trotzdem noch an?«

»Das kann ich nicht sagen, Sir.«

»Wo soll es sein – an der gleichen Stelle, um dieselbe Zeit? Zwischen dem elften und zwölften Gitterpfosten?«

»Dieselbe Zeit, das hat er gesagt, jedenfalls. Darf ich wohl mal Ihr Telefon benutzen? Ich muß dann auch gehen.«

Ed wies auf den Apparat. »Aber bitte sehr.«

Clarence rief die Hauptwache an und nannte seinen Namen. »Ich brauche eine Adresse ... die Schwester von Kenneth Rowajinski ...« Er buchstabierte. »Eine oder mehrere Schwestern, möglicherweise in Long Island.« Er nannte Rowajinskis Adresse, das ungefähre Alter und die Nummer seiner Versicherungskarte. Die Adresse, gab er an, sollte so schnell wie möglich an die Revierwache durchgegeben werden.

»Wer will sie haben – der Captain?«

»Egal – Sie können sie einfach durchgeben, nur sorgen

Sie bitte dafür, daß sie richtig aufgeschrieben wird. Es ist dringend.«

Er legte den Hörer auf und wandte sich um. »Ich denke, ich werde heute abend noch irgendwas über die Schwester erfahren.« In aufwallender Freude streckte er Ed die Hand entgegen. Ed nahm sie. Der Händedruck des jungen Mannes war stärker und zuversichtlicher als sein eigener.

»Dies ist der erste wirklich interessante Fall für mich, seit beinahe einem Jahr«, erzählte Clarence froh. »Ich hoffe sehr, daß ich da was zustandebringe.«

»Rufen Sie uns doch heute abend nochmal an«, sagte Ed. »Auch wenn es nichts Neues gibt. Egal wie spät es ist, Sie können uns jederzeit anrufen.«

Clarence verabschiedete sich, und drei Minuten später klopfte er an die Tür vor Rowajinskis Kellereingang, zu der einige Stufen hinunterführten. Niemand kam. Er klopfte noch einmal – Rowajinski mußte ihn hören, sein Fenster war ja nur einen Meter entfernt. Jetzt öffnete sich vorn an der Straße die Haustür, zu der man ein paar Stufen hinaufsteigen mußte. Clarence ging hin, stieg die Treppe hinauf und stand vor der Hauswirtin.

»Der ist weg. Ich hab ihn rausgeschmissen.«

»Rausgeschmissen – wann denn? Jetzt eben?« Clarence blickte rechts und links die Straße hinunter. »Wo ist er hin?«

»Keine Ahnung – aber hier ist er weg.«

»Hat er – hat er einen Koffer mitgenommen?«

»Ja, einen Koffer hatte er, glaube ich. Jedenfalls bin ich ihn los, Gottseidank. Auch noch die Polizei auf dem Hals – das hat mir gerade gefehlt.«

»Kann ich sein Zimmer mal ansehen?«

»Nein. Wozu?«

Clarence fing an zu stottern. »Bitte, ich – ich bin Polizeibeamter. Ich bringe nichts durcheinander – es bleibt alles so, wie es ist.«

Mit ein paar unwillig gemurmelten Worten öffnete sie die Tür und ging mit Clarence den Gang hinunter bis zu der grünen Tür. Sie schloß auf. »Ein Dreck ist das hier – ekelhaft. Und was hat er nun angestellt, der Kerl?«

Konsterniert blickte Clarence sich um. Die Schubladen der Kommode waren herausgezogen, grauweiße Stoffetzen hingen herunter. Das ungemachte Bett sah ähnlich aus. Auf dem Fußboden lag ein schmutziger Schlips, und auf dem Regal am Ofen standen mehrere Konservendosen.

»Hat er irgendwas von Queens gesagt?« fragte Clarence die Frau.

»Von Queens?«

»Ja – Queens in Long Island. Ob er da hin wollte.«

»Ich weiß nicht, wo er hin ist. Jedenfalls ist er keine Miete schuldiggeblieben. Was hat er eigentlich angestellt?«

»Das kann ich Ihnen noch nicht sagen, Ma'am«, erwiderte Clarence hastig. »Hat er zu Ihnen mal etwas von einer Schwester gesagt?«

»Nein. Von seiner Familie hat er nie was erwähnt.«

Das klang glaubwürdig. »Wie lange hat er hier gewohnt?«

»Sieben Monate. Und sieben Monate zu lange, das kann ich Ihnen sagen.«

Clarence trat an die Tür. »Ja, dann – auf Wiedersehen,

Ma'am. Und vielen Dank auch. Ach ja – wie ist Ihr Name, bitte?«

»Mrs. Helen Williams«, gab sie laut und deutlich zur Antwort, als habe sie sich ihres Namens nicht zu schämen.

Clarence nahm ein Taxi. Zu Marylyns Wohnung mußte er quer durch die Stadt, und jetzt zur Hauptverkehrszeit war es in der Untergrundbahn fürchterlich. Verdammt, verdammt, Rowajinski ist weg, dachte er. Wie sollte er den in New York wiederfinden? Er konnte die Kollegen auf der Revierwache um Hilfe bitten, aber sie würden – wenn überhaupt irgendwas – höchstens sagen: »Idiot. Hat den Kerl gefunden und läßt ihn laufen!« Jetzt fiel ihm ein: Rowajinski wollte ja morgen nacht kommen und sich das zweite Geld holen, das würde er bestimmt nicht fahrenlassen. Dann konnte man ihn festnehmen. Es war noch nicht alles verloren.

»Hier ist es doch wohl, was?« fragte der Taxifahrer ungeduldig.

Clarence hatte geglaubt, sie hielten an einer Ampel, aber der Wagen stand schon vor Marylyns Haus. Eilig zog er sein Geld heraus und zahlte.

Marylyn war zu Hause. »Was ist los?« fragte sie, als er in die Tür trat.

»Nichts.« Er kam ein wenig zu sich, als er sie dort sitzen sah. Sie kannte die Sache von Edward Reynolds und seiner Frau, er hatte ihr davon erzählt. Endlich mal was anderes, was Interessantes, er hatte Erfolg gehabt – und nun dieses. Er blickte zum Telefon hinüber und überlegte noch einmal, ob er auf der Wache anrufen sollte, damit sie sich nach Kenneth Rowajinski umsahen. Aber wenn man ihn festnahm, dann würde Rowajinski seine Schwester nicht anrufen ...

»War es wegen dem Mann, dem sie den Hund geklaut haben?« fragte Marylyn. »Bist du bei dem nochmal gewesen?« Sie saß auf dem Sofa und nähte einen Reißverschluß an.

»Ja.«

»Weiß man denn jetzt was von dem Hund?«

»Ich hab den Kerl gefunden, der den Hund gestohlen hat, und jetzt ist er weg. Darum geht's.«

»Er ist weg – wieso?«

»Er ist ausgezogen aus seiner Dreckshöhle, gerade als ich bei den Reynolds vorsprach. Weg – verschwunden.«

»Und der hat den Hund?« Marylyn ließ ihre Näharbeit in den Schoß sinken.

»Er sagt, der Hund ist bei seiner Schwester in Long Island. Ob das stimmt, weiß ich nicht. Er will nochmal tausend haben, und Mr. Reynolds will sie ihm auch geben, morgen abend soll er sie haben. Aber wenn ich ihm jetzt sage, daß das Schwein verschwunden ist –«

»Du meinst – er soll morgen abend nochmal tausend Dollar kriegen?«

»Ja.«

»Also das – der ist doch 'n Erpresser! Der hat den Hund bestimmt nicht. Was hast du denn Mr. Reynolds geraten?«

»Geraten habe ich ihm gar nichts. Ich habe ihn gefragt, ob er – ob er zahlen will.«

»Menschenskind.« Marylyn schüttelte den Kopf. »Der Kerl ist also weg. Und nun sucht ihr ihn alle?«

»Ich hab's noch keinem gesagt. Erst will ich selber versuchen, ihn wiederzufinden. Er muß sich morgen mit

Mr. Reynolds in Verbindung setzen, wenn er das Geld haben will. Dem hat er ja noch gar nichts davon gesagt, bloß mir. Und dann muß er abends hingehen und das Geld abholen. Dann können wir ihn kriegen. Er kann natürlich den Plan mit den zweiten Tausend auch fallenlassen, weil er weiß, daß ich hinter ihm her bin.«

»Oha. – Wie hast du ihn denn gefunden?«

Clarence berichtete.

Marylyn hörte zu, blinzelte ein wenig und fragte dann: »Ist das so'n Typ, der 'ne Pistole bei sich trägt?«

Clarence hörte die Sorge aus ihren Worten. »Nein, das glaub ich nicht. So sieht er nicht aus.« Er lächelte leicht. »Ich hab mir das Zimmer mal angesehen, wo er gewohnt hat. 'n Spinner ist das, weiter nichts.« Er setzte sich ans Fußende des Doppelbetts und blickte Marylyn an. Er hatte das Gefühl, in dieser Sache versagt zu haben, und er war hergekommen, um Marylyn von seinem Versagen zu berichten.

»Ich finde, das ist 'n gefährlicher Job für dich.«

»Für mich?«

»Ja. Der Mann kann doch Kumpels haben. Und du bist jetzt der einzige, der das alles von ihm weiß – du und die Reynolds. Der kann doch versuchen, dich umzulegen, Clare.«

Ihre Sorge tat ihm wohl. »Ach, ich hab keine Angst. Du mußt dir da keine Gedanken machen.« Er stand auf. »Du – ich muß weg. Dienst um acht.«

»Schnell noch 'ne Tasse Nescafé?«

»Nein, aber – kann ich schnell noch die Reynolds anrufen? Das müßte ich eigentlich.«

»Klar.«

Er hatte die Telefonnummer nicht mehr im Kopf und mußte erst nachsehen. Er spürte, wie Marylyn ihn beobachtete.

Mrs. Reynolds meldete sich.

»Hier ist Clarence Duhamell. Ist wohl – ist wohl Mr. Reynolds da?«

Er war da und kam ans Telefon. »Hallo –?«

»Mr. Reynolds – ich habe eine schlechte Nachricht. Ich bin vorhin sofort zu Rowajinski zurückgegangen, in seine Wohnung, und als ich hinkam, war er weg. Ich weiß nicht, wo er jetzt ist.«

»Er war weg –?«

»Ja. Es kann natürlich sein, daß er Sie noch anruft wegen des Hundes, aber bestimmt kann ich das natürlich nicht sagen. Wenn er sich mit Ihnen in Verbindung setzt, würden Sie mir dann bitte Bescheid geben, auf der Revierwache? Ich habe heute abend ab acht Uhr Dienst, aber auch wenn Sie morgen – Sie brauchen nur eine Nachricht zu hinterlassen, auf der Wache.«

»Eh – nein. Wenn er sich bei mir meldet, will ich die Polizei diesmal nicht dabei haben – erst möchte ich selbst versuchen, den Hund zurückzubekommen. Das werden Sie verstehen.«

»Mr. Reynolds – ganz bestimmt, wir werden alles tun, was wir nur können –«

Nach wenigen Worten hängte Edward Reynolds ein. Clarence war tief deprimiert. Er wandte sich zu Marylyn und sagte: »Er will die Polizei nicht mehr dabei haben, falls der Kerl sich meldet. Mein Gott.«

»Ooch, mein Schatz«, sagte Marylyn mitfühlend, aber sie ließ die Arbeit nicht sinken und sagte auch nichts weiter. Sie verstand offenbar gar nicht, wie wichtig die Sache war, dachte Clarence.

»Ich muß jetzt los. Bis später, Liebling. Ich werd ganz leise sein.« Er meinte um vier Uhr morgens, beim Nachhausekommen.

»Nimm's dir doch nicht so zu Herzen, Clare! Du tust ja, als ob die Welt unterginge!«

7

Um zwanzig vor sechs am Montag abend schleppte Kenneth Rowajinski seinen Koffer die Kellerstufen hinauf. Auf der Straße entschloß er sich schnell, das erste vorbeifahrende Taxi zu nehmen. »Die Polizei ins Haus ... ein ganz widerlicher Kerl sind Sie, Mr. Rowajinski!« hatte ihm Mrs. Williams noch nachgeschrien. Dabei hatte sie Mietgeld für vier weitere Tage von ihm einbehalten, denn die Miete wurde immer samstags bezahlt.

Er hatte gehofft, irgendwo in der Gegend des University Place ein billiges Hotel zu finden, und wies daher den Fahrer an, Ecke University Place und 8th Street zu halten. Die Gegend sah ihm aber zu vornehm aus, er nahm also seinen Koffer und ging ein Stück zu Fuß bis zur 14th Street, und dort fand er auch, was er suchte: Hotel George, ein graues, müdes Eckhaus, sieben Stock hoch, Zimmerpreis zwölf Dollar pro Tag, zweiundsiebzig Dollar pro Woche, wenn man das Zimmer für eine ganze Woche nahm. Es war mehr, als Kenneth erwartet hatte. Er gab an, er wolle täglich zahlen, er wisse nicht, ob er mehr als zwei oder drei Tage bleiben werde.

»Dann können wir wohl die drei Tage gleich erledigen?« fragte der Mann an der Rezeption grob.

»Sagen wir zwei Tage.« Kenneth verstand ebenfalls zu handeln, wenn es um sein Geld ging.

Der Mann nahm die vierundzwanzig Dollar und schob Kenneth ein Anmeldeformular über den Tisch zu. »Hier – das müssen Sie ausfüllen.«

Kenneth schrieb »Charles Ricker« in die Namensrubrik

und gab als Heimatadresse an: Huntingdon, Long Island. Wie er auf diesen Ort gekommen war, hätte er nicht sagen können.

»Welche Straße in Huntingdon?«

Auch den Straßennamen erfand er und setzte ihn ein.

Ein kleiner schwarzer Boy führte ihn hinauf in sein Zimmer im fünften Stock und trug ihm den Koffer. Ein Trinkgeld erhielt er nicht – Bedienung war im Zimmerpreis eingeschlossen.

Als Kenneth dann die Tür zugemacht und den kleinen Riegel vorgeschoben hatte, damit niemand von außen öffnen konnte, war ihm wohler zumute. Er fühlte sich jetzt sicher, sogar fast ein wenig vornehm: er hatte ein Bad für sich allein, eine große weiße Badewanne mit Dusche, außerdem ein sauberes Waschbecken mit einem Stückchen Seife, das in grünes Papier eingewickelt war. Er öffnete den Koffer, um zu sehen, ob sein Geld noch da war; dann ging er ins Bad, duschte und rasierte sich. Er besaß nun über neunhundertzwanzig Dollar, und morgen bekam er weitere tausend. Sorgen – wozu? Wegen des jungen Cop? Den hatte er ja abgeschüttelt.

Er war hungrig; irgendwo mußte er etwas zu essen herkriegen. Er überlegte, ob er sein Geld im Bett verstecken sollte, aber womöglich stellten sie hier im Hotel irgendwas mit dem Bett an, bevor er zurückkam. Er zog die dunkelrote, nicht ganz saubere Bettdecke zurück und sah, daß die beiden Kopfkissen frisch bezogen waren. Nein – lieber hier als im Koffer. Er nahm das Geld und schob es tief in den Kissenbezug, dann zog er die Bettdecke darüber und strich sie glatt.

Bei Johnson auf der Sixth Avenue verzehrte Kenneth etwas später einen köstlichen Hamburger mit Pommes frites und Kaffee. Dann trat er an der Ecke in die Telefonzelle und suchte im Buch nach Edward Reynolds' Nummer, die er schon vor Tagen rein aus Neugier nachgesehen, inzwischen aber vergessen hatte. Er steckte ein Zehncentstück in den Schlitz und wählte. Eine Frauenstimme meldete sich.

»Kann ich Mr. Reynolds sprechen?«

»Einen Moment bitte.«

Sie wußte, wer er war, das merkte Kenneth. »Hallo, Mr. Reynolds. Ihr Hund Lisa ist bei mir.«

»Wo ist der Hund – bitte?«

»In Long Island. Dem geht's tadellos. Also, Mr. Reynolds, ich möchte nochmal tausend Dollar haben. Meine Schwester will das, verstehen Sie? Morgen abend um elf, an derselben Stelle, und auch wieder in kleinen Scheinen. Dann haben Sie eine Stunde später Ihren Hund zurück.«

»Gut. Aber welche Sicherheit können Sie mir geben? Kann ich mit Ihrer Schwester sprechen? Wo ist sie?«

»In Long Island. Nein, Sie können nicht mir ihr sprechen – sie will nichts mit der Sache zu tun haben. Noch eins, Mr. Reynolds: Sie gehen da morgen abend allein hin, und keiner geht mir nach, okay? Sonst kriegen Sie den Hund nicht, verstanden?«

»Ja, natürlich.«

»Darauf kann ich mich also verlassen?«

»Ja. Von wo sprechen Sie –«

Kenneth hängte ein, ein triumphierendes Lächeln auf dem Gesicht.

Das Geld lag unberührt im Kissenbezug, als er ins Hotel zurückkam.

Am nächsten Morgen verließ Kenneth sein Zimmer gegen neun mit hundertachtzig Dollar in der Tasche und ging zu Fuß bis zur 14th Street, um ein paar neue Sachen zum Anziehen zu kaufen. Der graue Mantel war schon ziemlich schäbig, den wollte er wegwerfen. Er kaufte einen Anzug für neunundvierzig Dollar und fünfundneunzig Cents und einen braunen Tweedmantel für dreiundsechzig Dollar fünfzig. Den Anzug sollte er nachmittags abholen, die Ärmel mußten gekürzt werden. Ferner erstand er ein Paar schwarze Schuhe zu acht fünfundneunzig. Der Tweedmantel sah gut aus, noch ein bißchen steif vor Neuheit. Er zog ihn gleich an, und als er auch die Schuhe anhatte, stieg wieder Verachtung für seine Umgebung in ihm auf: ein starkes und sehr beruhigendes Gefühl. Was waren das schon alles für Leute – lauter Rädchen in einer Maschine; nie hatten sie selbständige Gedanken, sie taten nichts als arbeiten, essen, schlafen und Kinder machen. Im nächsten Geschäft kaufte er einen Hut. Er trug gern Hüte, ohne Hut kam er sich nackt und ungeschützt vor, und der alte graue Filz sah zu dem neuen Mantel unmöglich aus.

Dann holte sich Kenneth noch die *Times* und die *Post* und kehrte damit ins Hotel zurück; jetzt konnte er lesen oder auch ein bißchen pennen, bis der Hunger sich wieder meldete. Vorsorglich hatte er sich an einem Kaffeeausschank eine Wurst mit Brötchen gekauft, Senf darüber gestrichen und das Ganze in Papierservietten eingewickelt und mitgenommen. In der Halle des Hotel George hatte er sich nach einem Polizisten umgesehen, es konnte natürlich auch der junge Cop in Uniform oder in Zivil sein, aber er sah keinen Menschen, der sich für ihn interessierte. Der junge Cop – der hatte inzwischen vielleicht das alte Zimmer bei Mrs. Williams auf den Kopf gestellt, auf der Suche nach dem Geld oder irgendeinem Fingerzeig. Ha – da würde er nicht viel Glück haben. Aber Mrs. Williams, die mußte sowas in Rage bringen – prima! Dann fiel ihm ein, daß ihm Mrs. Williams seine monatliche Rente nachschikken mußte. Oder sollte er der Behörde sein Sparkonto angeben? Na, die nächste Überweisung kam erst in zwei Wochen, das hatte noch Zeit. Aber dumm war es doch, denn da konnten sie ihn leicht ausfindig machen, wenn er mal in die Sparkasse ging, wo sein Konto geführt wurde. Falls sie festgestellt hatten, daß er ein Sparkonto hatte bei der Union Dime Savings Bank, Ecke 40th Street und Sixth Avenue. Die Polizei konnte die Bank anweisen, ihn festzuhalten; in den Bankräumen hielt sich stets ein bewaffneter Wächter auf. Na, zum Glück hatte er nicht sehr viel auf dem Konto, und mit dem erpreßten Geld von Reynolds kam er erstmal eine ganze Zeit aus.

Der Abend kam, und Kenneth wurde unruhig. Jetzt war es sieben Uhr. Er wäre gern ausgegangen, irgendwie fühlte er sich sicherer im Freien, beim Herumlaufen, aber auch die Wände des Hotelzimmers waren ein gewisser Schutz, und außerdem nieselte es draußen. Um fünf Minuten vor zehn entschloß er sich zum Ausgehen, er hielt es im Zimmer nicht mehr aus. Er zog den alten Regenmantel an, den er bei seinem Auszug aus der alten Wohnung überm Arm getragen hatte. Um vier war er in das Konfektionsgeschäft gegangen und hatte den neuen Anzug abgeholt, aber da es jetzt regnete, zog er lieber die alten Sachen an.

Er malte sich aus, wie der junge Polizist gestern abend Mr. Reynolds hatte berichten müssen, daß Kenneth Rowajinski aus seiner Kellerwohnung verschwunden war. Sicher wußte also Mr. Reynolds das schon, als er mit ihm telefonierte, und es hatte ihn nicht davon abgehalten, mit den zweiten Tausend herauszurücken. Kenneth nahm einen Bus an der 8th Street und fuhr quer durch die Stadt zur First Avenue; dort stieg er aus und fuhr mit einem anderen Bus bis zur Haltestelle an der 57th Street.

Es nieselte immer noch. Langsam schritt Kenneth die York Avenue hinauf und sah sich dabei vorsichtig um, genau wie Freitag nacht. Aber er war eigentlich ganz sicher, daß Reynolds die Polizei nicht hinzugezogen hatte. Der wollte ja nichts als seinen Hund wiederhaben. An der 59th Street wandte sich Kenneth nach Westen; er wollte einen Bogen schlagen und von der anderen Seite an die vereinbarte Stelle auf der York Avenue herankommen. Um etwa zehn nach elf wollte er dort sein. In der 59th Street begegneten ihm zwei Streifenpolizisten. Sie beachteten ihn gar nicht.

Doch jetzt sah er im Geist eine ganze Schar von Polizisten, die alle einen Ring bildeten in der Absicht, ihn an der bewußten Stelle einzukreisen. Es war alles Unsinn, sagte er sich, aber es schadete auch nichts, es machte ihn umso vorsichtiger. Wenn er jetzt in der Gegend irgendwo eine verdächtige Gestalt sah, wollte er sich schleunigst aus dem Staube machen.

Zunächst sah kein Mensch in der Gegend verdächtig aus. Seine Armbanduhr war nicht zuverlässig, deshalb spähte er in eine Bar und dann in ein Kolonialwarengeschäft – es war geschlossen, doch die Uhr an der Wand war deutlich zu erkennen – und sah: es war fünf Minuten nach elf. Er überquerte die Fahrbahn und ging weiter in Richtung auf die Stadt. Jetzt kam das hohe Gitter in Sicht, die Pfosten waren in Zementsockel von mehreren Fuß Höhe eingelassen. Kenneth ging daran entlang und bemühte sich, so wenig wie möglich zu hinken. Die Blicke aus den kleinen grauen Augen schossen hierhin und dorthin. Reynolds mußte gerade hiergewesen und wieder gegangen sein. Kenneth versuchte, die Pfosten abzuzählen, doch das war nicht mehr nötig, er erkannte das helle Bündel schon aus einer Entfernung von drei Metern. Er streckte die Hand aus und nahm es an sich, er brauchte nicht mal stehenzubleiben. Das Bündel war dicker – vielleicht hatte Reynolds mehr Papier darum gewickelt, weil es regnete. Kenneth hielt es mit der rechten Hand in der Manteltasche fest. Er überquerte erst die 60th und dann die 59th Street und sah sich überall nach einem Taxi um. Auf seiner Straßenseite begegneten ihm nur zwei Leute, ein jüngerer Mann, der vor sich hin pfiff und schnell ausschritt, und eine Frau, die ihn gar nicht beachtete.

An der 57th Street fand er ein Taxi.

»Hotel George«, gab er dem Fahrer an. »University Place – eben unterhalb Fourteenth Street.«

Er war in Sicherheit. Mit jedem Klicken der Taxameteruhr wuchs die Anzahl der Viertelmeilen zwischen ihm und der Gefahr dort hinten. Er behielt das Bündel auf dem Schoß, während er den Fahrer bezahlte, dann schob er es wieder unter den Mantel. Er trat in die Hotelhalle, wo alles still war.

»Sie waren im Regen draußen –?« sagte der schwarze Fahrstuhlführer, der ihn nach oben brachte.

»Kleiner Spaziergang«, gab Kenneth obenhin zur Antwort. Vertraulichkeiten mochte er nicht.

Er trat in sein Zimmer und verschloß und verriegelte wieder die Tür. Dann zog er Schuhe und Strümpfe aus, die beide feucht waren, und zog andere Socken an. Ihm war eben eine Idee gekommen, eine Idee, die sich für ihn günstig auswirken konnte. Und dem jungen Polizisten konnte er damit Daumenschrauben anlegen, wenn er ihn nochmal traf. Schließlich hatte der Junge ihn ja entwischen lassen, oder etwa nicht? Er wollte behaupten, der Cop habe mit ihm vereinbart, ihn entwischen zu lassen, und dafür sollte er von dem zweiten Lösegeld einen Teil abkriegen. Die Idee war noch etwas unklar in Kenneths Kopf, aber er spürte, im wesentlichen war sie in Ordnung. Und um sie noch zu untermauern, hatte er vor, einen Teil des Geldes zu verbrennen – einfach zu vernichten. Er starrte das feuchte Bündel an, das auf dem runden Tisch lag. Seine Gedanken schossen hierhin und dorthin. Er wollte auch den Augenblick noch ein wenig hinauszögern, noch etwas warten, bevor er sich den Genuß leistete, die Geldscheine richtig zu betrachten. Endlich ging er hinüber ins Badezimmer, wusch sich die Hände, trocknete sie an dem sauberen Handtuch ab und öffnete das Päckchen. Da lagen sie vor ihm, ganze Stapel von Zehnern. Fünf Bündel von je zwanzig Zehnern.

Fünfhundert Dollar wollte er verbrennen. Ein schauerlicher Gedanke und eigentlich auch sehr sonderbar; doch bevor er lange darüber nachdenken konnte (recht hatte er ja, das wußte er), entfernte er das Gummiband von zwei Bündeln und zählte von dem dritten zehn Zehndollarnoten ab. Er versuchte es zunächst im Aschenbecher, aber das ging sehr langsam. Der Waschtisch war besser.

Die Scheine erwiesen sich als überraschend hitzefest,

doch schließlich hatte er fünf oder sechs beieinander, die alle zusammen im Waschtisch loderten, und dann mußte er zunächst aufhören und die Asche in ein Stück Zeitungspapier wickeln. Es dauerte fast eine Viertelstunde, bis alle verbrannt waren, und es war seltsam aufregend, sich vorzustellen, daß all das Geld, all die Macht und Freiheit sich dort in Rauch auflösten und zu Asche wurden. Er säuberte den Waschtisch und öffnete die Fenster im Schlafzimmer und auch im Bad, um Durchzug zu machen, damit der Rauch abzog. Rauch und Feuer hatten ihm Spaß gemacht, aber er wollte nicht, daß man im Hotel etwa annahm, es sei ein Feuer ausgebrochen.

Als ihm das einfiel, stürzte er auf den Tisch zu, wo die restlichen Scheine lagen, und packte sie weg zu dem andern Geld für den Fall, daß jemand darauf bestehen sollte, ins Zimmer zu kommen. Es lag nun alles in einem zusammengelegten Pullover in einer der Schubladen; womöglich kam mal eine der Putzfrauen zum Bettenmachen ins Zimmer, während er nicht da war. Aber nachts, wenn er schlief, war es sicher im Kissenbezug am besten aufgehoben.

Jetzt war es kurz nach Mitternacht. Edward Reynolds stand in diesem Augenblick wohl an der Ecke York Avenue und 61st Street und wartete auf seinen Hund. Im Regen stand er da und wartete. Wie lange wohl noch? Kenneth lächelte leicht, er fühlte kein Mitleid. Sollte er sich doch einen neuen Hund kaufen, der Snob, er konnte sich's ja leisten. Schön blöd, zweimal tausend Dollar zu blechen. Kenneth kam sich deutlich überlegen vor. Er hatte vielleicht nicht soviel Geld wie Reynolds, aber dafür ganz bestimmt das bessere Köpfchen.

8

Bei seiner neuen Schicht (acht Uhr abends bis vier Uhr morgens) hatte Clarence drei Wochen lang Dienstag und Mittwoch ganz frei. Dienstag mittag rief er auf der Revierwache an und fragte, ob Mr. Edward Reynolds für ihn eine Nachricht hinterlassen habe. Der Bereitschaftspolizist, dessen Stimme Clarence am Telefon nicht erkannte, sagte Nein.

»Bestimmt nicht? Es handelt sich um den Diebstahl eines Hundes und um die Zahlung von Lösegeld.«

»Nein, bestimmt nicht.«

Clarence war in Marylyns Wohnung. Sie war um zehn Uhr fortgegangen, weil sie einen Auftrag hatte, irgendwo in der Perry Street. Er hatte für heute nichts weiter mit ihr vereinbart, denn sie wußte nicht, ob sie mittags Zeit haben würde zum Lunch. Für sich selbst machte er Rühreier zu Mittag. Dann verließ er die Wohnung, schlenderte durch die Gegend um Greenwich Village, die 10th Street hinauf, und nahm schließlich einen Bus an der Sixth Avenue. Angestrengt starrte er während der Fahrt aus dem Fenster, immer noch auf der Suche nach einem untersetzten hinkenden Typ wie Rowajinski. Er fuhr bis zu 116th Street, ging zu Fuß zur Revierwache und erkundigte sich, ob sie etwas festgestellt hatten über eine Schwester von Kenneth Rowajinski.

Ein junger Polizist, den Clarence erst ein- oder zweimal gesehen hatte, sah in einem Buch nach und sagte: »Ja, hier – eine Schwester. Anna Gottstein soll sie heißen. Wohnt in Doylestown, Pennsylvania.«

Clarence schrieb sich die Adresse und die Telefonnummer auf; es war die Nummer des Ehemannes, Robert L. Gottstein. »Vielen Dank«, sagte Clarence.

In Pennsylvania wohnte sie also. Nicht in Long Island.

Er fuhr mit der Untergrundbahn zurück und musterte auf der Fahrt jeden einzelnen Fahrgast, weil ihm etwas anderes nicht einfiel. Er überlegte, ob er gegen vier mal Edward Reynolds im Büro anrufen und fragen sollte, ob Rowajinski sich bei ihm gemeldet habe. Aber Mr. Reynolds hielt ihn dann womöglich für einen lästigen Aufdringling, den man nicht wieder los wurde. Er hatte ja deutlich erklärt, er wünsche die Polizei nicht mehr, selbst wenn Rowajinski ihn anrief und noch einmal tausend Dollar verlangte.

Kurz nach vier klingelte das Telefon, und Clarence nahm den Hörer auf. Es war Marylyn.

»Du – meine Mutter möchte gern, daß ich heute abend hinkomme«, sagte sie. »Ich sagte es dir ja schon. Ich hab sie angerufen, aber hin muß ich, es hilft nichts.«

Sie mußte also nach Brooklyn Heights. Dienstags war ihr fester Abend bei der Mutter, sie aß dann immer bei ihr; Clarence hatte also keinen Grund, sich zu beklagen. Trotzdem – er war enttäuscht und kam sich verloren vor.

Um halb sieben rief er nochmals auf der Revierwache an. Diesmal war Lieutenant Santini am Apparat, und Clarence sprach mit ihm. Eine Bestellung von Edward Reynolds lag auch jetzt nicht vor.

Wieder unterdrückte Clarence sein Verlangen, bei den Reynolds anzurufen. Vielleicht hatte Rowajinski doch nicht den Mut gehabt, die zweiten tausend Dollar zu fordern. Aber wie wollte er dann den Hund zu den Eigentümern zurückbringen? Ob der Hund überhaupt noch am Leben war?

Marylyn kam nicht erst wieder nach Hause, sondern fuhr direkt von ihrer Nachmittagsarbeit nach Brooklyn Heights zu ihrer Mutter. Sie wollte vor Mitternacht zurück sein und nahm an, daß Clarence dann ebenfalls zu Hause war, aber um sieben schrieb er ihr einen Zettel:

»Mein Liebes,
die Sache mit den Reynolds heute abend läßt mir keine Ruhe – wer weiß, was da passiert. Ich rufe Dich zwischen 11 und 12 mal an. Ajax habe ich besorgt. Vorhin kam ein Anruf, der Zettel liegt neben dem Telefon.
Tausend Küsse Clare.«

Den Zettel legte er auf ihr Kopfkissen. Der Anruf war von einer Frau gekommen, die im Village ein Maklerbüro hatte und jemand zum Tippen brauchte.

Clarence ging die Eighth Avenue hinauf bis 23rd Street, wo er ein Hamburger und eine Tasse Kaffee verzehrte und dann ein Kino aufsuchte, eigentlich nur um die Zeit totzuschlagen. Als er herauskam, war es kurz nach elf. Er trat in eine Telefonzelle und rief bei Reynolds an. Eine Frauenstimme – nicht die von Greta Reynolds – meldete sich. »Wer ist da, bitte?«

»Hier spricht Duhamell – ich bin Polizeibeamter. Kann ich bitte Mr. Reynolds sprechen?«

»Ach – Sie sind der Beamte, der neulich hier war, nicht? Tut mir leid, sie sind nicht zu Hause. Ich nehme an, so kurz nach Mitternacht werden sie zurück sein.«

Clarence verstand sofort: der Pole hatte also angerufen und eine Zeit ausgemacht, deshalb waren sie jetzt nicht zu

Hause. »Ja – ich würde ihn gern sprechen«, sagte er mit etwas mühsamer Entschlossenheit. »Kann ich nach zwölf noch einmal anrufen?«

»Gewiß, ja.«

»Sie sind sicher gegangen, um den Hund abzuholen, nicht wahr?«

»Ja.«

»Vielen Dank. Ich rufe dann nochmal an.«

Sehr freundlich hatte die Stimme nicht geklungen.

Clarence wandte sich nach Westen in Richtung Eighth Avenue. Es regnete leicht, und er hatte keinen Regenmantel, nur einen leichten Überzieher an. Egal. Um zehn Minuten vor zwölf rief er Marylyn an; sie war zu Hause.

»Hallo – du hast doch meinen Zettel gefunden? Geht's dir gut?«

Ja, es ging ihr gut. »Was ist denn nun los mit diesen Reynolds?«

»Ach, sie haben offenbar eine Verabredung getroffen, für heute abend elf Uhr. Ich kann nur hoffen, daß der Hund bis Mitternacht zurückgebracht wird. Das will ich gern noch feststellen, weißt du.«

Das verstand sie. Morgen abend – das war vereinbart – wollten sie und Clarence ins Theater gehen. Nein, er würde es nicht vergessen, bestimmt nicht.

»Wo bist du denn jetzt? Willst du noch herkommen?«

»Ich weiß noch nicht. Darf ich es offenlassen?«

»Natürlich, Lieber. Klar. Also sei schön vorsichtig.«

Clarence war ihr dankbar für ihr Verständnis. Er trat in eine Kneipe, trank ein Bier und ging auf die Toilette, auch jetzt nur, um die Zeit hinzubringen, bis es fast viertel vor eins war. Jetzt konnte er wohl anrufen – entweder hatten sie den Hund oder sie hatten ihn nicht.

Wieder meldete sich die fremde Frauenstimme. »Sie sind noch nicht da. Um zwölf oder so hat Greta angerufen. Sie wollten noch etwas warten.«

Sein Mut sank. »Ich komme hin. Bitte sagen Sie ihnen, daß ich jetzt hinkomme.« Er hängte ein, bevor sie widersprechen konnte.

Als gleich darauf ein Bus herankam, der in seine Richtung fuhr, stieg Clarence ein. Sehr eilig hatte er es ja jetzt nicht mehr. Im Augenblick konnte er nichts weiter tun, als vor Mr. Reynolds hintreten und zugeben: es war falsch gewesen, daß er bei ihm wegen des Geldes angefragt und dadurch Rowajinski die Möglichkeit zum Entkommen gegeben hatte. Es blieb ihm nichts, als nach besten Kräften zu versuchen, die Sache wieder ins Lot zu bringen, das heißt, Rowajinski aufzuspüren und den Hund wiederzukriegen, wenn er noch am Leben war. Und wenn er großes Glück hatte, auch das Geld zurückzubekommen. Es war jetzt zwei Uhr. Vielleicht war Mr. Reynolds damit einverstanden, daß Clarence jetzt doch die Revierwache einschaltete und in ganz New York nach Rowajinski – und selbstverständlich auch nach seiner Schwester – suchen ließ.

Ein weißer Pförtner kam und öffnete die Glastür an der Straße mit seinem Schlüssel. Clarence nannte seinen Namen und sagte, er werde erwartet von Mr. und Mrs. Reynolds.

»Ja, sie sind gerade nach Haus gekommen.« Der Pförtner trat ans Haustelefon und nahm den Hörer ab.

»Hatten sie ihren Hund bei sich?« Clarence konnte die Frage nicht unterdrücken.

»Nein. Den Hund? Der ist doch weg. – Mr. Reynolds? Hier ist ein Mr. Dummel – schön, ja, werd ich machen.«

Clarence stieg in den Fahrstuhl. Oben öffnete Mr. Reynolds ihm die Wohnungstür. »Kommen Sie herein.«

»Danke schön. Ich hab's eben schon vom Pförtner erfahren – der Hund war nicht da.«

»Ja.«

Außer Mrs. Reynolds waren noch zwei andere Leute im Wohnzimmer, ein hochgewachsener Mann mit ergrautem Haar und eine schlanke dunkelblonde, etwa vierzigjährige Dame; vermutlich war sie es, die er am Telefon gesprochen hatte.

Greta Reynolds machte ihn mit den andern bekannt. »Lilly Brandstrum. Und dies ist Professor Schaffner. Eric – Mr. Duhamell.«

»Guten Tag«, sagte Clarence. »Mrs. Reynolds – es tut mir schrecklich leid.«

Sie sagte nichts. Er sah, daß sie den Tränen nahe war.

»Sie haben noch einmal Geld hingebracht?« fragte Clarence Mr. Reynolds.

»Ja, und es ist noch einmal abgeholt worden. Ich habe gewartet bis nach ein Uhr.«

»Ich habe gleich gesagt, er hätte die Polizei mitnehmen sollen«, sagte der große Mann, der unruhig am Fenster stehen geblieben war.

»Ja, aber – Mr. Duhamell ist ja selbst Polizeibeamter«, sagte Ed Reynolds. »Er meinte auch, es müßte Polizei in der Nähe sein, Eric, aber der Kidnapper hatte gesagt: keinesfalls Polizei.«

»Wann hat Rowajinski mit Ihnen gesprochen?« fragte Clarence.

»Gestern abend um – kurz nach sieben. Nachdem Sie angerufen hatten. Er sagte, wo das Geld hinterlegt werden sollte. Auf anderes wollte er sich nicht einlassen.« Ed hob die Schultern.

»Ich habe inzwischen festgestellt, daß er eine Schwester hat, sie heißt Anna Gottstein und wohnt in Doylestown, Pennsylvania, nicht in Long Island. Aber ich kann die Polizei in Pennsylvania um eine Haussuchung bei ihr bitten. Vielleicht ist der Hund dort, und Rowajinski womöglich auch. Als er Sie anrief, klang das wie ein Ferngespräch?«

»Nein«, erwiderte Ed. »Also meinetwegen –« Er hatte keine Hoffnung mehr und war zum Umfallen müde. »Wir haben ja nichts mehr zu verlieren, aber ich bin jetzt doch ziemlich sicher, daß der Hund tot ist. Und wenn wir – aber möchten Sie etwas trinken? Was hätten Sie gern?«

»Dieser Schweinehund«, sagte die blonde Frau und blickte dabei Clarence an. »Man weiß, wie der Mann heißt und wie er aussieht – ist es dann wirklich so schwer, ihn in New York zu finden? Sogar daß er hinkt, weiß man, wie ich höre.« Der Blick, mit dem sie Clarence betrachtete, war unverhohlen feindselig.

Mr. Reynolds hielt die Whiskyflasche in die Höhe, aber Clarence schüttelte den Kopf. »Nein, vielen Dank, Sir.« Dann wandte er sich an die Blonde. »Es kann jetzt eigentlich nicht mehr sehr schwer sein. Ich konnte meine Revierwache bisher nicht einschalten – Mr. Reynolds hatte Angst, der Hund würde umgebracht werden, wenn die Polizei sich den Mann schnappt.«

»Der Hund ist sowieso tot«, gab Lilly bekannt.

»Na schön – jetzt übergeben wir die Sache also der Polizei«, sagte Ed in einem Ton, der andeutete, Clarence sei gar kein Polizist oder jedenfalls kein guter. »Sonst wiederholt der Kerl das womöglich noch bei anderen, wenn er hier damit durchkommt.«

»Es ist mir unerfindlich, wie jemand den Mann in seiner Wohnung aufspüren und ihn dann entwischen lassen kann«, sagte die blonde Frau. »Und Lisa war wirklich ein fabelhafter Hund. Dies hat sie nicht verdient.«

»Ich kann Ihnen gar nicht sagen, wie leid es mir tut«, sagte Clarence zu ihr. »Ich habe den Fehler gemacht, den Mann eine – den Mann zwanzig Minuten allein zu lassen, während ich gestern mit Mr. Reynolds sprach. In der Zeit ist er entwischt.«

»Ja, ich hab's gehört«, erwiderte Lilly kühl.

»In dieser Stadt ist nichts unmöglich«, sagte jetzt der große schlanke Mann. Er stand noch immer im Zimmer, ebenso wie Ed und Clarence. »Mein Gott, was für Zustände. Keiner ist mehr seines Lebens sicher. Und dabei sind die Straßen und Warenhäuser gestopft voll mit Polizisten.«

»Ja, nicht wahr?« stimmte Lilly bei.

»Nein, Lilly, das ist doch nicht seine Schuld – ich meine Mr. Duhamells Schuld«, protestierte Greta. »Er hat uns gleich gesagt, wir hätten keinerlei Garantie, daß Lisa noch am Leben war. Wir haben es einfach riskiert und haben verloren.«

»Ach, es geht mir nicht um das Geld, davon wollen wir gar nicht reden«, warf Ed Reynolds ein. »Das Ganze ist eine Schande, verdammt, und diese unnötige –«

»Komm, Eddie, setz dich«, bat seine Frau. »Nehmen Sie doch auch Platz, Mr. Duhamell.«

»Danke schön«, sagte Clarence, setzte sich aber nicht. »Darf ich vielleicht mal Ihr Telefon benutzen, Mr. Reynolds?«

»Ja, natürlich.«

Clarence rief auf der Revierwache an. »Geben Sie mir Captain MacGregor, bitte. Hier Duhamell.« Als MacGregor sich meldete, fuhr er fort: »Ich möchte eine Fahndung einleiten – nach Kenneth Rowajinski, Sir. Ich kann –«

»Ist das der Mann, von dem Sie heute mittag schon sprachen? Santini hat's mir gesagt. Kommen Sie doch heute abend noch mal rein, wenn Sie da was haben, ja? Wo sind Sie jetzt?«

Clarence erwiderte, er werde noch auf die Wache kommen.

»Na, endlich tut sich mal was«, meinte Lilly, die offenbar schon einiges getrunken hatte.

Clarence blickte von Greta zu Ed Reynolds hinüber. »Ich meine – wenn Sie nichts dagegen haben, Sir – ich denke, es könnte nicht schaden, jetzt mal bei der Schwester in Doylestown anzufragen. Man könnte es doch versuchen. Wenn sie allerdings tatsächlich den Hund bei sich hat –« dann bringt sie ihn vielleicht jetzt gleich um, dachte er. Aber er war neugierig. Mehr noch: er wollte etwas tun, nicht mehr tatenlos abwarten, er wollte den Polizeiapparat in Bewegung setzen und wenn nötig die Polizei von Pennsylvania gleich mit einspannen.

Wieder machte Ed Reynolds eine nachlässig-zustimmende Geste zum Telefon. Clarence fischte aus der Tasche den Zettel mit der Telefonnummer heraus und wählte: erst 215, dann die angegebene Nummer. Die anderen im Zimmer nahmen ihre Unterhaltung wieder auf, während er wartete, daß sich jemand meldete.

»H'lloo?« fragte eine schläfrige Männerstimme.

»Hallo – ich möchte gern Frau Anna Gottstein sprechen, bitte.«

»Wer ist denn da?«

»Hier ist Clarence Duhamell von der Metropolitan Polizei in New York.«

»Polizei – was ist 'n da los?«

»Das kann ich leider nicht sagen. Kann ich bitte Ihre Frau sprechen?«

»Augenblick mal. Um diese Zeit –«

Jetzt hörten die andern ebenfalls zu. Es herrschte völlige Stille im Zimmer.

»Mrs. Gottstein? Tut mir leid, Sie so spät zu stören, aber es handelt sich um Ihren Bruder. Haben Sie kürzlich irgendwas von ihm gehört?« Clarence hörte, wie Lilly einen Seufzer der Verachtung ausstieß.

»Mein Bruder? Paul?«

»Nein, Kenneth. In New York.«

»Ist er tot? Oder hat er was angestellt?«

»Nein, tot ist er nicht. Wissen Sie etwas von einem Hund?«

»Wieso – von einem Hund? Was soll das –«

»Wann haben Sie zuletzt von Ihrem Bruder gehört, Mrs. Gottstein?«

»Soll das ein Witz sein? Wer sind Sie eigentlich?«

Noch einmal gab Clarence seine Personalien an und wiederholte die Frage.

»Ich habe von Kenneth in den letzten zwei Jahren kein Wort gehört, und ich rechne auch nicht damit, von ihm zu hören. Er schuldet uns Geld. Ein fauler Nichtstuer, das ist er. Und wenn er was angestellt hat, so kommen wir nicht dafür auf, das kann ich Ihnen jetzt schon sagen.«

»Ja, das ist mir klar. Nur habe ich –« Aber sie hatte schon aufgelegt, und Clarence legte ebenfalls den Hörer auf und wandte sich um. »Ich glaube, sie hat wirklich keine Ahnung. Sie hat seit zwei Jahren nichts von ihrem Bruder gehört.«

Mr. Reynolds nickte gleichgültig.

Clarence hatte nicht mehr den Mut, ihm die Hand zu geben. »Gute Nacht, Sir. Ich gehe jetzt gleich auf die Wache.« Es kostete ihn Mühe, die blonde Frau anzusehen, der er gleichfalls Gute Nacht wünschte, ebenso wie dem schlanken älteren Herrn und – mit weniger Mühe – dann Greta. »Gute Nacht, Ma'am. Ich werde morgen von mir hören lassen.«

»Och – wozu?« fragte Lilly.

»Lilly!« Niemand außer Greta nahm sich die Mühe, Clarence zur Tür zu bringen.

Ihm war scheußlich zumute. Wenn ich diesen Saupolen bloß erwischen könnte, dachte er. Damit wäre doch wenigstens etwas wiedergutgemacht; er könnte dann zumindest den Reynolds wieder in die Augen sehen, ihnen zeigen, daß ihm die Sache am Herzen lag, daß er nicht so war, wie sie sich die meisten New Yorker Polizisten vorstellten. Aber er hatte, wie Lilly, nur wenig Hoffnung, den Hund noch am Leben zu finden.

MacGregor saß am Tisch, hellwach und tadellos gekleidet um zwei Uhr früh. Auch Manzoni war im Raum, in Zivil, vielleicht war seine Schicht gerade zu Ende. Immer trug Manzonis Gesicht ein schmieriges Grinsen, und Clarence hatte wenig Lust, seinen Bericht abzugeben, solange er dabei war.

»Na, was gibt's denn nun?« fragte MacGregor. »Ich meine, dieser Rowinsk – was hat er eigentlich angestellt?«

»Das ist der Mann, der den Hund von Edward Reynolds gestohlen hat. Sie erinnern sich: Sonnabend, Sir. Mr. Reynolds war hier, um die Meldung zu machen. Montag habe ich den Mann gefunden, und dann ist er mir entwischt.«

»Entwischt – wieso? Mit dem Hund?« erkundigte sich MacGregor.

»Nein, nicht mit dem Hund. Wo der Hund ist, das weiß ich nicht. Mr. Reynolds hat jedenfalls das Lösegeld bezahlt –«

»Ach ja, stimmt, ich weiß schon. Der Mann mit dem Tausend-Dollar-Lösegeld. Und wie haben Sie den Kerl gefunden?«

»Ich habe mich hier in der Gegend ein bißchen umgesehen nach auffälligen Gestalten, und zufällig hab ich dabei den Richtigen zu fassen gekriegt. Ich habe ihn etwas schreiben lassen, in Druckschrift, daher wußte ich, daß er die Erpresserbriefe geschrieben hatte. Bloß als er –«

»Und wie ist er dann ausgerückt?«

»Er wollte noch einmal tausend Dollar von Mr. Reynolds haben, bevor er den Hund zurückgab. Er sagte, der Hund sei bei seiner Schwester, aber die Adresse wollte er mir nicht geben. Ich bin dann schnell zu Mr. Reynolds gegangen, er wohnt hier ganz in der Nähe, und er war einverstanden mit den zweiten Tausend; aber als ich dann zu Rowajinski zurückkam, war er weg. Ausgezogen. Das war Montag abend gegen sieben.«

MacGregor runzelte die Stirn. »Warum haben Sie den Kerl nicht gleich hergebracht? Die Adresse der Schwester hätten wir schon rausgekriegt.«

Die Frage hatte Clarence erwartet. »Weil ich annehmen mußte, daß der Hund umgebracht werden würde, Sir. Mr. Reynolds hatte mir gesagt, der Hund sei ihm wichtiger als das Geld.«

MacGregor schüttelte den Kopf. »Aber, aber, Clarence – Sie sind doch Polizeibeamter und nicht Vorsitzender im Tierschutzverein! Und Sie haben den Kerl einfach ausbüxen lassen? Glatt durch die Lappen? Wo wohnt er denn?«

»Er hatte ein Zimmer Ecke Hundredandthird und West End.« Clarence hatte die genaue Adresse bei sich, aber er sah, daß Captain MacGregor nicht nach dem Bleistift griff. Manzoni stand noch immer da und hörte zu.

»Und dann hat er also noch einmal kassiert?«

»Ja, heute abend um elf – ich meine jetzt vor ein paar Stunden. Mr. Reynolds hatte mir gesagt, er wollte auf keinen Fall die Polizei mit drin haben.«

Das schien MacGregor zu belustigen. »Wer ist denn dieser Mr. Reynolds – hat der hier Anweisungen zu geben? Kommt zu uns, erstattet Anzeige und will dann nicht, daß wir was unternehmen? Also wirklich, Dummel, Sie hätten irgendwas tun müssen, wenn der Fall Sie schon interessiert.«

»Jawohl, das ist mir klar, Sir. Deshalb möchte ich wenigstens jetzt noch tun, was ich kann. Dieser Rowajinski ist vermutlich irgendwo in einem billigen Hotel untergekrochen, oder bei einem Freund. Er hinkt ganz deutlich. Wenn ich jetzt mal eben eine Beschreibung tippen darf, dann möchte ich gern die Fahndung einleiten.«

MacGregor wies auf die Schreibmaschine. »Aber nächstesmal nicht wieder auf eigene Faust, bitte.«

»Ja, Sir, gewiß nicht.«

MacGregors Gedanken waren offenbar schon weitergegangen, als er ein Blatt Papier vom Schreibtisch nahm und es durchzulesen begann.

Clarence trat ins Nebenzimmer und holte sich das vorgeschriebene Formular, dann setzte er sich an die Schreibmaschine und tippte eine Beschreibung von Kenneth Rowajinski: Ungefähre Größe, Gewicht, Alter, Augen- und Haarfarbe, rote Backen, Lippen und Nase, hinkt auf dem rechten Fuß. Letzte Adresse. Er fügte noch hinzu: paranoider Typ, schreibt anonyme Briefe, mißtrauisch, aggressiv. Gestohlen: französische Pudelhündin ›Lisa‹, schwarz, Eigentümer Edward Reynolds, am 14. Oktober etwa sieben Uhr dreißig, im Riverside Park. Erpressung von zweitausend Dollar. Aus seinem Notizbuch übertrug er Rowajinskis Versicherungskartennummer und fügte sie sicherheitshalber noch hinzu.

Kurz vor fünf war Clarence draußen in Astoria, Long Island. In Manhattan hatte er noch ein Bier getrunken und überlegt, ob er in seine Wohnung fahren sollte, hatte sich dann aber doch entschlossen, zu seinen Eltern zu fahren. Am Ditmar Boulevard war er ausgestiegen. Dies hier war die Gegend seiner Kindheit, hier war er aufgewachsen, und jedesmal, wenn er wieder herkam, sah er sich als blonden hochaufgeschossenen Jungen von zehn oder zwölf auf dem Fahrrad oder auf Rollschuhen hier herumwieseln. Manchmal brachte er eine kleine Schildkröte mit nach Hause; er hatte sie für fünfunddreißig Cent in einem Laden erstanden, der heute nicht mehr existierte. Eine frohe

Kindheit hatte er hier erlebt, mit viel Spiel und Toben im Freien und mit vielen Freunden, meist rüden Italienern, aber das war mit zwölf ja ganz in Ordnung. Er dachte an Santini und Manzoni auf der Revierwache. Beide mochten ihn nicht, das spürte er. Manzoni war Streifenpolizist, wie er selber, aber er war schon dreißig und hatte die zynisch-realistische Haltung, die einem Polizeibeamten vermutlich angemessen war. Seit sechs oder acht Jahren war er im Dienst. Vielleicht lag ihm gar nichts an einer Beförderung.

Am Ditmar Boulevard standen mehrere Lastwagen und luden ihre Waren ab: Fisch in offenen Kisten mit gesalzenem Eis für die Restaurants, und flache Kisten mit frischem Salat, Auberginen und Tomaten für den Supermarkt. Männer in schmutzigweißen Schürzen riefen einander zu, hölzerne Bierfässer stießen rumpelnd aufs Pflaster, ein Müllwagen dröhnte vorüber. Die Gegend hatte sich seit seiner Kindheit nicht viel verändert. Aber was immer seine Eltern meinten oder glaubten: es war eine Tatsache, daß seine alten Freunde (wenige nur, denn erstaunlich viele hatten Astoria seitdem verlassen) ihm eher aus dem Wege gingen, es vermieden, ein Bier mit ihm zu trinken, auch wenn er nicht in Uniform war; und wenn er dienstfrei war, trug er niemals Uniform. Die Atmosphäre hatte sich geändert, das war nicht zu leugnen, er war nun eben ein Bulle, es war beinah so, wie wenn er Priester geworden wäre und deshalb in der Lage, auch über Freunde ein Urteil zu fällen. »Polizist zu sein ist doch wohl keine Schande!« sagte seine Mutter oft. »Wo kämen wir denn da hin in New York!« Aber das traf die Sache nicht ganz, das wußte Clarence.

Er ging jetzt die Hebble Street entlang, das war seine

Straße, an zweistöckigen schlafenden Häusern vorbei. Fast jedes hatte vorn zur Straße eine Glasveranda. Der Morgen kam. Die Fahrt mit der Untergrundbahn war lang gewesen.

Jetzt stand er vor seinem Elternhaus: weiß und gelb, mit Glasveranda und einem von niedrigen Hecken eingefaßten Rasenstück. Behutsam öffnete er die hölzerne Pforte und trat auf den schmalen Weg, der zur Haustür führte. Durch die Verandafenster konnte er das alte Ledersofa erkennen, das Tischchen mit den Illustrierten, *Time, McCall* und *Popular Mechanics.* Plötzlich fiel ihm ein, daß er keinen Hausschlüssel bei sich hatte, der lag in seiner Wohnung in New York. Er zögerte einen Moment, wußte aber sofort, seine Mutter würde sich freuen über sein Kommen, egal wie spät oder früh es war. Er drückte kurz auf die Glocke.

Eine Weile verging, dann sah er undeutlich seine Mutter im Türrahmen zum Wohnzimmer stehen, sie trug einen weiten Bademantel und spähte durch die Veranda nach draußen. Als sie ihn erkannte, strahlte sie und riß die Tür auf.

»Clary! Guten Tag, mein Junge! Komm doch rein – wie geht's dir denn?« Sie ergriff seine Schultern und küßte ihn.

»Mir geht's glänzend, wie immer. Und wie steht's bei euch?«

Seine Mutter stand schon in der Küche und fing gleich an, Kaffee zu machen; er war vorbereitet in der elektrischen Maschine, die sie nur einzustöpseln brauchte. Und nun kamen die Fragen. Sechs Wochen hatte er sich nicht sehen lassen, das stimmte doch? Das Türchen in der roten Kuckucksuhr öffnete sich, der Kuckuck erschien und verkündete die Zeit: halb sechs. Die Küche war nicht groß, tadellos sauber und aufgeräumt, die Tischplatten aus gelbem Resopal. Und wie ging es seiner Freundin Marion – so hieß sie doch?

»Marylyn«, gab Clarence zur Antwort. Es war ihm lieb, daß seine Mutter den Namen nicht richtig behalten hatte. »Gut geht's ihr.« Er saß in Hemdsärmeln am Küchentisch.

»Ist irgendwas passiert?«

»Nein.« Er lachte. »Meinst du, ich komme nur raus zu euch, wenn was passiert ist?«

»Warum bringst du Marylyn nicht mal mit? Du versteckst sie immer.« Seine Mutter wandte sich um, einen Holzlöffel in der Hand. Sie hatte darauf bestanden, ihm ein paar Eier zu braten – er konnte ja nachher schlafen, wenn er wollte.

»Ach, sie hat immer keine Zeit, weißt du. Sie arbeitet freiberuflich – Tipparbeiten und sowas.« Es stimmte schon, er hätte Marylyn längst mal mitbringen sollen, aber sie hatte da gewisse Hemmungen, außerdem war die Fahrt lang und umständlich – na, jedenfalls war es bisher nicht geschehen. Er hatte auch Marylyns Mutter noch nicht kennengelernt, aber so etwas schlug Marylyn auch gar nicht erst vor. Ihre Eltern waren geschieden.

Seine Mutter schenkte ihm Kaffee ein und wandte sich dann wieder dem Herd zu, während sie sich mit Clarence unterhielt. Sie hieß Nina, war neunundvierzig Jahre alt und hatte blondes naturgelocktes Haar, das nicht viel Pflege brauchte. Sie war umsichtig und praktisch, nur beruflich hatte sie nie ganz das Richtige für sich gefunden. Eine Zeitlang hatte sie ein Geschäft für Damenkleidung geführt, dann eine Boutique für Inneneinrichtung und später, zusammen mit einer Freundin, ein kleines Restaurant. Keins dieser Unternehmen hatte sich lange gehalten, aber auch keins war finanziell ein völliges Fiasko gewesen. Jetzt hatte sie sich für sechs Stunden täglich einer Hilfsorganisation für behinderte Kinder zur Verfügung gestellt und stand theoretisch Tag und Nacht auf Abruf bereit.

Ralph, Clarences Vater, hatte die Stimmen gehört und kam jetzt in Hausrock und Slippers die Treppe hinunter. Er war zweiundfünfzig und von Beruf Elektroingenieur bei Maxo-Prop, einer Turbinenfabrik, zehn Meilen entfernt. Clarence war nach einem sehr geliebten Bruder von Ralph genannt worden; er hatte ihn nie gesehen, denn er war im Zweiten Weltkrieg in Frankreich gefallen. Clarence war nicht sehr begeistert von seinem Namen – immerhin: Percy oder Horace wäre schlimmer gewesen. Trotz aller Hochachtung, die er für seinen Vater empfand, stand Clarence ihm innerlich nicht sehr nahe. Der Vater verdiente gut, hatte einen verantwortungsvollen Posten, und was er leistete, hatte er aus eigener Kraft erreicht, ohne College und Studium, nur durch technische Fernkurse und Abendschulung. Clarence wußte, sein Vater war stolz darauf, daß sein Sohn acht Semester auf einer guten Universität studiert hatte – nicht in New York oder auf dem Technikum, sondern in Cornell, als Interner. Dafür hatten seine Eltern gewisse Opfer gebracht, das wußte er, obgleich sie vermutlich auf keinen Wintermantel und keine Flasche Whisky hatten verzichten müssen. Aber sie hätten zum Beispiel mal eine Europareise machen können. Das Abschlußdiplom von Cornell war etwas, das Clarence besaß und sein Vater nicht. Nie hatte der Vater gesagt: »In den Semesterferien kannst du ja eine Arbeit annehmen, als Kellner oder Taxifahrer, damit du auch mal Geld verdienen lernst.« Es gab viele reiche Eltern, die das von ihren Kindern erwarteten. Clarence kam nach Cornell wie ein Prinz. Schon vor Jahren hätten die Eltern ihr Haus aufgeben und in eine bessere Gegend in Long Island umziehen können, aber sie wollten ihr Geld lieber sparen und nach dem Tode alles ihrem einzigen Sohn hinterlassen. Und wenn sie so lange lebten, wollten sie sich in acht Jahren zur Ruhe setzen und in Kalifornien ein Haus am Pazifik kaufen. Na ja, sie waren eben hoffnungslos altmodisch, dachte Clarence oft, aber er mußte zugeben, sie waren redliche anständige Leute, und in New York traf man so redliche und anständige Leute nicht alle Tage. Deshalb waren ja auch die Reynolds so eine Ausnahme.

»Na, wie sieht's denn so aus, Herr Polizeibeamter?« fragte sein Vater. »Was machen die jugendlichen Kriminellen – hören sie nun auf dich?«

Clarence seufzte. »Schön wär's ja – sie sind bloß nicht alle jung. Viele haben graue Haare, weißt du.« Als er damals bei der Polizei anfing, hatte er mit seinen Eltern über die Aussicht gesprochen, mit jugendlichen Gesetzesbrechern in Kontakt zu kommen. Er war dann auf der Revierwache, 23rd Street, stationiert und hatte versucht, eine Arbeit in dieser Richtung zu bekommen, was ihm jedoch nicht gelang. Die Kollegen, die in diesem Aufgabengebiet eingesetzt waren – meistens solche mit besonderen Beziehungen zur Strafanstalt Bellevue –, hatten keine Lust gehabt, das Feld zu räumen; vielleicht war damals auch einfach für einen Neuen keine Stelle frei. Aber war er auch energisch genug gewesen bei seiner Nachfrage? Die Sache wurmte ihn immer noch. Er konnte natürlich seine Anfrage jetzt wiederholen, das war durchaus möglich.

Sie tranken Kaffee, und der Vater rauchte eine Zigarette.

»Wieso erscheinst du hier eigentlich zu dieser gottverlassenen Zeit, Clare? Hat mich eine Stunde Schlaf gekostet«, sagte Ralph.

Clarence erwiderte, es sei ihm einfach so eingefallen. Von Rowajinski mochte er nichts erzählen, weil er sich schämte wegen seiner Dummheit, und deshalb konnte er auch von den Reynolds nichts sagen. Sehr schade, weil er sie so gern hatte.

»Du hast doch hoffentlich heute keinen Dienst, Clary«, sagte seine Mutter und setzte einen Teller mit zwei Spiegeleiern, eingerahmt von zwei Scheiben gebuttertem Toast, vor ihrem Sohn auf den Tisch.

»Nein«, gab Clarence zur Antwort.

»Warst du denn gestern abend dran?« fragte sein Vater.

»Nein. Aber heute habe ich frei.« Er wollte ihnen nichts sagen von dem Nachtdienst, weil sie diese Schicht – von acht bis vier Uhr früh – immer für die gefährlichste Zeit der ganzen vierundzwanzig Stunden hielten; und er war froh, als seine Mutter anfing, von Nachbarn und häuslichen Dingen zu reden.

»Na, und was macht dein Mädchen?« fragte Ralph. »Wann führst du sie uns mal vor?«

»Ich weiß gar nicht, warum ihr so viel daraus macht.« Clarence merkte auf einmal, daß er todmüde war. Er kam sich plötzlich fast hysterisch vor, als ob etwas in seinem Herzen gesprungen sei. Er stand am Rande – an irgendeiner Klippe, unmittelbar vor einem großen Entschluß, und er wußte auch welcher: es war die Entscheidung, ob er bei der Polizei bleiben sollte oder nicht. Das hätte er gern mit seinen Eltern besprochen. Es betraf Marylyn und auch die

Reynolds. Marylyn mochte keine Polizisten. Es betraf ferner den Polen Rowajinski, dieses Schwein, das er hatte entkommen lassen, und ebenso die Tatsache, daß Marylyn keinen Cop heiraten wollte, und er war doch einer, er war immer noch im Dienst, auch wenn er jederzeit austreten konnte.

»Was ist denn, Clary?« fragte seine Mutter liebevoll.

Er schüttelte den Kopf.

»Er ist erschöpft, unser Junge«, sagte Nina zu Ralph. »Stundenlang durch die Straßen – komm rauf in dein Zimmer, Clary.« Sie streckte ihm die kleine feste Hand entgegen; dann wurde ihr bewußt, daß er ja ein erwachsener Mann war, und sie zog die Hand zurück.

»Ja, ich gehe rauf«, sagte Clarence. Er merkte, daß sein Vater ihn prüfend ansah. Clarence blickte ihm gerade ins Gesicht und wartete auf den guten Rat oder die klugen Worte, die jetzt kommen mußten. Eigentlich war sein Vater ein bißchen wie Edward Reynolds, auch äußerlich: sie waren gleich groß und wohl auch gleich schwer und sahen beide gut aus, braun und frisch.

Aber sein Vater sagte nur leichthin: »Jetzt brauchst du erstmal Schlaf, nicht wahr?« Er bestrich ein Stück Toast mit der hausgemachten Marmelade und schob es in den Mund. »Wir können später über alles reden – heute abend vielleicht. Du bleibst doch hoffentlich über Nacht.«

»Ich denke schon«, sagte Clarence automatisch.

Wenige Minuten später stand er oben in seinem Zimmer. Nebenan war das Bad, wo er sich eben mit der eigenen Zahnbürste die Zähne geputzt hatte. Sein Zimmer hatte ein Giebelfenster mit schräger Decke. Unter der einen Schräge stand in der Ecke sein Bett, unter der anderen ein langes Bücherbord, das noch eine Anzahl seiner alten Abenteuerbücher enthielt, zusammen mit Lehrbüchern über Soziologie und Psychologie, und auch ein paar Romane von Fitzgerald, Kerouac, Bellow, William Golding. An der Wand hing ein Foto seiner Basketball-Mannschaft, er war der dritte von rechts in der hinteren Reihe. Das Bild sollte er wirklich mal wegnehmen, dachte er. Marylyn würde ihn auslachen und das Bild sicher blöde finden, snobistisch und kindisch, obgleich es erst fünf oder sechs Jahre alt war. Sie würde überhaupt das ganze Haus blöd finden, blöd und langweilig. Nicht bourgeois, dafür war es nicht teuer genug. Na, er und Marylyn würden bestimmt niemals in einem solchen Hause und an einem Ort wie Astoria wohnen. Das Richtige für sie beide war eine Wohnung in Manhattan und vielleicht ein Haus oben im Norden von Connecticut, wenn er jemals so viel Geld zusammenbrachte.

Das Bett war frisch bezogen. Er schlüpfte unter die Decke und kam sich vor wie eingesponnen in einem sicheren Nest. War das etwa wieder eine Sackgasse, die Polizei? So wie damals bei der Bank, in der Personalabteilung? Natürlich ging die Welt nicht unter, selbst wenn Captain MacGregor und Santini sagten: »Der Polizeidienst ist einfach nicht das Richtige für Sie, Dummell.« Das Dumme war, daß er es überhaupt versucht hatte und immer weiter versuchte, wo er doch mit seiner Collegebildung gegenüber den meisten Cops im Vorteil war; und trotzdem, er hatte Mist gemacht, einen Mist, wie ihn der primitivste Bulle nicht so leicht machte: er hatte einen Mann verfolgt, hatte ihn gestellt und dann laufen lassen. Und Marylyn – sie hatte seine Arbeit ja nie ganz ernst genommen, und jetzt würde er noch Monate auf eine Beförderung warten müssen, das war ihm klar, selbst wenn er auf die Polizeihochschule ging, was er fest vorhatte. Ob Marylyn überhaupt jemals einen Bullen heiraten würde? »Ach, wer heiratet denn heutzutage noch«, hatte sie mal gesagt. Clarence hatte das Gefühl, er könne ihr für den Rest seines Lebens treu bleiben. Das war doch noch was. Das war im Grunde alles. Komisch – früher wollten Männer immer nicht heiraten, und Mädchen drängten sich danach. Heute wollte nun er gern heiraten und – ja, natürlich, Sicherheit, das war es. Danach hatten früher alle Mädchen gestrebt ... Marylyn anrufen, wenn er wach war. Heute abend ... Theater ...

»Clary? – Clary!«

Clarence erwachte und stützte sich schlaftrunken auf den Ellbogen.

»Clary – es tut mir so leid, dich zu wecken, aber deine Revierwache ist am Telefon. Sie wollen dich sprechen.«

Clarence stand auf. Er hatte nichts als Shorts an und griff sich seines Vaters Bademantel, der in der Toilette hing. Die Mutter war schon wieder nach unten gegangen, er hörte sie sagen:

»Moment noch, bitte, er kommt sofort.«

Ein Blick auf die Uhr: es war viertel vor zwei. »Hallo –? Hier Clarence Duhamell.«

»Hallo, Clarence. Santini hier. Hören Sie zu, wir haben den Kerl gefunden, den Polen meine ich, Rojinsk oder wie er heißt. Sie wissen schon.«

»Sie haben ihn gefunden –?«

»Ja, haben wir. Nun passen Sie mal auf –« Längere Pause. Santini schneuzte sich oder sprach mit einem anderen. »Also, wir haben was mit Ihnen zu bereden. Ja, ich weiß, ist Ihr freier Tag heute. War gar nicht so leicht, Sie zu finden.«

»Was ist denn los?«

»Na ja – Sie werden ja sehen. Rowajinski ist hier. Machen Sie also 'n bißchen schnell – wann können Sie hier sein? So um drei oder halb vier? Geht das?«

»Ja.«

»Was gibt's denn, Clary?« Seine Mutter stand in der Türöffnung zwischen der Veranda und dem Wohnzimmer.

»Ich muß weg, in die Stadt. Sofort.«

»O Clary! Und nicht mal erst was essen?«

Clarence lief barfuß nach oben in sein Zimmer. »Um drei muß ich da sein, Mom.«

Als er fertig angezogen herunterkam, hatte seine Mutter ihm eine Scheibe Roastbeef abgeschnitten, die er schnell aus der Hand essen konnte, ohne sich erst lange hinzusetzen. Er aß die Hälfte. Er hatte noch eilig geduscht und sich mit seines Vaters Rasiermesser den Bart abgekratzt. »Kommt ja nicht oft vor, Mom«, sagte er entschuldigend.

Santinis Worte hatten sich eher beiläufig angehört, nicht sehr dringlich. Vermutlich hatte man Clarence bloß herbeizitiert, weil er Rowajinski schon einmal gesehen hatte und ihn daher identifizieren konnte. Heute war es eine Woche her, daß der Kerl den Hund gestohlen hatte. Sieben Tage. Die Reynolds hatten auf ihn gezählt, und er hatte sie im Stich gelassen, glattweg und unverzeihlich im Stich gelassen.

9

In der Revierwache saß Kenneth Rowajinski auf einer Bank in der Nähe der Eingangstür. Neben ihm saß ein Junkie, der rastlos auf seinem Platz hin- und herrutschte, und Kenneth vermied es peinlich, ihn zu berühren. Es war zwanzig Minuten vor drei; er war jetzt seit etwa zwei Stunden hier auf der Wache. Zweimal hatte er gebeten, austreten zu dürfen. Nervöse Unruhe erfüllte ihn. Kurz nach Mittag waren sie gekommen – oder vielmehr er war gekommen, ein einzelner Polizist in Zivil –, um ihn zu holen. Wie sie ihn überhaupt gefunden hatten, wußte er immer noch nicht. Er war vormittags gegen elf ausgegangen und hatte etwas Obst, ein Hamburger und mehrere Dosen Bier besorgt, die er mit auf sein Zimmer nahm. Natürlich – das Hinken konnte er nicht verbergen. Der Bulle war ein schwarzhaariger Kerl mit starkem Unterkiefer, er hatte höhnisch gegrinst, als er sagte: »Hab ich mir doch gedacht, daß ich Sie in so 'ner Absteige finden müßte. Köpfchen, was?« Er redete immer noch weiter, kritzelte irgendwas in sein Notizbuch und stand die ganze Zeit breitbeinig in Kenneths Hotelzimmer, bei weit geöffneter Tür, und dabei stand draußen das schwarze Zimmermädchen mit offenem Mund auf dem Gang und starrte herein. Unerhört, einfach so einzudringen! Kenneth hatte gemerkt, wie sein Herz anfing zu jagen, es jagte auch jetzt noch.

Aber den jungen blonden Bullen, der ihn neulich in seinem Zimmer bei Mrs. Williams aufgespürt hatte, den hatte er fertiggemacht. Der war erledigt, und das war mehr als ein Trost, es war ein Triumph. Wehren mußte man sich, mit allen Kräften. Der sollte nur hereinkommen, da würde er was erleben. Kenneths kleine Augen schossen hierhin und dorthin und kehrten immer wieder zurück zur Eingangstür links, denn er wußte, der Blonde mußte gleich kommen.

Ihm gegenüber saß ein schwarzer Polizist, er las in einem Comic-Heft und schob seinen Kaugummi im Mund hin und her. Das schwarze Kraushaar wurde schon grau. Ein Drecksverein war das, die ganze Polizei, und dafür mußten die Steuerzahler herhalten; fette Pensionen und Sonderzahlungen kriegten die Bullen alle, taten sich dicke mit ihren Revolvern, klebten Strafzettel an anderer Leute Autos, nahmen Bestechungsgelder von Drogendealern und Spielhöllen, die oft in Hinterzimmern von harmlosen Cafés versteckt waren. Alle wurden dick und fett dabei, hauptsächlich die Italiener, aber Iren gab's natürlich auch massenhaft. Der Italiener, der zu ihm ins Hotel gekommen war, hatte Kenneths Geld sehr schnell gefunden; er hatte es gezählt und dann eingesteckt. Kenneth hatte zusehen müssen, wie das Geld nachher auf der Wache einem Vorgesetzten (genauso ein Schwein, bestimmt) am Schreibtisch im gegenüberliegenden Raum ausgehändigt wurde. Elfhundertzwanzig Dollar. Was Kenneth jetzt noch bei sich hatte, waren elf Dollar und ein paar kleinere Münzen. Er wußte nicht, ob sie Edward Reynolds schon angerufen hatten, doch er nahm es an. Bei dem Gedanken, Reynolds hier gegenübergestellt zu werden, wurde ihm unbehaglich zumute; aber er sagte sich immer wieder, er hege tiefe und gerechte Verachtung für solche Leute wie Reynolds – was konnte es ihm also ausmachen.

Wieder blickte er zur Tür in der Erwartung, entweder

Reynolds oder den blonden Cop eintreten zu sehen. Ein Zahn vorn im Unterkiefer war lose, er schob ihn saugend mit der Zunge vor- und rückwärts, und jedesmal schmerzte es ein wenig. Jetzt rückte er zum sechstenmal den schwankenden Junkie mit der Schulter weg und sprang dann plötzlich auf die Füße, so daß der Mann der Länge nach von der Bank rollte und flach aufs Gesicht fiel. Kenneth zog den neuen Mantel zurecht und wandte die Augen ab.

Der schwarze Polizist lachte und stand auf, das Heftchen in der Hand. »He – faßt mal einer hier mit an?«

Kenneth blickte nicht hin. Der Mann auf dem Fußboden versuchte sich umzudrehen – er sah aus wie eine alte graue Kellerassel. Einen Augenblick dachte Kenneth daran, einfach hinauszugehen, aber jetzt kam ein anderer Bulle hinzu, breit und schwer – kein Wunder, wenn einer Notizbuch und Pistole und Gummiknüppel und Handschellen bei sich trug und dann noch stundenlang in Kneipen rumsaß –, der nahm den Mann vom Boden auf und setzte ihn wieder auf die Bank. Er sagte irgendwas dabei, und der Schwarze grinste.

Und jetzt kam der junge blonde Polizist in Zivil die Stufen herauf. Er trat in die Tür und sah ihn sofort. Kenneth wandte den Blick nicht ab; verdrossen musterte er den andern. Der Blonde ging in den gegenüberliegenden Wachraum.

Nach wenigen Minuten kam ein älterer blonder Beamter heraus und winkte Kenneth.

»Erkennen Sie den Mann, Dummell?« fragte er.

»Jawohl, Sir.«

»Manzoni hat ihn aufgegriffen, im Hotel George,

Greenwich Village. Hat einfach die Hotels abgesucht nach einem Mann von ungefähr fünfzig, der hinkt.«

Glück gehabt, dachte Clarence. Er sagte nichts. Sie waren jetzt wieder im anderen Zimmer.

»Also Rowajinski –« Captain MacGregor warf einen Blick auf die Papiere, die auf seinem Schreibtisch lagen – »war im Besitz von eintausendeinhundertundzwanzig Dollar, alles in Zehndollarnoten. Genau wie das Lösegeld, eh? War doch auch alles in Zehndollarnoten? Er sagt nun, Sie haben fünfhundert bekommen – dafür, daß Sie ihn laufenließen.«

»Jawohl«, bekräftigte Kenneth mit erhobener Stimme.

»Nein. Das ist nicht wahr«, sagte Clarence.

»Also ein paar Kleidungsstücke hat er gekauft, okay. Hotel für zwei Tage hat er auch bezahlt, okay.« MacGregor schob die Daumen unter seinen Gürtel. »Dummell, kein Mensch beschuldigt Sie, wir fragen bloß. Fünfhundert sind ungefähr das, was an den zweitausend fehlte, wissen Sie.«

Das Gesicht des jungen Mannes war tiefrot, das sah Kenneth. Er sah aus wie einer, der ein schlechtes Gewissen hat. Kenneth glaubte jetzt fast selber, was er gesagt hatte, und das war auch gut so, er wollte es glauben, er mußte es glauben, denn er mußte nun bei seiner Geschichte bleiben. »Ja. Und später sollte ich ihm noch dreihundert geben. Alles zusammen achthundert!« Glänzende Idee. Das war ihm gerade eben noch eingefallen.

»Captain MacGregor, ich gebe Ihnen mein Wort, der Kerl lügt. Sie können meine Wohnung durchsuchen – mein Bankkonto – ich habe das Geld nicht. Bestimmt nicht!«

»Nun regen Sie sich mal nicht auf, Dummell.«

»Ja, Sir.«

»Wenn Sie sagen, es ist so, dann ist es so.«

»Ja – danke. Haben Sie wohl Mr. Reynolds schon angerufen und ihm gesagt, daß wir Rowajinski hier haben?«

MacGregor runzelte die Stirn. »Nein«, sagte er zerstreut, »noch nicht. Oder vielleicht hat Pete es ihm gesagt, das weiß ich nicht.«

Pete, das war Manzoni. »Er würde es sicher gern wissen, Sir. Und der Hund – wegen des Hundes hat er ja –«

»Ach ja, der Hund«, sagte MacGregor. »Rowajinski behauptet, er habe Ihnen von Anfang an gesagt, der Hund sei tot. Stimmt das?«

»Nein, Sir, das ist gelogen! Er hat gesagt, der Hund sei bei seiner Schwester in Long Island. Das habe ich ja auch Mr. Reynolds gesagt.«

Der junge Polizist starrte Kenneth so empört an, als wolle er ihm an den Kragen. Kenneth reckte sich hoch auf und sagte: »Ich habe Ihnen gesagt, daß der Hund tot ist.«

»Das ist nicht wahr – Sie lügen! Captain – Captain MacGregor, glauben Sie mir oder diesem Kerl da?«

»Vorläufig keinem. Keine Aufregung, Clarence.« MacGregor drückte auf einen Klingelknopf.

Kenneth blieb aufrecht stehen, den Hut auf dem Kopf. Der blonde Junge, Dummell, der stand da und trat von einem Fuß auf den andern; er wagte nichts mehr zu sagen, genau wie ein Mann, der kein reines Gewissen hat. Kenneth triumphierte innerlich. Ruhig ließ er sich von dem Beamten, der jetzt eintrat, fortführen. Na schön, er kam in eine Zelle; immerhin lag ein Schlafanzug auf der Pritsche. Und den Dummell, den hatte er fertiggemacht.

Als der Beamte die Tür schließen wollte, sagte Kenneth: »Ich will einen Rechtsanwalt haben. Bezahlen muß ich den doch nicht, oder?«

»Wirst schon einen kriegen«, gab der Polizist spöttisch zurück.

Saubande, die ganze Polizei. An der Wand waren zwei Haken, aber nicht mal ein Kleiderbügel, ferner ein Waschbecken und ein Klosett. Erstmal pinkeln. Hunger hatte er auch, aber er schob den Gedanken an Essen beiseite, ging an die vergitterte Tür und horchte. Er hörte Stimmen, vermutlich die des Captains und des jungen Cop, verstehen konnte er nichts. Schade. Aber er war sehr befriedigt bei dem Gedanken, daß er die Aufmerksamkeit auf Dummell gelenkt und von Reynolds und dem Hund abgewandt hatte. Dem Bullen, der ihn im Hotel aufgestöbert und mitgenommen hatte, dem hatte er eine sehr plausible Geschichte erzählt von der Unterredung in seinem Zimmer bei Mrs. Williams, am Montag nachmittag. Der Bulle hatte darauf gesagt, er werde Mrs. Williams aufsuchen. Nun, die konnte ja bestätigen (auch wenn sie noch ein paar abfällige Bemerkungen über ihren früheren Mieter einflocht), daß Dummell an dem Nachmittag zweimal dagewesen war und beim zweitenmal so getan hatte, als sei er höchst überrascht von Kenneth Rowajinskis plötzlichem Verschwinden.

10

Als Manzoni zusammen mit dem anderen Polizisten, dessen Namen Clarence nicht kannte, seine Wohnung verlassen hatte, ging er zum Telefon; doch vor dem Apparat blieb er stehen und nahm den Hörer nicht auf. Er war immer noch völlig verstört, und solange man ihm die Bestürzung anmerkte, wollte er Mr. Reynolds nicht anrufen. Er zündete sich eine Zigarette an und sah sich in seinem Wohnschlafzimmer um, ohne Einzelheiten wahrzunehmen, nur einiges drang ihm ins Bewußtsein: der leichte Staubschleier, die Unordnung, die die beiden Männer nach der Durchsuchung hinterlassen hatten, und die Schande. Die Schande. Sie hatten keineswegs das Unterste zuoberst gekehrt, so war es nicht, aber daß sie überhaupt hergekommen waren, war und blieb eine Schande. Vor allem daß ausgerechnet Manzoni gekommen war, mit seinen Vertraulichkeiten und Sticheleien. »Na Clarence, du hast wohl 'n bißchen Geld gebraucht für dein Mädchen, was?« Woher wußte er was von Marylyn? Oder ob er nur irgendein Mädchen meinte? Sein Sparkassenbuch hatten sie zu sehen verlangt; es wies keine größeren Einzahlungen auf für die letzte Zeit. Selbst die Reißverschlüsse der Kissenbezüge auf dem Bett hatten sie aufgezogen und die Kissen in Unordnung gebracht. »Hier hast du aber jetzt 'ne Weile nicht gewohnt«, hatte Manzoni geäußert. »Wo hast du geschlafen?« Er habe mehrere Nächte (und die dienstfreie Zeit) bei seinen Eltern in Astoria verbracht, hatte Clarence geantwortet. Richtig, das durfte er nicht vergessen: er mußte seine Mutter warnen, damit sie bestätigte, er sei kürzlich öfter draußen gewesen, falls die Polizei bei ihr anrief.

Clarence nahm den Hörer und wählte die Reynoldssche Nummer. Es war fast sechs Uhr. »Mrs. Reynolds? Hier ist Clarence Duhamell. Ich würde Sie sehr gern mal sprechen ... Ja, es ist etwas geschehen, tatsächlich, wir haben Rowajinski – ich meine, wir haben ihn jetzt – hat meine Revierwache Sie nicht angerufen?« Nein, niemand hatte angerufen. »Ja, doch. Ja, ich – das möchte ich Ihnen lieber sagen, wenn ich hinkomme«, sagte er gepeinigt. Sie hatte natürlich sofort nach dem Hund gefragt und gewußt, es gab keine Hoffnung mehr, das merkte er. »Ja, wenn es Ihnen recht ist, komme ich jetzt gleich.«

Clarence nahm die Untergrundbahn; er wollte nicht zu schnell dort sein, damit Mr. Reynolds möglichst noch vor ihm nach Hause kam. Jetzt war die Zeit des stärksten Berufsverkehrs; am schlimmsten war das Gedränge am Grand Central, wo er umstieg und kaum noch atmen konnte in der dichten Menschenmenge. Zeitungen wurden unter den Armen der Fahrgäste zerknüllt. Es war ein Meer von verdrossenen, bösen, blicklosen Gestalten, die alle nur darauf warteten, daß der keuchende Zug sie irgendwo ein wenig auflockern und ihnen etwas mehr Platz verschaffen möge. Gewohnheitsmäßig blickte sich Clarence auch hier nach Taschendieben um, bis er sah, daß alle Hände noch starr an der gleichen Stelle festgekrallt waren wie in dem Augenblick, als der letzte Fahrgast vom Stationsbeamten hineingepreßt und die Tür geschlossen wurde. Clarence stieg 103rd Street aus und ging zu Fuß zum Apartmenthaus der Reynolds, wo jetzt der farbige Pförtner Dienst hatte.

Es war zwanzig Minuten vor sieben. Mr. Reynolds war nach Haus gekommen.

»Also den Polen haben sie nun wieder festgenommen«, sagte Edward Reynolds nach der Begrüßung. »Und was ist mit dem Hund?«

»Der Pole behauptet jetzt –« Clarence folgte Mr. Reynolds ins Wohnzimmer. »Guten Abend, Mrs. Reynolds.« Greta stand neben dem kleinen Couchtisch und sah ihm entgegen. »Der Pole behauptet – er sagt, er hat den Hund umgebracht, gleich am ersten Abend. Mit einem Stein hat er ihm den Kopf eingeschlagen, sagt er.«

»Herrgott nochmal.« Edward Reynolds wandte sich ab und fuhr sich mit der Hand über das Gesicht.

»Eddie – Lieber«, sagte seine Frau bittend. »Wir haben doch schon fast damit gerechnet, nicht wahr?«

»Und was machen sie jetzt mit so einem – mit diesem Psychopathen?« fragte Mr. Reynolds.

»Ich weiß es nicht. Man müßte ihn einsperren. In einer Heilanstalt, meine ich.«

»Mit einem Stein den Kopf eingeschlagen. Und dann? Hat er sie mitgenommen? Im Gebüsch war sie nicht, da habe ich alles nachgesehen, auch noch am nächsten Morgen. Da waren keinerlei Blutspuren zu sehen.«

»Er sagt, er hat den Hund nach Hause getragen. In sein Zimmer, wo er wohnt. Er sagt, er hat ihn eingewickelt und – und irgendwo hingelegt. Wo – das weiß ich nicht.«

»Vielleicht irgendwo begraben?« Ed lachte freudlos.

»Eddie –« Gretas Stimme bebte.

»Ich weiß es nicht, Sir«, antwortete Clarence.

Ed schob die Hände in die Taschen und ging mit hängenden Schultern hinüber zum Fenster.

Clarence sagte: »Es wundert mich eigentlich, daß die Revierwache Sie nicht angerufen hat. Sie haben nämlich fast das ganze Geld bei dem Kerl gefunden. Er war in einem Hotel im Village.«

»Ach, zum Teufel mit dem Geld«, sagte Ed. Dieses New York – was war es für eine ekelhafte Stadt. Mit solchen Lumpen kam man nun jeden Tag zusammen, saß täglich neben ihnen im Bus oder in der Bahn. Sie sahen aus wie jedermann, aber sie waren Schweine. Schurken. Sein Herz schlug laut und schnell. In Gedanken riß er Rowajinski die Glieder aus, packte ihn an der Kehle und krachte seinen Kopf gegen die Wand. Imstande wäre er dazu.

Greta weinte lautlos vor sich hin, von Zeit zu Zeit wischte sie sich die Tränen ab. Fast automatisch nahm sie drei Gläser, füllte sie mit Whisky und tat Eis dazu.

Clarence nahm ihr das Glas ab, das sie ihm reichte. Ed Reynolds ging mit gesenktem Kopf langsam im Zimmer auf und ab.

»Jetzt wird behauptet«, sagte Clarence, »daß ich von Rowajinski fünfhundert Dollar angenommen hätte, damit er entkommen konnte. Das hat er gesagt.«

»Ach –?« meinte Ed, nicht übermäßig interessiert. Was machte das schon, selbst wenn es zutraf. Vielleicht traf es wirklich zu? Er blickte in die ernsthaften blauen Augen des Jungen. War er wirklich so ernsthaft? Und aufrichtig? War das überhaupt noch wichtig?

»Ich glaube, mein Captain – das ist mein Vorgesetzter auf der Revierwache –, der glaubt das nicht, daß ich es genommen habe. Und sie werden das Geld ja auch bei mir nicht finden. Aber was ich mir vorwerfe, das –« Er hielt inne, als ihm klar wurde, daß nun, da der Hund tot war,

Mr. Reynolds sich keinen Deut darum scherte, ob er etwas falsch gemacht hatte und sich deshalb Vorwürfe machte. Mr. Reynolds sah tatsächlich so aus, als habe er gar nicht gehört, was er eben gesagt hatte.

Ed Reynolds sprach beruhigend auf seine Frau ein. Er legte ihr den Arm um die Schultern und küßte sie.

Es war wohl besser, sich jetzt schnell zu verabschieden, dachte Clarence. Er leerte sein Glas in einem Zug. Der starke Drink schoß ihm in den Magen, fast kam er wieder herauf. Er preßte ihn zurück und schauerte zusammen. Mr. Reynolds sah ihn leicht erstaunt an.

In diesem Augenblick fiel es Clarence ein, daß er Marylyn noch anrufen mußte, um für heute abend ein Treffen zu vereinbaren. Das Theater – fing es um halb acht oder um halb neun an? Aber von hier aus konnte er das Gespräch jetzt auf keinen Fall führen. Seine Unruhe wuchs. Er sagte:

»Mr. Reynolds, ich werde alles tun – ich meine, ich werd dafür sorgen, daß Rowajinski die höchste – die höchstmögliche Strafe bekommt.«

Auch das schien Mr. Reynolds nur wenig zu interessieren.

»Wollen Sie nicht Platz nehmen, Mr. Duhamell«, bat Greta. Sie streckte die Hand nach seinem Glas aus, das Clarence ihr automatisch hinüberreichte. Vorsichtig setzte er sich auf einen der gepolsterten Stühle. Greta kam gleich darauf mit seinem frischgefüllten Glas zurück.

Clarence begann von neuem. »Mr. Reynolds – ich – wirklich, es ist mir ganz schrecklich, daß ich Rowajinski beim erstenmal einfach habe entwischen lassen. Ich schäme mich wirklich sehr, und das habe ich auch meinem

Vorgesetzten gesagt. Meinem Captain, meine ich. Es war einzig und allein meine Schuld.«

»Ja, schon gut«, murmelte Ed. Wenn der Junge bloß gehen wollte. »Was können die Behörden jetzt eigentlich mit dem Mann anfangen? Einsperren – ist das alles?«

Clarence hob die Schultern. »Ach, die Anstalten sind überfüllt, das weiß ich. Aber jedenfalls können sie ihn in Haft behalten, erstmal. Geldstrafe und Haft. Kann lange dauern, bis er wieder rauskommt.« Das hatte er eigentlich gar nicht sagen wollen. Stimmte das überhaupt, daß es lange dauern konnte? »Ich werde jedenfalls tun, was ich kann, das verspreche ich Ihnen. Eigentlich sehr merkwürdig, daß sie mich jetzt verdächtigen, das Geld von ihm genommen zu haben, wo ich ihnen doch eine so genaue Beschreibung von dem Kerl gegeben habe. Er hinkt, habe ich noch gesagt, und sowas ist viel wert – ich meine so ein Hinweis, wenn einer gesucht wird. Mein Kollege Manzoni – das ist der, der Rowajinski in dem Hotel gefunden hat, im Village, wissen Sie –, der hat bestimmt Glück gehabt, das kann man sagen. Ich wollte bloß, ich hätte ihn selbst gefunden. Ich bin –« Er hatte hinzufügen wollen, daß er selbst häufig im Village übernachtete.

Das Telefon klingelte. Ed schien es nicht zu hören. Greta ging an den Apparat und rief dann ihren Mann.

»Hallo –?« sagte Mr. Reynolds. »Ja ... Doch, ja, danke. Ja, das habe ich schon gehört.«

Das mußte die Revierwache sein; sie hatten offenbar gewartet, bis Mr. Reynolds zu Hause war. Hoffentlich sagte Mr. Reynolds nichts davon, daß er gerade hier war, dachte Clarence unruhig. Er nahm sein Glas und trank.

»Ja, das kann ich tun«, sagte Mr. Reynolds gleichgültig.

Das Geld – sicher sollte er sein Geld abholen. Clarence spürte die Wirkung des Whisky. O Gott, was mochte jetzt noch alles kommen? Er stand auf, als Mr. Reynolds den Hörer hinlegte.

»Ich soll das Geld auf dem Revier abholen«, sagte Ed. »Ich hab sie gebeten, mir einen Scheck zu schicken, aber das wollen sie nicht. Ich soll jetzt gleich hinkommen.«

»Komm, setz dich, Eddie«, bat Greta. »Komm erstmal einen Augenblick zur Ruhe, bitte.«

Er schien nicht zu hören. Wieder ging er mit langsamen Schritten im Zimmer auf und ab.

Clarence überlegte, ob er sich erbieten sollte, Mr. Reynolds zur Revierwache zu begleiten. Aber das war vielleicht gar nicht erwünscht. »Ich muß jetzt gehen«, sagte er. »Aber ich möchte noch einmal wiederholen, was ich – ich verspreche Ihnen, der Mann kriegt, was er verdient. Ich werde alles dazu tun.« Und plötzlich brach es aus ihm heraus. »Glauben Sie mir, Mr. Reynolds – mir ist das auch nicht gerade lieb, daß die mich jetzt beschuldigen, ich hätte fünfhundert Dollar von diesem Verrückten angenommen! Na ja, vielleicht nicht gerade beschuldigen, aber doch verdächtigen.«

»Ach, das zieht sich gewiß bald zurecht«, meinte Ed teilnahmslos. Er hatte genug – Lisa, sein Hund, war tot, und sein Kummer, das merkte er, war nicht geringer als damals, als es keinen Zweifel mehr gab, daß seine Tochter tot war. Umgebracht. Ein Hund und eine Tochter – da müßte es doch einen gewaltigen Unterschied geben, aber das Gefühl war sehr ähnlich, jedenfalls jetzt noch, in diesem Augenblick. Er konnte nicht stillsitzen, er mußte umhergehen, den Fußboden ansehen. Wenn bloß der Cop endlich fortginge. »Ich möchte diesen Polen nicht sehen«, sagte er. »Aber das wird doch auch wohl nicht nötig sein, oder?«

»Nein, sicher nicht, wenn Sie nicht wollen«, meinte Clarence. »Auf Wiedersehen, Mrs. Reynolds. Und vielen Dank.«

Er ging zur Tür. Auch Mrs. Reynolds sagte nicht mehr als »Guten Abend«, während sie die Tür hinter ihm zumachte. Clarence beschloß, gleich ein Taxi zu Marylyns Wohnung zu nehmen und nicht erst anzurufen. Er kam sich beschämt und töricht und irgendwie schlapp vor, so als ob er sich wie ein Schwächling benommen habe. *Ich werd's wiedergutmachen, das schwöre ich*, sagte er zu sich selbst.

Ed Reynolds zog sein Hemd aus und trat an den Waschtisch im Badezimmer. Was war es, das er diesmal abzuwaschen versuchte? Er hörte Greta etwas sagen und rief ihr über das Geräusch des fließenden Wassers zu: »Liebes, ganz bestimmt, mehr als zehn Minuten halten sie mich dort nicht fest, ich bleibe einfach nicht länger da. Du kannst wirklich schon anfangen, ich bin bestimmt gleich zurück.«

Er ging zu Fuß zur Wache. Wie beim letztenmal saß auch heute ein farbiger Polizist auf dem Stuhl nahe der Tür und blickte kaum auf, als Ed eintrat und fragte, wo er hingehen solle. Auch diesmal wurde er von Captain MacGregor erwartet.

In MacGregors Büro befanden sich noch mehrere andere Polizeibeamte. Ed trat ein und sagte zu MacGregor: »Edward Reynolds.«

»Ach ja«, sagte MacGregor. »Würden Sie bitte Platz nehmen.«

Widerwillig setzte sich Ed.

»Der Mann, der Ihren Hund gestohlen hat, Kenneth Rowajinski, wurde heute im Hotel George am University Place aufgefunden. In seinem Zimmer haben wir ungefähr zwölfhundert Dollar von dem Geld sichergestellt. Auf seinem Sparkonto hat er weitere vierhundert ...« MacGregor blickte suchend auf den Zettel, der vor ihm auf dem Schreibtisch lag.

Ed hörte unbeteiligt zu. Es folgten Einzelheiten.

»... morgen«, fuhr MacGregor fort. »Jedenfalls hoffen wir das. Die psychiatrische Abteilung hat im Augenblick sehr viel zu tun.«

Morgen sollte also jemand kommen und sich den Polen hier auf der Wache ansehen.

Captain MacGregor erhob sich und trat an ein Schubfach, schloß es auf und nahm einen Umschlag heraus. »Hier sind Ihre zwölfhundertzwanzig Dollar, Mr. Reynolds. Wir werden versuchen, Ihnen auch den Rest zurückzuerstatten. Es tut mir sehr leid – mit Ihrem Hund, meine ich.« Er legte den Umschlag auf die Tischkante.

»Was geschieht jetzt mit dem Mann, außer daß er vom Psychiater untersucht wird?« fragte Ed.

»Ja – der wird ein paar Wochen unter Beobachtung bleiben. Vielleicht auch in Haft. Was dann mit ihm geschieht, das habe ich nicht zu entscheiden.«

Natürlich nicht, dachte Ed. Immer dasselbe. Jedesmal war da ein Höherer, einer mit mehr oder anderer Autorität, den man nie zu sehen bekam und der in gewissem Sinne auch gar nicht existierte.

»Wollen Sie mit Rowajinski sprechen? Er sitzt da hinten in der Zelle.«

Ed stand eilig auf. »Nein, nein, danke. Das hat ja doch wohl keinen Zweck. Mein Hund ist tot. Ja, eine Frage hätte ich noch: wie viele von Ihren Leuten gehen eigentlich Streife im Riverside Park?«

»Ach – vielleicht hundert – kann sein noch mehr. Es war wirklich großes Pech, Mr. Reynolds, ich bedaure es sehr, glauben Sie mir. Nach Dunkelheit passiert da allerhand im Park, das weiß ich wohl.«

Ed fühlte, wie der Zorn in ihm hochstieg: ein Zorn ohne Sinn und Ziel, der nur ihm selbst wehtat. Er versuchte ruhigzubleiben, doch die bittere Empörung machte sich auf andere Weise Luft. »Und dieser junge Beamte – Duhamell? Der hat den Polen einfach laufenlassen?«

»Ach – Duhamell? Ja. Ja. Er ist noch neu – noch nicht lange im Dienst, verstehen Sie? Er hat da einen Fehler gemacht, sicher. Der Mann, der Rowajinski dann wiedergefunden hat, das war ein anderer Polizist, das war nicht Dummell. Ja, Dummell muß noch allerhand lernen.«

»Und was ist das für eine Geschichte mit den fünfhundert Dollar, die er angenommen haben soll?«

»Das wissen Sie?«

»Ja. Er hat es uns erzählt. Gerade eben.«

»Was – er hat Ihnen erzählt, daß er das Geld angenommen hat?«

»Nein, nein. Er sagt, er hat's nicht genommen. Der Pole behauptet das, sagt er. Was glauben Sie denn?«

MacGregor blickte auf seinen Schreibtisch und bewegte die Füße. »Hat Dummell Sie angerufen?«

Ed zögerte. Er fand die ganze Sache allmählich albern – er mochte nichts mehr hören. »Ja.«

MacGregor zuckte die Achseln. Wahrscheinlich, dachte Ed, wußte er nicht recht, was er sagen wollte, wenn er nichts riskieren und korrekt bleiben wollte. War es die Pflicht der Polizei, sich in jedem Falle vor ihre Leute zu stellen? Vermutlich ja.

»An dem Geld, das wir bei Rowajinski fanden, fehlen ungefähr fünfhundert Dollar, die nicht durch Ausgaben belegt sind. Ja, wir haben Dummell gefragt, das ist alles. Es kommt uns eben allen etwas sonderbar vor, daß er den Kerl geschnappt hat und ihn dann eine halbe Stunde lang allein ließ, bloß um mit Ihnen über die zweiten tausend Dollar zu sprechen. Eh – finden Sie das nicht auch?«

»Ja«, sagte Ed mechanisch. Ihm war jetzt alles egal. Die ganze Polizei sollte der Teufel holen – nicht mal die Leiche seines Hundes hatten sie herbeischaffen können. »Also dann vielen Dank, Captain.«

»Ihr Geld, Mr. Reynolds – bitte lassen Sie es nicht liegen. Und würden Sie bitte hier unterschreiben.«

Ed unterschrieb, ohne das Formular durchzulesen.

»Das ist die Quittung über zwölfhundertzwanzig Dollar«, erklärte MacGregor. »Und den Rest kriegen wir auch noch. Das ziehen wir dem Kerl von seiner Rente ab.«

Ed nickte. Ein Nicken bedeutete gar nichts. Er ging zur Tür und schloß sie hinter sich, dann schlug er den vertrauten Weg am Riverside Drive nach Hause ein. Seltsam, diese Stadt New York: acht Millionen Einwohner, keiner kannte den anderen und wollte ihn auch gar nicht kennen. Ein Haufen Leute, die hier nur wohnten, um Geld zu verdienen, nicht weil sie ihre Mitmenschen gern hatten. Jeder hatte ein kleines Netz von Freunden über die Stadt verteilt; Freundschaft war unabhängig von Geographie und Nachbarschaft. Jeder schloß sich ab von der Masse, den Unbekannten, den potentiellen Feinden. Und dieser Duhamell oder Dummell (es war gut denkbar, daß in der nächsten Generation der Name tatsächlich Dummell lautete): war der nun ehrlich? Brauchte er vielleicht gerade Geld? War da ein Mädchen mit im Spiel? Ed blieb stehen und wandte sich halb zum Flußufer um: sollte er auf die Wache zurückgehen und denen dort sagen, ihm persönlich sei es ganz egal, ob Dummell die fünfhundert genommen hatte oder nicht? Ach nein, auch das war viel zu dramatisch. Und den Polizeibeamten war es persönlich sicher auch völlig egal.

Ed stand vor der Wohnungstür und drückte auf die Klingel; Greta öffnete, nachdem sie durch den Sehschlitz gespäht hatte. Schweigend umarmte er sie, hängte seinen Mantel auf und zog den weißen Umschlag aus der Manteltasche.

»Was ist das?« fragte Greta.

»Sie haben mir die zwölfhundert Dollar wiedergegeben. Den Rest wollen sie auch noch beschaffen.« Er ließ den Umschlag auf den kleinen Dielentisch fallen. Lisas Leine innen an der Schranktür schwang noch einmal kurz zurück und blieb dann still hängen. Ed fiel ein, daß ihr Wassernapf nicht mehr in der Küche stand; sicher hatte Greta ihn weggenommen. Die Leine mußte auch noch verschwinden. Nur jetzt nicht.

»Was hältst du von dem jungen Cop – Duhamell?« fragte Ed seine Frau.

»Ach – warum fragst du? Bißchen komisch ist er, finde ich.«

»Komisch?« Greta hatte viel Intuition; es interessierte Ed, was sie sagen würde. »Hältst du ihn für ehrlich?«

»Ja, schon. Aber etwas weich.« Greta war nicht ganz bei der Sache, sie ging wieder in die Küche.

Ed folgte ihr. »Wieso weich – was meinst du damit?« Sicher würde sie jetzt fragen: Warum interessiert dich das so? Oder: Warum ist das so wichtig? Zweimal war Duhamell mit diesem Rowajinski zusammengetroffen; das war es, was Ed an ihm interessierte. Duhamell war gewissermaßen ein Zwischenglied zu diesem Halunken.

»Ach – ich weiß nicht. Er ist noch so jung. Zu jung.« Sie öffnete die Herdklappe. »Ich finde, er macht keinen sehr mannhaften Eindruck.« Sie zog einen schlanken bräunlichen Brotlaib hervor, der nach Butter und Knoblauch duftete.

»Sein Vorgesetzter auf der Wache meinte – also er scheint anzunehmen, daß er die fünfhundert vielleicht doch angenommen hat. Oder sie wissen es einfach nicht, das kann auch sein. Was glaubst du denn?« Er merkte, daß er nur weiterredete, um nicht von Lisa sprechen zu müssen.

»Nein, ich glaub's nicht«, erklärte Greta. Sie sah sehr müde aus.

Wir sollten früh schlafen gehen, dachte Ed. Aber was dann – was dann? Man konnte auch müde sein und doch nicht einschlafen. Und er mußte heute abend noch mindestens eine Stunde lesen, um einen Bericht abgeben zu können über zwei langweilige Bücher, die aber der Verlag ohne Rücksicht auf sein Urteil doch herausbringen würde, das wußte er. Das eine handelte von Umweltverschmutzung, das andere war ein Band von gräßlichen vierhundert Seiten mit dem Titel ›Seemöwe am Horizont‹ (wenn er bloß den Titel aus dem Kopf bekäme!), die Liebesgeschichte einer kleinen Amerikanerin auf ihrer ersten Englandreise. Himmelblauer Kitsch, doch erstaunlicherweise verdiente der Verlag nicht schlecht an solchen Büchern. Danach endlich konnte er dann mit Greta im Bett liegen und bei ihr Trost suchen, als ob sie seine Mutter wäre oder seine Schwester oder sonst eine Frau, die Trost zu spenden wußte. Ed stellte plötzlich sein Glas auf den Tisch und stürzte ins Badezimmer. Er beugte sich über den Waschtisch und ließ – mit verzerrtem Gesicht, die Hand gegen die Stirn gepreßt – den Tränen freien Lauf, wobei er das Wasser aufdrehte, um damit den kurzen schluchzenden Laut zu übertönen. Okay: eine lange Minute – zwei Minuten, und dann nicht wieder. Nie wieder. Genau wie bei Margaret. Er schneuzte sich in ein Stück Toilettepapier, wusch sich das Gesicht mit kaltem Wasser und fuhr sich mit dem Kamm durch die Haare, alles so eilig wie möglich. Schluß jetzt – nie wieder. Leb wohl, kleine Lisa.

Auf dem Eßtisch standen schon die Krabbencocktails, und aus der kühlen Flasche Riesling war der Korken bereits entfernt. Ed stellte das Radio an, leise: ein Mozartkonzert. Er hatte keinen Appetit, ohne Greta hätte er gar nichts gegessen. Sie trug eine rosa Bluse mit rötlichem Blumenmuster. Ihm fiel plötzlich ein, daß sie auch an dem Abend, als er sie kennenlernte, eine rosa Bluse getragen hatte; das war auf einer Party bei Leo Soundso, 8th Street. Greta hatte allein dagesessen, ein Glas vor sich, aus dem sie nicht trank – schrecklich schüchtern, der einzige Gast, der niemand neben sich hatte zur Unterhaltung, und Ed hatte sich zu ihr gesellt. Sie war in Deutschland geboren, das hatte sie ihm erzählt, um ihre Aussprache zu erklären; ihre Eltern waren 1933, als sie vier Jahre alt war, nach Frankreich gezogen. Sie war Halbjüdin und war dann mit elf nach Amerika gekommen. »Ich bin nicht sehr gut in Sprachen, deshalb habe ich immer noch diesen Akzent«, hatte sie ihm mit leisem Lachen erklärt. (Aber Französisch sprach sie perfekt, das stellte Ed später fest.) Ed hatte eine russische Großmutter, mehr konnte er ihr nicht bieten, wie er sagte, im Vergleich zu ihrer exotischen Abstammung; alles andere war in seiner Familie seit Generationen rein amerikanisch. Er war damals achtundzwanzig und vor knapp einem Jahr geschieden worden, seine Frau Lola hatte ihn wegen eines anderen Mannes verlassen, und für die Tochter Margaret hatte er das Sorgerecht. Von all dem hatte er Greta an jenem Abend nichts erzählt, nicht von seiner Ehe und auch nicht von seiner fünfjährigen Tochter. Doch mit Greta hatte sich für ihn eine neue Welt aufgetan, die er ebenso leise und behutsam betrat, wie Greta es selbst tat. Er hatte damals eine kleine Wohnung im Westen und arbeitete an einem Roman; sein Geld verdiente er mit Artikeln, die er nicht immer loswurde, und mit Lektoratsberichten für Verlage. Als Babysitter hatte er eine Frau aus der Nachbarschaft, die fast immer kommen konnte, wenn er ausgehen mußte. Alles das hatte Greta verändert, leicht und mühelos wie eine Märchenfee. Sie war Musikerin und spielte in New York, Philadelphia und Boston; doch es war phantastisch, wie sie immer Zeit für ihn fand, abends und an den Wochenenden, und wie sie seine Wohnung verzaubert hatte in ein Heim, in dem man lachen, essen, ausruhen und auf einmal glücklich sein konnte. Greta liebte Margaret, und das Kind liebte sie. »Ich habe Angst davor, Kinder zu haben«, hatte sie zu Ed gesagt. »Ich habe zu viel gesehen.« Und er hatte nie versucht, sie umzustimmen.

Irgendwie brachten sie es fertig, beim Dinner zu reden, ohne große Anstrengung. Schließlich sagte Ed ruhig und bestimmt: »Liebes, wir müssen uns bald einen anderen Hund anschaffen. Das ist das einzig Vernünftige, glaub mir.«

»Ja, aber nicht sofort, Eddie, bitte.« Auch sie hatte keine Tränen in den Augen, als sie begann, den Tisch abzuräumen.

Und doch: der Kummer blieb, die seltsame Leere im Haus und das merkwürdige lastende Schweigen.

Clarence kam gerade so rechtzeitig bei Marylyn an, daß die Zeit noch zum Theater reichte. Marylyn war verärgert.

»Hättest du nicht anrufen können? Ich wollte Evelyn mitnehmen, wenn du nicht gekommen wärst. Jetzt muß ich sie erst anrufen.« Das geschah. Evelyn war eine Freundin, die in der Christopher Street wohnte.

Clarence stand wartend im Zimmer und nagte an seiner Unterlippe. Vor zwei Minuten hatte er Pete Manzoni an der Ecke Bleecker und Sixth Avenue gesehen; Manzonis Blick war auf sein Taxi gefallen, er hatte hineingeschaut und ihn erkannt, mit großen Augen und amüsiertem Lächeln. Das war nur einen Häuserblock entfernt von Marylyns Wohnung in der Macdougal Street gewesen, und Clarence hatte das Gefühl gehabt, als folge Manzoni dem Taxi, er hatte sich aber, als er ausstieg und den Fahrer bezahlte, nicht nochmal umgesehen. Vielleicht stand Manzoni jetzt unten auf der Straße, wenn er mit Marylyn aus dem Haus trat.

»Kommst du nun oder nicht?« Marylyn stand an der Tür.

Clarence fuhr zusammen. »Ich hatte zu tun, heute nachmittag. Auf der Wache.«

»Ja, was war denn bloß los? Ich hab sogar bei deinen Eltern angerufen.«

»Ach –? Na ja, macht ja nichts«, erwiderte Clarence nervös.

»Irgendwas mußte ich unternehmen. Sie sagten, du seist dagewesen, aber man hätte dich in den Stall zurückbeordert, wie immer. Können sie dich nicht mal an deinem freien Tag in Ruhe lassen? Als ob's überhaupt nichts anderes mehr gäbe als Kriminalität.«

»Sie haben den Polen geschnappt, den Kerl, der den Hund gestohlen hat.« Sie stiegen die Treppe hinunter.

»Wer hat ihn geschnappt?«

Clarence hielt ihr die Tür offen. »Ein Kollege von der Revierwache.« Er spähte nach einem Taxi aus. Hoffentlich kam bald eins, damit sie nicht erst bis Houston Street gehen mußten.

»Da kommt einer!« Marylyn hob den Arm. »Taxi!«

In diesem Augenblick sah Clarence Manzoni drüben nahe der Ecke Bleecker Street stehen. Vielsagend lächelnd nickte ihm Manzoni zu. Clarence stieg hinter Marylyn ins Taxi, und Marylyn gab die Adresse des Theaters an.

Clarence sagte: »Die behaupten, ich hätte fünfhundert Dollar von dem polnischen Stinker angenommen und ihn dafür laufenlassen. Deshalb bin ich so spät gekommen –

entschuldige bitte. Auch daß ich nicht angerufen habe.« Er hatte es ihr gar nicht erzählen wollen, aber es war unmöglich, er konnte es nicht für sich behalten.

»Wer behauptet das?«

»Na, dieser Rowajinski. Der Kerl, der den Hund von Reynolds gestohlen hat. Den Hund hat er umgebracht, gleich zu Anfang, sagt er.«

»Menschenskind – umgebracht! Und dann hat er das Geld kassiert –?!«

»Ja, zweimal.« Clarence berichtete von den zweiten tausend Dollar. »Ich war gerade bei Reynolds. Ich mußte hingehen und ihnen sagen – ich mußte ihnen sagen, daß ich alles tun würde, damit der Kerl bestraft wird.« Und nun konnte er Marylyn doch nicht alles erzählen. Nicht, daß Manzoni zusammen mit einem anderen heute seine Wohnung durchsucht hatte und daß er Manzoni gerade eben auf der Straße gegenüber von Marylyns Wohnung gesehen hatte. Wenn sie das wüßte, geriete sie völlig außer sich. Sie hatte von der Polizei eine ganz falsche – oder vielleicht auch nur die allgemein übliche – Vorstellung: alle Polizisten waren rücksichtslose und korrupte Faschisten, die ohne weiteres einen Mann scharf in die Zange nahmen, wenn sie sich was davon versprachen.

»Du sitzt aber auch jeden Tag tiefer in der Tinte«, bemerkte Marylyn kühl.

»Nein, das stimmt nicht. Mr. Reynolds – der glaubt das nicht von mir, daß ich das Geld genommen habe. Er weiß, daß ich ihm helfen wollte.« Aber war Mr. Reynolds tatsächlich so überzeugt von seiner Ehrlichkeit? Und seine Frau auch?

Es war Clarence nicht möglich, dem Theaterstück zu

folgen oder irgendein Interesse aufzubringen, obgleich zwei der Schauspielerinnen nackt auftraten. Das Stück wollte kein Ende nehmen, der zweite Akt war noch länger als der erste. In der Pause traf Marylyn Bekannte, mit denen sie sich lebhaft unterhielt, ohne Clarence – wie es ihm schien – weiter zu beachten.

Nach dem Theater aßen sie eine Kleinigkeit in einem italienischen Restaurant, wo sie aber Pech hatten mit dem Rotwein: er war kaum zu genießen.

»Was werden die nun anstellen mit dem Polen?« fragte Marylyn.

»Er ist in Haft. Wahrscheinlich wird er verurteilt. In die Klapsmühle werden sie ihn kaum stecken, dazu ist er nicht verrückt genug. Mein Gott, was für ein Schleimer!«

»Na, was für Leute erwartest du denn in deinem Metier?« Marylyn hatte ihre Gabel adrett mit Spaghetti umwickelt und schob sie sich in den Mund.

Clarence lächelte. Ein Hauch ihres Parfums – es war so teuer, daß sogar Marylyn sparsam damit umging – kam über den Tisch, schwach vermischt mit dem Aroma der Tomatensauce. »Glaub ja nicht, daß ich zwanzig Jahre bei der Polizei bleibe. Wenn ich ein oder zwei Jahre mitgemacht habe, so wird mir das nicht schaden, es kann sogar nützlich sein, wenn ich mal was anderes anfange.«

»Wieso – hast du's dir anders überlegt? Vor ein paar Monaten hast du noch große Töne geredet, daß man gefordert wird und so und daß man allerhand Gutes tun könnte, et cetera.«

Sicher einer seiner euphorischen Momente. Einer der Augenblicke, wo er im Frieden war mit Gott und der Welt und sich als Kämpfer sah, als Kämpfer gegen das Böse und die Bösen, die nicht auf der Seite des Friedens standen.

»Ja, ich weiß. Aber ich hab jetzt vor, ein paar Kurse mitzumachen – kaufmännische Betriebsführung und Finanzverwaltung oder so. Dann werd ich mal sehen, was so kommt.« Er wollte hinzufügen: Ich hab einfach den richtigen Boden noch nicht gefunden, aber das mochte er nicht sagen. Welches Mädchen würde schon einen Mann heiraten, der den richtigen Boden noch nicht gefunden hatte?

Marylyn schien nicht weiter neugierig zu sein. Sie sah ihn nicht an und machte den Eindruck, als interessiere sie die Einrichtung des Restaurants, ein Tisch auf der anderen Seite oder sonst irgendwas, bedeutend mehr.

An ihrer Haustür sagte sie: »Bitte, Clare, geh heute nach Hause, in deine Wohnung. Ich bin nicht in Stimmung.«

Er hatte vorgehabt, bei ihr zu bleiben, einfach im gleichen Bett mit ihr zu schlafen. Ihre Wohnung war für ihn viel mehr ein Zuhause als die eigene, sie war Sicherheit, Zuflucht – trotz Manzoni. Aber betteln wollte er nicht. »Du – bitte sei mir nicht mehr böse, weil ich dich heute nachmittag nicht angerufen hab. Tut mir leid, wirklich. Kann ich – morgen fängt mein Dienst erst abends um acht an. Wollen wir uns zum Lunch treffen? Im Russischen Tearoom, hast du dazu Lust?« Dort aß sie immer gern.

»Morgen will ich mit Evelyn Einkäufe machen, und um drei wollen wir ins Kino.«

Damit war er draußen. Mit Marylyn ins Kino zu gehen, wenn Evelyn dabei war, dazu hatte er keine Lust. Clarence ging über die Fifth Avenue zur 19th Street. Es war kurz nach Mitternacht. Wenn er Manzoni noch einmal traf, wollte er mal mit ihm reden. Was hatte der eigentlich gegen ihn? Fragen konnte man ja, damit war nichts riskiert.

Allerdings wollte er nicht, daß Marylyn da hineingezogen wurde. Wenn Manzoni viel daran lag, konnte er jetzt schon ihren Namen festgestellt haben. Ein Mädchen mit rötlichen Haaren, wohnt da und da – er brauchte bloß den Delikatessenfritzen um die Ecke zu fragen, oder den jungen Mann mit dem welligen Blondhaar, unten im Kaffeegeschäft; er stand oft an der Tür, dann grüßte ihn Clarence im Vorbeigehen. Vielleicht sagten die nächstesmal, wenn sie Marylyn sahen: »Vorhin war ein Kerl hier, Marylyn, der fragte, ob ich wüßte, wie Sie heißen. Ich wollt's Ihnen doch lieber sagen.« Sie würde sicher gleich annehmen, daß der Mann von der Polizei war oder irgendwas mit ihr zu tun hatte.

Etwas später stand Clarence in seiner Wohnung. Das Deckenlicht brannte; er hatte wie im Schlaf die Tür mit seinem Schlüssel geöffnet. Jetzt holte er seine Segeltuchschuhe und ein gebrauchtes Hemd hervor und machte sich ans Säubern. Erst Staub wischen, dann ausfegen. Er schüttelte die Kissen auf, die in Bezügen steckten und als Sofakissen dienten, wenn das Bett zugedeckt war, aber sie sahen nicht mehr frisch aus, deshalb holte er saubere Bezüge und steckte sie hinein. Das ganze Bett frisch zu beziehen, dazu war er zu müde. Die Badewanne war grau vom Ruß, der durch das schlechtschließende Milchglasfenster hereindrang. Clarence stellte die Brause an, spülte den Ruß aus der Wanne und begann sie dann zu scheuern. Dieser verfluchte Pole! Wozu gab es so einen Kerl überhaupt! Daß so einer lebte, der nichts als Lügen und Ärger verbreitete! Heute bezog der Invalidenrente vom Staat, und sehr bald kam dann noch die Altersbeihilfe hinzu. Was konnte er bloß tun, überlegte Clarence, damit der Mann die höchstmögliche Strafe kriegte? Das mußte er unbedingt morgen feststellen.

Das Telefon klingelte. Mit einem Satz war Clarence am Apparat. Vielleicht war es Marylyn – vielleicht wollte sie ihn bitten, doch noch zu kommen –

»Clare?« sagte Marylyns Stimme. »Ich wollt bloß wissen, ob du gut nach Haus gekommen bist ... tut mir leid, daß ich so biestig war ... Ja, ich bin im Bett.«

Sie bat ihn nicht zu kommen, und trotzdem stand ein Lächeln auf seinem Gesicht, als er den Hörer auflegte. Sie hatte ihn gern – ja, sie hatte ihn *doch* gern. Vielleicht liebte sie ihn sogar.

11

Clarence schlief bis zehn, dann ging er hinunter in das Lebensmittelgeschäft an der Second Avenue und machte ein paar Einkäufe; dabei überlegte er, was er auf seiner Revierwache tun und sagen wollte. Er war nicht sicher, daß Rowajinski noch dort war. Er machte sein Frühstück, spülte das Geschirr und zog eine graue Flanellhose mit Tweedjackett an. Es war ein warmer, sonniger Tag.

Revierleiter war heute Captain Rogers; er hatte offensichtlich viel zu tun. Clarence trat in einen anderen Raum, wo er Lieutenant Santini antraf.

»Nanu –?« sagte Santini erstaunt.

»Morgen, Sir. Ist Rowajinski noch hier?«

»Nijinski, Nijinski«, sagte Santini scherzend. »Ach ja, der Pole. Der Mann mit dem Hund.« Er schneuzte sich in sein Taschentuch. »Ja, ich hab's gehört, Clarence. Sie haben ihn wieder geschnappt. Pete hat ihn geschnappt, diesmal.«

»Ich würde gern mit Rowajinski sprechen, wenn das möglich ist.«

»Jaa –? Wozu?«

Kurzes Zögern. »Weil er behauptet, ich hätte fünfhundert Dollar von ihm angenommen, damit er wegkam.«

»Ja, hab ich gehört.« Es klang gleichgültig, als sei eine solche Lüge, eine so infame Beschuldigung ein völlig alltäglicher Vorgang. »Im Augenblick ist, glaub ich, der Seelenheini bei ihm, da müssen Sie schon warten.«

»Jawohl.« Clarence war froh, daß Santini nichts gegen seinen Besuch bei Rowajinski einzuwenden hatte.

»Ach was, gehen Sie nur rein, wenn der Arzt nichts dagegen hat«, meinte Santini.

Clarence schritt den Korridor entlang bis zur Zelle, wo er Rowajinski auf seiner Pritsche sitzen sah. Ihm gegenüber saß ein Mann in dunklem Anzug auf einem Stuhl; er lachte und schaukelte auf dem Stuhl hin und her. Rowajinski blickte durch das Gitter auf Clarence und zeigte mit dem Finger auf ihn.

»Da ist er ja! Das ist er – der Mann, der die fünfhundert genommen hat.«

Der andere Mann wandte sich um. »Sie sind –«

»Duhamell, ja. Ich würde gern mal mit Rowajinski reden, wenn Sie fertig sind.«

»Kommen Sie doch rein.« Der Arzt öffnete die Zellentür, die nicht verschlossen gewesen war. Immer noch stand das Lächeln auf seinem Gesicht. »Da haben wir mal einen drolligen Kunden hier.« Er schloß die Tür hinter Clarence: kleng.

Rowajinski hatte sich erhoben, als müsse er sich gegen einen Angreifer zur Wehr setzen.

»Der hält sich für den Größten«, sagte der Psychiater lächelnd.

»Sie«, sagte Clarence zu dem Polen, »Sie wissen sehr wohl, Sie haben mir nie fünfhundert Dollar angeboten, und ich habe sie nie genommen. Wenn Sie das nicht zugeben wollen, dann gibt's noch andere Mittel, die Wahrheit aus Ihnen herauszukriegen.«

»Scheiße!« gab Rowajinski zur Antwort.

»Hat gar keinen Zweck – Sie päppeln sein Ego, das ist alles. Er will im Mittelpunkt stehen, und je mehr ihm das gelingt, desto besser gefällt es ihm«, erklärte der Arzt freundlich-duldsam, als spräche er in Gegenwart eines Gehörlosen.

»Und was haben Sie nun mit ihm vor? Wissen Sie, daß er außerdem – außerdem noch einen Hund umgebracht hat, einen französischen Pudel?«

»Ja, ja, weiß ich alles. Größenwahn und so. Paranoide Vorstellungen, wissen Sie.«

»Er wird doch wohl eingesperrt?«

Rowajinski folgte der Unterhaltung mit gespannter Aufmerksamkeit. Wie ein Vogel drehte er den Kopf von einem Sprecher zum andern.

»Hoffentlich«, sagte der Arzt ohne viel Zuversicht in der Stimme.

»Wo kommt er denn hin?«

»Ach – erstmal vielleicht nach Bellevue.« Der Psychiater packte seine Papiere in die Aktentasche.

»Aus mir kriegt ihr nichts heraus als die Wahrheit!« verkündete Rowajinski mit glitzernden Augen. Er schob das unrasierte Kinn vor; ein roter Fleck erschien auf jedem Backenknochen und auf der Nasenspitze.

Clarence sah, daß Rowajinski neue Schuhe und eine neue Hose anhatte – sicher alles von Mr. Reynolds' Geld gekauft. »Bastard!« murmelte Clarence vor sich hin und sagte dann zu dem Arzt: »Na, jedenfalls gibt er wohl zu, den Hund umgebracht zu haben.«

»Wiedersehen, Kenneth«, sagte der Psychiater.

Clarence ging mit ihm hinaus. Es war sicher zweckmäßiger, jetzt mit dem Arzt zu sprechen als mit Rowajinski. Ein Wärter erschien und schloß sofort die Zelle ab.

»Klar, er ist kein angenehmer Zeitgenosse«, räumte der Psychiater ein. »Aber ein Hund ist schließlich kein menschliches Wesen. Nicht wie ein Kind. Was Sie so in Rage bringt, ist doch die Behauptung, daß Sie fünfhundert Grüne genommen haben sollen, nicht wahr?«

Clarence stand der Sinn jetzt nicht nach einer Analyse. »Können Sie unterscheiden, wann der Kerl die Wahrheit sagt und wann er lügt?«

»Manchmal ja. Manchmal übertreibt er ganz irrsinnig. Er sagt, er sei mal den Hudson rauf und runter geschwommen, den ganzen Fluß, ohne Pause.« Der Arzt lachte. »Wie Lloyd Brian, sagt er. Und dann erwartet er, daß ich weiß, wer Lloyd Brian ist. Der hinkte auch, sagt er.«

Allmächtiger – er meint Lord Byron, dachte Clarence. Na wenn schon, so komisch war das gar nicht. »Ich wollte fragen, könnten Sie oder sonst ein Arzt wohl eine Erklärung aufsetzen, aus der hervorgeht, daß der Mann lügt wegen der Sache mit den fünfhundert Dollar?« Er merkte deutlich, der Arzt wollte jetzt gehen, er wollte noch mit Santini sprechen.

»Hm-mm«, sagte der Psychiater mit nachdenklichem Zögern.

»Wo kann ich anrufen und mich nach ihm erkundigen?« fragte Clarence.

»Ich würde zunächst mal Bellevue versuchen.«

»Morgen?«

»Ja, vielleicht morgen. Kann gut sein.« Der Arzt verschwand in Santinis Zimmer.

Clarence blieb einen Augenblick stehen und ging dann den Gang zurück bis zur Zelle. Rowajinski stand neben der Pritsche und blickte Clarence frech entgegen.

»An Ihrer Stelle würd ich jetzt mal andere Töne anschlagen, Rowajinski. Sie kommen hier lange nicht raus.«

»Ha – denkste! Ich sag nichts als die Wahrheit!«

Es war zwecklos. Clarence ging zurück zur Eingangstür. Der Psychiater verließ gerade das Haus und ging eilig in östlicher Richtung die Straße hinunter, die Aktentasche in der Hand schwingend. Als Clarence die gleiche Richtung einschlug, kam ihm Manzoni entgegen; er schritt kräftig aus und schwang dabei immer von einer Seite zur anderen. Als er Clarence sah, wurde das nachdenkliche Lächeln zum breiten Grinsen.

»Na, Clarence –?« sagte er.

Clarence hätte ihm am liebsten die Faust ins Gesicht gerammt. »Tag, Pete. Ich hab dich gestern abend im Village gesehen.«

»Ja, da wohne ich – Jane Street. Ich hab mich eben mal mit deiner Freundin unterhalten. Order von Mac Gregor.«

Clarence fühlte, wie ihm das Blut ins Gesicht schoß. MacGregor hatte eine solche Anweisung bestimmt nicht gegeben. »Tatsächlich?«

»Du hast wohl mit Rowinsk gesprochen, was? Der hat allerhand zu melden gehabt, von dir.«

Beide setzten ihren Weg in entgegengesetzter Richtung fort. Manzoni hob nachlässig die Hand und winkte.

Clarence ging weiter zur Untergrundbahn. Sicher würde Manzoni jetzt das Gerücht weiter verbreiten und überall erzählen, daß Clarence fünfhundert Dollar von dem Polen angenommen hatte. Aus reiner Bosheit. Und vermutlich würde er auch allen Kollegen auf der Revierwache von Marylyn Coomes erzählen und behaupten, er, Clarence, habe ihretwegen Geld gebraucht. Alles gelogen, aber Lügen gingen so viel glatter von den Lippen als Wahrheiten, blieben auch meistens so viel besser haften. Manzoni hatte wahrscheinlich herausgefunden, daß Marylyn keine feste Stellung hatte und freiberuflich arbeitete. Ob er bei ihr in der Wohnung gewesen war? Dann hatte er seine Nase sicher auch in ihren Schrank gesteckt, wo mehrere Sachen von Clarence hingen. Kein Mensch haßte es so wie Marylyn, von einem widerlichen Bullen nach persönlichen Dingen ausgefragt zu werden. Clarence warf einen Blick auf seine Armbanduhr. Es war zwölf Uhr zweiundzwanzig. Vielleicht erreichte er Marylyn gerade noch, bevor sie mit Evelyn das Haus verließ. Er wühlte einen Dime aus der Tasche und trat in ein Zigarrengeschäft, um zu telefonieren.

Marylyn war am Apparat. »Ja, der war hier – ein ganz ekelhafter Polyp, und er hat mich wahnsinnig aufgehalten. Ich muß jetzt schleunigst weg.«

»Marylyn, ich – es tut mir so leid. Manzoni, ich weiß. Er hatte überhaupt keine Veranlassung, zu dir zu kommen. Bestimmt hatte er keine Anweisung dazu, auch wenn er es behauptet.«

»Er ritt immer auf dem Geld herum, das du genommen haben sollst. Ein ganz ordinäres Schwein ist das!«

Nie hatte Clarence sie so erregt erlebt. »Die Psychiater haben den Polen jetzt vorgenommen. Die werden schon feststellen, daß ich das Geld nicht bekommen habe. Liebling, ich habe nämlich eben Manzoni getroffen, und er hat mir gesagt, daß er bei dir war. Deshalb –«

»So – was hat er denn gesagt, möchte ich wissen? Redet mit mir, als ob er eine Nutte vor sich hätte!«

»Das ist doch ein Prolet, mein Kleines. Bitte nimm's nicht so ernst. Der hat –«

Aber Marylyn hatte schon aufgelegt.

Clarence trat in die nächste Gastwirtschaft und bestellte ein Bier. Manchmal beruhigte ihn Bier, wie ein Gewicht, das im Magen lag und ihn festhielt. Er trank zwei halbe Liter und fuhr dann mit der Untergrundbahn in seine Wohnung.

Er zog Jackett und Schuhe aus und legte sich aufs Bett. Heute nacht um vier nach seiner Schicht, das wußte er jetzt schon, würde er nicht den Mut haben, bei Marylyn aufzukreuzen. Wenn sie halb im Schlaf und immer noch böse war, schob sie ihn womöglich einfach aus der Tür, und er war nun mal nicht der Mann, der sich gewaltsam Einlaß verschaffte, sein Mädchen einfach aufs Bett warf und – na ja, sie dort zunächst mal eine Weile festhielt, was manchmal durchaus das Richtige sein mochte. Aber er konnte sie gegen sieben Uhr anrufen, dann war sie vielleicht zurück aus dem Kino und vielleicht auch in besserer Laune. Er legte den Arm über die Augen. Wer weiß, womöglich ging ihm wegen dieser Sache Marylyn verloren. Manzoni kriegte es fertig und ging nochmal hin, bloß um sie zu reizen. Sie würde kochen vor Wut.

Er dachte an die beiden Reynolds, an ihren Kummer und an den schlimmen Bock, den er da geschossen hatte. Dieses Polenschwein – wenn zwei Cops den in die Hände kriegten, konnten sie mit Leichtigkeit die Wahrheit aus ihm herausprügeln, aber für Psychiater war das natürlich nichts. Die versuchten erstmal, ihn einzuordnen, zu ›rehabilitieren‹. Und wozu? Damit er sich weitere Erpressungen ausdenken konnte, nochmal Lösegeld verlangen für einen weiteren Hund und beim nächstenmal vielleicht dann für ein Kind? Wie lange sie ihn wohl in Bellevue behielten? Für solche Leute wie Rowajinski gab es überhaupt kein Gesetz.

Er mußte unbedingt noch etwas schlafen, bevor heute abend sein Dienst begann. Er zog seinen Pyjama an und kroch ins Bett. Aber er konnte nicht einschlafen und griff schließlich zu einem Buch.

Als er um sieben bei Marylyn anrief, meldete sich niemand. Auch um zehn und kurz vor Mitternacht kam keine Antwort. Sie war sicher zu Hause und nahm einfach den Hörer nicht ab.

12

Der nächste Tag war ein Freitag, und kurz vor Mittag ging Clarence zu Marylyn. Er hätte ihr gern Blumen oder ein Buch mitgebracht, aber das hätte so aussehen können, als wolle er sie um Verzeihung bitten, und so etwas mochte Marylyn nicht. Er schloß die Haustür auf und klopfte an die Wohnungstür.

»Marylyn? – Ich bin's, Clare.«

Sie öffnete. »Ach so – du.« Sie war in Blue jeans und einer alten Hemdbluse und hielt einen Besen in der Hand.

Clarence trat ein. »Marylyn, es tut mir so leid mit Manzoni. Er ist wirklich eine Landplage, das ist wahr, und dann –«

»Ach, ein Schwein ist er, das ist alles.«

»Ja, das stimmt. Ich habe keine Ahnung, was er eigentlich gegen mich hat. Sieht doch so aus, als hätte er was gegen mich, oder?«

»Und was glaubst du erst, was die Leute in der Nachbarschaft jetzt denken? Kommt so ein Cop einfach rein und bleibt fast eine Stunde da. Meilenweit sieht man ihm den Cop an, auch in Zivil.«

»Fast eine Stunde –?«

»Die werden denken, ich hab 'n Puff für Bullen. Reizend, sowas.«

Sie ließ sich nicht beruhigen, immer wieder kam sie darauf zurück.

»Glaub mir doch, der Gedanke, daß jemand dir wehtut, ist mir einfach schrecklich.«

»Ach, was heißt wehtun, beleidigt hat er mich!«

»Ich werd ihm eine runterhauen, ganz bestimmt.«

»Wozu das wohl gut sein soll.«

»Ach, Liebling –« Clarence versuchte, ihr den Arm um den Hals zu legen, doch sie schob ihn energisch von sich. Die Kraft, mit der sie ihn abwehrte, zeigte, wie weit sie sich von ihm entfernt hatte; das verstörte ihn.

»Ich will gar nicht wissen, was dieser Rotzer über mich gesagt hat! Das kann ich mir schon denken. Reizende Leute, wirklich, mit denen du zusammenarbeitest! Und dieses Schwein kommt einfach her und will rausfinden, ob du das Geld genommen hast! Nicht zu glauben, sowas.«

»Er weiß, daß ich es nicht genommen habe. Und über dich hat er gar nichts gesagt, kein Wort.«

»Bitte geh jetzt«, sagte Marylyn.

»Können wir – wollen wir nicht was essen? Oder irgendwohin gehen zum Essen, und ein bißchen zur Ruhe kommen?«

»Ich bin nicht in der Stimmung für Ruhe, ich bin beim Putzen. Ach ja – da wir gerade davon sprechen: bitte nimm doch deine Sachen mit.« Sie machte eine Handbewegung zum Kleiderschrank.

Clarence blieb einen Augenblick stehen und ging dann hinüber zum Kleiderschrank, dessen Tür nur angelehnt war. Dort stand er, ohne etwas zu sehen. Als Marylyn ihm zwei große Papiertüten vor die Füße warf, fuhr er zusammen.

»Da geht wohl alles rein. Vergiß die Schlipse nicht.«

Er legte seine Sachen zusammen und schob sie in die Tüten: Hosen, ein Jackett, eine blaue Arbeitshose, Schuhe, zwei Schlipse und endlich den gestreiften Schlafanzug, der an einem Haken hing. Er trug die Tüten an die Tür.

»Ausgerechnet mit 'm Cop mußte ich mich einlassen!« sagte Marylyn bitter. »Lieber laß ich mich verhaften als das. Die Leute haben ganz recht, wenn sie sie Schweine nennen. Daß ich nicht auf eurer Seite bin, da bin ich stolz drauf.«

»Ich bin kein Cop, wenn ich hier bei dir bin. Ich bin ein Mensch.«

Sie seufzte. »'n Cop bist du trotzdem. Bitte geh jetzt.«

Clarence ging hinaus ohne ein Wort des Abschieds, ohne zu sagen, er werde morgen anrufen. Er wollte keine weitere Ablehnung. Bevor er die Tür ins Schloß fallen ließ, öffnete er sie noch einmal und sagte: »Ich hab dich sehr lieb, Marylyn. Glaub's mir.«

Sie sagte nichts darauf; sie sah ihn nicht einmal an.

Ob Frauen oft so waren? So gräßlich endgültig, und dann wieder – wenn man ihnen ein paar Tage Zeit ließ, besannen sie sich dann vielleicht? Ganz bestimmt, Marylyn würde sich besinnen.

Auf der Straße sah er sich nach Manzoni um – nicht in der Annahme, ihn zu sehen, aber bei Manzoni konnte man nie wissen. Auf alles mußte man bei dem gefaßt sein. Ob er frech geworden war bei Marylyn, sie womöglich angefaßt hatte? Wahrscheinlich ja. Clarence ballte die Fäuste.

Am nächsten Tag rief er Marylyn nicht an. Es war sicher ratsam, ein paar Tage nichts von sich hören zu lassen; vielleicht fehlte er ihr dann und sie kam zu der Einsicht, sie sei zu hart gewesen. Aber ganz überzeugt war er nicht von der Richtigkeit seiner Taktik.

Sonnabend nacht hatte er Streifendienst und ging kurz nach Mitternacht den Riverside Drive entlang, als er einen

Betrunkenen sah, der sich an der Mauer eines Apartmenthauses entlangschob; der Mann schwankte und taumelte gegen die Wand. Clarence streckte die Hand aus, doch der Mann wehrte sie ab und schlug mit der Faust nach ihm, traf aber nicht, und Clarence revanchierte sich mit einer harten Rechten auf den Unterkiefer des anderen, die ihn zu Boden schlug. Clarence fühlte sich beschwingt wie nach einem Triumph. Einige Vorübergehende blieben kurz stehen und schauten zu, dann gingen sie weiter. Der Kollege, der Clarence in dieser Nacht begleitete, war ein fünfunddreißigjähriger Mann namens Johnson; er lachte bloß. Über Sprechfunk forderte Clarence einen Wagen an und brachte den Betrunkenen wie eine Trophäe aufs Revier, wo er Meldung gegen ihn erstattete wegen Trunkenheit und Widerstand gegen die Staatsgewalt.

Sonntag mittag rief Clarence in Bellevue an, um sich nach Rowajinski zu erkundigen. Es dauerte fast zehn Minuten, bis er die richtige Station am Apparat hatte. Er meldete sich und gab seine Revierwache als Anrufer an.

»Er soll Mittwoch entlassen werden, ambulant«, erklärte die Männerstimme am anderen Ende der Leitung. »Er kriegt dann einen Berater, einen Helfer, wissen Sie, das kriegen alle Ambulanten, und der besucht ihn zweimal wöchentlich und kümmert sich darum, was er macht.«

»Wieso – entlassen? Sprechen Sie von Kenneth Rowajinski?«

»Ja, natürlich. Nach dem fragten Sie doch, oder?«

»Können Sie mir sagen, wo er hinkommt, wenn er entlassen wird?«

»Nein, das macht alles die Anstaltsfürsorge. Die beschaffen ihm dann irgendwo ein Zimmer.«

»Wir müssen hier aber wissen, wo das ist«, beharrte Clarence.

»Sie können ja Dienstag nochmal anrufen. Am besten nachmittags.« Der Mann legte auf.

Entlassen. Aber man würde doch wohl die Polizei von der neuen Adresse informieren, routinemäßig, denn der Fall war ja noch keineswegs abgeschlossen. Ganz sicher mußte der Kerl doch die fehlenden achthundert Dollar zurückzahlen. Oder ob man auf der Polizei etwa bei der Annahme bleiben wollte, daß er – Clarence – die fünfhundert genommen hatte? Vielleicht warteten sie auf der Revierwache nur noch auf den Bericht aus Bellevue, bevor sie wegen der Geldgeschichte etwas unternahmen.

Was würde bloß Mr. Reynolds sagen, wenn er erfuhr, daß Rowajinski am Mittwoch tatsächlich wieder auf die Menschheit losgelassen werden sollte?

Gegen fünf rief Clarences Mutter an und fragte, ob er am Dienstag und Mittwoch oder an einem der beiden Tage hinauskommen wollte. Clarence gebrauchte Ausflüchte und behauptete, die Revierwache wünsche ihn in der Nähe zu haben.

»Och, Clary! Bei uns bist du doch ebenso schnell da! Vater spendiert dir ein Taxi in die Stadt, ganz bestimmt.«

Clarence war viel zu unruhig, um zu seinen Eltern zu fahren. Er wußte, dann fragte seine Mutter immer wieder, was eigentlich los sei, und er war entschlossen, den Eltern nichts von der Sache mit Marylyn zu erzählen, obwohl es durchaus möglich war, daß seine Mutter ihm einen ganz vernünftigen Rat geben würde, wie er Marylyn behandeln sollte. »Nein, Mutter, ich kann nicht, wirklich nicht.«

»Was ist denn passiert, Clary? Du kannst es mir doch sagen.«

»Passiert ist überhaupt nichts, Mutter. Bitte behandle mich doch nicht wie ein Kind.«

Als sie aufgehängt hatten, rief er Marylyn an.

»Ich bin's. Wie geht's dir? Wann sehen wir uns – bitte, Marylyn?«

Sie seufzte. »Ach Clarence, ich möchte lieber nicht.«

Es war zwecklos, das merkte er.

Er versuchte zu schlafen oder wenigstens auszuruhen bis Viertel nach sieben; dann mußte er gehen, und jetzt war es knapp halb sechs. Ob er – ja: die Reynolds. Die würde er gern nochmal aufsuchen. Nur ein paar Minuten, vor Dienstbeginn heute abend. Er wählte die Nummer, aber niemand meldete sich. Seine Depression wuchs. Um sechs versuchte er es noch einmal und ließ es zehnmal klingeln. Beim elftenmal meldete sich Greta.

»Ach, Sie sind's, Mr. Duhamell!«

»Ja – ob ich wohl noch einmal kurz zu Ihnen kommen kann? Mein Dienst fängt um acht Uhr an. Ich meine – ich könnte jetzt gleich kommen.«

»Ja natürlich, gern. Wir haben einen Gast zum Dinner, deshalb bin ich so außer Atem, wissen Sie – ich kam gerade vom Einkaufen und hörte das Telefon. Mein Mann ist noch nicht da, er hat eine Verabredung mit einem Autor, aber er muß jeden Augenblick kommen.«

Clarence war viel leichter zumute, als er auflegte. Eine ganz reizende Frau – so liebenswürdig und warmherzig. Er machte sich auf den Weg und nahm ein Taxi.

Greta Reynolds öffnete. Clarence freute sich, als er sah, daß auch Mr. Reynolds jetzt zu Hause war.

»Hallo – guten Tag«, sagte Ed. Er hatte ein Manuskript in der Hand, das er sorgsam auf den kleinen Tisch legte. »Was gibt's Neues?«

»Ach – nichts Gutes, finde ich. Rowajinski wird Mittwoch aus Bellevue entlassen. Er bleibt noch unter Beobachtung, als Ambulanter. Ein Anstaltsberater soll sich um ihn kümmern.«

»Aha. Na ja. Entschuldigen Sie mich einen Augenblick, bitte.« Ed nahm ein Bündel Papiere und einige Bücher und ging damit ins Nebenzimmer.

Mrs. Reynolds war in der Küche. Der Tisch war für drei gedeckt; rote, noch nicht angezündete Kerzen standen darauf. Hoffentlich, dachte Clarence, konnte er ein paar Minuten bleiben, ohne das Ehepaar zu stören. Liebend gern wäre er der Dritte bei Tisch gewesen, aber unter all ihren Bekannten war er vermutlich der am wenigsten erwünschte.

Es klingelte, und Mrs. Reynolds ging durchs Wohnzimmer in die Diele, um die Tür zu öffnen. »Bitte nehmen Sie doch Platz, Mr. Duhamell«, sagte sie freundlich.

Um nicht weiter aufzufallen, setzte sich Clarence. Sie kam zurück und sagte: »Ich glaube, Sie kennen sich. Dies ist Professor Schaffner. Mr. Duhamell.«

Clarence stand auf. »Guten Abend, Sir.«

»Guten Abend. Was ist denn los? Oder ist gar nichts los?«

»Nein, los ist nichts, Sir.« Schade, daß der Gast so früh gekommen war. Jetzt kam auch Ed Reynolds ins Zimmer.

»Hallo, Eric. Wie geht's?«

»Oh, wie immer.«

Clarence hatte das Gefühl, daß seine Anwesenheit Eric Schaffner ebenfalls irritierte. Das lag natürlich daran, daß er, Clarence, ein Cop war, auch in Zivil. Sicher blieb die Atmosphäre gespannt, solange er da war; alle würden erst aufatmen, wenn er ging. Polizei – das bedeutete nie was Gutes. Greta war dabei, für Eric einen Drink zu mixen, irgendwas mit Cinzano. Clarence dankte, er wollte nichts trinken.

»Wir ziehen um«, sagte Ed zu Eric Schaffner.

»Ihr zieht um – wieso?«

»Ja, weil –«, er blickte zu Greta hinüber. »Hier ist zuviel passiert, weißt du.« Sein Blick umschloß auch Clarence, er sah das ernste junge Gesicht mit den hellen Augen. Intelligent? Jedenfalls machte er einen ehrlichen Eindruck, dachte Ed, und das war schon viel. Er tat, was er konnte, und war gewiß kein Rohling. Wie lange wohl noch –?

»Ja, ich glaube, ich kann euch verstehen«, meinte Schaffner.

Ed wandte sich jetzt im Plauderton an Clarence. »Wissen Sie, meine Tochter Margaret hat nämlich auch hier bei uns gewohnt. Sie ist – vor einem Jahr ist sie gestorben.«

»Oh«, sagte Clarence.

»Es war einfach zu viel, wissen Sie«, warf Greta ein. »Erst Margaret, und nun dieses –«

»War Ihre Tochter krank?« fragte Clarence. Sie mußte sehr jung gewesen sein. Vielleicht ein unheilbar krankes Kind –

»Nein, nein«, erwiderte Ed. »Sie ist erschossen worden.«

»Eddie!« sagte Greta bittend.

»Sie war achtzehn. Es war mein einziges Kind, aus meiner ersten Ehe. Sie geriet in einen Kreis von jungen Leuten – reichlich ausgelassen, wie sie heute oft sind, Sie kennen das ja: Hasch undsoweiter. Im Village, in so einem Nachtklub, war eine Razzia – eine Polizeirazzia. Aber erschossen wurde sie nicht von der Polizei. Irgend jemand hatte eine Pistole, und in der Verwirrung, als auf einmal die Polizei kam, da –« Er schwieg und hob die Schultern.

»Achtzehn«, sagte Clarence verstört.

»Sie war im College«, schob Greta ein. »Eddie, du mußt nicht davon sprechen, Lieber.«

»Ich bin ja schon fertig«, gab er zurück. »Außerdem ist der junge Mann hier ja Polizist – er kennt solche Sachen.«

Clarence sah, daß sowohl Eric Schaffner wie Greta wünschten, Ed möge aufhören. Wie schrecklich, hätte er gern gesagt. Wie lange wohl Ed und Greta verheiratet waren? Seine einzige Tochter. Mrs. Reynolds war mindestens vierzig; die beiden bekamen sicher keine Kinder mehr. »Ja, das kann ich begreifen, daß die Wohnung Sie bedrückt«, sagte er.

»Habt ihr schon was anderes gefunden?« fragte Eric.

»Ja. Greta hat was gefunden, an der East Ninth, fast im Village«, berichtete Ed. »Ich hab mir aus der Gegend hier nie viel gemacht. Im Grunde wie ein großer Friedhof.«

Schweigen. Clarence wollte sich verabschieden. Er sagte: »Bis Dienstag werde ich Rowajinskis neue Adresse feststellen. Ich werde ihn bestimmt im Auge behalten.«

»Ist das der Mann, der den Hund umgebracht hat?« fragte Eric.

»Ja. Er wird jetzt aus Bellevue entlassen, Mittwoch. Er soll –«

»Aus Bellevue entlassen? Ins Gefängnis entlassen, meinen Sie doch«, sagte Eric mit deutlicher Betonung.

»Ja, das hoffe ich, aber ich weiß es nicht sicher.«

»Sie meinen, er kommt vielleicht nicht ins Gefängnis? Was ist denn das für eine Justiz?« fragte Eric und schwang den Arm so heftig, daß sein Drink fast überschwappte. »Einfach wieder losgelassen wird so ein Mann?«

»Na und? Er ist ja nur etwas sonderbar«, meinte Ed und lachte.

»Ich werde tun, was ich irgend kann«, sagte Clarence.

Ed blickte den jungen Polizisten gerade an. »Also offen gesagt, mir ist es egal, wo er hinkommt. Ich will's gar nicht wissen. Meinetwegen brauchen Sie es also nicht festzustellen.«

Clarence nickte. »Gut, ja.«

»Aber ich gebe zu, lieber wär's mir, er käme hinter Schloß und Riegel«, fügte Ed hinzu.

»Was ist das bloß für eine Justiz!« wiederholte Eric kopfschüttelnd.

»Natürlich hat er *uns* schwer getroffen«, sagte Greta, zu ihrem Mann und zu Eric Schaffner gewandt. »Aber es ist doch nicht dasselbe, wie wenn ein Kind entführt wird – oder umgebracht. So ist es doch wirklich nicht.«

Warum eigentlich nicht, dachte Clarence, wenn doch Menschen ebenso darunter litten? Die Tat war doch genauso verwerflich, ob es sich um ein Kind oder um einen Hund handelte. »Guten Abend, Sir. Guten Abend, Mrs. Reynolds.« Unbeholfen verabschiedete er sich; er fühlte Mr. Reynolds' Augen auf sich ruhen, bis sich die

Tür geschlossen hatte. Mr. Reynolds mußte ihn für einen Idioten halten. Töricht, unfähig und vielleicht auch noch aufdringlich.

Als Clarence die Revierwache erreichte, war sein Zorn auf Manzoni wieder am Sieden. Mal sehen – vielleicht hatte Manzoni gerade Dienst. Nein: er war im Umkleideraum und zog eben Zivilkleidung an. Clarence wartete vorne beim Eingang auf ihn. Als er herauskam, nickte Clarence ihm zu, was Manzoni kaum erwiderte, und folgte ihm dann auf die Straße.

»Pete –?«

Manzoni drehte sich um, ein breites Grinsen auf dem Gesicht. »Naa –?«

»Ich möchte dich mal was fragen. Was hast du eigentlich gegen mich? Aber sag's mir bitte offen.«

»Gegen dich? Wieso? Wenn einer sagt, du hast fünfhundert Dollar genommen, dann kann ich das doch wohl untersuchen, oder? Gehört sich ja wohl so.« Manzoni war sichtlich stolz darauf, ein Cop zu sein. Er kannte seine Aufgaben.

»Du weißt ja auch, wer das gesagt hat, der Spinner nämlich. Glaubst du vielleicht alles, was Spinner behaupten?« Clarence war ganz ruhig. »Du hattest überhaupt keinen Grund, meine Freundin im Village auszufragen. Sowas kann sie nicht leiden.«

»Ach, das kann sie nicht leiden? Mußt du ja wissen, du bist ja 'n Studierter.« Manzoni lachte breit.

Wenn du nochmal hingehst, melde ich das MacGregor, wollte Clarence sagen, aber er wußte sofort, daß er nicht den Mut dazu hatte. MacGregor brauchte nicht zu erfahren, daß er häufig in Marylyns Wohnung übernachtete, obgleich ihm das Manzoni vielleicht schon berichtet hatte. Vermutlich war es sogar verboten, woanders als in der eigenen Wohnung zu übernachten; allerdings hatte Clarence ein solches Verbot nie schwarz auf weiß gesehen. »Unterlaß es also bitte, Pete, ja? Du kannst dich ja in Bellevue erkundigen. Vielleicht sagt der Kerl jetzt die Wahrheit.« Clarence wandte sich ab und ging zurück zur Tür der Revierwache.

»Scheiße!« sagte Manzoni laut.

Es klang genau wie bei Rowajinski.

13

Am Mittwoch um zehn Uhr morgens wurde Kenneth Rowajinski mit seinem Koffer in seine neue Behausung gebracht: Morton Street, nahe Hudson Street. Der Transport ging in einem weißen Krankenwagen vor sich, der zwei Liegebänke hatte; auf der einen saß Kenneth mit verschränkten Armen, ihm gegenüber ein korpulenter Pfleger in Weiß. Kenneth ließ alles leicht amüsiert mit sich geschehen. Sie machten sich ja wirklich allerhand Mühe mit ihm, das mußte man sagen. Wie bei Großen Tieren. Ein ›passendes Zimmer‹ hatte man für ihn ausgesucht, und jetzt fuhren sie ihn hin, gratis und franko. Allerdings wurde dafür die Hälfte seiner Rente einbehalten, außerdem mußte er von seinem Sparkonto dreihundert Dollar an Reynolds zurückzahlen; seine Unterschrift dazu hatten sie unter Druck von ihm erlangt. Das Gefühl des Sieges (immerhin war er ja nicht hinter Gittern) und der eigenen Wichtigkeit lag daher im Streit mit der Überzeugung, er werde eingeengt, beobachtet, verfolgt. Freitag nachmittag um drei wollte ein Mann aus Bellevue kommen und sehen, wie er zurechtkam und ob er so lebte, wie Bellevue es für richtig hielt.

Das Zimmer im zweiten Stock des roten Klinkerhauses war mittelgroß und ziemlich hoch; es roch nach staubigen Teppichen, obwohl auf dem Linoleumfußboden nur ein sehr kleiner abgetragener Läufer lag. Eine eigene Toilette gab es nicht, nur eine gemeinsame weiter unten auf dem Flur, wo auch ein Waschbecken angebracht war, neben dem ein unsauberes Handtuch hing. Die Tür zum Badezimmer war abgeschlossen, und den Schlüssel mußte man sich vom Hausmeister holen, Phil hieß er, und dieser Haifisch sackte dann auch gleich in Gegenwart des Pflegers zwanzig Dollar von Kenneth ein, die erste Wochenmiete. Über dem Bett hing ein kleines Bücherbord, etwa einen halben Meter lang, aber ohne Bücher, und selber besaß er auch keine. Und keine Kochplatte. Er mußte also immer auswärts essen, oder nur Kaltes. Das war teuer. Er beschloß, wegen der fehlenden Kochgelegenheit einen Brief zu schreiben, den er dem Mann aus Bellevue mitgeben wollte.

Der Pfleger war gegangen, und zwanzig Minuten später verließ auch Kenneth zum erstenmal das Haus, um sich die *Times* zu holen, ferner sechs Dosen Bier, ein Päckchen mit Hamburgern, etwas Salami in Scheiben und ein Viertel Butter. Als er zurückkam, merkte er, daß die Heizung nicht warm genug war; bevor er sich also ein Bier einschenkte, machte er sich auf die Suche nach Phil. Seine Tür ließ er unverschlossen; sie hatte kein automatisches Schloß.

Phil war nirgends zu finden; wahrscheinlich hatte er sich versteckt. Kenneth hämmerte an die Türen, rief immer wieder: »Phil!« und »Mister Phil!«, bis von oben eine unfreundliche Frauenstimme durchs Treppenhaus schrie:

»Ruhe! Ruhe da unten – was fällt Ihnen eigentlich ein?«

Dagegen war Bellevue das reine Kloster.

Zornerfüllt kehrte Kenneth in sein Zimmer zurück und befühlte noch einmal den lauwarmen Heizkörper. Er nahm eine Bierdose in die Hand, und wieder überkam ihn das Gefühl der Einkerkerung. Immerhin: er hatte zwei Schlüssel, und keiner hatte ihm irgend etwas gesagt, wann er abends zu Hause sein müsse. Er riß den Deckel von der Bierdose ab und trank sie halb aus, dann stellte er sie auf die Fensterbank neben die Türe mit Wurst und Butter. Es zog vom Fenster her – der Rahmen war alt und schloß schlecht, zu öffnen brauchte er ihn nicht. Er mußte ausgehen, hier erstickte er. Er zog den neuen Mantel an und setzte den Hut auf.

Draußen sah er sich sogleich nach Spitzeln um – Spitzel von der Polizei oder aus Bellevue. Die Häuser waren hier nicht so hoch wie drüben im Westen; es gab auch mehr Bäume am Straßenrand – nette Bäume, die sicher noch viel höher wären, wenn die Dreckshunde sie nicht dauernd anpinkelten – und auch mehr Läden und kleine Geschäfte. Der Straßenverkehr war natürlich genauso lärmend und gräßlich wie überall im Westend. Jetzt sah Kenneth einen Mann kommen und verlangsamte seine Schritte. Er hob das Kinn aus dem Mantelkragen und wandte dem Mann wie ein witternder Hund das Gesicht zu. Na klar: das war der Bulle, der junge blonde, in Zivil und ohne Hut. Er stand auf der anderen Straßenseite, Ecke Morton Street, bestimmt hatte er darauf gewartet, daß Kenneth aus dem Hause kam. Die Adresse mußte er von Bellevue erfahren haben.

Kenneth ging die Straße hinab. Der Junge war jetzt hinter ihm, links, auf der gegenüberliegenden Straßenseite. Zwanzig Schritt, dann warf Kenneth einen Blick über die Schulter. Ja, der Bulle kam hinter ihm her. Das war vielleicht ein Stinker! Kenneth blieb stehen und wandte erneut dem anderen in der Entfernung das Gesicht zu: mochte er doch rüberkommen und sagen, was er zu sagen hatte! Deutlich sah Kenneth die fünfhundert Dollar vor sich, die in seinem Zimmer in Rauch aufgegangen waren, und freute sich.

Der Bulle hatte sich jetzt nach Süden gewandt und bog in die Macdougal Street ein. Kenneth hatte die Straßenecke kaum erreicht, als er sah, wie der andere ein paar Stufen hochstieg und in einem Hauseingang verschwand. Kenneth wartete fünf Minuten und trat dann näher, um die Hausnummer festzustellen. Ob der Cop hier wohnte? Eigentlich ein schäbiges Haus, aber unmöglich war es nicht. Wartend blieb Kenneth auf der anderen Straßenseite vor einem Schaufenster stehen; da konnte er so tun, als sehe er sich was an, und die Scheibe reflektierte undeutlich die Tür, durch die der Cop verschwunden war.

Einige Minuten vergingen, dann überquerte Kenneth die Straße und trat an den Hauseingang, um sich die Namen auf den Briefkästen näher anzusehen – hastig und schnell; er wollte nicht, daß Dummell runterkam und ihn hier fand. Dummells Name war nicht unter den sechs oder acht Schildern. Kenneth ging wieder über die Straße. Eine weitere Viertelstunde verging. Kenneth ging auf und ab bis zur Ecke. Schließlich überquerte er noch einmal die Straße und trat in eine kleine Espressobar nahe dem Hause, in dem Dummell verschwunden war. Hinter der Theke stand ein Mann mit welligem Haar.

»Entschuldigen Sie – wohnt hier ein Polizeibeamter, nebenan? Ein großer blonder?«

Der Mann lächelte, aber es war kein freundliches Lächeln. Er war damit beschäftigt, auf einem kleinen Regal kleine weiße Tassen und Untertassen adrett aufzustellen. »Warum?«

»Kennen Sie ihn?« Kenneth war überzeugt, der Mann

wußte, wer gemeint war. Er merkte, daß der andere ihn nicht mochte; der betrachtete ihn richtig argwöhnisch.

»Keine Ahnung«, sagte der Mann harmlos und rieb seine Tassen blank.

Kenneth ging hinaus. Um die Ecke war ein Delikatessengeschäft. Hier trat er ein, höflich und abwartend. Vor ihm wurde eine junge Negerin bedient, die eine ganze Menge gekauft hatte.

»Hier in der Gegend soll ein Polizist wohnen«, sagte Kenneth. »Ich brauche sofort einen Polizisten. Gibt es hier keinen?«

Der Dicke in der weißen Schürze sah Kenneth ruhig und unbewegt an. »Haben Sie's so eilig?«

»Ja. Mit meinem Wagen ist was los – den hat einer aufgebrochen. Hier soll ein Polizist wohnen, sagte jemand. Stimmt das?«

»Hier kommt öfter mal einer, das stimmt. Ob er jetzt da ist, weiß ich nicht. Warum rufen Sie nicht die Polizei an?« Er zeigte auf das Telefon, das auf der Theke stand.

»Zu wem kommt der denn?«

Der Dicke sah ihn an, sein Gesichtsausdruck veränderte sich. Er wies mit dem Daumen auf die Tür. »Gehen Sie zur Polizei. Raus.«

Kenneth ging hinaus. Er war immer noch entschlossen zu warten, schlenderte nach links die Straße hinunter und ging über den Fahrweg. Kaum hatte er sich wieder umgewandt und den Blick auf das Haus gerichtet, als er Dummell auf sich zukommen sah, neben sich ein Mädchen mit langem Haar und in Hosen. Beide gestikulierten und unterhielten sich lebhaft. Vielleicht stritten sie? Dummell hatte für nichts Augen als für das Mädchen mit dem rötlichen Haar. Seine Freundin, klar. Oder ob er verheiratet war?

Jetzt waren sie an der Ecke stehengeblieben und verabschiedeten sich. Das Mädchen winkte ihn mit der Hand fort. Dummell schob die Hände in die Taschen und schritt weiter, den Blick auf den Boden geheftet. Kenneth schlug die andere Richtung ein. Das Mädchen war in der Seitenstraße nicht mehr zu sehen. Ob sie in das Delikatessengeschäft gegangen war? Womöglich sprach der Dicke hinter dem Ladentisch von *ihm* und erzählte ihr, daß er gerade dagewesen war!

Mit einer Tragetasche kam sie jetzt aus dem Laden. Kenneth ging über die Straße und folgte ihr. Sie stieg die Stufen zu ihrer Haustür hinauf.

»Entschuldigung, Miss«, sagte er.

Sie fuhr leicht zusammen und wandte sich um.

Kenneth hinkte die ersten Stufen hinauf. »Sie sind doch die Freundin von dem Cop, nicht?«

»Wer sind Sie? Was wollen Sie überhaupt? Machen Sie, daß Sie hier wegkommen!«

Nie hatte Kenneth so plötzliche Panik gesehen. Freudige Erregung erfüllte ihn, er lächelte. »Die fünfhundert Dollar, die Ihr Freund angenommen hat, die waren nämlich von mir! Er ist doch Ihr Freund, nicht?« Er fügte noch ein paar Worte hinzu und fuhr sich mit der Zunge über die Lippen; plötzlich konnte er nur noch stammeln, weil das Lachen ihn schüttelte.

Sie war im Begriff loszuschreien, er sah die Zunge in ihrem geöffneten Mund. Angstvoll blickte sie sich nach allen Seiten um, doch es war niemand in der Nähe. Kenneth trat vorsichtig zurück und hielt sich an der steinernen Einfassung fest. Sie sollte nicht schreien – dann kam womöglich einer und hielt ihn fest, stellte ihm Fragen.

»Ein Schwindler ist das!« sagte er. »Und dabei sagt er, ich wäre einer. *Er* ist 'n Schwindler!«

Eilig machte er sich davon und hinkte die Straße hinunter, schnell weg von dem Mädchen und – wer weiß – von dem jungen Cop, falls der nochmal zurückkam. Das Lachen schüttelte ihn. Dummells Freundin! Mensch, ließ die sich leicht erschrecken. Er brauchte nur auf dem Gehweg zu stehen, vor ihrem Haus, wenn sie herauskam. Das war nicht strafbar, er durfte sich dort genausogut aufhalten wie in jeder anderen Straße.

Ob das Mädchen jetzt Dummell anrief und ihm erzählte, sie habe ihn gesehen? Wie sie ihn wohl nannten, wenn sie von ihm sprachen? Der Pole? Oder einfach Rowajinski?

Na, der Tag hatte jedenfalls vielversprechend angefangen.

14

Mittwoch hatte Clarence seinen freien Tag, das hieß, er war abends frei und hatte erst Donnerstag abend wieder Dienst. Nur: er war jetzt allein, ohne Marylyn. Sie beharrte starr auf ihrem Nein und gab nicht nach. Aber wenigstens war er heute nicht lange geblieben, hatte sie nicht bedrängt. »Kannst du's eigentlich nicht in den Kopf kriegen, daß ich keine Cops mag? Ich kann so ein Leben nicht *aus*halten!« hatte sie gesagt; es klang, als habe das Wort für sie eine besondere und abschreckende Bedeutung. Clarence hatte ihr nicht erzählt, daß der Pole heute entlassen wurde und wieder frei herumlief; er hatte ihn überhaupt nicht erwähnt. Er hatte kurz davon gesprochen, daß er Sonntag abend bei den Reynolds gewesen war. Wenn doch Marylyn sie mal kennenlernen könnte – aber er wußte nicht recht, wie das zu bewerkstelligen war. War er mit ihnen befreundet? Nein, das konnte man kaum sagen. Ob er sie jemals zu seinen Freunden zählen konnte? Scheußlich, dieses schiefe Verhältnis. Ein einziges Mal war er in der Lage gewesen, etwas für sie zu tun – nämlich ihren Hund zu retten –, und da hatte er versagt. Diese Gedanken gingen ihm durch den Kopf, als er mit dem Bus über die Lexington Avenue nach Hause fuhr. Er war müde und erschöpft von dem Gespräch mit Marylyn und von ihrer hartnäckigen Ablehnung. Er wollte sich jetzt erstmal umziehen, irgendwas Bequemes, und dann in die Bibliothek gehen und seine Bücher umtauschen.

Das Telefon klingelte; er hörte es schon auf der unteren Etage und stürzte die Treppe hinauf – vielleicht war es Marylyn – wer weiß, vielleicht war sie auf einmal anderen Sinnes geworden –

»Hallo!« Es war Marylyn, sie redete schon, bevor er sich gemeldet hatte. »Du – dieser Kerl, dieser Pole, war hier – hier draußen auf der Treppe vor der Haustür!«

»Was?! Das ist doch wohl nicht möglich!«

»Nicht möglich? Er war hier! Er hinkt doch, oder?«

»Ja, aber –«

»Er ist mir beinahe bis ins Haus gefolgt!« schrie sie, und die Stimme schlug um. »Wo ist man eigentlich noch sicher vor sowas, willst du mir das mal sagen? Die Polizei, dein Freund und Helfer!«

»Aber Darling, ich – was wollte er von dir?«

»Was er wollte? Er sagte, du hättest die fünfhundert Dollar genommen, das wollte er!«

»Marylyn, hör mal zu – du machst doch keinen Scherz? Ist das wirklich wahr?«

»Er hat mit mir gesprochen. Er kam fast zur Haustür rein! Was soll ich tun – hier wegziehen? Und du wunderst dich noch, warum ich dich nicht mehr treffen will!«

»Ich – ich werd ihn anzeigen. Den Kerl zeige ich an.«

Nichts war mehr zu hören im Telefon als ein leises Summen. Er legte den Hörer auf und schlug sich, scham- und schreckerfüllt, mit der Faust an die Stirn. »Mein Gott –!« Er nahm den Schlips ab und öffnete den Kragen. Dieser Halunke – den wollte er sich vornehmen. Alle Knochen im Leib würde er ihm zerschlagen, jetzt sofort, auf der Stelle.

Clarence nahm ein Taxi und ließ sich an der Ecke Hudson und Barrow Street absetzen. Er sah sich überall nach Rowajinski um, fand ihn aber nicht. An Rowajinskis Haus gab es fünf Klingelknöpfe mit Namensschildern; die meisten waren unleserlich, auf dem einen stand *Hauswart*, und Clarence drückte auf den Knopf. Keine Antwort. Er drückte auf einen anderen Knopf, wartete einige Sekunden und drückte auf den dritten.

Der Summer ertönte, und die Tür öffnete sich.

»Wer ist da?« rief eine Frauenstimme von oben.

Drei Stufen auf einmal nehmend, sprang Clarence die Treppe hinauf und stand einer etwa sechzigjährigen Frau in blaßrosa Morgenrock gegenüber. »Ich suche den neuen Hausbewohner«, sagte er. »Den neuen Mieter – Rowajinski heißt er. Er ist heute eingezogen.«

Sekundenlanges Schweigen. Dann: »Im zweiten Stock ist heute einer eingezogen.«

»Vielen Dank.« Clarence lief die Treppe hinunter. Im zweiten Stock gab es zwei Türen, und er klopfte an beide. Niemand öffnete. Dann stieg ein großer dunkler Mann langsam die Treppe hinauf. Er war in Hemdsärmeln und hatte Hausschuhe an.

»Verzeihen Sie – wohnt hier Rowajinski?« fragte Clarence.

»Wer sind Sie?«

»Polizei.« Clarence zog seine Karte heraus.

Der Mann besah sich den Ausweis. »Was ist denn eigentlich los? Hören Sie mal, wenn der Mann nicht ganz richtig ist, brauche ich ihn nicht zu nehmen, verstehen Sie? Hat er was angestellt? Die haben mir gesagt, er ist in Ordnung.«

»Ich will nur mal mit ihm reden. Bitte lassen Sie mich hinein.«

Der Mann blickte ihn an und klopfte an die eine Tür. »Hallo, Mr. –«

»Rowajinski«, half Clarence.

»Rozinski!« schrie der Mann gegen die Tür.

Keine Antwort.

»Ich möchte, daß Sie die Tür aufmachen.« Es kostete Clarence Mühe, ruhig zu bleiben.

Der Mann zog einen Schlüsselbund aus der Tasche und schloß die Tür auf, aber sie öffnete sich nicht. »Von innen verriegelt«, sagte er.

Clarence hätte die Tür gern mit der Schulter eingedrückt, doch er hielt sich zurück. Der Mann rief:

»Mr. Rozinski? Machen Sie bitte auf – Polizei!«

Stille. Der Mann war im Begriff, noch einmal zu rufen, als der Riegel zurückgeschoben wurde.

»Polizei?« fragte Rowajinski, ein Bild unschuldigen Erstaunens.

»Vielen Dank«, sagte Clarence zu dem Hausmeister.

»Was geht hier vor?« wandte sich der Hausmeister an Rowajinski. Die Antwort kam von Clarence:

»Routinesache. Wollte mich überzeugen, daß er hier ist.«

»Wollen Sie ihn mitnehmen?«

»Nein.«

»Wär mir ganz recht. Ich hab's nämlich nicht nötig, solche Deppen aufzunehmen, wissen Sie. Ich tu den Leuten 'n Gefallen damit, aber nötig hab ich's nicht.«

»Ja, ich weiß. Ich muß ihn nur mal eben kurz sprechen.« Clarence schob sich in Rowajinskis Zimmer und machte die Tür zu.

»Was soll das heißen, daß Sie hier einfach reinkommen?« fragte der Pole.

Clarence machte einige Schritte ins Zimmer und versuchte, den anderen – da der Hausmeister womöglich vor der Tür stand und horchte – an die hintere Wand zu schieben, aber Rowajinski wich ihm aus. »Ich will Ihnen mal was sagen, Sie«, begann Clarence. »Sie haben kein Recht dazu, anderen Leuten vor ihren Haustüren aufzulauern und sie zu belämmern, verstanden? Ich habe eben erfahren, was Sie drüben in Macdougal Street getrieben haben. Wär es Ihnen vielleicht lieber, in Bellevue eingesperrt zu werden, für immer?«

»Ich hab das Recht, auf der Straße rumzugehen«, gab Rowajinski ungerührt zurück, die Fäuste in die Seiten gestemmt.

»Und ich hab das Recht, Sie wegen Herumtreibens und öffentlichen Ärgernisses anzuzeigen, merken Sie sich das!«

Kenneth feixte. »Das war wohl Ihre Freundin, hä? Ihre Frau war's doch nicht, oder?«

Clarence ballte die Faust.

Kenneth duckte sich. Aber der Cop schlug nicht zu – der hatte ja Angst, das sah man. »Sie können hier nicht einfach reinkommen und mir drohen! Hier ist meine Wohnung, und nun machen Sie, daß Sie rauskommen!«

»Schnauze!« gab Clarence zurück. Er warf einen Blick über das kärgliche Zimmer – auf dem Boden stand der geöffnete Pappkoffer des Polen; alles war schäbig, der abgenutzte Sitz des grünen Sessels, die schwarzfleckigen metallenen Aschbecher, das ärmliche Bett – schlimmer als die Polizeipritschen. Doch es war eine Spur sauberer hier als in Rowajinskis letztem Zimmer.

»Sie sollen machen, daß Sie rauskommen, hab ich gesagt!« wiederholte Rowajinski.

»Hören Sie gut zu, Rowajinski«, sagte Clarence zwischen den Zähnen, »wenn Sie sich nochmal in Macdougal Street sehen lassen, schlag ich Sie zu Brei, verstanden? Ich mach Sie fertig – glauben Sie ja nicht, daß ich das nicht fertigkriege. Leicht kann ich das.«

»Klar – Sie sind ja auch 'n Spitzel! 'n Spitzel mit 'n Ballermann!« gab Kenneth im Ton eines beleidigten Märtyrers zurück. »Aber ich krieg Sie schon noch. Sie haben ja Geld angenommen, Sie –«

Clarence packte ihn vorn am Hemd und schüttelte ihn, daß der Kopf hin und her flog. »Das kannst du dir in den Hintern stecken, du elender Pollack!«

Kenneth krümmte sich und zog den Kopf ein, konnte sich aber aus dem festen Griff nicht befreien. Das Hemd riß. »Spitzel!« schrie er laut.

Clarence gab ihm einen Stoß, so daß er mit dem Kopf gegen die Wand schlug, dann riß er ihn herum und stieß ihn von sich. Kenneth fiel zurück und sackte auf den Boden. Clarence ging zur Tür, öffnete sie und trat hinaus, blind vor Wut. Er sah den großen Mann nicht gleich, der an der Treppe stand.

»Sie – was ist denn los mit dem Mann? Was hat er getan?«

Ohne ein Wort ging Clarence eilig die Treppe hinunter, trat auf die Straße und wandte sich nach rechts, überquerte Hudson Street und mußte einen Sprung machen, um einem Taxi auszuweichen, dessen Fahrer zornig hupte. Am liebsten wäre er sofort zu Marylyn gegangen. Doch was hatte das für einen Zweck, selbst wenn sie sich erzählen ließ, was eben geschehen war?

Kenneth Rowajinski saß noch immer auf dem Fußboden. Er war nicht imstande, seinen Darm unter Kontrolle zu halten – er versuchte es mit allen Kräften, doch vergebens: es kam, und er konnte nichts dagegen tun. Verstört erhob er sich schließlich und zog die Hose aus. Nicht mal ein Waschbecken gab es hier im Zimmer – ekelhaft! Er hatte von solchen Vorfällen gehört – so was kam nach einem Schreck oder nach einer Panik, aber ihm war es noch nie passiert. Er legte auch die Unterhose ab, zog sich um und machte sich auf die Suche nach Phil, den er um den Badezimmerschlüssel bitten wollte. Er mußte die Unterhose in der Badewanne auswaschen, nicht in dem Waschbecken auf dem Flur, wo jeder ihn sehen konnte.

»Phil! Mr. Phil!« rief er in den Flur und ging ein paar Stufen die Treppe hinunter.

»Hören Sie mal, Mr. Rowajinski«, kam Phils Stimme von unten. »Ich möchte wissen, was da eigentlich los ist.« Phil stieg die Treppe herauf.

»Gar nichts ist los. Ich brauche den Schlüssel zum Bad«, erwiderte Kenneth steif ablehnend.

»Was wollte der Cop von Ihnen? Haben Sie was angestellt? Was war das für ein Getöse vorhin?«

»Mr. Phil – ich brauche den Schlüssel! Das andere erkläre ich Ihnen später.«

»Ach –? Da werd ich vielleicht Bellevue auch was zu erklären haben.«

»Mr. Phil – der Schlüssel! Ich will mich waschen!«

Endlich bekam er den Schlüssel; Phil mußte ihn aus seiner Wohnung holen. Kenneth brauchte fünfzehn Minuten für seine Wäsche. Ob Phil tatsächlich Bellevue benachrichtigte? Wahrscheinlich doch nur eine leere Drohung. Aber sicher würde Phil Freitag an der Tür horchen, wenn der Pfleger aus Bellevue kam.

15

Freitag nachmittag – und zwar nicht, wie angekündigt, um drei, sondern erst nach vier Uhr – erschien eine rundliche, etwa vierzigjährige brünette Frau mit ernstem Gesicht bei Kenneth. Sie hatte eine breite braunlederne Handtasche bei sich, der sie ein großes flaches Notizbuch entnahm. Sie war höflich und reserviert; was sie von sich gab, klang mechanisch und irgendwie angelernt.

»Haben Sie sich hier eingewöhnt? ... Was treiben Sie?«

»Ich lese. Ich hab auch allerhand zu tun.«

»Sie sind jetzt stellungslos.« Sie saß auf dem äußersten Rand des Sessels, blickte immer wieder in ihre Notizen und schrieb irgendwas auf; sie sah Kenneth nur selten an.

»Ich bin schon seit fünf Jahren stellungslos. Ich hatte einen Unfall mit dem Fuß. Die Zehen.«

»Wie kommen Sie mit dem Hausmeister aus? Gut?«

Kenneth hielt es für ratsam, die Frage zu bejahen.

»Wo essen Sie ... Gehen Sie mehrmals am Tage aus?«

Er hatte die Absicht gehabt, sich über das Fehlen einer Kochplatte zu beschweren, aber er fürchtete, die Miete werde steigen, wenn sie ihm ein anderes Zimmer mit Kochgelegenheit zuwiesen.

Bald darauf warf sie einen Blick auf ihre Uhr und sagte, sie müsse jetzt gehen und er möge bitte hier unterschreiben – hier, auf dieser Linie. Kenneth setzte seinen Namen, langsam und ungelenk, unter die von ihr geschriebenen Zeilen. Er versuchte sie zu entziffern, aber die Schrift war schwer zu lesen und voller Abkürzungen, und die Frau zog ihm kurzerhand das Notizbuch weg.

»Dienstag nachmittag um drei komme ich wieder. Wollen Sie das bitte notieren, damit Sie es nicht vergessen.«

Damit war sie draußen.

Kein Wort von dem, was vor der Wohnung von Dummells Freundin vorgefallen war. Alles leere Drohungen von Dummell, er hatte es ja gewußt.

In strahlender Laune nahm Kenneth Hut und Mantel und machte sich auf den Weg zur Macdougal Street. Er hatte sich einen Plan zurechtgelegt. In der nächsten Weinhandlung kaufte er eine Flasche Wein – nichts Teures, ein Dollar neunundzwanzig plus Steuer; außerdem hatte er vor, sie zu behalten. Auf dem Ladentisch der Weinhandlung stand ein Kästchen mit Geschäftskarten der Firma, davon nahm er eine mit. Langsam ging er die Macdougal Street hinunter und spähte nach dem Mädchen aus; vielleicht war sie unterwegs – hoffentlich war sie unterwegs und nicht in ihrer Wohnung. Als er gerade ihren Häuserblock erreicht hatte, sah er sie: sie trat mit einem dunkelhaarigen jungen Mann aus ihrer Haustür. Sie trug Blue jeans, und nach der Art, wie der Junge sie ansah, mußte er ebenfalls ein guter Freund sein. Sie hatte offenbar Erfolg bei Männern. Kenneth bog eilig in die Straße mit dem Delikatessengeschäft ein und ging so schnell er konnte weiter, wobei er sich bemühte, nicht zu hinken. Als er einmal um den Block gegangen und wieder an ihrem Hause angekommen war, war von dem Mädchen und ihrem Begleiter nichts mehr zu sehen.

Prüfend besah er sich die Namen neben den Klingeln im Hauseingang und drückte dann auf den Knopf neben dem Namen Malawek. Es surrte, und Kenneth betrat das Haus.

»Wer ist da, bitte?« rief eine Frauenstimme von oben.

Da er nicht laut rufen wollte, stieg er eilig die Treppe empor. »Ich soll hier was abgeben«, sagte er. »Hier – diese Flasche soll ich für die junge Dame abgeben, die eben im Laden war.« Er zeigte der Frau die Firmenkarte. »Die Adresse haben wir, aber nicht den Namen. Sie hat rötliche Haare und hatte blaue Hosen an.«

»Das klingt nach Marylyn«, sagte die Frau. »Dritter Stock vorn, eine Treppe höher.«

»Marylyn – wie ist der Nachname?«

»Marylyn Coomes.«

»Vielen Dank«, sagte Kenneth höflich und stieg die Treppe hinauf. Oben klopfte er – falls die Frau unten horchte – an Marylyns Wohnungstür, erhielt jedoch keine Antwort. Aber er beschloß, lieber nicht zu viel zu riskieren, denn bestimmt wartete die Frau unten, um sich zu überzeugen, daß er das Haus wieder verließ. Er ließ deshalb die Weinflasche lieber da, stellte sie vor die Tür und stieg die Treppe hinunter.

Tatsächlich: die Frau hatte gewartet. Ihre Tür stand einen Spaltbreit offen, und sie spähte hindurch.

Unten im Treppenhaus sah sich Kenneth die Namen noch einmal an; er fand auch Coomes und merkte sich, wie es geschrieben wurde. Draußen wandte er sich nach rechts, entgegen der Richtung, die Miss Coomes und ihr Freund eingeschlagen hatten. Er ging nach Hause. Dort verriegelte er die Tür und holte Schreibblock und Kugelschreiber hervor. Jetzt war er wieder ganz er selbst. Ein Umschlag wurde an Miss Mariline Coomes adressiert; dann schrieb er:

»Liebe Mariline,
ein Prosit zum Wein? Ich weiß, Sie mochten mich neulich nicht leiden, das war schahde, aber Sie können mir glauben, ich meine es nur gut mit Ihnen, wenn ich Ihnen von dem Cop abrate, weil der nemlich ein Schwindler ist, den werden sie bestimmt bald feuern bei der Polizei, vielleicht haben sie ihn auch schon gefeuert, kann sein. Lassen Sie sich ja nicht mit Bullen ein, das rate ich Ihnen, das sind alles Schweine und obendrein gefehrlich, wo sie doch alle bewaffnet sind. Besser allein bleiben als mit so einem Kerl.

Ein Freund.«

Er schrieb den Brief unverstellt, mit seiner normalen Handschrift. Falls Dummell ihn je zu sehen kriegte, was konnte er schon tun? Es war nichts als eine Warnung an ein junges Mädchen, sich von einem Schwindler fernzuhalten, das war alles. Kenneth besaß einen kleinen Vorrat an Briefmarken; er frankierte den Brief und ging wieder hinaus, um sich nach einem Briefkasten umzusehen. So wohl wie heute hatte er sich lange nicht gefühlt. Unterwegs musterte er die Vorübergehenden und überlegte, wer wohl als nächster geeignet war für einen oder zwei anonyme Briefe. Es mußte möglichst jemand sein, der sich leicht Angst einjagen ließ, sich schnell aufregte – ja, und dann vielleicht die falschen Leute verdächtigte. Das wäre prima. Phil fiel ihm ein: der wäre eigentlich ausgezeichnet dafür, und noch dazu direkt unter seinen Augen, so daß er ihn gut beobachten könnte. Wie hieß er mit Nachnamen – nun, das ließ sich feststellen. Ein anonymer Brief mit der Drohung, das Haus in Brand zu stecken – der würde einen Schlag kriegen, wenn er das las.

Da war ein Briefkasten. Kenneth ließ den Brief an Marylyn hineinfallen.

Montag morgen gegen elf fand Clarence in seinem Hausbriefkasten einen Brief von Marylyn. Er riß den Umschlag auf, fand darin neben ihrem noch einen zweiten Brief und wußte, der war von dem Polacken, obgleich dieser hier nicht in Druckbuchstaben geschrieben war. Sein Herz sank. Gespannt las er zuerst Marylyns Brief durch.

Samstag

Lieber Clare,
ich schicke dies hier an dich – erst wollte ich es der nächsten Polizeiwache übergeben, aber ich dachte, die verschlampen es vielleicht. Du sagst ja immer, du haßt diesen Kerl: den anliegenden Wisch fand ich Freitag zusammen mit einer Flasche Wein vor meiner Tür, und zwar drinnen im Haus, vor meiner Wohnungstür, ob du's glaubst oder nicht. Molly sagt, er hat sich als Bote ausgegeben und nach meinem Namen gefragt, den sie ihm gab. Als nächstes kann ich jetzt wohl mit Telefonanrufen rechnen. Wie stellst du dir das weitere vor – soll ich ausziehen? Ich denke jetzt wirklich an einen Umzug, und wie gräßlich mir das ist, brauche ich dir wohl nicht zu sagen. Erschwingliche Wohnungen kann man mit der Laterne suchen.

M.

Clarence las Rowajinskis Brief und ging dann zurück in seine Wohnung, um Marylyn anzurufen. Bloß: was sollte er ihr sagen? Er konnte die Sache natürlich auch MacGregor melden; aber dann erfuhr Manzoni davon, und es paßte Clarence durchaus nicht, daß dann etwa Manzoni anfing, sich um Marylyn zu kümmern. Aber Marylyn mußte geschützt werden, und zwar von ihm, Clarence. Und mit Rowajinski, das stand ebenso fest, mußte jetzt Schluß gemacht werden, der mußte zurück hinter Gitter.

Vielleicht sollte er Rowajinskis Brief lieber in Bellevue vorlegen? Ja, das war sicher besser. Er trat ans Telefon und wählte Marylyns Nummer. Sie meldete sich.

»Hallo!« sagte er erfreut. »Du, ich hab eben deinen Brief bekommen. Ich gehe sofort damit nach Bellevue.«

»Nach Bellevue – wieso?«

»Ja, die haben ihn ja entlassen. Die sind jetzt für ihn verantwortlich, jedenfalls eher als die Polizei.«

»Ach, die Polizei«, sagte sie verächtlich.

»Ich werd versuchen, daß sie ihn wieder einbuchten«, beteuerte Clarence. Zu dumm, daß er nicht in Uniform hingehen konnte. »Liebling, es tut mir so leid. Ich weiß, wie gräßlich das für dich war.«

»Gräßlich? Der Kerl ist absolut verrückt, kann ich nur sagen! Ein Unhold ist das, und den lassen sie frei rumlaufen! Ich begreife das nicht. Ich hab schon Angst, wenn ich nur Milch holen gehe, das kannst du mir glauben. Kein Mensch würde mir helfen, wenn der mich beim Arm packte oder sonstwas täte.«

»Ja, ich weiß«, gab Clarence niedergeschlagen zu.

»Ich geh auch jetzt abends nur noch aus, wenn mich jemand bis ganz nach Hause bringt.«

Männer, dachte Clarence. Vielleicht traf sie sich wieder mit Dannie; er war Ballettänzer, Halbitaliener, und wohnte West 11th Street. Kein Homo, obgleich er Tänzer war. »Ich fahre jetzt nach Bellevue. Ich ruf dich später nochmal an.«

Er fuhr nach Bellevue, wo er – da es offenbar Mittagszeit war – lange auf den zuständigen Arzt warten mußte, er hieß Dr. Stifflin oder so ähnlich. Clarence saß in einem weißgekachelten Raum; Assistenzärzte und Schwestern kamen und gingen, und bandagierte Patienten wurden in Rollstühlen oder auf Tragbahren durchgeschoben. An der Wand saßen viele andere Leute mit finsteren oder angstvollen Mienen. Arme, Beine, Füße, Hälse, Gesichter waren verbunden oder in Gips. Wie kamen die bloß alle zu ihren Verletzungen? Aber er als Polizist mußte das ja eigentlich wissen, und dazu war Bellevue nicht mal das einzige Krankenhaus in Manhattan. Es gab so ungeheuer viel Schmerzen auf der Welt. Und trotzdem wollten die meisten Menschen immer noch weiterleben? Der Gedanke erschreckte ihn plötzlich – nicht weil er religiöse Skrupel hatte, sondern weil es ihm bis zu diesem Augenblick immer ganz normal und natürlich vorgekommen war, daß ein Mensch leben wollte.

Eine Schwester kam, sagte Clarence Bescheid und führte ihn zu Dr. Stifflin in einen Raum voller Stühle und blinkender Sterilisationsapparate. Dr. Stifflin war noch jung, er trug einen weißen Kittel.

»Ach ja – Rowajinski«, sagte er und warf einen Blick in das Heft, das vor ihm lag. »Offenbar organischer Hirnschaden. Paranoiker mit Aggressionstendenzen. Unsympathischer Typ, aber nicht gewalttätig. Intelligenztest gar nicht ganz schlecht.« Er lächelte ein wenig. »Zweimal wöchentlich wird er jetzt vom Psychotherapeuten besucht.«

»Sie wissen doch sicher, daß er im Riverside Park ohne

jeden Grund einen Hund umgebracht und dafür zweitausend Dollar Lösegeld erpreßt hat.«

»Nein, wußte ich nicht. Ach ja, doch, ich hab davon gehört. Aber damit muß sich die Polizei befassen.«

Bis zum nächstenmal – da ist es dann vielleicht ein Kind, hätte Clarence gern erwidert, aber er sagte es nicht und zog den Brief von Marylyn heraus. »Außerdem schreibt er anonyme Briefe – dies ist der letzte. An eine junge Dame von zweiundzwanzig, sie heißt Marylyn Coomes.«

Dr. Stifflin verzog leicht den Mund und las den Brief durch. »Er haßt die Polizei, das sieht man. Woher haben Sie das?« Er gab Clarence den Brief zurück.

»Ich kenne Miss Coomes zufällig. Ich bin Polizeibeamter«, entgegnete Clarence. »Was ich Sie fragen wollte, Herr Doktor: könnten Sie es veranlassen, daß er irgendwo eingewiesen wird? Er ist erst ein paar Tage raus und fängt jetzt schon wieder damit an.«

»Tja – hier haben wir keinen Platz für ihn. Wohnen kann er hier nicht.«

»Natürlich, das verstehe ich, aber muß er denn nicht unter Kontrolle bleiben? Kann man ihn nicht in eine andere Anstalt einweisen?«

Dr. Stifflin zuckte leicht die Achseln. Er hatte sich offenbar zuerst etwas Zeit genommen, wollte aber jetzt zu Ende kommen. »Das hängt vom Bericht des Psychotherapeuten ab. Bei uns hat er sich nicht gewalttätig gezeigt.«

»Wer ist das, der Psychotherapeut?«

»Eine Ärztin vermutlich. Das kann ich feststellen.«

»Ginge das wohl jetzt gleich?«

»Das muß doch bei der Polizei vorliegen. Solche Informationen schicken wir immer an die Revierwache, die den Mann zur Meldung gebracht hat.«

»Gut – das ist meine Wache. Ich werde nachfragen.« Clarence wußte: hier in Bellevue gab es Leute in Zwangsjacken, andere saßen in vergitterten Zellen, weil sie sonst aus dem Fenster sprangen. Mit denen verglichen war Rowajinski so gut wie normal. »Und wenn der Bericht des Psychotherapeuten ungünstig ist, kann er dann eingewiesen werden?«

»O ja. Selbstverständlich.« Dr. Stifflin stand schon an der Tür und war im Begriff hinauszugehen. »Ich werde jetzt gebraucht. Also dann – auf Wiedersehen.«

Er ließ die Tür angelehnt und ging hinaus.

Clarence folgte ihm. Draußen war es kühl und der Himmel bewölkt. Gern hätte er Marylyn angerufen und ihr etwas Konkretes mitgeteilt: daß er etwas erreicht habe, daß irgendwas geschehen werde. Wieder stand er vor seinem alten Dilemma: was war hier besser zum Erreichen seines Ziels, einzulenken oder auf seinem Standpunkt zu beharren? Zuviel Beharrlichkeit führte keineswegs immer zum Ziel, das wußte er. Den Stein der Weisen hatte man offenbar gefunden, wenn man genau erkannte, wann Beharrlichkeit am Platz war und wann nicht, und das galt auch für die Beziehungen zu Frauen. War man nicht fest genug, so galt man als schlapp; war man allzu beharrlich, so nannten sie einen unhöflich. Immer war man in Gefahr, von anderen Männern überrundet und von Frauen fallengelassen zu werden. Es war wirklich nicht einfach. Clarence wußte, im Augenblick betrachtete ihn Marylyn als schwächlich, und deshalb hatte sie ihn fallenlassen. Aber hoffentlich nur vorübergehend.

Wie aus heiterem Himmel kam ihm jetzt eine Idee: er wollte mit Edward Reynolds sprechen. Es war viertel vor zwei, wahrscheinlich aß er mittags mit Geschäftsfreunden, das konnte lange dauern. Clarence ging in ein kleines Café an der Third Avenue, bestellte und ging dann nach hinten zum Telefon. Das Telefonbuch starrte vor Schmutz, die Seiten bis C waren herausgerissen, die restlichen ebenfalls grauschmierig und an den Ecken eingerollt, aber der Verlag Cross & Dickinson war noch da, und er merkte sich die Nummer. Der Kellner hatte inzwischen seine Bestellung gebracht; Clarence aß, zahlte und verließ das Lokal. Der Verlag war in den Forties. Clarence trat in eine kleine Bar an der Third Avenue und rief an. Mr. Reynolds' Sekretärin teilte ihm mit, daß Mr. Reynolds ihn um viertel nach drei erwarte.

Um drei trat Clarence in das große Bürohaus, wo der Verlag Cross & Dickinson drei Stockwerke einnahm. In der Eingangshalle standen viele Regale voller Bücher, es gab Kübel mit Gummibäumen, hübsche Empfangsdamen und mehrere Sekretärinnen. Nach kurzer Zeit erschien eine Blondine, die sich als Mr. Reynolds' Sekretärin vorstellte und ihn in sein Arbeitszimmer führte.

»Hallo – Tag, Mr. Duhamell.« Mr. Reynolds saß hinter seinem Schreibtisch und stand jetzt auf. »Was gibt's Neues? Bitte nehmen Sie Platz.«

Clarence setzte sich auf einen grünen Lederstuhl. Die Wände waren angefüllt mit Büchern, bis auf einige tomatenrote Rahmen mit Zeichnungen und ein großes Poster von Castro – nicht das gleiche wie bei Marylyn. »Ich war eben in Bellevue, weil Rowajinski einer Bekannten von mir einen Brief geschrieben hat«, sagte er. »Vielleicht lesen

Sie zuerst den Brief.« Er stand auf und gab Mr. Reynolds den Brief.

Ed las ihn im Stehen. »Wer ist Mariline?« Er sprach den Namen aus, wie er geschrieben war.

»Marylyn heißt sie – er hat es falsch geschrieben. Sie ist eine Freundin, sie wohnt Macdougal Street. Deshalb bin ich heute nach Bellevue gefahren, ich wollte mit dem Arzt sprechen, der Rowajinski behandelt hat. Aber der sagt, in Bellevue ist kein Platz für ihn. Und – Mr. Reynolds, ich wollte Sie fragen, ob Sie vielleicht mal mit meinem Captain sprechen könnten – vor allem mit Captain MacGregor, das ist der, mit dem Sie damals gesprochen haben – und vielleicht auch mit jemand in Bellevue, dann könnten wir es vielleicht erreichen, daß der Mann eingesperrt wird. Sonst wird er sich einfach wieder auf den Straßen herumtreiben. Wenn ich es selber tue – ich meine, wenn ich meinen Captain darum bitte, dann denkt er vielleicht, ich übertreibe, einfach weil ich mit Marylyn befreundet bin.«

Ed legte den Brief auf die Schreibtischkante, wo der junge Mann ihn erreichen konnte. »Der Mann hat Sie wohl beobachtet? Ja, offensichtlich.«

»Er muß mich mit Marylyn zusammen gesehen haben, vielleicht auf der Straße. Ich werd's meinem Captain natürlich melden, aber Sie verstehen, was ich meine, Mr. Reynolds. Wenn Sie mich da etwas unterstützen könnten –«

Ed war nicht begeistert. »Damit er dann wieder eingesperrt wird?«, sagte er mit einem Seufzer und setzte sich. »Und auf wie lange?«

»Das kann ich nicht sagen. Viel bessern wird sich bei ihm wohl nichts mehr – er ist einundfünfzig.«

»Ich verstehe Sie schon, vor allem wenn er solche Briefe an Ihre Bekannten schreibt. Aber ich muß Ihnen sagen: meine Frau und ich, wir möchten mit der Sache jetzt nichts mehr zu tun haben. Der Rest ist nun Sache der Behörden. Nehmen Sie mal an, er wird jetzt zwei Monate eingesperrt und dann wieder auf freien Fuß gesetzt. Wenn er erfährt, daß ich dabei die Hand im Spiele hatte, wird er das sehr übelnehmen und es mir womöglich heimzahlen wollen. Was dann?«

Clarence begriff. Rowajinski brauchte zwar nicht unbedingt zu erfahren, daß Mr. Reynolds seine Hand im Spiel gehabt hatte, aber zusagen konnte ihm Clarence das nicht.

»Wissen Sie, mich kümmert auch der Rest des Geldes nicht mehr, das der Kerl mir abgenommen hat. So ist nun mal das Leben in New York, leider. Aber, Mr. Duhamell – wie heißen Sie übrigens mit Vornamen?«

»Clarence. Clare.«

»Also, Clarence – nicht wahr, Sie nehmen es mir nicht übel? Meine Frau und ich sind sehr viel älter als Sie, und wir – was geschehen ist, ist geschehen, ein Leben kann man nicht zurückbringen. Ich möchte wegen eines Hundes nicht sentimental werden, aber wir wollen die Sache begraben. Wenn Sie uns jetzt von neuem hineinziehen, wo wir uns gerade einen neuen Hund anschaffen wollen, und wenn der Mann dann wieder herauskommt –«

Clarence hörte zerschmettert zu. Genau das gleiche hatte Marylyn gesagt und gemeint, nur in anderen Worten. »Aber wenn Sie auf meiner Wache eine Aussage machen – davon brauchte ja Rowajinski gar nichts zu erfahren –«

Ed lächelte ein wenig und zündete sich eine Zigarette an.

Es klopfte, und das blonde Mädchen, das Clarence hereingeführt hatte, erschien mit einem Tablett.

»Kaffee, Clarence? Frances, dies ist Clarence Duhamell. Vielleicht haben Sie sich schon bekannt gemacht? Meine Sekretärin, Frances Vernon.«

Clarence erhob sich. »Guten Tag.«

»Mr. Duhamell ist Polizeibeamter. Er hat uns geholfen, als Lisa gestohlen wurde«, sagte Ed.

»Ach ja, natürlich – Mr. Reynolds hat mir von Ihnen erzählt. Sie haben damals den Mann gefunden, nicht wahr?«

»Ja«, gab Clarence zur Antwort.

»Er ist gerade aus Bellevue entlassen worden«, ergänzte Ed.

»Entlassen?« fragte Frances erstaunt. »Und was wird jetzt mit ihm gemacht?«

»Das weiß ich nicht«, sagte Ed. »Er wohnt irgendwo in einem Zimmer im Village, sagt Clarence.«

»Tatsächlich? Da läßt man ihn einfach so wohnen?«

Auf ihrem Gesicht stand das gleiche Erstaunen, das Clarence bei Eric Schaffner gesehen hatte. »Ja, ich weiß, er gehört natürlich ins Gefängnis«, sagte er. »Außerdem belästigt er Leute und schreibt anonyme Briefe – er hat gerade einer Bekannten von mir so einen Brief geschrieben.« Abrupt hielt er inne. Vielleicht hatte er schon zuviel gesagt.

»Ein Mann, der einen fremden Hund einfach mit einem Stein totschlägt«, sagte Frances. »Und so einer läuft frei rum. Nicht zu glauben. Der Hund – Sie haben ihn wahrscheinlich nie gesehen, nein?« fragte sie Clarence.

»Nein.«

»Hier ist ein Foto. Mr. Reynolds wollte es wegnehmen, aber ich hab ihn gebeten, es stehenzulassen.« Sie wies auf ein gerahmtes Foto, das – gegen Bücher gelehnt – auf einem Bord stand. »Das war hier, bei einer Party – ich glaube, es war Walters Abschiedsparty, nicht? Lisa kam oft hier rauf ins Büro.«

»Ja, ein paarmal«, sagte Ed.

»Dann ging sie herum und begrüßte jeden, und alle gaben ihr Canapés –« Frances lächelte vor sich hin. »Und immer, wenn sie was bekommen hatte, machte sie ›Schön‹, als ob sie sich bedanken wollte.«

Auch Ed lächelte und schob die Hände in die Taschen. »Wir haben ihr das nie beigebracht, ich weiß nicht, wo sie das herhatte. Sie konnte einem alles abschmeicheln, darin war sie groß.«

»Wissen Sie, die Vorstellung, daß so ein Kerl den Hund für nichts und wieder nichts einfach umbringt – das war für uns alle wie ein Schauermärchen«, fuhr Frances, zu Clarence gewandt, fort. »Wir konnten es hier alle einfach nicht glauben.«

»Ihr Kaffee, Clarence«, warf Ed ein. »Nehmen Sie Zukker?«

»Als wir es erfuhren, haben wir alle an Mr. Reynolds ein paar Zeilen geschrieben – so als ob Lisa ein Mensch gewesen wäre. Sie war auch beinahe wie ein Mensch. Sie haben sie nicht gekannt, Sie werden das kaum verstehen.«

Clarence schwieg. Mr. Reynolds blickte ihn lächelnd an.

»Entschuldigen Sie bitte«, sagte Frances plötzlich verlegen zu Clarence. Dann sprach sie zu Mr. Reynolds weiter und sagte: »... um halb fünf. Wegen des Briefes aus Boston sollen wir uns keine Gedanken machen, sagt er;

sie haben inzwischen angerufen, und ich habe es in Ordnung gebracht.«

Clarence trank den Kaffee aus. Erreicht hatte er gar nichts. Er besah die Blumentöpfe auf der Fensterbank, das grüne Ledersofa, wo Ed es sich mit einem Manuskript bequem machen oder sich auch mal ausruhen konnte, wenn er Lust hatte. Daneben stand ein niedriges Tischchen mit Aschenbecher, Papier und Bleistiften. Das Büro war eigentlich eingerichtet wie ein Wohnraum.

»Hoffentlich wird er bestraft, der Halunke«, sagte Frances beim Hinausgehen. »Der Gedanke, daß er da im Village wohnt, macht mir wirklich angst.«

Clarence nahm Rowajinskis Brief von der Schreibtischkante.

»Wäre es nicht möglich«, fragte Ed, »daß Ihre Bekannte mal selbst zur Polizei geht? Sie haben den Brief doch noch nicht auf Ihrer Wache vorgezeigt, nicht wahr?«

»Nein, nur in Bellevue habe ich ihn gezeigt; ich habe ihn heute erst bekommen. Ich kann ihn ja heute abend mal auf der Wache vorlegen.« Aber ob das Zweck hatte? Er war keineswegs sicher, daß man dort etwas unternehmen werde.

»Ja – ich würde vorschlagen, daß Marylyn etwas unternimmt, wissen Sie.« Ed ging mit Clarence zur Tür. »Sie ist Ihre Freundin, nicht wahr?«

»Ja. Ja, sie ist meine Freundin.« Gern hätte er gesagt, wie sehr er hoffte, sie einmal mit Ed bekannt machen zu können, aber ihm fehlte der Mut.

Ed öffnete die Tür. »Ich meine, sie müßte die Sache melden. Alles Gute, Clarence. Finden Sie hinaus?«

»O ja. Und noch vielen Dank, Mr. Reynolds.«

16

Clarence ging nach Hause und rief Marylyn an. Er wollte ihr erzählen, daß er in Bellevue gewesen war und daß er die Absicht hatte, heute abend Rowajinskis Brief auf seiner Revierwache vorzulegen.

Marylyn meldete sich nicht. Auch um halb sechs kam keine Antwort. Vielleicht war sie aus, hatte irgendwo eine Arbeit und tippte, oder lieferte eine fertige Arbeit ab. Um sieben versuchte er es noch einmal, und wieder meldete sich niemand. Im Geist sah er sie mit einem Mann zum Dinner ausgehen oder bei irgend jemand in der Wohnung zu Abend essen, vielleicht bei einem Schriftsteller, dessen Manuskript sie gerade tippte. Eins war jedenfalls klar: was er mit Rowajinskis Brief unternahm, kümmerte sie überhaupt nicht, sonst hätte sie ihn irgendwann mal angerufen.

Als Clarence abends auf der Revierwache erschien, sah er Manzoni in MacGregors Büro. Manzoni war sicher um acht Uhr dienstfrei, aber er war noch in Uniform. Clarence ging in den Umkleideraum und zog sich vor seinem Schrank um. Beim Hinausgehen stieß er auf Manzoni, der gerade hereinkam und ihm mit einer Kopfbewegung vielsagend zugrinste. Die Kollegen, die sich ebenfalls zum Dienst umzogen, begrüßte er mit lärmender Herzlichkeit. »Hallo, Stevie – na, was macht deine Frau, geht's noch nicht los?« Stevies Frau erwartete ein Kind, aber Clarence kannte ihn nicht näher und hatte nicht den Mut, ihn nach seiner Frau zu fragen.

Clarence ging hinüber zu MacGregor und zeigte ihm

den Brief von Rowajinski. Er wollte die Sache vor der abendlichen Besprechung hinter sich bringen.

»Das Mädchen, an das der Brief gerichtet ist, ist eine Bekannte von mir«, erklärte er.

»Hm. Und –?«

»Ja – ich meine, es macht ihm offenbar gar nichts aus, daß er einmal geschnappt wurde. Er behelligt die Leute ruhig weiter. Miss Coomes hat er sogar vor ihrem Haus angeredet. – Was glauben Sie, Captain, was die jetzt mit ihm machen?« Den letzten Satz hatte er sorgfältig überlegt. ›Die‹ war ratsamer als ›wir‹, und ›machen‹ klang besser als ›machen müßten‹ – so klang es wie eine Routinefrage, und das sollte es.

»Kommt drauf an, was Bellevue sagt. Wir haben noch keinen Bericht.«

»Sie haben ihm ein Zimmer zugewiesen, Morton Street, da wohnt er jetzt. Aber wird denn gar kein Verfahren gegen ihn eingeleitet?«

»Nein – nicht wenn Bellevue ihn für übergeschnappt erklärt«, meinte MacGregor. »Die sind jetzt zuständig.«

»Aber er ist doch ganz offensichtlich übergeschnappt, und sie lassen ihn einfach laufen«, wandte Clarence ein. »Ich habe heute mit dem Arzt dort gesprochen. Die überlassen es offenbar der Polizei, was mit ihm geschehen soll.«

»Sie sind nach Bellevue gefahren?«

»Ja, mit dem Brief. Ich hielt es für das Richtige, Sir.«

»Ist dieses Mädchen da Ihre Freundin, von der Pete berichtet hat?«

»Ja, das hat er. Ja – das ist sie.« Er fühlte, wie er rot wurde.

»Aha – dann verstehe ich auch, warum Sie sich so einsetzen. Für uns gibt's hier aber Wichtigeres zu tun, als diesem albernen Wisch nachzugehen, Clarence, selbst wenn Sie das Mädchen kennen.«

So – was gab's denn hier Wichtigeres, dachte Clarence. Vielleicht ein paar Einbrüche? »Ich würde mich genauso verhalten, wenn ich das Mädchen nicht kennte, Sir. Mit solchen Briefen hat es auch bei der Sache mit dem Hund angefangen, den der Kerl umgebracht hat und für den er dann zweitausend Dollar Lösegeld von Edward Reynolds erpreßt hat.«

»Ach das –«, sagte MacGregor, als handele es sich um eine längst abgetane Bagatelle. »Na schön, Clarence, ich werd den Brief nach Bellevue weitergeben. Wieso haben die ihn übrigens nicht gleich dortbehalten?«

»Ich weiß es nicht, sie haben nichts gesagt.« Man könnte doch wenigstens, dachte Clarence, der Wache in Rowajinskis Revier Bescheid sagen, damit man ihn dort im Auge behält; aber er fand nicht den Mut, seinem Vorgesetzten diesen Vorschlag zu machen, und vielleicht hatte der es ja auch schon selbst veranlaßt.

»Lassen wir das jetzt mal ruhen«, sagte MacGregor. »Bellevue sagte mir, sie kontrollierten ihn zweimal wöchentlich. Das ist jetzt nicht mehr unser Bier. Dummell, heute nachmittag gegen vier hatten wir 'n Überfall auf ein Mädchen, Sittenstrolch, in einem Hausflur Ecke Broadway und Hundredandfirst. Eine Zeugin hat's gemeldet, nicht das Mädchen selber. Der Mann ist entwischt, klar, aber hier haben wir die Beschreibung. Lesen Sie's schon mal durch. Geht heute abend an alle Streifen.« Er gab Clarence ein Stück Papier.

Clarence las: »Schwarz oder dunkelbraun, Puertorikaner, einsfünfundsechzig bis einssiebzig, Alter etwa fünfunddreißig, Schnurrbart, untersetzt. Dunkle Hose, braune Plastikjacke, braune Schuhe, dunkler Rollkragenpullover.«

»Das ist jetzt wichtiger als ein Hund. Ein Kind hat's mit angesehen, die Mutter rief uns an. Wir haben das Mädchen vernommen – stimmt alles.«

Es war schon dunkel, als Clarence seinen Streifengang antrat. Heute war Rudin sein Partner, ein großer schwerer Mann, den er kaum kannte. In der 104th Street scheuchten sie ein paar Kinder aus einem Kellergang, wo sie eine Tür zu öffnen versuchten. Einer der Jungen, etwa zwölf, warf einen angebissenen Apfel nach Clarence und traf ihn an der Brust. Er wischte mit der Hand die Uniform ab, ging die Eisentreppe hinunter in den Gang und rüttelte an der Tür. Sie war verschlossen.

»Wer ist da, zum Teufel?« schrie von drinnen eine Männerstimme.

»Polizei!« gab Clarence zurück. »Ich wollte nachsehen, ob Ihre Tür verschlossen ist. Alles in Ordnung bei Ihnen?«

»Hau ab! Die Tür ist abgeschlossen.«

Clarence stieg die Stufen wieder hinauf und trat zu Rudin. Die Kinder lachten hämisch. »Scheißbullen!« Der Mann unten im Keller war vermutlich der Hausverwalter; er hatte sich nicht getraut, die Tür zu öffnen und sich zu überzeugen, daß wirklich ein Polizist davorstand. Noch vor einem Jahr hätte Clarence verlangt, daß die Tür geöffnet werde, um sich zu vergewissern, daß dahinter tatsächlich nichts als die Kellerwohnung eines Apartmenthauses lag und kein Haschkeller oder Gelegenheitsbordell.

Dunkler Zorn stieg in ihm auf – Frustration, Ohnmacht, weil alles so blieb, wie es war, und nichts, gar nichts weiterkam. Es gab keine Entwicklung, kein Schritt ergab sich logisch aus einem anderen. Niemand zog richtige Schlüsse und tat dann den nächsten Schritt, auch er selbst nicht, sonst hätte er nachgesehen, was der Mann da unten im Keller machte. Jetzt waren sie am Broadway, langsam und methodisch kontrollierte er mit Rudin zusammen alle Türen, die sie zu prüfen hatten: eine Eisenwarenhandlung, mehrere kleine Etagenhäuser, die keinen eigenen Pförtner hatten, eine Reinigung, eine Bäckerei. Dann gingen sie nach Westen die 101st Street hinauf, wo um vier Uhr nachmittags das Mädchen überfallen worden war. Warmes gelbliches Lampenlicht erhellte die Fenster, man hörte Musik und Stimmen aus dem Fernsehapparat. Hinter welchem Fenster mochte das Mädchen wohnen, dem man das angetan hatte? Außer dem Schrecken und der Demütigung kam auch noch die Möglichkeit einer Schwangerschaft oder Krankheit hinzu. Ein Jammer, daß New York so überlaufen war von Schwarzen und Puertorikanern und nicht von einer höherstehenden Rasse, die vielleicht das Durchschnittsniveau verbessert hätte. Andere Städte und Länder hatten da mehr Glück gehabt. Clarence hatte einen besonderen Abscheu vor Sexualtätern. Seit er zu seiner Revierwache gehörte, waren dort mindestens sechs festgenommen worden. Sie hatten etwas Diebisches, Verstohlenes an sich, nie konnten sie einem richtig ins Gesicht sehen. Clarence hielt die Augen offen nach dem Schwarzen oder Puertorikaner, einsfünfundsechzig bis einssiebzig groß, mit der Plastikjacke. War ja nicht ausgeschlossen, daß man ihn irgendwo traf.

»Du – magst du eigentlich Pornofilme?« fragte Rudin gerade.

Clarence dachte an Marylyn, der solche Filme ein Greuel waren. »Nein«, erwiderte er.

»Der Bruder meiner Frau, der macht die nämlich selber, mit ein paar Freunden. Ich find ja auch immer, wenn man einen gesehen hat, dann hat man alle gesehen. Aber er führt sie immer vor, jeden Samstag abend in seiner Wohnung in Brooklyn. Er nimmt Eintritt, davon wird das Bier bezahlt, weißt du. Ich dachte, wenn's dich vielleicht interessiert –«

Clarence suchte nach ein paar nichtssagenden Worten, um nicht unfreundlich zu sein. Seine Gedanken waren bei Marylyn, er mußte sie unbedingt sprechen, jetzt gleich, er mußte ihre Stimme hören. »Ich finde immer, die sind gut für Leute, die das Richtige nicht haben, meinst du nicht?« sagte er schließlich.

»Kann wohl sein«, meinte Rudin lachend. Er schlenderte dahin wie ein Spaziergänger am Sonntag abend; die Hände auf dem Rücken wirbelten den Gummiknüppel.

Clarence blickte auf die Armbanduhr. Seine Rufzeit im Revier war heute siebzehn, das hieß siebzehn Minuten nach der vollen Stunde. Bis dahin waren es noch zwanzig Minuten. »Du, Rudin – hör mal –«

»Ja, was ist?«

»Hältst du mal eben die Stellung? Ich möcht gern meine Freundin schnell mal anrufen, hier um die Ecke.« Er meinte, um die Ecke war eine Kneipe; das verstand Rudin. Er wartete draußen, als Clarence ins Lokal trat und nach hinten durchging, wo die Telefone waren.

Marylyn meldete sich, und Clarence seufzte erleichtert auf.

»Seit halb fünf versuche ich, dich zu erreichen«, sagte er.

»Ich habe gearbeitet, und dann war ich aus zum Dinner. Was ist denn los?«

»Ich war in Bellevue –« Aber plötzlich hatte er keine Lust, ihr am Telefon von seinem Besuch in Bellevue und bei Mr. Reynolds zu erzählen. Er wollte sie sehen – er mußte sie sehen. Marylyn war da, ihre Stimme war da, nur bemühte sie sich, das merkte er, ihn von sich wegzuhalten, sich von ihm zu entfernen.

»Na und? Was war denn los – kannst du nicht reden?«

»Ich muß dich sehen. Wenn ich könnte, würde ich jetzt sofort kommen.« Vielleicht – vielleicht wäre es sogar möglich, dachte er, aber es ging natürlich doch nicht, keinesfalls. Die Streifenpolizisten wurden vom Captain oder sonst jemandem kontrolliert; man war nie sicher, wann einer auftauchte.

»Bist du denn nicht im Dienst, jetzt?«

»Doch, ja. Also Bellevue – die Leute waren nicht sehr interessiert. Ich hab den Brief hier auf meiner Revierwache vorgelegt. Es hängt alles ab von dem Geisteszustand des Polen. Ich meine, juristisch hängt es davon ab, was sie jetzt mit ihm machen.« Es stimmte alles, was er da von sich gab, nur war es so – so unzureichend. »Marylyn, kann ich dich morgen abend sehen, wenn du schon den ganzen Tag keine Zeit hast? Morgen abend bin ich frei. Ich *muß* dich ein paar Minuten sprechen.«

»Na schön.« Die Worte waren mehr geseufzt als gesprochen. »Ich hab morgen abend zu arbeiten, aber vielleicht bin ich um neun oder halb zehn fertig. Du kannst ja vorher anrufen.«

Clarence ging zurück zu Rudin.

Als er morgens früh um vier die Wache verließ, nahm er seinen Revolver mit. Das war erlaubt; es gab mehrere Kollegen, die ihre Waffen mitnahmen, wenn sie nachts auf der Wache ihren Dienst antraten oder beendeten. Clarence war erfüllt von Argwohn und undeutlicher Furcht.

Er stand spät auf an diesem Morgen, denn es war nach sieben gewesen, als er endlich eingeschlafen war. Er machte ein paar Besorgungen, ging dann in die Bibliothek, und die ganze Zeit dachte er an Marylyn und überlegte, wie er die Zeit mit ihr am besten nutzen könnte heute abend oder wann sonst sie ihn kommen ließ – vielleicht nur für eine knappe Stunde. Sie konnte noch zu arbeiten haben oder mußte vielleicht morgen sehr früh aufstehen.

Kurz vor neun rief er an, aber sie meldete sich erst um halb zehn. Ja, wenn er wollte, konnte er jetzt kommen.

Clarence ging zu Fuß zum Union Square, fuhr mit der Untergrundbahn bis 14th Street und dann mit einer anderen bis Spring Street. Von dort war es nicht mehr weit bis zu Marylyns Wohnung. Auf dem ganzen Weg suchte er nach einem Blumenladen, der noch geöffnet war, oder einem Blumenstand auf der Straße, aber er fand keinen. Marylyns Schlüssel hatte er in der Tasche. Die hatte sie wenigstens noch nicht zurückverlangt – oder hatte sie es vergessen? Im Gürtel steckte seine Pistole. Er hatte die wirre Idee, sich heute abend zu erschießen, wenn Marylyn mit ihm Schluß machen sollte – nicht in ihrer Wohnung, das war zu gräßlich und viel zu dramatisch, aber vielleicht in einer der dunklen Straßen, die zur Stadt oder hinunter zum Hudson führten.

Hinter den grünen Gardinen der beiden Fenster in Marylyns Wohnung sah man mattes Licht. Einen Augenblick zögerte Clarence, dann nahm er den Schlüssel und schloß unten die Haustür auf. Er lief die Treppe hinauf und klopfte an ihre Tür.

»Clare?«

»Ja.«

Sie öffnete. Sie trug einen Rock und darüber eine alte weiße Hemdbluse. Das lange Haar hing ihr über die Schultern bis auf die Brust. Clarence nahm sie in die Arme und küßte sie auf den Hals, unter dem Ohr.

»Was ist los?« Sanft aber fest schob sie ihn von sich.

»Ach, eigentlich nichts. Ich wollte dich sehen, das war's.« Immer noch blickte er sie an, merkte aber, daß sie das nicht mochte, und wandte sich ab. Er holte tief Luft und nahm den alten vertrauten Geruch wahr, ein Gemisch aus ihrem Parfum, Kaffee, Büchern und den cremefarbenen Heizkörpern unter den Fenstern. Es kam ihm vor, als sei er monatelang nicht hier gewesen. Im Zimmer brannte nur eine Lampe. Die Schreibmaschine stand auf dem runden Tisch, an dem sie immer arbeitete.

»Und was war nun los mit Bellevue?«

Clarence berichtete. Er erzählte auch von seinem Besuch bei Mr. Reynolds. »Bellevue schiebt die Sache ab auf die Polizei, und die Polizei schiebt sie ab auf Bellevue. Keiner will den Kerl einsperren – jedenfalls vorläufig nicht.« Er zog den Mantel aus und legte ihn über die Stuhllehne.

Sie sah die Pistole im Gürtel unter seiner offenen Jacke. »Die trägst du mit dir herum?«

»Ist erlaubt. Du siehst das doch nicht zum erstenmal.«

»Schlimmer als Wildwest, sowas.«

»Ich hab sie noch nie benutzt. War noch niemals nötig, nur beim Üben«, verteidigte sich Clarence. Es klang lahm, und er hatte auch nicht den Eindruck, daß es Marylyn irgendwie interessierte. Sie setzte sich nicht, und auch er blieb stehen. »Dumm, daß Mr. Reynolds mich in dieser Sache nicht unterstützen will. Ich konnte ihn nicht dazu bewegen, bei uns auf der Wache irgendeine Eingabe zu machen. Du hast sicher auch keine Lust dazu.«

»Nein – allerdings nicht«, sagte Marylyn. »Hier handelt es sich ja bloß darum, daß normale Bürger belästigt werden, und das ist der Polizei bestimmt völlig egal. Außerdem habe ich keine Lust, mich nochmal von dem Bullen da blöde angrinsen zu lassen.« Sie zündete sich eine Zigarette an. »Bist du nur hergekommen, um mir zu sagen, daß du nicht weiterkommst? Mir ist es ganz klar, warum Mr. Reynolds keine Lust hat, noch irgendwas zu unternehmen: er weiß genau, daß es doch nichts nützt. Außerdem kann es sein, daß der Kerl dann versucht, sich irgendwie an ihm zu rächen.«

Clarence setzte sich auf einen Stuhl am Tisch.

»Ich möchte – ich möchte gern, daß du Mr. Reynolds mal kennenlernst. Und seine Frau auch.«

»Das hast du schon mal gesagt. Ich hab das alles jetzt eigentlich satt, Clare. Wozu sollte ich Mr. Reynolds kennenlernen? Und dann dieser Psychopath – womöglich spioniert der uns allen nach, vielleicht jetzt schon. Das ist für den doch nichts als 'n Witz. Und keiner hindert ihn, er ist völlig frei. Morton Street wohnt er, ausgerechnet!«

»Ganz frei ist er nicht.«

»Sooo – wieso nicht? Er wohnt doch bloß ein paar Häuser weiter. Ich war heute abend mit Dannie aus, zum Essen, im Margutta, also ganz in der Nähe, aber er hat mich nach Haus gebracht, ich trau mich einfach abends nicht mehr allein auf die Straße. Zum Kotzen ist das alles.« Sie zog die Gardinen noch weiter zu. »Wer weiß, ob er nicht jetzt da unten steht.« Sie wandte sich um. »Also geh jetzt lieber, Clare. Ich hab noch was zu tippen. Tut mir leid.«

»Herrgott nochmal.« Er wollte bleiben, er mußte bei ihr bleiben heute abend, die ganze Nacht. Jetzt – dieser Augenblick war entscheidend. »Marylyn, ich scheide aus. Ich geh raus aus dem Polizeidienst. Ganz bald schon.«

»Du gehst raus? Das glaube ich nicht.«

»Kann ich nicht heute nacht hierbleiben?« Er blieb am Tisch stehen. »Bitte, Marylyn. Sei doch nicht böse, nein?«

»Ich bin einfach nicht in der Stimmung. Ganz abgesehen von –«

»Macht nichts, wenn du noch zu arbeiten hast. Ich kann ja später wiederkommen, ja –?«

»Nein, Clare«, sagte sie ruhig, aber ganz fest.

»Du denkst immer, ich tue hier nicht genug, in dieser Sache meine ich, aber ich tue wirklich was ich kann.« Gern hätte er hinzugefügt: Ich muß mich doch an die Vorschriften halten, in Bellevue und auch bei der Behörde, aber er fürchtete ihr spöttisches Gelächter. »Du findest, ich bin nicht hart genug, aber ich –«

»Das habe ich nie gesagt.«

»Gesagt nicht, aber du findest, ich tue nicht genug.«

Marylyn schüttelte langsam den Kopf, so langsam, daß ihr Haar glatt und unbewegt blieb. »Du bist nicht für den Polizeidienst gemacht, Clare, und das ist nur gut so. Aber wir sind auch nicht füreinander gemacht. Wir sind zu verschieden. Du hast mir doch mal von Cornell erzählt, weißt du – von den Studentenunruhen an der Universität –«

»Ach, das!« sagte er mit plötzlicher Ungeduld. Er hatte ihr erzählt, wie er damals davor zurückgeschreckt war, die Bibliothek und die Fakultätsräume zu demolieren, obgleich er vorher im Demonstrationszug mit den Kriegsgegnern marschiert war und sogar bei den Versammlungen ein- oder zweimal geredet hatte. Aber das war eben der Wendepunkt für ihn: der Augenblick, wo sie davon gesprochen hatten, ›völlig harmlose, wichtige und zum Teil sogar schöne Bücher und Möbel mutwillig zu zerstören‹; mit diesen Worten, das wußte er noch, hatte er es ihr beschrieben. Und hier hatte sich Marylyn gegen ihn gewandt, sie behauptete, es sei ein Gebot der Vernunft, daß ›alles Alte‹ weggefegt werden müsse, bevor etwas Neues und Besseres aufgebaut werden könne. Aber das alles waren abstrakte Fragen, die überhaupt nichts zu tun hatten mit ihnen beiden, die jetzt hier nebeneinander standen, zwei Menschen, die sich doch liebten – oder nicht?

»Bitte geh jetzt, Clare.«

Ihm wurde plötzlich schwach zumute. Er stand aufrecht, aber ihm war, als müsse er umfallen. »Du – ich liebe dich doch ...« Der Abend fiel ihm ein, an dem sie sich kennenlernten, in einer Bar an der Third Avenue; sie war dort mit einem Haufen Leute gewesen, die er bis heute nicht kannte, und er trank ein Bier mit einem Studienkollegen. Er hatte sie einfach angeredet und versucht, ihre Bekanntschaft zu machen, und sie hatte ihm ihre Telefonnummer genannt und dabei gesagt: »Sie behalten sie ja doch nicht.« Aber er hatte sie behalten, weil er sie sofort aufgeschrieben hatte, und dann war alles weitergegangen. Ja, sie hatten keine gemeinsamen Freunde, das stimmte. Aber – ach was. Clarence umarmte und küßte sie auf den Mund, es wurde nur ein flüchtiger Kuß, denn sie schob ihn von sich, leicht verärgert – oder war es gar kein Ärger?

»Geh!« sagte sie mit leisem Lächeln. Machte sie sich etwa lustig? Wer wurde schon klug aus Frauen.

Clarence ging und knöpfte auf der Treppe seinen Mantel zu. Unten blieb er mit dem Absatz an einer Stufe hängen und wäre fast gefallen. Er wandte sich nach Norden, dort lag seine Wohnung. Er wollte zu Fuß nach Hause gehen.

Und da sah er Rowajinski. Oder es war ein Mann, der genauso aussah, eine kleine Gestalt, die an der Ecke Bleecker Street nach links verschwand. Clarence ging hinterher; bis zur Ecke waren es nur zwanzig Schritte und er wollte sich vergewissern, ob es der Pole war. Er stieß mit einem Mann zusammen, murmelte »Entschuldigung!« und ging eilig weiter.

Jetzt stand er an der Ecke, und Rowajinski war nirgends zu sehen. Mehrere Läden mit hellerleuchteten Schaufenstern waren noch geöffnet, Autos fuhren die Straße hinauf, Fußgänger gingen auf dem Gehweg, aber die hinkende Gestalt sah er nicht. Vielleicht war er es gar nicht gewesen. Clarence schritt schnell die Bleecker Street nach Westen entlang, spähte von einer Seite zur andern und versuchte, auch weiter nach vorn zu sehen. Vielleicht war der Pole auf dem Heimweg, denn westlich von hier lag Morton Street, wo seine Wohnung war.

Ecke Seventh Avenue hatte Clarence ihn gefunden. Sein Herz tat einen Sprung. Rowajinski hinkte behende über die Fahrbahn, um den Autos auszuweichen, als die Ampel auf Grün überging. Das Grün hielt Clarence am Bordstein fest; fieberhaft trat er von einem Fuß auf den andern. Rowajinski erreichte die andere Straßenseite, und Clarence sah, wie er sich umdrehte; er wußte, der Pole hatte ihn gesehen – er hatte ihn wahrscheinlich schon aus Marylyns Haus kommen sehen. Rowajinski stürzte weiter, aber für Clarence war es unmöglich, sich dem Ansturm von fünf oder sechs Wagenreihen – hauptsächlich Taxis – entgegenzustellen, die die Seventh Avenue hinunterfuhren. Der Pole war offenbar in die erste schmale Seitenstraße nach Westen eingebogen – Commerce Street war es, das sah Clarence, als er endlich im Sturmschritt über die Straße lief. Commerce Street war nur eine kurze Nebenstraße, am Ende lag ein kleines Theater, das jetzt hell erleuchtet war. Aber nun hatte er Rowajinski wieder verloren ...

Morton Street lief parallel, einen Häuserblock südlich von Commerce Street. Oder ob Rowajinski weitergelaufen war, über die Rechtskurve hinaus, wo die Straße dann Barrow Street hieß? An der Kurve zögerte Clarence einen Augenblick und lief dann weiter, Barrow Street hinunter, die im Dunkeln lag, und dort hörte er, wie einer der Mülleimer ruckartig auf dem Steinpflaster schepperte, als habe jemand heftig dagegen gestoßen. Jetzt sah er den Polen, oder jedenfalls eine huschende Gestalt, die ihm ähnlich war und sich einen Augenblick abhob gegen die unbestimmten Lichter der Hudson Street, eine breite Straße mit lebhaftem Verkehr. Diesmal – diesmal wollte er sich den Halunken gründlich vornehmen, ihm eventuell sogar das Nasenbein brechen, damit er sich nie wieder in die Nähe von Marylyns Wohnung traute. Jetzt duckte sich Rowajinski und verschwand hinter einer dunklen Tür. Clarence versuchte festzuhalten, welche Tür es gewesen war, sie sahen hier alle so gleich aus, schmal und graubraun.

Im gleichen Augenblick zog Kenneth Rowajinski die schmierige Haustür hinter sich zu; sie führte in einen kleinen Gang, wo es nach Urin roch. Licht gab es nicht. Wenn der Bulle ihn nicht gesehen hatte, war er hier sicher. Wieso war der Bulle heute abend so tobsüchtig? Kenneth hockte sich nieder, damit man ihn durch die Glasscheibe der Tür nicht sehen konnte. Vor einer halben Stunde hatte er einen hochgewachsenen Mann in Mariline Coomes' Haus gehen sehen; er wußte nicht sicher, ob es Dummell war, aber aus Neugier hatte er gewartet; er wollte mal sehen, ob es tatsächlich der Cop war, der seine Freundin besuchte. Er hatte eigentlich erwartet, daß es schon vorher irgendeinen Stunk geben würde, Samstag oder Sonntag, denn am Samstag mußte das Mädchen seinen Brief bekommen haben. Samstag hatte er daher verschiedentlich ihren Hauseingang beobachtet (er war ziemlich sicher, daß ihn niemand gesehen hatte), aber passiert war gar nichts. Und kein Mensch war bei ihm erschienen wegen dieses Briefes. Eigentlich enttäuschend, man konnte es aber auch als Triumph ansehen: sie hatten jetzt Angst vor ihm, oder sie planten vielleicht auch was Größeres gegen ihn, nicht bloß einen Besuch mit Warnung. Dummell hatte offenbar Angst gehabt, seine Freundin zu besuchen. Oder sie hatte ihn abgeschrieben, auch das war möglich. Und heute abend war er dann doch gekommen.

Kenneth hörte jagende Schritte; die Tür, hinter der er sich verbarg, sprang auf. Eine Faust krachte ihm seitlich an den Kopf.

Mühelos riß Clarence den kleinen Mann am Kragen in

die Höhe. Rowajinskis Hut fiel zu Boden, die Augen quollen hervor, er öffnete den Mund und heulte auf.

Was soll das heißen, du Schwein? wollte Clarence rufen. Er schlug den Polen mit dem Kopf gegen die Wand und hörte, wie der Schädel krachte. Dann riß er die Pistole aus dem Gürtel, nahm sie wie einen Stein in die Hand und hämmerte damit auf Rowajinskis Schläfen ein.

Kenneth wurde taub und blind; er merkte, daß er mit Schreien aufhörte, daß er schlaff und kraftlos wurde und dann gar nicht mehr da war. Es war, als falle ein Berg auf ihn herab, eine Steinlawine, die ihn zermalmte, so daß er sich nicht mehr rühren konnte. Dabei war es doch nur ein einziger Mann, der das alles mit ihm tat. Das war sein letzter Gedanke, danach kamen nur noch Traumfetzen und ein kaum geisterhafter Fluch.

Clarence war mit dem Schuh in einer kleinen Blutlache ausgerutscht, er taumelte gegen die Wand und wäre fast gefallen. Beim Aufrichten entfiel ihm die Pistole, er bückte sich und suchte auf dem nachtdunklen Boden: schnell, hastig, als griffe Rowajinski schon danach und versuche, die Waffe an sich zu reißen, aber er wußte, der Mann lag am Boden, bewußtlos geschlagen, wenn nicht noch mehr. Clarence öffnete die Tür und trat hinaus. Er ging nach Westen, in Richtung Hudson Street.

Eine junge Frau mit Kopftuch kam ihm entgegen, blickte ihn kurz an und ging vorbei. Clarence atmete schwer, sein Mund stand offen. Die rechte Hand hielt noch die Pistole; er schob sie jetzt unter den Mantel und steckte sie in den Gürtel. Im hellen Licht der Hudson Street besah er sich die rechte Hand und sah das Blut. Er war auf einmal sehr müde und unfähig zu denken; er suchte mit der Linken nach einem Taschentuch, fand in der Gesäßtasche ein Papiertuch und säuberte die rechte Hand damit. Im hellen Licht der Straßenbeleuchtung sah das Blut auf dem Tuch ganz schwarz aus. Aber viel war es nicht. Drei oder vier Leute gingen an ihm vorbei. Er sah sie nicht an; ohne nachzudenken wußte er: es war ihm egal, was sie dachten. Mechanisch ging er weiter, Schritt um Schritt; immer noch atmete er schwer und streckte die Glieder wie jemand, den ein Krampf befallen hat. An der Ecke 14th Street wandte er sich nach Norden zum Broadway. Ohne einen Gedanken setzte er einen Fuß vor den anderen und ging im Zickzack weiter, todmüde und erschöpft, bis zu seiner Wohnung.

17

Als Clarence erwachte, schossen ihm die Ereignisse des Vorabends wild durcheinander durch den Kopf, und es kostete Mühe, sie einigermaßen zu ordnen. Der Pole – ja, der konnte tot sein. Und wenn er nicht tot war, was dann? Wenn er nicht tot war, würde er aussagen, es sei Dummell – Patrolman Dummell gewesen, der über ihn hergefallen sei und ihn fast totgeschlagen habe. Clarence wußte, er hatte sich wie ein Berserker auf Rowajinski gestürzt. Mit seiner Pistole hatte er auf ihn eingeschlagen.

Da lag der Gürtel mit der Dienstpistole vor ihm, auf einem Stuhl. Er ging darauf zu und dachte gleichzeitig, er müsse eigentlich das Radio anstellen wegen der Nachrichten, falls sie etwas über Rowajinski brachten. Aber erst wollte er sich die Waffe ansehen. Er fand keine Blutflekken, aber er nahm einen Waschlappen, hielt ihn im Badezimmer unter die Wasserleitung, drückte ihn aus und wischte dann sorgfältig die Pistole damit ab. Er färbte sich leicht rosa. Clarence öffnete den Lauf, nahm die Kugeln heraus, säuberte und trocknete die Kammern und legte die Kugeln wieder ein. Dabei überlegte er, ob er, wenn viele Fakten gegen ihn sprachen, überhaupt noch leugnen konnte, Rowajinski getötet zu haben. Vielleicht war es aussichtslos; er wußte es nicht und war nicht imstande nachzudenken. Aber es war sicher ratsam, etwaige Blutflecken zu entfernen. Er wusch seine Schuhe ab und prüfte auch die Sohlen, dann untersuchte er am Fenster den dunkelbraunen Tweedmantel. Er fand keinerlei Blutflecken, weder vorn noch an den Ärmeln. Nun kam die Hose dran.

Die hatte er aufgehängt; er trat an den Schrank und sah auf dem Dunkelblau des linken Hosenbeins einen dunkleren Streifen von etwa vier Zentimeter Länge. Er nahm den Waschlappen und rieb an dem Streifen herum. Wieder nahm das Tuch eine blaßrosa Färbung an. Er legte Mantel und Hose auf einen Stuhl an der Tür; beides mußte in die Reinigung. Vielleicht auch das Jackett. Er untersuchte es sorgfältig und fand nichts, weder an der Brust noch an den Ärmeln. Es war nicht ausgeschlossen, daß die vom Morddezernat seine Kleidung untersuchen würden – seine gesamte Kleidung; und Clarence wußte, wenn sie irgendwo ein mikroskopisches Fleckchen Blut fanden, so konnte das zur Verurteilung genügen.

Sein weißes Hemd hatte an der rechten Manschette einen Fleck, sechs Zentimeter lang. Er weichte das Hemd im Waschtisch in kaltem Wasser ein und bearbeitete den Fleck eine Minute lang mit der Nagelbürste, bis er verschwand. Beinahe verschwand. Ob er das Hemd lieber wegwarf? Wenn ihn die Leute von der Mordkommission noch heute verhörten, konnte es sein, daß sie sogar seinen Mülleimer durchwühlten. Wieder nahm er die Nagelbürste und rieb an dem Fleck herum, dann beschloß er, das Hemd zusammen mit zwei anderen und einem Schlafanzug in die Wäscherei an der Second Avenue zu bringen.

Auch die Zehn-Uhr-Nachrichten brachten nichts über Rowajinski. Wer ihn wohl finden mochte, bewußtlos oder tot? Bestimmt wohnte doch irgend jemand in dem Haus, obgleich es seltsam war, daß kein Mensch von oben heruntergerufen hatte, und es hatte ja allerhand Krach gegeben. Wie lange hatte er auf Rowajinski eingeschlagen – eine Minute? Vielleicht zwei?

Wann mochte ihn einer gefunden haben, gestern abend oder erst heute morgen, vielleicht gerade jetzt? Und wenn er nun zu sich gekommen und nach Hause gegangen war? Nein, ausgeschlossen – er hätte ja keine Ruhe gegeben, sondern sofort dafür gesorgt, daß der Arm des Gesetzes sich den Cop Dummell griff. Nein, er mußte tot sein. Ein leichter Schwindel überkam Clarence. Er öffnete das Fenster und begann sich zu bewegen, nur um nicht stillzusitzen; er ging ins Bad, stellte sich unter die Dusche und machte dann erstmal Kaffee. Er wollte Marylyn anrufen und konnte nicht; es war, als hindere ihn eine Lähmung gerade an diesem Anruf. Es war auch noch zu früh für Marylyn. Er merkte, ihn trieb etwas hinaus aus der Wohnung. Heute abend war er dienstfrei, er konnte seine Eltern besuchen. Falls ihm dort schlecht werden sollte, konnte er sagen, er sei sehr müde und wolle gern in seinem alten Zimmer übernachten. Oder er konnte einen langen Spaziergang machen. Er ging ans Telefon, wählte die Nummer der Eltern und war erstaunt, als seine Mutter sich meldete. Sie freute sich sehr, daß er kommen wollte. Hatte er denn auch seinen Hausschlüssel bei sich, falls sie nicht im Hause war, wenn er kam? Ja, natürlich hatte er den Schlüssel. Er werde also noch vor Mittag dort sein, sagte er.

Mitzunehmen brauchte er nichts; nur ein Buch steckte er ein, außerdem nahm er die Hose und den Mantel für die Reinigung und das Bündel für die Wäscherei mit.

Die Mutter war tatsächlich ausgegangen, als er hinkam, aber sie erschien zwanzig Minuten später mit einer großen Tasche voller Lebensmittel. Clarence half ihr beim Auspacken in der Küche.

»Und wie geht's Marylyn? Alles in Ordnung?«

»Na sicher doch«, erwiderte Clarence in einem Ton, der besagte, selbstverständlich sei alles in Ordnung und mehr gebe es dazu nicht zu sagen.

»Weißt du, Clare«, redete sie weiter, »wir haben in unserer Gruppe ein kleines Mädchen, Edith Freyer heißt sie, ein Contergankind, zehn Jahre alt. Mrs. Furst, das ist unsere Vorsitzende, hat da einen schweren Fehler gemacht: sie brachte die Kleine in eine Klinik, wo den Kindern Prothesen angepaßt werden. Manchmal tut es ihnen gut, wenn sie andere Kinder sehen, die ebenso behindert sind, aber als Edith all die verkrüppelten Kinder sah, geriet sie völlig außer sich. Es tat Mrs. Furst natürlich wahnsinnig leid, sie hat sich immer wieder entschuldigt bei der Mutter – ich glaube, sie hat sich mehr aufgeregt als das Kind selber. Aber Edith war noch stundenlang fast hysterisch von dem Schock.«

Clarence verstand, er sah alles deutlich vor sich, und es tat ihm weh. »Was für ein Alptraum, mein Gott.«

»Ja, aber woher soll man das wissen? Manchmal ist es ratsam, sich nach den Vorschriften zu richten, und manchmal geht man besser nach dem eigenen Instinkt. Edith gehört nicht zu meinen Kindern. Kann sein, ich hätte es besser gewußt, aber vielleicht auch nicht.« Nina war eifrig mit dem Mittagessen beschäftigt.

Die Kuckucksuhr über der Küchentür erwachte und schlug halb eins. Spießig, würde Marylyn sagen.

Nach dem Essen wurde Clarence von einer unüberwindlichen Müdigkeit befallen; es war, als habe er ein starkes Schlafmittel genommen. Die Mutter riet ihm, sich hinzulegen, und er ging nach oben mit der Absicht, noch etwas zu lesen, war aber in fünf Minuten eingeschlafen.

Er schlief drei Stunden, wusch sich dann das Gesicht mit kaltem Wasser und ging nach unten. Gerade war sein Vater nach Hause gekommen.

»Nanu, Clare – was verschafft uns die Ehre?«

»Ich hab New York satt«, gab Clarence mit leichtem Lächeln zurück.

»Da siehst du es, Ralph. Uns hat er aber noch nicht satt«, meinte seine Mutter.

»Ja – wenn New York so schön wär, wie es immer heißt, dann würd ich selbst dort wohnen«, sagte Ralph. »Die Luft hier ist vielleicht auch nicht ideal, aber jedenfalls besser als in New York.«

Die übliche Unterhaltung. Zum Mittagessen sollte es Steaks geben, ausgezeichnete Steaks von Metzger Mueller, Ditmar Street, bei dem seine Mutter seit jeher kaufte. In New York bekam er sicher nirgends so gute Steaks vorgesetzt, auch nicht in den besten Restaurants, davon war die Mutter überzeugt. Beide Eltern fanden, er sei schmaler geworden. Und wie ging es Marylyn?

»Irgendwann werden wir ja wohl mal das Vergnügen haben«, meinte Ralph. »Nicht mal ein Bild von ihr hast du uns bisher gezeigt. Machst du gar keine Aufnahmen?«

»Die halbe Zeit hat er doch immer Nachtschicht, dann muß er am Tage schlafen«, wandte Nina ein.

»Na, und wozu gibt's Blitzlicht?«

Um sieben schalteten sie im Fernsehen die Nachrichten ein. Clarence trank gerade noch ein Bier mit seinem Vater vor dem Essen, als der Ansager zu den letzten Meldungen kam. »In einem Apartment-Haus in Greenwich Village wurde heute die Leiche eines Mannes gefunden. Es handelt sich um den stellungslosen Bauarbeiter Kenneth Rowajinski, einundfünfzig Jahre alt. Als Todesursache wurden Schläge an den Kopf festgestellt. Vom Täter fehlt vorläufig jede Spur.« Am Ende der Meldung senkte der Ansager die Stimme wie aus Ehrfurcht vor dem Toten.

Ralph hatte nicht mehr zugehört und fing schon bei den letzten Worten wieder an zu reden. Zur Enttäuschung seiner Mutter hatte Clarence keinen rechten Appetit, und dabei hatte sie seinen Lieblingsnachtisch gemacht, einen Zitronenauflauf. Clarence dachte darüber nach, ob die Reynolds wohl die Nachrichten gehört hatten. Und Marylyn vielleicht auch? Sie hatte einen Fernsehapparat, stellte ihn jedoch selten an. Wie mochte sie reagieren auf die Nachricht, daß Rowajinski umgebracht worden war, ganz in der Nähe ihrer Wohnung, und wahrscheinlich irgendwann am Dienstag abend? Vielleicht nahm sie an, daß er es getan hatte, und war froh darüber; es war sogar denkbar, daß sie ihn bewunderte, weil er den Mut dazu gehabt hatte, aber es war ebenso denkbar, daß sie den gegenteiligen Standpunkt einnahm: wieder ein Bulle, der von seiner Waffe Gebrauch gemacht hatte; wieder so ein brutaler Killer –

Kurz nach acht, als sie beim Kaffee saßen, klingelte das Telefon, und Ralph nahm den Hörer auf.

»Ja –? Ja, er ist hier. Moment bitte. Hier, Clare, für dich.« Er reichte ihm den Hörer. »Viel Ruhe lassen sie dir ja wirklich nicht.«

»Hallo, Clarence, hier ist Santini. Hören Sie zu: wußten Sie, daß dieser Rowins, dieser Pole, tot ist? Die haben ihn gefunden. Barrow Street. Erschlagen. Wissen Sie was davon? Haben Sie 'ne Idee?«

»Nein, ich hab's eben erst in den Nachrichten gehört.«

»Die Kollegen von der Mordkommission wollen Sie gern sprechen. Detective Fenucci. Ich geb Ihnen die Nummer – haben Sie was zu schreiben –?«

Clarence notierte Namen, Nummer und Durchwahl.

»Mac sagt, Sie hätten sich mit dem Kerl befaßt und wüßten vielleicht, wer's gewesen sein kann. Keine Idee?«

»Nein, ich habe keine Ahnung. Ich hab ihn nie mit jemand zusammen gesehen, außer mit seinem Hausmeister.«

Santini lachte. »Der Hausmeister soll heilfroh sein, hab ich gehört. Na ja, kein Mensch konnte den Kerl leiden. Hören Sie, Clarence, rufen Sie doch gleich Fenucci an, ja? Die wollen da heute noch mit Ihnen reden.«

Clarence wandte sich zu seinen Eltern und sagte: »Ich muß noch in die Stadt zurück, heute abend.«

»Och nein, Clare – muß das wirklich sein?« fragte seine Mutter enttäuscht.

»An deinem freien Abend?« sagte auch sein Vater. Sie hatten sich weiter unterhalten, während er am Telefon mit Santini sprach.

»Ja, dringend. Da ist nichts zu machen.«

»Wenn's um Verbrechen geht, gibt's eben keine Freizeit«, sagte Ralph.

Clarence nahm den Hörer wieder auf und wählte Fenuccis Nummer. Er erklärte, wer er sei. Fenucci war nicht da, wurde aber innerhalb der nächsten Stunde erwartet. Ob Clarence wohl jetzt gleich kommen konnte? Fifth Division Headquarters war die Dienststelle.

Wenige Minuten später war Clarence auf dem Weg zur Bahnstation Ditmar Boulevard. Er ging direkt zu der angegebenen Dienststelle, West 126th Street, wo er zehn

Minuten warten mußte, dann erschien Fenucci mit zwei anderen Männern. Detective Fenucci war ein untersetzter, etwa vierzigjähriger Mann, er ging mit Clarence in ein leeres Zimmer, setzte sich an den Schreibtisch und öffnete seine Aktentasche.

»Sie haben also diesen Mann Rowajinski ein paarmal getroffen«, stellte Fenucci einleitend fest, nachdem er zunächst die üblichen Fragen nach dem jetzigen Arbeitsplatz, Rang und Dauer der Dienstzeit gestellt hatte.

Clarence berichtete, wie er mit Rowajinski zusammengetroffen war. Einzelheiten wegen des Hundes und der Lösegeldsumme brauchte er nicht zu nennen, das hatte Fenucci alles vor sich, ebenso den Bericht aus Bellevue. Er war auch darüber informiert, daß Rowajinski Clarence beschuldigt hatte, fünfhundert Dollar angenommen zu haben, und fragte, ob das wahr sei.

»Nein, Sir, das ist nicht wahr.«

»Und dann hat er eine Bekannte von Ihnen belästigt – Marylyn Coomes, Macdougal Street«, las Fenucci weiter.

»Jawohl – er hat ihr einen Brief ohne Unterschrift geschrieben, den hat sie mir gegeben, damit ich Anzeige erstatte. Mein Captain wollte ihn nach Bellevue weiterleiten.« Ob sie wohl schon Marylyn gesprochen hatten? Wahrscheinlich doch. Wie blöd von ihm, daß er sie nicht angerufen hatte, bevor er herkam!

»Dieser Mr. Reynolds, was ist das für ein Mann? Wir werden ihn heute abend sprechen. Sie kennen ihn ja ganz gut, nicht wahr? ... Haben Sie je gesehen, daß Rowajinski mit irgend jemand in seiner Gegend gesprochen hat? ... Ist es ihm zuzutrauen, daß er mit einem Fremden Streit anfängt?«

»Das ist nicht unmöglich.«

»Oder ein Mädchen belästigt, wenn sie einen Mann bei sich hat?«

»Durchaus möglich.«

Fenucci machte sich Notizen.

Was mochte Marylyn ausgesagt haben? Daß er am Dienstag abend ihre Wohnung um etwa zehn, halb elf verlassen hatte? Oder daß er die ganze Nacht bei ihr geblieben war? Es kam Clarence etwas seltsam, fast beängstigend vor, daß Fenucci ihn gar nicht nach gestern abend fragte.

»Dieser Hausflur, wo er erschlagen wurde«, fuhr Fenucci jetzt fort, »das war gar nicht das Haus, wo er wohnte. Kein Mensch kannte ihn dort. Er lief vor jemandem weg, oder einer schleppte ihn da hinein, um ihn zusammenzuschlagen. In dem Haus wohnen noch zwei alte Frauen, arme Leute, Wohlfahrtsempfänger, und im zweiten Stock ein alter Hauswart. Im ersten wohnt niemand, soll baufällig sein, und Ratten sind da auch. Die Leute wollen alle nichts gehört haben. Na ja, zwei von den dreien sind taub.« Fenucci lachte, aber er sah so müde aus, daß man fast annehmen konnte, er lachte um wach zu werden. »Sie haben den Kerl also einmal aufgesucht, und dabei ist es zu Tätlichkeiten gekommen.« Er blickte suchend in seine Papiere. »Das war erst vor ein paar Tagen, sagt der Hausmeister.«

»Ja, das stimmt. Er hatte vor dem Haus meiner Freundin herumgelungert, und ich habe ihm gesagt, er solle das lassen.«

»Sie haben ihn dort gesehen?«

»Nein. Miss Coomes –«

»Haben Sie ihn geschlagen? Der Hausmeister sagt, es ging ziemlich laut dabei zu.«

»Es war nicht sehr laut. Ich habe ihm einen Schubs gegeben, und er ist hingefallen. Ich wollte ihm einen Schrecken einjagen. Ich dachte, ein ordentlicher Denkzettel würde ihn davon abbringen, noch weiter zu –«

Belustigt nickte Fenucci. »Tat es aber nicht.«

»Ach doch, ich glaube schon. Ich habe jedenfalls nicht gehört, daß er sich danach nochmal vor dem Hause herumgetrieben hat.« Dann fiel ihm plötzlich ein, daß sich die Sache mit der Weinflasche und dem Brief an Marylyn ja erst nachher ereignet hatte.

»Seitdem haben Sie ihn also nicht mehr gesehen – seit Sie ihn in seiner Wohnung aufsuchten?«

»Nein.«

»Wo waren Sie gestern abend?«

»Ich war mit meiner Freundin verabredet – mit Marylyn Coomes.«

»Wo?«

»In ihrer Wohnung. Macdougal Street.«

»Wann sind Sie hingekommen?«

»Ich – ungefähr um zehn, glaube ich. Sie hatte vorher noch zu arbeiten.«

»Sind Sie dann zum Essen ausgegangen?«

Was hatte Marylyn bloß gesagt? Clarence beschloß, es zu riskieren, und antwortete: »Nein, wir sind zu Haus geblieben.«

»Den ganzen Abend? Wie lange waren Sie dort?«

»Die ganze Nacht. Ich bin dortgeblieben«, gab Clarence zur Antwort. Glaubte ihm Fenucci? Er blieb jedenfalls völlig gelassen, die Finger blätterten langsam in den

Notizen und schlugen eine Seite um. Er nahm einen Bleistift und kritzelte etwas.

»Wie sind Sie hingefahren? Untergrundbahn –?«

»Ja, vom Union Square aus. Ich bin bis Spring Street gefahren.«

»Wann sind Sie aus Ihrer Wohnung fortgegangen?«

»Kurz nach halb zehn, nehme ich an.«

»Als Sie hinkamen, haben Sie diesen Rowajinski irgendwo gesehen?«

»Nein.«

»Wann haben Sie die Wohnung am nächsten Morgen verlassen?«

»Ungefähr um halb acht oder acht.«

»Haben Sie da Rowajinski gesehen?«

»Nein.«

»Was haben Sie dann gemacht?«

»Ich bin zu Fuß nach Haus gegangen.«

»Rowajinski wurde ungefähr um Mitternacht gestern abend getötet – kann sein, eine Stunde früher oder später. Um Mitternacht waren Sie bei Ihrer Freundin?«

»Ja.«

»Na schön.« Fenucci raffte seine Notizen so hastig zusammen, als müsse er sich sofort auf den Weg machen – vielleicht zu Mr. Reynolds. Dann sagte er: »So – jetzt gehen wir erstmal in Ihre Wohnung, wenn Sie nichts dagegen haben, Duhamell.«

Sie fuhren in einem neutralen Streifenwagen; der Fahrer war in Zivil und blieb im Wagen, den er auf einem Platz mit Parkverbot abgestellt hatte.

Sein Bett hatte Clarence gemacht – nicht allzu ordentlich, aber es war immerhin gemacht. Die Dienstpistole in der Gürteltasche lag auf dem Tisch vor dem Spiegel, und das war das erste, was Fenucci auffiel.

»Nehmen Sie Ihre Pistole immer mit nach Haus?«

»Nein, nur manchmal. Wenn ich gleich nach dem Dienst noch irgendwohin gehe, dann nicht.«

»Hatten Sie sie gestern abend bei sich?«

»Nein.«

Fenucci nahm die Pistole aus dem Gürtel, betrachtete sie und prüfte, ob alle Kugeln im Lauf waren. Dann trat er unter die Stehlampe und untersuchte sie genauer. »Dieser – dieser Rowajinski – es kann sein, daß er mit einer Pistole totgeschlagen wurde. Oder auch mit einem Stein – jedenfalls war es ein ziemlich harter Gegenstand, er hatte allerhand Knochenbrüche. Diese hier nehmen wir mal mit zum Labor, morgen abend haben Sie sie wieder, wenn sie in Ordnung ist.« Er verzog das Gesicht zu einem Lächeln. »Sie haben doch keine Angst, vierundzwanzig Stunden ohne Waffe zu sein, was? Sind Sie nicht überhaupt morgen dienstfrei?«

»Ja, bis morgen abend«, erwiderte Clarence.

Fenucci steckte auch den Gürtel ein. »Also dann – was hatten Sie gestern abend an? Kann ich mal in Ihren Kleiderschrank sehen?«

Clarence öffnete die Schranktür. Man sah drei oder vier Anzüge, mehrere Jacken und Hosen, Schlafanzüge und Hemden hingen an Haken, Schuhe standen ungeordnet auf dem Schrankboden. Die dunkelbraunen Schuhe, die er abgewaschen hatte, standen links oben auf anderen Schuhen.

»Was haben Sie gestern abend getragen?«

Clarence zögerte einen Augenblick. »Diese Hose«,

sagte er dann und zeigte auf die Hose, die er anhatte, eine graue Flanellhose. »Und diesen Pullover – ich glaube ich hatte noch einen anderen darunter an.« Er trug einen grauen Pullover mit V-Ausschnitt.

Der andere Pullover schien Fenucci nicht weiter zu interessieren. Er warf einen Blick auf die Sachen, die Clarence anhatte, und wandte sich dann wieder dem Schrank zu. »Mantel –?«

»Hier – mein Regenmantel.« Clarence legte die Hand auf einen dunkelgrünen Mantel, der im Schrank hing.

Fenucci zog den Regenmantel heraus und besah prüfend die Vorder- und Rückseite und die Ärmel. »Schuhe –?«

»Diese hier.« Clarence zeigte auf die braunen Wildlederschuhe, die er anhatte. Fenucci nickte.

Sehr gründlich war die Untersuchung nicht, das wußte Clarence. Fenucci verließ sich auf die Pistole. Vielleicht hatte er sich auch schon eine Meinung gebildet nach irgendeiner Aussage, die Marylyn gemacht hatte. Bei einer richtigen Untersuchung hätte man die gesamte Kleidung ins Labor geschafft, wo sie auf Blutflecken untersucht worden wäre.

»Sie haben gesagt, Reynolds sei ein netter Mensch – ein Gentleman. Gebildet.« Fenucci lächelte leicht. »Sie glauben nicht, daß er jemanden angeheuert haben könnte, um den Kerl zu erledigen?«

Clarence schüttelte den Kopf. »Nein, dafür ist er nicht der Typ. Außerdem hat er mir gesagt, er wolle die ganze Sache jetzt vergessen. Für ihn war das Wichtigste der Hund, und der ist ja tot.«

»Wann hat er das gesagt, daß er die Sache vergessen wolle?«

Clarence dachte an die Unterhaltung in Mr. Reynolds Büro am Montag. Er hatte keine Lust, etwas von diesem Besuch zu sagen, aber vielleicht würde Mr. Reynolds ihn erwähnen. »Das hat er gesagt, als er wußte, daß der Hund tot war.«

»Na schön. In Ordnung, Duhamell. Das wär's erst mal.« Fenucci stand an der Tür. »Bis wann sind Sie dienstfrei?«

»Bis Donnerstag abend um acht.«

»Und zu erreichen sind Sie hier?«

»Ja.«

»Gut. Bleiben Sie in der Stadt, die nächsten Tage.« Mit dem Gürtel in der Hand ging Fenucci hinaus.

Clarence holte tief Luft, er blieb stehen und horchte. Auf der Treppe entfernten sich die Schritte. Die Hälfte der Fragen war Berechnung gewesen. ›Sie glauben nicht, daß er jemand angeheuert haben könnte, um den Kerl zu erledigen?‹ Ob Fenucci erwartet hatte, daß er darauf reinfiel? Hatte er vielleicht schon alles, was er brauchte? Und was war mit der Pistole? Clarence hatte sie gut abgewaschen, aber die Labortests waren phantastisch. Es gab nur Ja oder Nein, und er hatte keinen Einfluß mehr darauf. Vielleicht war Fenucci schon unterwegs zu Marylyn, oder auch zu Mr. Reynolds, beides war möglich, denn Fenucci war sicher nicht der einzige, der diesen Fall bearbeitete. Clarence nahm den Hörer und blickte auf die Uhr: es war siebzehn Minuten vor elf.

Er war enorm erleichtert, als Marylyn sich meldete.

»Hallo. Wie geht's dir?«

»Saumäßig. Ich will grad ausgehen.«

»Bist du allein?«

»Ja«, kam es kurz und ungeduldig zurück.

»Du, ich – bei mir war grad ein Mann von der Mordkommission. Sind sie bei dir auch schon gewesen?«

»O ja, um sieben schon. Sie wären schon früher gekommen, bloß war ich den ganzen Tag nicht zu Hause.«

»Was hast du gesagt?«

»Ich habe gesagt«, erwiderte Marylyn immer in demselben steifen Ton, »daß du die ganze Nacht hier bei mir warst.«

Clarence schauerte zusammen und seufzte tief auf. »Genau was ich auch gesagt habe. Ich danke dir, Liebling.«

»Keine Ursache. Es war mir ein Vergnügen.«

Sekundenlanges schreckliches Schweigen. Er wußte, was sie meinte: es war ihr ein Vergnügen gewesen, die Cops hereinzulegen und zu belügen. »Wollen sie nochmal wiederkommen?«

»Weiß ich nicht. Wahrscheinlich ja. Bloß ich werd dann nicht hier sein. Mir langt's jetzt. Aber –«

»Aber –? Was meinst du?«

»Du warst es doch, ja?« Die Frage kam im Flüsterton.

Er preßte den Hörer fest gegen das Ohr. »Was du eben sagtest, das stimmt.«

»Ich muß weg, Clare. Ich schlafe heute nacht nicht hier.«

»Hast du Angst, daß sie in der Nacht wiederkommen?«

»Ich hab's satt hier. Ich hab die ganze Polente satt!« Es klang fast hysterisch.

Er wollte fragen, wo sie schlafen wollte – vermutlich bei ihrer Freundin Evelyn in der Christopher Street. »Rufst du mich wieder an? Ich kann dich ja nicht erreichen. Ja, noch eins: ich habe gesagt, ich sei morgens so um halb acht oder acht von dir weggegangen.«

»Ich glaube, ich habe gesagt um zehn. Ungefähr zehn.«

»Wahrscheinlich ist es nicht wichtig.«

»Ich muß jetzt gehen.«

»Rufst du mich an? Bestimmt?«

»Ich ruf dich an.« Sie legte auf.

Um die gleiche Zeit, kurz vor 23 Uhr, führten Ed und Greta Reynolds ein Gespräch mit einem Beamten von der Mordkommission, Detective Morrissey. Ed war nachmittags um 16 Uhr im Büro von einem anderen Beamten angerufen worden, der von Greta die Nummer erhalten hatte und versuchte, für 19 Uhr mit ihm eine Verabredung zu treffen, aber Ed hatte entgegnet, er müsse seine Frau abends zu einer Trauerfeier in der Lexington Avenue begleiten, die Mutter einer Freundin sei gestorben, und er könne sich nicht vor 22 Uhr freimachen. Ed war ganz fest geblieben; er hatte angenommen, die Polizei wollc ihn wegen irgendwelcher Einzelheiten in der Sache mit Lisa sprechen, vielleicht um den Fall zum Abschluß zu bringen, denn der Anrufer hatte von der Mordkommission nichts gesagt. Lilly Brandstrums Mutter war nach langer Krankheit gestorben; Ed und Greta saßen trübsinnig eine Stunde lang bei der Trauerfeier und dann noch eine ganze Weile in Lillys Wohnung, wo sich die meisten Freunde der Mutter ebenfalls eingefunden hatten.

Ed und Greta hatten inzwischen ihre alte Wohnung aufgegeben und wohnten seit dem letzten Wochenende in der neuen Wohnung, East 9th Street, wo sich beide viel wohler fühlten als am Riverside Drive.

Detective Fred Morrissey erklärte ihnen jetzt, daß Fenucci, der nachmittags mit Ed telefoniert hatte, um 23 Uhr woanders sein mußte. »Bei uns arbeiten immer mehrere Leute an dem gleichen Fall«, sagte er mit freundlichem Lachen. »Die Steinchen werden von allen gemeinsam zusammengetragen, wissen Sie. Nicht mehr wie in den Zeiten von Sherlock Holmes.«

Ed hatte höflich zurückgelächelt. Er und Greta hatten von Rowajinskis Tod gar nichts gewußt, bis Morrissey ihnen davon berichtete. Barrow Street – Ed hatte nur eine undeutliche Vorstellung von der Straße; sie lag irgendwo im Westen, auf der anderen Seite der Seventh Avenue, wo die Straßen Eigennamen hatten und nicht mehr im rechten Winkel aufeinandertrafen. Es folgten die üblichen einleitenden Fragen, so zum Beispiel: wo war Ed gestern – Dienstag – zwischen 20 Uhr und den frühen Morgenstunden gewesen? Gestern abend: da hatten er und Greta sich einen Film in der 8th Street ansehen wollen, waren aber nicht hingegangen, weil Ed ein Manuskript durchlesen mußte, was bis kurz vor eins dauerte. Um sieben und kurz vor Mitternacht war er kurz unten gewesen, um die neue kleine Hündin Juliette auszuführen.

»Ich habe übrigens diesen Rowajinski nie gesehen«, sagte Ed.

»Nein –? Auch nicht, als er in Haft war?« Morrissey kannte die Geschichte mit dem Hund und dem Lösegeld.

»Nein. Ich hätte ihn da sehen können, aber mir lag nichts daran. Offen gesagt, ich wollte die ganze Sache vergessen. Unser Hund war tot, und für uns war es damit erledigt.« Und nun noch zum Abschluß dieser Mord, dachte

Ed – absolut scheußlich und deprimierend. Irgend jemand hatte genug gehabt von Rowajinski. Kein Wunder.

»Ja, ich verstehe. Und Sie kennen auch sicher niemand, der – ich meine, kennen Sie irgend jemand, der es getan haben könnte? Ich weiß, Sie leben sicher in einer anderen Welt als dieser Kerl, aber –« Wieder lächelte Morrissey.

»Nein, so jemand kenne ich nicht«, sagte Ed. Er blickte zu Greta hinüber, die schweigend am anderen Ende des Sofas saß und aufmerksam zuhörte.

»Ich habe hier ein paar Notizen – der Beamte, der Ihnen in der Sache mit dem Hund geholfen hat, das war Clarence Duhamell. Den kennen Sie doch, Duhamell, nicht wahr?«

»O ja«, erwiderte Ed.

»Der hat eine Freundin –« Morrissey blickte in seine Unterlagen und nannte Marylyns Namen und Adresse. »Die hat dieser Rowajinski auf der Straße belästigt, und Duhamell ist daraufhin zu Rowajinski in die Wohnung gegangen und hat ihn in die Mangel genommen und ihn gewarnt, das Mädchen weiter zu behelligen. Wußten Sie das? Hat Duhamell es Ihnen erzählt?«

»Nein, davon weiß ich gar nichts«, antwortete Ed. »So gut kennen wir Duhamell nicht.« War es denkbar, daß Clarence den Polen umgebracht hatte? Nein, ausgeschlossen. Nach Morrisseys Angaben war Rowajinskis Schädel an mehreren Stellen eingeschlagen worden.

»Ich muß sagen, es hört sich komisch an«, sagte Morrissey. »Erst entwischt dieser Rowajinski, nachdem ihn Duhamell schon gefunden hatte, und dann behauptet Rowajinski, daß Duhamell ihn habe laufenlassen für fünfhundert Dollar. So steht's jedenfalls in dem Bericht auf seiner Revierwache.«

»Ja«, sagte Ed zögernd, »das haben wir gehört – er hat es uns erzählt. Er sagt, er habe das Geld nicht genommen. Bewiesen wurde es nie, nicht wahr?«

Morrissey suchte in seinen Notizen. »Nein, bewiesen nicht. Hier steht: von Rowajinski beschuldigt. Nur beschuldigt. Was halten Sie davon? Ich habe Duhamell nie gesehen.«

Greta sprach, bevor Ed antworten konnte. »O nein, bestimmt hat er es nicht genommen. *Wissen* tun wir's ja nicht, aber so ist Clarence nicht.«

Ed lächelte; er hörte Gretas klare Stimme mit dem unamerikanischen Akzent und fühlte, wie seine Spannung nachließ. »Ich kann mir nicht vorstellen, daß er sich bestechen ließ. Oder er hat uns gründlich hinters Licht geführt.«

»Hinters Licht geführt – wie meinen Sie das?« fragte Morrissey liebenswürdig.

Ed wußte, der Beamte überlegte jetzt, ob Clarence vielleicht den Polen umgebracht hatte wegen der Behauptung mit dem Geld, egal ob sie stimmte oder nicht. »Ich meine, er ist nicht der Typ danach. Er ist ein wirklich netter junger Mann – er hat sogar noch Ideale. Ich glaube nicht, daß er Bestechungsgeld annehmen würde.« Und in diesem Fall schon gar nicht, da er Rowajinski so haßte, wollte Ed noch hinzufügen, hielt es dann aber für besser, das nicht zu sagen.

»Hm-m«, meinte Morrissey nachdenklich. »Sie wissen nicht zufällig sonst noch jemand, der von Rowajinski solche Briefe bekommen hat?«

Ed verzog den Mund zu einem offenen Lächeln. »Nein, das weiß ich nicht. Damals, als unser Hund verschwunden war, da haben wir alles versucht, um das festzustellen. Da suchten wir ja noch nach Rowajinski selbst.«

»Die Leute melden nicht immer alles. Wir suchen nach Verdächtigen, wissen Sie.«

Ja, das wußte Ed.

Offenbar war Morrissey fertig; er stand auf und schob den Kugelschreiber in die Tasche. »Vielen Dank, Mr. Reynolds. Vielleicht hören Sie nochmal von uns, das kann ich noch nicht sagen. Guten Abend, Mrs. Reynolds.«

»Guten Abend, und viel Glück«, sagte Greta.

»Danke schön – das können wir immer gebrauchen.«

Die Tür fiel ins Schloß.

Ed ließ die Arme sinken, stieß einen tiefen Seufzer aus und kam ins Wohnzimmer zurück. »Nun – was hältst du davon?« Greta schlüpfte aus ihren Schuhen und nahm sie in die Hand. Sie sah sehr müde aus. »Ach – das mußte wohl so kommen, meinst du nicht?«

Ed legte den Arm um sie und drückte sie fest an sich. »Was für ein Tag! Komm, wir trinken noch eine Tasse heißen Tee im Bett. Oder Kakao. Oder einen Whisky! Trauerfeier und Mord an einem Tag, das ist zu viel.«

»Lilly ist sehr deprimiert. Sie zeigt es nicht, aber es ist so, ich weiß.«

Ed sagte nichts. Der Fall Rowajinski bedrückte ihn, und er wußte, auch Greta bedrückte er. Er blickte auf die kleine Hündin, die die ganze Zeit ungewöhnlich still auf dem Sofa gelegen hatte. Jetzt wedelte sie mit dem Schwänzchen und sah ihn fragend an.

»Tot. Eigentlich komisch, daß wir nichts davon gehört hatten«, sagte Ed.

»Ach, wir haben ja das Fernsehen schon tagelang nicht angestellt.«

Aber er las doch täglich die Zeitungen, dachte Ed. Immerhin: wie bedeutsam war Rowajinskis Tod? Eine Meldung darüber hatte Ed jedenfalls nirgends gesehen. Fest stand: der Mann war eine üble Kreatur gewesen. Und das Geld – aber was er ihm schuldete, interessierte Ed nicht mehr. Die Polizei hatte das Sparkonto des Toten beschlagnahmt und dreihundert Dollar daraus an Ed zurückbezahlt. Fünfhundert fehlten noch, aber wen kümmerte das schon. Die Beerdigung ging sicher zu Lasten der Staatskasse. Ed wollte sagen: Ich kann nicht behaupten, es tut mir leid, daß er tot ist. Aber er sah Greta nur an und sagte: »Ich geh schnell nochmal runter mit der Kleinen, ja? Und dann wollen wir nicht mehr daran denken, mein Herz. Mach uns zwei schöne Toddies zurecht.«

»Du – wer es wohl getan hat –?«

»Ist mir völlig egal, wer's getan hat. Er hat's verdient.«

18

Am nächsten Tag, Donnerstag, rief Clarence bei Marylyn an; beim zweiten Versuch um halb vier erreichte er sie. Aber sie wollte kein Treffen vereinbaren. Sie hatte zwei Sachen zu tippen, beides eilige Aufträge.

»Marylyn – es ist wirklich wichtig, glaub's mir! Hast du nicht mal fünf Minuten Zeit? Ich kann dich ja irgendwo treffen, bei dir in der Nähe!«

Die Verzweiflung in seiner Stimme tat anscheinend ihre Wirkung, denn Marylyn versprach, ihn um fünf bei O. Henry zu treffen, Ecke Sixth Avenue und West 4th.

Clarence hätte gern auch Edward Reynolds angerufen, aber er unterließ es dann doch. Vielleicht hatten sie es nicht gern, wenn er anrief; vermutlich waren sie schon verärgert, weil die Polizei wegen Rowajinskis Tod bei ihnen aufgekreuzt war. Wenn er jetzt anrief, würde Mr. Reynolds vielleicht meinen, er solle sich nun mal etwas zurückhalten, er sei ja geradezu besessen von Rowajinski. Vielleicht nahm er sogar an, Clarence habe ihn umgebracht, oder hatte ihn zumindest im Verdacht. Das hatte Clarence schon vorher überlegt. Es war durchaus denkbar, daß Mr. Reynolds erklärte: ›Ja, einen Grund hatte Clarence, und es sollte mich nicht wundern, wenn er ...‹ Nein, es war doch wahrscheinlicher, daß er sagte: ›Ich kenne Clarence Duhamell kaum. Ich habe gar keine Meinung zu der Sache und möchte auch nichts damit zu tun haben.‹

Clarence war etwas vor fünf bei O. Henry und fand noch eine der Boxen leer. Als Marylyn kam, stand er auf, damit sie ihn sehen konnte. Sie trug eine lange Jacke über verblichenen Blue jeans und ging wie üblich, ohne ihn anzusehen, mit kurzen kleinen Schritten auf ihn zu, was ihn immer an eine Squaw erinnerte. Viele, viele glückliche Abende hatten so begonnen. Diesmal war er nicht so sicher.

»Na, was gibt's Neues?« fragte sie, als sie sich gesetzt hatte.

»Heute noch nichts.« Er hatte noch nicht erfahren, wie die Untersuchung seiner Pistole ausgefallen war.

Marylyn blickte sich um, als rechne sie irgendwo mit einem Polizeibeamten oder einem Aufpasser in Zivil, der die Aufgabe hatte, sie und Clarence im Auge zu behalten. Auch Clarence hatte sich schon umgeschaut.

»Ich danke dir«, sagte er.

Sie zuckte die Achseln.

Clarence blickte auf, als der Kellner herantrat. »Was trinkst du?« fragte er Marylyn.

»Ach – eine Cola.«

»Nicht mit Rum?«

»Na schön, mit Rum.« Die graugrünen Augen sahen den Kellner an, dann nahm sie eine Zigarette und zündete sie an.

Clarence bestellte für sich ein Bier, und der Kellner verschwand. Clarence hatte erwartet, Marylyn werde irgendwie unruhig oder erregt sein; es machte ihn unsicher, daß sie ihn nicht ansah. Er hätte gern gefragt: Hast du gleich gewußt, daß ich es war? Statt dessen sagte er: »Hast du es in den Nachrichten gehört – das mit dem Polen?«

»Dannie hatte es gehört und rief mich an, gestern nachmittag. Er wußte, wo ich arbeitete.«

Dannie wußte also, wo sie arbeitete. Und auch, daß der Pole sie belästigt hatte. Offenbar wußte Dannie viel mehr von Marylyn als er, Clarence.

»Der Polyp gestern abend war Gott sei Dank nicht der Italiener. Irgend 'n anderer war das, in Zivil.«

Es war einerlei, wer es war, dachte Clarence. Was einer aufschrieb, wurde allen mitgeteilt. Vielleicht war es Fenucci gewesen; aber er fragte sie nicht.

Der Kellner kam, brachte die Getränke und verschwand wieder.

Marylyn entspannte sich ein wenig; sie lockerte den dikken Wollschal und fragte: »Was ist denn nun eigentlich passiert am Dienstag abend?«

»Na ja – gleich als ich bei dir aus dem Haus kam, sah ich ihn, noch in deiner Straße, dann bog er ab in die Bleecker Street, und ich dachte, er hätte dir wieder aufgelauert, deshalb bin ich ihm nachgegangen. Ich wollte – ich wollte ihm einen Denkzettel verpassen, aber gründlich diesmal. Als er mich sah, fing er an zu laufen. Dann, an der Seventh Avenue, lief er rüber, und ich hinterher. Er lief in ein Haus rein. Da hab ich auf ihn losgeschlagen.« Clarence beugte sich beim Sprechen vor. Die Musikbox stand nicht weit von ihnen und schrillte lärmend, und überdies flüsterten sie und hatten Mühe, einander zu verstehen.

»Losgeschlagen – womit?«

»Mit meiner Pistole. Die hatte ich bei mir.«

Marylyn starrte ihn an.

»Ich weiß bestimmt, es war mit meiner Pistole.«

»Klar – wieso solltest du's nicht wissen?«

»Weil alles andere so verschwommen ist. Es war kein blackout, weißt du, bloß ich kochte vor Wut. Ich weiß nicht, ob ich drei oder vier Minuten da drinnen war oder bloß dreißig Sekunden. Ich weiß nicht mal, wie ich nach Hause gekommen bin. Plötzlich war ich zu Hause. Das war später.« Er sah, daß Marylyn ihn immer noch entsetzt und verstört anstarrte. »Ich wollte ihn gar nicht zusammenschlagen – jedenfalls nicht so schlimm, als ich da reinlief. Es war eins von den kleineren Häusern in der Barrow Street, ganz oben, du kennst sie. Er hat da gar nicht gewohnt.«

»Nein, ich kenne sie nicht, und ich weiß nichts davon. Ich weiß bloß, daß ich raus will aus der Sache, hier und jetzt, Clare. Ich hab den Cops gesagt, du wärst bei mir geblieben, schön, weil es mir völlig piepe ist, ob –«

»Ja. Ja.«

»Dieser Kerl und die ganze Polente. Völlig piepe. Denen lüg ich gern was vor. Und wenn's dir geholfen hat, um so besser. Aber jetzt ist Schluß, Clare. Aus und Ende.« Ihre Augen blitzten, als sie bei dem letzten Wort mit der Hand auf den Tisch schlug.

Er wollte ihre Hand ergreifen, aber ihm fehlte der Mut. Er wollte sagen: Sieh mal, du brauchst doch nun keine Angst mehr zu haben, wir sind alle froh, daß der Kerl tot ist. Alle – das schloß auch die Reynolds ein, die ebenfalls froh sein mußten. Aber er brachte kein Wort heraus.

»Sie haben mich gefragt, ob du an dem Abend deine Pistole bei dir hattest. Ich hab gesagt nein, ich glaube nicht. Ich dachte, es wäre besser, nicht so bestimmt Nein zu sagen, dann hätten sie vielleicht gedacht, ich wollte dich dekken.«

»Ja. Ganz richtig«, sagte Clarence.

»Ich verstehe, daß du jetzt beunruhigt bist.«

»Beunruhigt?« Der Gedanke an Spuren und Fingerabdrücke schoß ihm durch den Kopf, aber was gab es bisher schon für Spuren? »Ich weiß doch, daß ich logischerweise verdächtig bin. Sie wissen, ich konnte ihn nicht leiden. Und ich war auch noch in der Nähe an dem Abend.«

»Hat jemand dich gesehen?«

»Als ich von dir wegging?« In der Musikbox kam eine rauhe dunkle Stimme in orgiastischen Tonfolgen zum Ende des Liedes. »Nein, das glaube ich nicht. Ich wüßte nicht, daß ich jemand gesehen habe. Auch nicht den Jungen in dem Kaffeeausschank da unten.«

»Und beim Nachhausekommen, in deine Wohnung – hat dich da einer gesehen?«

»Nein.« Er hörte die Sorge aus ihrer Frage, und ihm wurde leichter zumute. »Oder – nein, ich glaube doch nicht. Du, der Kerl muß so viele Feinde gehabt haben, denk doch mal! Wie viele Leute noch außer dir und außer Mr. Reynolds, und der hat ihn bestimmt gehaßt.«

»Wieso sagst du eigentlich immer ›Mr. Reynolds‹, wenn du ihn so gern magst? Hat er keinen Vornamen?«

Clarence lächelte; plötzlich klang Marylyns Stimme wie sonst immer. »Doch, natürlich. Er heißt Ed – Edward. Ach Marylyn – ich hab dich so lieb.«

»Und was geschieht nun mit dir?«

»Gar nichts. Bestimmt gar nichts.« Er nahm ihre Hand, die auf dem Tischrand lag.

Sie zog die Hand weg und sah ihn entschuldigend an. »Ich kann nicht lange bleiben.«

Clarence lehnte sich zurück. Er sagte nichts, aber die Gedanken jagten ihm durch den Kopf. Sie hatte ihm doch geholfen, dann konnte er ihr doch nicht zuwider sein –

nicht ganz. »In ein paar Tagen ist alles vorüber, ganz sicher. Wenn sie nichts gegen mich finden, dann finden sie eben nichts, aus.« Aber die Pistole, was war damit?

»Wie bist du an dem Abend nach Haus gekommen? Taxi?«

»Ich glaube, ich bin zu Fuß gegangen.«

»Du glaubst –?«

»Ja, ich bin zu Fuß gegangen.« Er trank einen Schluck Bier. »Ich ruf dich an, morgen oder übermorgen. Ich weiß, du bist jetzt in Sorge, das kann –«

»Ich bin nicht in Sorge, ich will bloß keine Bullen mehr sehen. Und ich glaube, dich sollte ich lieber auch nicht mehr sehen.« Ihre Stimme hatte etwas Entschlossenes, weder Bedauern noch Zweifel schwang darin mit. »Und jetzt muß ich gehen.«

»Mußt du noch irgendwohin?«

»Ja.« Er glaubte ihr nicht. Er bezahlte, und sie verließen das Lokal. Marylyn schien nach Westen gehen zu wollen, in entgegengesetzter Richtung zu ihrer Wohnung.

»Bitte komm nicht weiter mit. Laß mich allein gehen«, sagte sie.

Kummervoll blieb Clarence stehen und sah ihr nach. Sie ging rasch, und als sie einige Schritte getan hatte, wandte er den Blick ab.

Als Clarence abends kurz vor acht auf die Revierwache kam, war Manzonis Schicht gerade zu Ende. Clarence argwöhnte, daß Manzoni noch dageblieben war, um ihn abzufangen; er lehnte an der Wand und unterhielt sich mit einem Kollegen. Die Uniform hatte er noch nicht abgelegt.

»Na, Clarence?« sagte er, »wie geht's denn? Von Rowinsk hast du wohl schon gehört.«

»Ja, habe ich.« Der andere Kollege war Ire mit dunkellockigem Haar, er hieß Pat mit Vornamen und war immer nett zu Clarence gewesen. Pat lächelte ihm freundlich zu, und Clarence lächelte zurück und sagte: »Tag, Pat.« Er dachte an seine Pistole und an den Labortest und ging daher hinüber ins Dienstzimmer des Vorgesetzten – es war wieder MacGregor, der jetzt Dienst hatte –, um sich eine Ersatzwaffe geben zu lassen und vielleicht auch den Bescheid vom Labor zu erfahren.

»Ah, Dummel. 'n Abend, Clarence«, sagte MacGregor und sah Clarence freundlich an. »Eben ist Ihre Pistole zurückgekommen.«

»Danke schön, Sir.« Gürtel und Pistole lagen auf der Schreibtischecke und sahen ganz so aus wie immer.

»Sie können sie mitnehmen.« MacGregor machte eine Kopfbewegung. »Und was sagen Sie zu Ihrem Freund Rowinsk?«

»Ich hab gestern abend davon gehört.« Clarence nahm seinen Gürtel mit der Waffe an sich. »Die Kollegen von der Mordkommission sind gekommen und haben mir Fragen gestellt. Wie Sie sehen.« Er wies auf die Pistole.

»Sie waren ja an dem Abend im Village.«

»Ja, Sir.«

»Haben Sie eine Ahnung, wer's gewesen sein könnte?«

»Nein, Sir.«

Das Telefon klingelte, und MacGregor wandte den Kopf. Der wachhabende Beamte stellte ihm das Gespräch durch.

Clarence trat in die Garderobe. Es war immerhin möglich, daß MacGregor gar nicht wußte, ob die Laborleute irgendeinen Bericht durchgegeben hatten wegen der Pistole. Bei der Mordkommission waren sie jedenfalls im Bilde, wo er, Clarence, zu finden war, und wenn man an der Waffe Blutspuren entdeckt hatte, dann ließen sie ihn vielleicht heute nacht noch auf Streife gehen und nahmen ihn sich dann später vor.

Manzoni war Clarence in den Garderobenraum gefolgt und schien die Absicht zu haben, dort stehen zu bleiben, während Clarence sich umzog. Blöd.

»Was glaubst du, wer den Polen umgelegt hat?« fragte Manzoni.

»Keine Ahnung. Da kämen allerhand Leute in Frage.«

»Zum Beispiel?«

Clarence war dabei, seine Hose aufzuhängen. Ringsum waren mehr als ein Dutzend Männer damit beschäftigt, sich aus- oder umzuziehen; alle redeten und schenkten ihm und Manzoni keinerlei Beachtung.

»Du bist doch so oft in seiner Gegend. Ist dir vielleicht der Kragen geplatzt und du hast ihn erledigt?«

Clarence lächelte mühsam, während er sich das blaue Hemd in die Hose stopfte. »Du wohnst ja noch näher dran, Jane Street.«

»Und in der Nacht warst du bei deiner Freundin, hab ich gehört. Schön und gut – aber bist du nicht zwischendurch mal weggegangen?«

Clarence warf einen Blick in den kleinen Türspiegel, als er sich die Krawatte band. »Hör bloß auf, Pete. Du willst wohl zum Morddezernat überwechseln. Dann kannst du ja nach Rowajinskis Killer suchen, unten im Village. Aber nicht bei mir.«

»Würdst du auch 'n Test mit 'm Lügendetektor machen?«

»Jederzeit.« Clarence knöpfte den Uniformrock zu. Niemand konnte behaupten, er sei aufgeregt. Vielleicht ging sein Puls etwas schneller als sonst, aber das war bloß der Ärger wegen Manzoni. Da gab es noch Unterschiede.

Clarence ging ins Dienstzimmer und nahm die letzten Anweisungen entgegen. Heute abend ging ein jüngerer Kollege namens Nolan mit ihm auf Streife. Nolan erwähnte nichts von der Rowajinski-Sache, er redete dauernd von einem bevorstehenden Ringkampf, auf den er gewettet hatte. Clarence hatte heute die Anrufzeit 45, und als er um viertel vor zwölf die Wache anrief, lag dort eine Bestellung für ihn. Detective Morrissey von der Mordkommission wollte ihn morgen aufsuchen: ob er morgen vormittag in seiner Wohnung anzutreffen war?

»Jawohl«, erwiderte Clarence.

Morrissey wollte zwischen elf und zwölf Uhr kommen.

Als Clarence um vier Uhr früh seine Schicht beendet hatte, war Captain Smith auf der Revierwache. Niemand sagte etwas über den Laborbericht; und Clarence wußte immer noch nicht, ob sie etwas entdeckt hatten oder nicht.

Am nächsten Morgen um elf rief seine Mutter an. »Hoffentlich hab ich dich nicht aufgeweckt, Clary ... Gestern war nämlich ein Polizeibeamter hier – abends, weil Vater auch dabei sein sollte. Worum geht's denn da eigentlich? Er sagte, es handelte sich um den Mann mit dem polnischen Namen, der ermordet worden ist. Den hast du gekannt, sagte er.«

»Na ja, ich kannte ihn nicht richtig. Ich hab ihn mal festgenommen. Er hatte einen Hund gestohlen, weißt du, Mutter. Der Mann war –«

»Davon hast du nie was gesagt.«

»Ich hab's nicht für so wichtig gehalten.«

»Der Detektiv sagte, du mochtest den Mann nicht. Er tat so, als ob was Persönliches dahintersteckte. Der Mann soll Marylyn belästigt haben.«

»Ja, das stimmt. Er hat auch noch andere Leute belästigt.« Clarence war noch im Bett und stützte sich auf den Ellbogen.

»Mit dem Mord hast du doch nichts zu tun, nicht wahr, Clary? Der Mann sagte, du wärst die Nacht bei Marylyn gewesen. Dienstag nacht.« Ihre Stimme verriet Angst.

Clarence spürte, wie Ungeduld und peinliche Unsicherheit in ihm aufstiegen. »Ja, das stimmt, aber es –«

»Was glaubst du, wer ihn umgebracht hat?«

»Das weiß ich nicht.«

»Aber was haben sie denn nun mit dir vor, Clary? Und warum?«

»Gar nichts haben sie vor, Mutter. Sie verhören natürlich immer eine Menge Leute in so einem Fall, das gehört dazu. Wie hieß der Detektiv?«

»Morrissey. Er hat seine Karte hiergelassen.«

Er mußte seiner Mutter versprechen, sie heute abend noch einmal anzurufen, bevor er seinen Dienst antrat, und ihr zu sagen, ob etwas geschehen sei.

Gleich darauf stand Clarence auf und machte sich Kaffee. Selbstverständlich hatten sie seine Eltern vernommen, das war doch ganz natürlich. War ihr Sohn am Mittwoch, als er sie besuchte, irgendwie erregt gewesen? Was hatte er ihnen von Rowajinski erzählt? Gar nichts. Kein Wort.

Und dabei haßte er Lügen, vor allem seinen Eltern gegenüber. Die Ungeheuerlichkeit dessen, was er – in ihren Augen – getan hatte, war überhaupt nicht zu ermessen.

Morrissey erschien kurz vor zwölf Uhr. Er war von kräftiger untersetzter Gestalt, knapp dreißig wohl, mit braunem Haar, freundlichem Lächeln und enorm großen Händen. Sicher genügte da ein Kantenschlag, um einen Gegner knockout zu schlagen.

»Nehmen Sie Platz«, forderte Clarence ihn auf.

Morrissey zog den Mantel aus und setzte sich, Notizbuch und Kugelschreiber gezückt. »Sie wissen ja, worum es geht. Detective Fenucci hat schon mit Ihnen gesprochen.«

»Ja.«

»Wir suchen den Mann, der Kenneth Rowajinski am Dienstag abend umgebracht hat. Sie kannten Rowajinski.« Morrissey blickte Clarence freundlich an.

Clarence setzte sich ans Fußende seines Bettes. »Ich nehme an, Sie haben von dem gestohlenen Hund gehört – ich meine Edward Reynolds' Hund. Dadurch habe ich Rowajinski kennengelernt.«

»Ah ja – die Reynolds habe ich schon aufgesucht, Mittwoch abend. Also erstens: wo waren Sie Dienstag abend?«

»Ich war bei meiner Freundin, Marylyn Coomes. Sie wohnt Macdougal Street.«

»Ja.« Morrissey blickte suchend in seine Notizen. »Und wann sind Sie dort angekommen?«

»Ungefähr um zehn.«

»Haben Sie da Rowajinski schon gesehen, auf der Straße? Wie sind Sie hingekommen?«

»Mit der Untergrundbahn. Nein, ich hab ihn nicht

gesehen. Ich hab mich auch nicht nach ihm umgesehen.«

»Er kann auch schon kurz vor neun umgebracht worden sein. Möglich wäre es – ganz kurz vor neun. Wo waren Sie, bevor Sie zu Ihrer Freundin fuhren?«

»Hier in meiner Wohnung. Marylyn war erst um halb zehn zu Hause. Ich hab sie ein paarmal von hier aus angerufen, bis ich wußte, daß sie da war.«

»Sind Sie dann nochmal ausgegangen?«

»Nein, wir sind zu Haus geblieben.«

»Und dann?«

»Dann habe ich dort übernachtet.«

»Und dann? Wann sind Sie von ihr fortgegangen?«

Also alles noch einmal. Vermutlich um zu sehen, ob sich die Antworten deckten. »Ich glaube, es war so um acht.«

Morrisseys Brauen hoben sich. »Ihre Freundin sagt, es war ungefähr zehn. Ich hab's hier vor mir.«

»Nein, es war früher. Sie war noch nicht ganz wach, als ich fortging. Sie schläft immer lange.«

»Wollen Sie Miss Coomes heiraten?«

»Das hoffe ich«, sagte Clarence genauso liebenswürdig, wie Morrissey die Frage gestellt hatte.

»Als Sie damals Rowajinski aufsuchten – da wohnte er noch in der Morton Street, Sie wissen – was hatten Sie da eigentlich für einen Grund hinzugehen?«

»Ich wollte – er hatte etwas zu meiner Freundin gesagt. Er trieb sich in ihrer Straße umher und sagte etwas Widerliches –«

»Was sagte er?«

»Irgendwas Ordinäres, ich weiß es nicht mehr genau.

Und dann schrieb er ihr noch einen Brief. Das war aber nachher.«

»Nachher – nach was?«

»Nachdem ich bei ihm war. Ich bin hingegangen, als Marylyn mir sagte, er sei ihr gefolgt und die Stufen zu ihrem Haus hinaufgestiegen und habe irgendwas Übles zu ihr gesagt. Ich dachte, wenn man ihm einen ordentlichen Schrecken einjagt, hört er damit auf. Getan habe ich ihm nichts, ich wollte ihm nur Angst einjagen.«

Morrissey wartete einen Augenblick. »Und hat er dann aufgehört?«

»Nein, eigentlich nicht.« Clarence rutschte unruhig auf dem Bett hin und her. »Der Brief kam erst hinterher, nachdem ich bei ihm gewesen war. Auf dem Brief ist das Datum, das können Sie ansehen, der Brief ist in Bellevue.« Clarence hatte den Brief mit dem Datum des 30. Oktober – Freitag – versehen, so wie auch Edward Reynolds die Briefe des Polen datiert hatte.

»Wer hat ihn dahingeschickt?«

»Marylyn Coomes hat ihn mir gezeigt, und ich habe ihn dann nach Bellevue gebracht.« Clarence hatte keine Lust, ausführlicher zu berichten, es war wohl auch nicht notwendig.

»Noch etwas. Rowajinski behauptete, er habe Ihnen fünfhundert Dollar gegeben, damit Sie ihn laufenließen.«

Clarence erzählte, wie Rowajinski entkommen war, während er selber Edward Reynolds' Einwilligung zur Zahlung der zweiten tausend Dollar Lösegeld einholte. Er habe einen Fehler gemacht, erklärte er. »Sie haben meine Wohnung durchsucht, und sicher wurde auch mein Bankkonto nachgeprüft. Ich habe das Geld nicht genommen.«

Morrissey nickte. »Aber es muß Sie doch wütend gemacht haben, daß so etwas behauptet wurde.«

Clarence zuckte die Achseln. »Behauptet – von wem denn? Der war doch nicht dicht, der Kerl. Der machte sich einen Spaß daraus, andere Leute zu ärgern.« Clarence lächelte kurz und zündete sich eine Zigarette an.

Morrissey ging jetzt zu Clarences Laufbahn in der Polizei über. Viel war da nicht zu sagen: ein Jahr Dienstzeit ohne besondere Ereignisse. Sicher hatte sich Morrissey die Personalakte vorher angesehen, dachte Clarence.

»Sie waren an dem Abend in der Nähe – nur ungefähr sieben Häuserblocks entfernt«, stellte Morrissey fest. »Und Sie hatten Grund genug, den Kerl nicht ausstehen zu können. Sie haben mir doch in allem hier die Wahrheit gesagt?«

»Jawohl.«

Morrissey verzog das Gesicht zu leichtem Lächeln. »Ich bin nämlich sicher, daß Sie noch öfter vernommen werden, und Sie wissen ja selbst, es gibt da Leute, die sind härter als ich, die werden Sie etwas schärfer in die Mangel nehmen.«

Härter als Morrissey, wenn der sich richtig anstrengte? »Das kann ich dann auch nicht ändern«, gab Clarence zur Antwort.

Morrissey nickte wieder, die Augen noch immer auf sein Gegenüber gerichtet. »Ich weiß natürlich, daß noch mehr Leute ihn nicht mochten – der Hausmeister zum Beispiel, und ebenso der Mann, bei dem er seine Lebensmittel kaufte, aber immerhin –« Morrissey lachte leise. »Die würden wohl kaum hingehen und ihn so umlegen, wie er umgelegt worden ist.« Er zündete sich eine Zigarette an und fragte dann: »Mit Ihnen und Ihrer Freundin – ist da alles in Ordnung?«

Vielleicht war es Morrissey, der Marylyn aufgesucht hatte? Dumm, daß er das nicht wußte. »Ja«, antwortete Clarence.

»Sie mag keine Cops, das sagte sie mir – und ich hätte es auch so gemerkt. Was sagt sie denn dazu, daß Sie einer sind?« Wieder trug Morrisseys Gesicht das harmlos-freundliche Grinsen.

»Ach, sie weiß ja, ich werde nicht ewig dabeibleiben.«

»Nein –? Sie haben andere Pläne?«

»Pläne noch nicht, nein. Ich habe bloß nicht die Absicht, zwanzig Jahre dabeizubleiben, wie es einige tun.«

»Ah – Sie meinen, Sie sind zu gut für die Polizei? Sie mögen sie nicht?«

»Selbstverständlich halte ich mich nicht für zu gut.« Was konnte er bloß noch sagen, um die Stellung zu festigen? Aber er wußte nun jedenfalls, was Morrissey von ihm dachte: daß er nicht ganz so war wie der landläufige Cop, nicht der simple Typ, der jahrelang dabeiblieb und nichts Schöneres kannte als den Dienst. »Ich habe nur – mir gefällt's schon.«

Morrissey blickte auf seine Uhr. »Dieser Edward Reynolds – der muß den Mann auch verabscheut haben.«

Clarence schwieg. Er stand jetzt neben seinem Bett, und auch Morrissey war aufgestanden und im Begriff zu gehen.

»Meinen Sie, er könnte jemand angeheuert haben, um Rowajinski zu erledigen?«

»Ganz bestimmt nicht«, erwiderte Clarence.

»Das klingt, als ob Sie es bestimmt wüßten.«

»Nein, es ist nur meine Ansicht.«

Wieder nickte Morrissey. »Also – dann danke ich Ihnen. Sie hören von uns.« Lächelnd nahm er seinen Mantel.

Und dann war er fort. Kein Wort von Augenzeugen. Clarence war erleichtert. Er nahm den Hörer und rief Marylyn an. Sie meldete sich. Er wollte ihr nichts von der Unterredung mit Morrissey sagen, obwohl sie ja gut abgelaufen war. Er sagte:

»Können wir heute abend zusammen essen, vor meinem Dienst? Ich habe Schicht um acht.«

»Nein, Clare.«

»Warum nicht? Mußt du arbeiten?«

»Nein – mir ist nicht danach.«

Ihre Worte klangen irgendwie steif, gehemmt, als ob sie nicht allein sei, aber fragen mochte er nicht. »Ist es meinetwegen?«

»Ja, schon.«

Clarence wand sich. Er mußte schnell etwas erwidern und fand nicht die richtigen Worte. Unmöglich konnte er am Telefon fragen: Aber du hast mich doch noch lieb? Schließlich sagte er: »Wann kann ich dich sehen? Sag mir irgendeine Zeit, Darling.«

»Ich weiß es nicht. Rechne lieber gar nicht mit mir, Clare.«

»Oh – Marylyn –«

»Wie geht die Sache jetzt weiter? Passiert was?«

»Nein, gar nichts.« Er meinte es wirklich – es gab keinen Grund zur Sorge. »Es wird auch nichts passieren.«

Aber sie wollte keine Verabredung mit ihm treffen. Am Wochenende habe sie zu arbeiten, erklärte sie.

Am Nachmittag fuhr Clarence zur Columbia und zur New Yorker Universität und erkundigte sich nach Fortbildungskursen in Betriebsführung und Finanzverwaltung. Auf der New Yorker war es billiger, außerdem lag sie günstiger zu seiner Wohnung. Dort konnte er zwei Nachmittagskurse belegen, während Columbia Vor- und Nachmittagskurse veranstaltete, die manchmal am gleichen Tag lagen. Die Hauptschwierigkeit war und blieb der Schichtdienst bei der Polizei. Wenn er dabeiblieb, konnte er keine Kurse belegen, denn alle drei Wochen wechselte seine Schicht. Heute und morgen hatte er zum letztenmal Nachtdienst von 20 bis 4 Uhr; ab Montag, 9. November, war er dann von 12 bis 20 Uhr dran. Aber wenn er nach Weihnachten ausschied, konnte er auf der Uni im Januar richtig anfangen. Das war sicher das beste.

Er hätte Marylyn gern noch einmal angerufen, fand aber nicht den Mut. Ihr entschiedenes Nein hatte ihn verstört. Er sah auf einmal sehr deutlich, daß seine Tat in den Augen anderer Menschen etwas Fürchterliches war. Es war ungeheuerlich, einen Menschen umzubringen, totzuschlagen, auch wenn es ein Mann war, der selbst anderen Schlimmes angetan hatte und dafür vom Gesetz reichlich milde bestraft worden war. Für das Gesetz war Rowajinskis Leben ein Menschenleben wie jedes andere. Und Clarence war zwar auch ein Mensch, nicht aber ein Soldat und auch nicht nur ein Polizist in Uniform; niemand hatte ihm befohlen, Rowajinski zu töten. Seine Gedanken verschwammen bei all diesen Grübeleien, er wurde unsicher und melancholisch. Am Freitag entfiel ihm zweimal seine Pistole und polterte lärmend zu Boden. In der Wohnung unter ihm wohnte ein hübsches Mädchen, ein Fotomodell mit unregelmäßiger Arbeitszeit; als sie ihn unten im Hauseingang traf, sagte sie scherzend:

»Sie üben wohl Karate und schmeißen sich auf den Fußboden? So klang es jedenfalls.«

Clarence lächelte verlegen. »Nein – ich hab was fallen lassen.«

»Hoffentlich nicht Ihre Pistole.«

»Ja – stimmt leider.«

»Die halten Sie bloß fest. New York braucht Sie noch.«

Am Samstag morgen erwachte Clarence mit schwerem Kopf. Er hatte gräßlich geträumt und sich selbst als Krüppel gesehen, viel schlimmer als Rowajinski; alle waren ihm voller Abscheu aus dem Wege gegangen. Aber ihm war jetzt klar, er wollte Edward Reynolds alles sagen. Ganz sicher hatte Mr. Reynolds Verständnis und würde ihn nicht verachten. Es war zwanzig Minuten nach zehn, jetzt waren sie vielleicht beide zu Hause. Als Clarence die Nummer gewählt hatte, kam eine mechanische Stimme und gab an, der Anschluß habe sich geändert. Er notierte die neue Nummer, wählte, und Mr. Reynolds meldete sich.

»Guten Tag – hier ist Clarence Duhamell. Sie sind umgezogen?«

»Ja«, sagte Ed gutgelaunt, »wir wohnen jetzt East Ninth.«

»Ich würde Sie sehr gern einmal sprechen – wenn es geht heute. Haben Sie wohl eine Viertelstunde Zeit?«

»Wir gehen heute mittag zum Essen aus. Wie wäre es um drei?«

»Ja, das geht gut. Kann ich Sie irgendwo treffen? Das Fifth Avenue Hotel ist ja bei Ihnen in der Nähe –«

Ed stimmte zu.

Clarence war zuerst da; Ed kam kurz nach drei, ohne Hut und im Regenmantel. Er warf seine Zigarette fort und trat lächelnd in die Tür.

»Tag, Clarence.« Ed nahm Platz und bestellte bei dem Kellner, der sofort herantrat, ein Importbier. Clarence nahm dasselbe. »Bier macht dick und Whisky ist mir zu stark«, meinte Ed. »Es müßte hier mehr Cafés geben. Und was haben Sie auf dem Herzen? Geht's um Marylyn?«

»Nein. Oder doch, ein wenig schon«, sagte Clarence halblaut. Der am nächsten sitzende Gast war ein Mann an der Bar, drei Meter entfernt. Die Bar war diskret und nett, ohne Musikbox und sehr ruhig.

Sie schwiegen, bis das Bier gebracht wurde, dann nahm Clarence einen Anlauf und sagte:

»Es ist wegen Rowajinski.«

»Haben Sie ihn umgebracht?« fragte Ed.

Clarence fuhr zusammen, als habe Ed sein Herz gepackt und fallen gelassen. »Das haben Sie gewußt –?«

»Nein, gewußt nicht. Nur geraten.« Ed bot Clarence eine Zigarette an, nahm selbst eine und zündete beide mit seinem Feuerzeug an. Es war also wahr: Clarence hatte es getan. Ed hatte mit Greta darüber gesprochen, und sie hatte *Nein, nein* gesagt, *Clarence ist doch nicht gewalttätig.* Ed brauchte etwas Zeit, um sich zu fassen. Natürlich wurde Clarence jetzt verdächtigt, vielleicht wurde sogar Anklage erhoben. Nein, das wohl noch nicht, sonst wäre er sicher schon in Haft. Was hatte ihn bloß bewogen, damit zu ihm zu kommen? Was mochte er von ihm wollen? Mit einer Stimme, die normal verwirrt klingen sollte, fragte Ed: »Wie ist es passiert?«

»An dem – an dem Dienstag abend war ich bei Marylyn. Ungefähr um halb elf bin ich weggegangen von ihr, und da sah ich Rowajinski, er bog gerade um die Ecke in die Bleecker Street ein. Er hatte mich auch gesehen und fing an zu laufen, und ich lief hinter ihm her, weil ich dachte, er hätte sich wieder da rumgetrieben und wollte irgendwas ausschnüffeln. Unten in der Barrow Street lief er in ein Haus rein, ich hinterher – ich meine in den Eingang, und da habe ich mit der Pistole auf ihn eingeschlagen. Die hatte ich bei mir an dem Abend. Ich habe auf ihn losgeprügelt – wie sehr, das weiß ich gar nicht mehr. Ich will mich nicht entschuldigen, bestimmt nicht.« Clarence blickte sich um, aber niemand nahm Notiz von ihm und Edward Reynolds. »Ich – ich mußte es Ihnen sagen, Mr. Reynolds.«

»Sie können Ed zu mir sagen«, erwiderte Ed geistesabwesend. Er war verstört von dem Gehörten, und dabei kam es ihm ganz unwirklich vor. »Und was ist nun – hat man Sie im Verdacht? Oder wie sieht es jetzt aus?«

»Nein. Na ja, sie verhören mich. Marylyn hat ausgesagt, ich sei die ganze Nacht bei ihr geblieben. Ich hatte sie nicht darum gebeten – sie hat das gesagt, bevor ich mit ihr gesprochen hatte.« Hastig fügte er hinzu: »Was mir so zu schaffen macht, ist, daß ich es überhaupt getan habe. Ich hab einfach den Kopf verloren. Ich mußte es Ihnen sagen. Mir ist natürlich klar, daß Sie damit gar nichts zu tun haben, Mr. Reynolds. Ed.«

Und was will er nun von mir, dachte Ed. »Hat Marylyn gleich gewußt, daß Sie es getan haben?«

»Ja, ich glaube, sie nahm es an. Sie hat den Kerl auch gehaßt. Ich weiß, darum geht's gar nicht. Aber wissen Sie, die Polizei hat sich die ganze Zeit so lahm verhalten und überhaupt nichts unternommen. Das hört sich unsinnig an, aber –« Clarence bemühte sich, sehr leise zu sprechen. »Es kommt mir nicht zu, einen umzubringen, weil ich ihn nicht leiden kann, das weiß ich. Bloß ich haßte ihn, und mir gingen einfach die Nerven durch.« Er blickte Ed in die ruhigen dunklen Augen, die nichts verrieten, und sah dann wieder weg, weil er nicht wußte, was Ed von ihm dachte. Was konnte er schon denken –? Fest preßte Clarence die Absätze auf den Boden. Seine Beine zitterten.

Und zum Schluß würde Clarence auch vor der Polizei ein Geständnis ablegen, dachte Ed. Wahrscheinlich in ein paar Tagen, vielleicht auch schon in wenigen Stunden. Ed hätte gern gewußt, ob er jetzt schon die Absicht hatte, alles zu gestehen. »Hat irgend jemand Sie im Village gesehen? Oder da in der Barrow Street?«

»Nein, ich glaube nicht.«

»Und nachher – sind Sie zu Marylyn zurückgegangen?«

»Nein, ich bin nach Haus gegangen, in meine Wohnung.«

Schweigen.

»Was sagt Marylyn dazu? Hat sie vor, Sie zu decken?«

»Ja, es sieht so aus«, sagte Clarence mit leichtem Lächeln und trank den ersten Schluck von seinem Bier. »Sie kann die Polizei nicht ausstehen, und vor allem haßt sie es, wenn man sie verhört. Vielleicht meint sie, auf diese Weise wird sie sie los – wenn sie sagt, ich sei die Nacht bei ihr geblieben und sie wisse nichts von der Sache. Kann natürlich auch sein, daß sie mich ebenfalls loswerden will.«

»Tatsächlich? Glauben Sie das?«

»Ich weiß es nicht, im Moment. Jedenfalls will sie mich jetzt nicht sehen.«

Dann war dies also nichts weiter als ein Geständnis, dachte Ed. Clarence suchte Trost bei jemandem, der Rowajinski ebenfalls verabscheut hatte. »Gibt es irgendwelche Anhaltspunkte gegen Sie?«

»Nein – nur Indizien. Von richtigen Beweisen war bisher keine Rede. Sie haben mich verhört.«

»Wie war das Verhör – sehr scharf?«

»Es kann noch schärfer werden. Bisher haben sie mir offenbar geglaubt, und auch Marylyn. Ein Geständnis habe ich nicht vor – bestimmt nicht.« Die blauen Augen blickten Ed fest an.

»Na ja, ich hab dem Mann auch nicht gerade nachgetrauert, das ist wahr. Sehr nett von Ihnen, daß Sie es mir gesagt haben, Clarence.« Ed verzog den Mund zu einem mühsamen Lächeln; seine Worte kamen ihm selbst beinah irrsinnig vor. »Übrigens war diese Woche ein Detektiv bei mir. Ich glaube, er hieß Morrissey.«

»Ja, das hat er mir gesagt. War er bei Ihnen in der Wohnung oder im Büro?«

»In der Wohnung. Er fragte, ob ich eine Idee hätte, wer es getan haben könnte. Ich sagte natürlich Nein, ganz ehrlich. Dann wollte er einiges über Sie wissen und über die fünfhundert Dollar. Ich sagte, wir kennten Sie kaum, Sie hätten uns geholfen, als Lisa damals verschwand.«

»Und das war alles?«

»Ja. Er hat nichts gegen Sie gesagt.«

Nein, das taten sie nie, das wußte Clarence. Bei der Mordkommission wurden nur Fragen gestellt, reden mußte immer der Befragte. Clarence trank einen Schluck Bier, die Kehle war ihm wie zugeschnürt. »Ich bin extra zu

Marylyn gegangen, um ihr davon – um es ihr zu sagen. Ich habe nicht versucht, es zu verheimlichen.«

Eds Gedanken waren bei Marylyn. Sie war vermutlich im Begriff, mit Clarence zu brechen, auch wenn sie ihn jetzt noch deckte. Vielleicht hatte sie, aktiv oder passiv, zu der Tat beigetragen, hatte sicher mal gefragt: Warum tut die Polizei eigentlich gar nichts? Rowajinski hatte sie vor ihrer Wohnung belästigt, und sie war der Ansicht gewesen, das habe sie Clarence zu verdanken, was natürlich auch zutraf. »Sie können sich darauf verlassen, daß ich es niemandem sage. Auch Greta nicht, wenn es Ihnen lieber ist, obgleich sie wirklich schweigen kann.« Doch noch während er sprach, merkte Ed, wie eine Aversion gegen Clarence in ihm aufstieg, eine deutliche physische tiefinnerliche Abneigung. Er hatte jemanden umgebracht. Äußerlich war er immer noch ein netter junger Mann mit sauberen Fingernägeln und gut angezogen; doch er hatte die Linie überschritten, die unaussprechliche Grenze. Ed war sich nicht ganz klar über seine Gedanken, denn es war eigentlich nur ein Gefühl, das ihn überkommen hatte: Clarence war sonderbar. Ganz sicher war Ed nicht. Er mochte sonderbar sein, auch wenn er gar nicht so aussah. Klar war Ed nur der eine Gedanke: es war besser, Clarence nicht allzu weit zu trauen und sich in sicherer Entfernung zu halten. Aber tat er auch recht damit, und benahm er sich intelligent? Er hätte gern gefragt: Wußten Sie, daß der Pole tot war, als Sie ihn da liegen ließen? Aber das war jetzt wohl nebensächlich.

Sicher wußte Ed jetzt nichts mehr zu sagen, dachte Clarence. Er selbst hatte noch viel zu sagen gehabt, heute morgen und auch noch vor einer Stunde. Wo war das alles hin? »Vielen Dank, daß Sie gekommen sind«, sagte er.

Plötzlich war Clarence in Eds Augen nichts als ein Junge, ein offenherziger gepeinigter Junge. Vielleicht zu offenherzig. Entgegen allem, was Zivilisation und Recht vorschrieben, war Clarence zu ihm gekommen in der Hoffnung auf ein Wort des Trostes, vielleicht sogar des Lobes oder der Dankbarkeit für das, was er getan hatte: nämlich Lisas Tod gerächt. Für Ed war er auf einmal ein junger Mann, der im Kampf gegen das Böse unterlegen war – das Böse, um das sich niemand sonst viel kümmerte. Die Aura des Unheils um Clarence verschwand, als habe ein Wind sie fortgeblasen. Ed sagte: »Sie haben mir nichts zu danken, Clarence. Hätten Sie Lust, irgendwann abends mal mit Marylyn zu uns zu kommen, auf einen Drink oder so? Vielleicht hilft das ein bißchen. Aber ich überlasse es Ihnen.«

»O ja, das würde ich gern tun. Vielen Dank.« Das würde gewiß helfen – wenn nur Marylyn einverstanden war und mitkam. Seine Gedanken jagten durcheinander; er schüttelte den Kopf. Er hatte sein Bier noch nicht ausgetrunken, beschwipst war er bestimmt nicht. Der Wirbel im Kopf, das kam nur, weil er eine neue Welt betreten hatte, eine Welt, in der ein Mann wie Ed Reynolds ein Risiko mit ihm teilte – ein sehr gewagtes Risiko.

»Wollen Sie Marylyn sagen, daß Sie mit mir gesprochen haben?« fragte Ed.

»Ja, ich denke schon. Sie haben doch nichts dagegen?«

Einen Moment war Ed überrascht, er sagte: »Nein, nein« und dachte: was mußte Marylyn davon halten, daß er die Sache nicht anzeigte? Oder vielleicht war das heute nicht mehr so wichtig, vor allem in revolutionären und antiautoritären Kreisen, zu denen Marylyn wohl gehörte? »Wollen Sie heute abend kommen? Ich glaube, um acht haben wir Gäste, aber um sechs ginge es gut.«

Clarence fürchtete, so kurzfristig werde er Marylyn in ihrer jetzigen Stimmung nicht für den Plan gewinnen können. »Paßt es Ihnen vielleicht morgen?«

»Ja, sicher. Gern. Dann also auf morgen, um sechs oder halb sieben.« Ed gab Clarence seine Adresse.

»Ich werd mit ihr sprechen, sobald ich kann, und sage Ihnen dann Bescheid.« Clarence zog eine Fünfdollarnote aus der Tasche und bestand darauf, zu bezahlen.

Draußen auf der Straße, wo der Regen jetzt stärker fiel, hätte Clarence Ed gern bis zu seiner Wohnung begleitet, doch er tat es nicht aus Furcht, aufdringlich zu erscheinen.

Ed gab ihm die Hand. »Kopf hoch. Und dann also auf morgen.«

Clarence ging nach Hause und achtete nicht auf den Regen. Als er vor seiner Haustür stand, schien kaum eine Minute vergangen, seit er sich von Ed verabschiedet hatte. Auf dem ganzen Weg hatte er nur an Ed Reynolds gedacht, ein wie großartiger Mann das war, wie selten man so einen Menschen traf in New York, so gütig und freundlich, und was für ein Glück es war, daß er selber zwei Menschen wie Ed und Greta kennengelernt und vielleicht sogar ihre Freundschaft gewonnen hatte. Er ging ans Telefon und rief Marylyn an. Sie meldete sich.

»Darling, kannst du morgen abend so um sechs auf einen Drink mit zu den Reynolds kommen? Ed hat uns eingeladen.«

»Uns –?«

»Na ja, ich hab ihm von dir erzählt. Sie wohnen ganz bei dir in der Nähe, weißt du, East Ninth. Ich hol dich kurz vor sechs ab, ist dir das recht?«

»Was ist denn da los – eine Party?«

»Nein, das glaube ich nicht. Nur wir beide, zu einem Drink. Du wirst sie bestimmt mögen. Nur ein paar Minuten, wenn du zu arbeiten hast.«

»Muß ich mich umziehen?«

»Ach was. Die sind nicht so.«

19

Um sechs Uhr war Clarence bei Marylyn. Sie begrüßte ihn beiläufig, sie war noch mit ihrem Make-up beschäftigt, einem – wenn sie sich überhaupt die Mühe machte – recht langwierigen Verfahren, weil sie immer experimentierte und dadurch jedesmal anders aussah.

Heute trug sie weitfallende schwarze Hosen, flache gelbe Schuhe und eine gelbe Bluse, dazu eine lange Kette mit einem enormen ovalen rosa Anhänger, den sie vermutlich irgendwo in einem Minipreisladen in ihrer Gegend erstanden hatte. Man konnte dort auch Pelze kaufen, die manchmal geradezu räudig aussahen, fand Clarence. Bisher hatte Marylyn der Versuchung widerstanden und keine der sogenannten Nerzjacken oder -mäntel gekauft, bei denen meist mehrere Fellstücke fehlten. Im ganzen sah sie heute hübsch aus, fand Clarence, nicht ganz so verwegen wie sonst manchmal. Aber auch dagegen hätten die beiden Reynolds sicher nichts einzuwenden gehabt.

»Marylyn, ich muß dir was sagen, bevor wir gehen. Ich hab Ed Reynolds alles gesagt – das mit dem Polen.«

Sie wandte sich vor dem Spiegel um. »Tatsächlich?« Die Augen waren schwarz umrandet und sahen dadurch noch erstaunter aus. »War das nicht unklug?«

»Nein, er versteht mich. Er ist ein großartiger Mensch. Deshalb liegt mir ja so viel daran, daß du sie kennenlernst. Du glaubst doch nicht, daß er dieses Schwein leiden konnte! Er sagte, er hätte ihm ja auch nicht gerade nachgetrauert oder sowas. Er will es nicht mal seiner Frau erzählen, sagte er. Aber mir war es lieber, du weißt es, bevor wir hingehen.« Für Clarence war dies von größter Wichtigkeit, aber er wollte es nicht zu sehr betonen. Ob es auch für Marylyn bedeutsam war, oder nahm sie es gelassener auf? Sollte er sich auch bemühen, ruhig und unbekümmert zu sein? Ein Menschenleben zählte manchmal nicht viel in New York, und Rowajinski war ein Widerling gewesen: trotzdem, die Polizei ließ da nicht locker, und die meisten Mörder wurden gefaßt. Tüftelige Kleinarbeit bei der Mordkommission war es, die zum Erfolg führte; da wurde nicht gefragt, ob der Tote soviel Mühe verdient hatte oder nicht. War er nun sicher? Für den Augenblick schob er die Frage von sich.

»Reden sie denn irgendwas, bei euch im Stall?«

»Nein, kein Wort. Sonst würd ich's dir sagen.«

Sie gingen zu Fuß, und Clarence sagte:

»Im Januar fange ich mit Kursen an der Uni an, in Betriebsführung. Bis dahin bleib ich noch im Dienst, und nach Weihnachten hör ich dann auf. Vielleicht auch noch vor Weihnachten, damit es nicht so aussieht, als ob ich das Weihnachtsgeld noch mitnehmen wollte.« Er lächelte, aber sie sah es nicht. »Keine Streifengänge mehr in der Kälte, diesen Winter.«

»Hast du denn genug Kies?«

»Klar hab ich.« Sein Geld würde gerade reichen. Er hatte auch daran gedacht, die Wohnung aufzugeben und wieder zu seinen Eltern zu ziehen, was allerdings eine lange Fahrt mit der Untergrundbahn bedeutete, und außerdem verzichtete er damit auf die Unabhängigkeit der eigenen Wohnung, aber Marylyn hatte bisher nur zwei Nächte mit ihm dort verbracht. Sie blieb nicht gern von zu Hause fort, vom Telefon, das ihr Aufträge bringen konnte. Insgeheim hoffte Clarence, er werde häufig bei Marylyn in ihrer Wohnung übernachten.

Das Haus, in dem die Reynolds jetzt wohnten, war ein moderner zehnstöckiger Apartmentbau; vorn war ein Rasenplatz, und in der Eingangshalle saß ein Portier. Greta öffnete ihnen die Wohnungstür, und Clarence stellte ihr Marylyn vor.

»Darf ich Ihnen Ihr Cape abnehmen?« Gretas freundliche Frage hatte immer noch einen leicht fremden Akzent. »O wie hübsch!«

»Minipreis!« gab Marylyn zur Antwort und bückte sich, um den kleinen weißen Pudel zu streicheln, der um ihre Füße herumwuselte.

Auch Clarence kannte das Cape noch nicht; es war dunkelblau und gefüttert mit der Vietcong-Fahne, wie er jetzt sah.

Greta führte Marylyn ins Wohnzimmer und machte sie mit Ed bekannt. »Was kann ich Ihnen anbieten, Marylyn?« fragte sie dann. »Whisky, Gin, Rum, Bier, Coca-Cola – oder ein Glas Wein?«

Ed winkte Clarence in die Eingangsdiele. »Clarence – ich habe es Greta gesagt. Sie haben hoffentlich nichts dagegen – es ist genauso, wie wenn Sie es mir sagten. Ich dachte, es wäre leichter für alle heute abend, wenn sie es weiß.«

Clarence nickte leicht benommen.

»Sie spricht nicht darüber, kein Wort. Bestimmt nicht.«

»Ja, gut.« Sie gingen ins Wohnzimmer zurück. Greta war dabei, Marylyn etwas einzuschenken, das wie Gin und Tonic aussah.

»Sie machen Schreibarbeiten, nicht wahr? Ihre Wohnung ist glaube ich ganz hier in der Nähe – es ist doch Macdougal Street?« sagte Greta zu Marylyn. Clarence sah ihr an, daß sie besonders freundlich sein wollte.

»Was trinken Sie, Clarence?« fragte Ed. »Hoffentlich nicht bloß Bier – davon wird man nicht munter.«

»Oh – Whisky, bitte. Vielen Dank.«

Die kleine Pudelhündin saß zwischen Greta und Marylyn auf dem großen Sofa und wandte das schwarze Näschen aufmerksam von einem zum andern, als folge sie jedem Wort. Die Wohnung war größer und heller und im ganzen viel heiterer als die alte Wohnung am Riverside Drive. Clarence war stehen geblieben, er sah in einer Ecke einen langen Tisch, auf dem ein kaltes Buffet war: verschiedene Platten mit kaltem Fleisch, eine Salatschüssel, Weingläser. Ob das für ihn und Marylyn gedacht war?

»Wir hatten gehofft, Sie beide würden ein Butterbrot mit uns essen, Clarence. Ich weiß ja, Sie haben nie viel Zeit, deshalb habe ich kalte Platten gemacht«, sagte Greta mit ihrer hellen klaren Stimme.

»Sieht wirklich ganz groß aus«, warf Marylyn ein.

»Ich hab heute keinen Dienst mehr«, sagte Clarence. »Morgen hab ich Schichtwechsel, deshalb schenken sie mir den Abend heute, sozusagen.«

»Wunderbar«, meinte Greta. »Und wann haben Sie dann immer Dienst?«

»Zwölf bis zwanzig Uhr, Samstag und Sonntag frei. Fast normale Arbeitszeit, nicht?« erwiderte Clarence.

Ed nahm auf einem der Hocker Platz. »Setzen Sie sich doch, Clarence.«

»... nach unserem letzten«, sagte Greta zu Marylyn. »Wir mußten schnell wieder einen Hund haben, deshalb haben wir Juliette genommen. Eddie fand das am besten, und er hat bestimmt recht.«

»Ja, ich kenne die Sache mit Ihrem anderen Hund. Clare hat es mir erzählt.«

»Ja, das war Lisa.« Gretas kleine Gestalt lehnte sich bequem in die Sofaecke. »Die lebt nun nicht mehr.« Sie blickte Clarence an und sagte: »Eddie hat mir alles erzählt, Clarence. Ich meine das mit dem Polen. Aber wir behalten es für uns. Ich sage keinem Menschen ein Wort, auch nicht meiner nächsten Freundin. Sie wissen es ja auch, Marylyn.«

»Ja.« Marylyn nickte.

Clarence hatte das Gefühl, daß Gretas Blick durch ihn hindurchging. Sie schien gar nicht an ihn zu denken, sondern an etwas, das zu ihrer eigenen Vergangenheit gehört und viel komplizierter und auch bedeutsamer war als die Gegenwart.

»Bei mir gibt's auch ein paar Geheimnisse, über die ich nicht rede«, sagte Greta jetzt. »Meine Familiengeschichte ist gar nicht so rosig – einiges ist fast zum Gruseln!« Sie lachte fröhlich auf und blickte zu ihrem Mann hinüber.

»Das klingt beinahe, als ob sie was zu verbergen hätte«, meinte Ed. »Greta ist Halbjüdin, und was sie durchgemacht hat, das hat sie nicht selbst getan, sondern es wurde ihr angetan.«

»Ja«, entgegnete Greta, »aber trotzdem – es gibt Dinge, die sind so schrecklich, daß man auch später nicht darüber sprechen kann. Auch nicht viel später.«

Clarence schwieg. Er wußte nicht recht, was die beiden meinten, und ihn interessierte nichts als Marylyns Reaktion. Ihr Gesicht trug einen höflich-ernsten Ausdruck, und gleich darauf unterhielt sie sich mit Greta über einen Ring. Was für ein Ring und an welchem Finger? Jede zeigte der andern einen Ring, den sie gerade trug. Marylyn fühlte sich offenbar ganz unbekümmert wohl neben Greta. Warum auch nicht – sie hatte keinen Grund, sich unfrei zu fühlen, sich nicht von allem, was ihn belastete, zu distanzieren, denn sie konnte sich ja jederzeit von ihm trennen. Heute abend noch, wenn sie wollte. Oder gleich jetzt.

»Wissen Sie, Marylyn – ich darf Sie doch Marylyn nennen?« sagte Ed, »Clarence hat mir erzählt, die Sache mit dem Polen habe Sie erschreckt. Das ist natürlich ganz verständlich. Andererseits: wenn je ein Mann es verdient hat –«

»O nein, Eddie, sag das nicht!« bat Greta. » So darf man es, glaub ich, nicht ansehen.«

»Und warum nicht? Ich könnte mir vorstellen, daß ich es selber fertiggebracht hätte, wenn er mir begegnet wäre. Wenn ich so wie Clarence gewußt hätte, daß er jemanden, den ich gern habe, vorsätzlich ängstigt – zum Beispiel Sie, Marylyn – und dann noch behauptet, ich hätte Geld dafür genommen, daß ich ihn laufenließ –« Ed hatte die Arme auf die Knie gelegt und beugte sich etwas vor. »Ich glaube, dann hätte ich auch auf ihn losgeschlagen, auf der Straße oder sonstwo, wenn ich ihm begegnet wäre.«

»Eddie, bitte reg dich nicht auf«, bat ihn Greta.

»Ich reg mich nicht auf, mein Herz – ich möchte nur klarstellen, wozu ich im Zorn fähig gewesen wäre. Ich übertreibe nicht – du weißt, was ich für einen Zorn hatte nach der Sache mit Lisa. War das vielleicht nicht mein gutes Recht? Und weder die Polizei noch Bellevue nahmen den Mann fest. Ich sage nicht, daß es recht war, ihn zusammenzuschlagen oder umzubringen – ich sag nur, wozu ich imstande gewesen wäre. Ich hätte auch über ihn herfallen können, wenn Leute dabei gewesen wären. Und was ich Ihnen sagen wollte, Marylyn –« Ed bemühte sich, seinen Satz ohne Pathos zu beschließen –, »ich verstehe ja, daß es Ihnen einen Schock versetzt hat, als Clarence es Ihnen erzählte. Daß er jemanden umgebracht hat. Einfach so. Aber ich hätte es genauso tun können, und ich glaube nicht, daß ich der Typ eines Mörders bin.«

»Ein Mörder!« sagte Greta. »Das darfst du nicht sagen, Eddie.«

»Ich sag ja gerade, daß ich keiner bin!« Ed lachte.

Marylyns dunkelumrandete Augen blickten von Greta zu Ed. »Stimmt – es hat mich umgeschmissen, als ich es hörte. Ich konnt's kaum glauben, aber jetzt kann ich es. Wenn man bedenkt –«

»Was bedenkt?« fragte Ed.

»Was für ein widerlicher Schnüffler das war. Und daß kein Mensch irgend etwas unternahm.«

Ja, so ist es, dachte Ed. Immerhin: als zivilisierter Mensch muß man sagen, daß der Tod als Strafe barbarisch und Töten im Affekt nicht entschuldbar ist. Ed hatte keine Lust, das jetzt auszusprechen; im Augenblick hatte er nicht einmal Lust, daran zu denken. Eine Weile ließ er seinen primitiven Gefühlen freien Lauf; er blickte sogar lächelnd zu Clarence hinüber – mit einem fast brüderlichen Lächeln. Er hatte jedenfalls versucht, mit seinen Worten bei Marylyn Verständnis für Clarences Tat zu wecken, wenn es nicht schon vorhanden war. Vielleicht war ihm das gelungen.

»Überall und immerzu werden so viele Menschen umgebracht, nicht nur in New York«, sagte Marylyn. »Immer ist irgendwo Krieg, und wofür? Manchmal möchte man sagen: Hört doch bloß auf damit. Ich sag's auch. Und dann wieder Rowajinski – ich meine, auch sein Tod war schließlich ein Tod, nicht wahr. Deshalb kann ich so schwer was dazu sagen – obgleich er für mich wirklich der ekelhafteste Schleimer war, den ich je gesehen habe, und ich hab 'ne ganze Menge gesehen im Village, das kann ich wohl sagen.«

»Ich finde, Clarence kann nichts dafür«, sagte Greta.

Es tut mir leid, und dann tut's mir wieder nicht leid, dachte Clarence. Er biß die Zähne zusammen und blickte auf den Boden.

Ed stand auf. »Na, jedenfalls ist Rowajinski nicht mehr da und kann nicht anderen Menschen nochmal dasselbe antun. Und anderen Hunden auch nicht.« Er hatte mit dem Thema angefangen und wollte jetzt damit Schluß machen; hoffentlich hatte er nicht zu viel gesagt.

»Hast du den Wein schon aufgemacht, Eddie?« fragte Greta. »Hat jemand Hunger?«

Sie traten an den gedeckten Tisch und nahmen sich Teller und Servietten. Marylyn antwortete Greta auf eine Frage: »Ja, ich gehe oft zu solchen Versammlungen. Meinen Sie im Freien oder im Saal?«

Ed stand neben Clarence und fragte: »Wie ist es denn jetzt mit ihr – besser?«

»Ich weiß es nicht.«

»Ich finde sie sehr charmant«, sagte Ed.

Sie setzten sich und stellten die Teller auf den Schoß oder auf den Couchtisch. Greta und Marylyn sprachen weiter über Vorträge und Versammlungen. Clarence kannte keinen der Namen, die Greta nannte, mit Ausnahme von Lilly Brandstrum.

»Manchmal spiele ich ein bißchen Klavier zum Schluß, und wir singen was«, berichtete Greta. »Was ich spiele –? Oh – Vietcong-Lieder, Hillbilly Songs und sowas. Oder die Schlachtenhymne der Republik. Wir haben lauter komische Texte.«

»Die müßten eigentlich mit dem Teller rumgehen, wenn Greta Klavier spielt«, sagte Ed zu Clarence. »Vielleicht käme die Miete dabei raus.«

»Wir sammeln für wichtigere Zwecke«, warf Greta ein, die Eds Bemerkung gehört hatte.

»Du nimmst mich so schrecklich ernst, mein Gretchen«, gab Ed zurück.

»Marylyn, Sie müssen mal mitkommen zu so einem Abend bei uns – es ist gar nicht weit von hier, immer Mittwoch abends«, sagte Greta eifrig. »Wissen Sie, es geht da mehr um kulturelle Dinge als um Politik.« Mit lustig funkelnden Augen blickte sie zu ihrem Mann hinüber, der ihr zuhörte. »Wir klimpern alle lieber zur Gitarre – Politik liegt uns nicht sehr. Aber es macht viel Spaß.«

»Daß ihr Mann für eine Firma an der Lexington Avenue arbeitet, behält sie aber lieber für sich«, warf Ed ein. »Vielleicht ist es auch bald Long Island, wenn der Verlag umzieht.«

Marylyn nickte. »Umziehen – ja, wirklich, in der Stadt kann man bald nicht mehr wohnen.«

»Es ist noch nicht beschlossen, aber sie denken immerhin an einen Umzug«, sagte Ed.

Marylyn und Greta unterhielten sich weiter. Ed

wandte sich an Clarence und fragte: »Gibt's was Neues?«

»Nein.« Clarence verstand, was Ed meinte: ob man ihn aufs neue verhört hatte. »Kann sein, daß ich noch vor Weihnachten ausscheide. Ich will an die Uni – Kurse in Betriebsführung und Verwaltung und so.«

»Ach –?«

»Marylyn mag keine Cops.«

»Ja, ich weiß. Was meinen Sie mit Betriebsführung – eine bestimmte Sparte?«

»Ja, Psychologie. Motivation und so. Die Viertagewoche. Solange die Menschen arbeiten – ich kann das hier nicht in ein paar Worten erklären.« Clarence war auf einmal ganz klein geworden, klein und verloren und schlapp. Er hätte am liebsten Marylyn schnell in die Arme genommen und gerufen: Du gehörst doch mir! und wäre mit ihr davongestürzt. Statt dessen saß er hier wie ein Tölpel auf seinem Hocker und redete von Verwaltung, wo ihm das politische System genauso bis zum Hals stand wie Marylyn, das ganze elende Karussell aus Preissteigerung, Werbung, Lohnsklaverei, die kleinen und großen Unredlichkeiten, die sie selber mitmachten, der ganze faule Mist – ach, alles. Warum nur tat er nichts? Fehlte ihm der Mut zum Revolutionär?

Clarence Duhamell, fand Ed im stillen, war noch unsicherer, unfertiger, als er ihn sich vorgestellt hatte. Oder lag es einfach daran, daß ihn die Ereignisse der letzten Tage verstört hatten? »Sind Sie das einzige Kind Ihrer Eltern?« fragte er.

»Ja.«

Das hatte Ed sich gedacht. Wahrscheinlich war er verwöhnt. Nur – auf welche Weise? Zu sehr beschützt, abgeschirmt? »Was haben Sie nach der Schule gemacht – sind Sie gleich bei der Polizei eingetreten?«

»Nein.« Clarence berichtete von seiner Stellung in der Personalabteilung der Bank und von den zwei Jahren Militärdienst davor, gleich nach dem Studium, als man ihn nicht nach Vietnam geschickt hatte, weil die Army ihn als Rekrutierungsberater brauchte. »Ich hab Glück gehabt«, meinte er.

»Was ist Ihr Vater?«

»Elektroingenieur bei Maxo-Prop. Turbinenhersteller. Er hat da eine gute Stellung.« Clarence merkte selbst, daß seine Worte fast entschuldigend klangen.

»Ihre Eltern sind vermutlich kaum älter als Greta und ich. Komisch – man wird alt. Ich bin zweiundvierzig.«

«O doch, meine Eltern sind schon ein bißchen älter! Ich bin ja schon vierundzwanzig.«

Greta reichte die Platten noch einmal herum: Leberwurst, Schinken, Roastbeef. »Nein, Juliette, gebettelt wird nicht! Bitte geben Sie ihr nichts.« Dabei nahm sie das Hündchen auf und drückte es wie ein Baby an sich.

»Gehen Sie auch manchmal mit zu Marylyns Versammlungen?« fragte Ed.

»Ja, ein paarmal war ich mit. Natürlich nicht in Uniform!« Clarence lachte. »Da käme ich nicht lebend wieder raus. Und für Zivil ist mein Haar nicht lang genug – für Marylyn jedenfalls. Mir selber ist es ganz egal, wie lang andere Leute ihr Haar tragen, wenn es nur –« Wenn es nur sauber ist, hatte er sagen wollen. »Ich trag meins so lang wie es bei uns noch geht, ohne daß die Vorgesetzten was sagen.«

Greta brachte Kaffee. Auch Kognak gab es.

Marylyn und Greta standen vor einem Bild. »Das haben Sie gemalt?« fragte Marylyn erstaunt.

»Ja. Ich signiere sie nicht, weil ich finde, es stört die Komposition.«

Clarence erhob sich, um die Bilder aus der Nähe anzusehen. Auch er hatte nicht gewußt, daß drei der Ölbilder, die dort hingen, von Greta stammten. Zwei waren Landschaften, weiße sonnenhelle Häuser mit gelbem Strand, ohne Menschen und eher abstrakt. Clarence war sehr beeindruckt. Die Bilder sahen aus wie mit schnellen Strichen hingeworfen, aber da konnte man sich sehr irren. Jedenfalls hatte jemand sie gemalt, der genau wußte, was er ausdrücken wollte. Er hätte das Greta gern gesagt, brachte es aber, da es ein Kompliment war, nicht über die Lippen.

»Griechenland. Letzten Sommer ...« hörte er Greta sagen.

»Ich beneide Sie«, sagte Clarence zu Ed.

»Sie beneiden mich? Um was?«

»Um alles.«

Marylyn gab Clarence mit den Augen einen Wink, daß sie aufbrechen sollten, und Clarence deutete an, er überlasse es ihr.

»Ich glaube, wir müssen jetzt gehen. Haben Sie vielen Dank – es war ein schöner Abend«, sagte Marylyn.

»Sie müssen bald wiederkommen, beide. Wir kennen ein paar junge Leute, aber nicht genug. Genug sind es nie«, sagte Greta mit warmer Stimme.

Ed half Marylyn in ihr Cape.

»Ich laß noch von mir hören, wegen Mittwoch abend«, sagte Marylyn zu Greta.

»Auf Wiedersehen, und danke schön!« sagte Greta herzlich.

»Wir danken *Ihnen*!«

Clarence drückte auf den Fahrstuhlknopf und lächelte Marylyn zu; reden mochte er nicht – vielleicht konnten die Reynolds ihn durch die geschlossene Wohnungstür noch hören. Die eine Hemmung war nun verschwunden, jetzt war eine andere da, zwischen ihm und Marylyn. Als sie hinunterfuhren, sagte er:

»Sind sie nicht reizend?«

»Ja, besser als ich angenommen hatte. Er ist sehr attraktiv.«

»Ed. Ja.«

»Und sie malt ganz prima, wirklich. Die Bilder sind allerhand für jemand in ihrem Alter.«

»Ich glaube, es war ihnen Ernst damit – daß wir mal wiederkommen sollen.«

Es war kälter geworden. Marylyn schob das Kinn tief in den Kragen des Capes. Ihr Haar wehte weit und offen hinter ihr her, als sie jetzt in die 8th Street einbogen.

»Hast du Dienstag abend Zeit?« fragte Clarence. »Ich bin ab acht Uhr frei. Es gibt einen neuen Bergmanfilm.« Marylyn liebte Bergman.

»Heute ist ja erst Sonntag. Laß mir noch Zeit.«

Der Ton war nicht unfreundlich, aber warum konnte sie nicht einfach Ja sagen? Er hätte auch Montag abend vorschlagen können und hatte extra Dienstag gesagt, um ihr Zeit zu geben. »Es ist noch früh jetzt. Hast du Lust –«

»Ich muß noch arbeiten heute abend – hoffentlich hab ich nicht zu viel Gin und Tonic getrunken. Na, es waren bloß zwei.«

»Gehst du nach Hause jetzt? Soll ich dir ein Taxi rufen?«

»Nein, ich will nicht nach Hause. Und ich gehe lieber zu Fuß.«

Es war klar: sie wollte ihn nicht weiter bei sich haben, wohin sie auch gehen mochte, und er mochte nicht fragen. Wenn sie auf dem Weg zu Dannie war, der weit im Westen wohnte, dann war dieser Weg über die 8th Street kein Umweg gewesen. Sie waren jetzt an der Sixth Avenue. Er gab ihr einen Kuß auf die Wange, bevor sie den Kopf abwenden konnte – vielleicht wollte sie ihn auch gar nicht abwenden. »Ich ruf dich an wegen Dienstag abend. Vergiß es nicht.«

Er winkte noch einmal und blickte ihr dann nicht weiter nach. Seine Stimmung sackte ab; er mußte tief Luft holen. Nach dem schönen Abend, nach all der Mühe, die sich die Reynolds gemacht hatten, war Marylyn – sie war einfach fort. Sie war nicht mehr bei ihm.

Ed und Greta waren in diesem Augenblick damit beschäftigt, den Tisch abzuräumen und die Reste im Kühlschrank unterzubringen.

»Eddie, ich finde, du bist beinahe zu weit gegangen«, sagte Greta. »Muß man denn das alles aussprechen? Ich könnte es nicht.«

Das war nicht ihr Ernst, dachte Ed. Sie war wahrscheinlich froh, daß er es gesagt hatte. »Ja, mein Herz, ich dachte, es wäre vielleicht ganz gut so. Clarence hat – ich sagte dir ja, er war in Unruhe wegen Marylyn, weil er nicht wußte, wie sie zu der Angelegenheit steht. Ich fand sie übrigens recht nett, du nicht? Eigentlich besser als ich dachte.«

»Wieso besser?«

»Ja – vernünftiger meine ich. Ich hatte angenommen, sie

ist so, wie man mit zweiundzwanzig eben ist. Irgendwie törichter.«

»Kinder sind heutzutage früh erwachsen.«

»Na – Clarence finde ich nicht gerade sehr erwachsen, für vierundzwanzig. Meinst du nicht?«

Greta wickelte die Roastbeefscheiben sorgfältig in Silberpapierfolie. »Ach, Jungens sind da anders, die werden später reif. Vielleicht gehört er auch zu den Typen, die bei jeder Frage immer beide Seiten betrachten.« Sie schloß den Kühlschrank. Es gab ein vertraut-gedämpftes Geräusch.

Ed ging ins Wohnzimmer, um nachzusehen, ob noch etwas wegzuräumen war, und erblickte Juliette, die unter dem Tisch kauerte und pinkelte, als wolle sie sich im Schatten verstecken. »Deibel nochmal, ich hab die Zeit für Mademoiselle verpaßt! Meine Schuld, Juliette.« Er ging ins Badezimmer und holte den Schwamm, der für solche Zwecke dort aufbewahrt wurde.

Gleich darauf ging er dann trotzdem mit ihr nach unten. Sie hatten sich vorgenommen, den Hund auf die Zeit von halb sieben bis sieben Uhr zu trainieren, und heute abend hatten sie es beide vergessen. Der Spaziergang machte ihm Freude, auch weil es hier mehr Lichter, mehr Menschen (wenn auch zum Teil sonderbare Typen) und weniger Straßenverkehr gab als am Riverside Drive. Ebenso machte es ihm Freude, an Marylyn zu denken, die gar nicht weit weg wohnte und für Mittwoch abend mit Greta verabredet war. Er hoffte, Clarence werde wieder ins reine kommen mit seiner Freundin. Er liebte sie, das sah man. Ob Marylyn auch Clarence liebte? dachte Ed. Er mußte Greta fragen, was sie davon hielt.

20

Am nächsten Morgen ging Clarence zur Tageskasse des New York City Ballett, West 58th Street, und nahm zwei Karten für Dienstag abend. Marylyn würde sich freuen, sie sah gern Ballettvorführungen. Als er wieder zu Hause war, rief er Marylyn an.

»Ach, du bist es.« Ihre Stimme klang gereizt.

»Ja. Du, ich hab für morgen abend Karten fürs City Ballett. Ganz modernes Programm, die eine Nummer wird zum erstenmal gezeigt.«

»Hör mal zu, Clare. Dein Bullenkollege war heute morgen schon wieder hier.«

»Was – Manzoni?«

»Ja, ich glaube, so heißt er. Steht um neun Uhr früh einfach vor der Tür und klingelt. Ich mußte mir'n Regenmantel überziehen – ich hab keine Lust, mich im Bademantel mit dem Scheißkerl zu unterhalten, dann bildet der sich womöglich noch sonstwas ein. Eine Unverschämtheit, ohne anzurufen einfach in die Wohnung einzufallen!«

»Marylyn, das darf er gar nicht – er gehört nicht zum Morddezernat!«

Marylyn stieß einen Fluch aus. »Er hat mich gefragt, ob du neulich abends tatsächlich hier übernachtet hast. Du kannst dir vorstellen, mit was er alles kam.«

»Mein Gott, Marylyn, das tut mir leid. Aber den werd ich anzeigen, das schwöre ich.«

»Und was hab ich davon, wenn du ihn anzeigst? Er hat auch wieder nach den fünfhundert Dollar gefragt. Mir hängt das alles meterlang zum Hals raus, das kann ich dir sagen.«

»Ich werd ihn anzeigen. Bestimmt werd ich ihn anzeigen.«

»Meinetwegen brauchst du ihn nicht zu melden. Ich ziehe hier aus, und zwar jetzt sofort. Deshalb hab ich auch jetzt keine Zeit mehr. Und außerdem gibt es nichts mehr zu sagen.«

»Du ziehst aus –? Wohin?«

»Mit jemand zusammen.«

»Mit wem?«

»Das möchte ich dir lieber nicht sagen – ich will die Polente ein für allemal loswerden, wenn ich kann. Evelyn nimmt meine Wohnung hier, also ruf bitte nicht mehr an, hörst du?«

»Aber – aber du mußt mir doch sagen, wo du hingehst!«

»Nein. Tut mir leid, Clare.« Ihre Stimme hatte den tiefen ernsthaften Ton angenommen, und dann hängte sie ein.

Sein Herz schlug wie ein Hammer. Ob er schnell ein Taxi nahm und zu ihr fuhr? Aber vielleicht haßte sie das. Ausgerechnet Evelyn: klein, dick, bebrillt. Und zu wem zog Marylyn – vielleicht zu Dannie? Hatte sie nicht mal erwähnt, er habe eine große Wohnung? Clarence zog sein Hemd aus und goß sich Wasser übers Gesicht. Das war wirklich die Höhe – dieses Schwein Manzoni!

Die Ballettkarten – die konnte er nun den Reynolds geben. Gleich mal versuchen, ob sie zu Hause waren. Wenn Greta nicht da war, konnte er die Karten mit einem Zettel beim Pförtner hinterlassen. Er machte sich auf den Weg. Es war fast halb elf.

Der Pförtner rief oben in der Wohnung an. Eine Stimme meldete sich.

»Bitte sagen Sie Mrs. Reynolds, ich will ihr nur schnell etwas geben – es dauert bloß eine Minute.« Zu dumm, daß er nicht an Blumen gedacht hatte, als Dank für gestern abend.

Greta öffnete die Wohnungstür.

»Bitte entschuldigen Sie, daß ich so einfach bei Ihnen einfalle«, sagte Clarence. »Ich habe zwei Karten, die wollte –«

»Kommen Sie doch rein, Clarence.«

Er trat ein. »Karten fürs Ballett, morgen abend. Ich dachte, Sie und Ed hätten vielleicht Lust hinzugehen.« Er hielt den kleinen weißen Umschlag in der Hand.

»Oh, vielen Dank, Clarence. Haben Sie denn Dienst morgen abend?«

»Nein, ich – also offen gesagt, ich dachte, Marylyn wäre frei.«

»Hatten Sie Kummer – mit Marylyn?«

»Na ja, ein bißchen.«

»Wollen Sie sich nicht setzen?«

»Nein, danke. Ich habe um zwölf Uhr Dienst, ich kann nicht lange bleiben.«

»Ist denn was passiert, seit gestern abend?«

»Ja. Ein Polizist von meiner Wache, Manzoni –« wenn bloß Ed da wäre, dachte Clarence, aber er redete einfach weiter, er mußte zu jemandem sprechen. »Manzoni war heute morgen bei Marylyn, schon zum zweitenmal. Er ist der Mann, der Rowajinski in seinem Hotel im Village entdeckt hat. Und nun geht er hin und will –«

»Er kann Sie wohl nicht leiden, dieser Manzoni?«

Clarence mußte einen Augenblick nachdenken. »Er benimmt sich, als ob er was gegen mich hätte. Erst hat er mich immer wieder belämmert wegen der fünfhundert Dollar, die ich angenommen haben soll. Jetzt fragt er Marylyn, ob ich Dienstag abend die ganze Nacht bei ihr geblieben bin. Aber die Hauptsache ist, daß sie es nicht vertragen kann, wenn einer sie so ausfragt. Dafür kann sie nichts.«

»Hat er irgendeinen Grund anzunehmen, daß Sie nicht die Nacht bei ihr geblieben sind?«

Sie meinte wohl, ob er Beweise habe. »Nein – er will bloß stänkern, das ist alles.«

»Woher kennt er Marylyn?«

»Er hat mich mit ihr gesehen, in ihrer Straße. Und nun hat sie sich so aufgeregt darüber, daß sie wegzieht.«

»Und wohin?«

»Das wollte sie mir nicht sagen. Ich glaub, sie zieht zu jemand im Village.« Clarence atmete hastig. »Aber nun – ich will Sie nicht weiter damit behelligen.«

Greta legte ihm die Hand auf den Arm. »Ich denke, sie wird mich noch anrufen, wegen Mittwoch abend, wissen Sie. Dann kann ich sie ja fragen.«

»Ja, aber –« Clarence war hin- und hergerissen. »Sie will offenbar nicht, daß ich es erfahre. Trotzdem, vielen Dank. Vielleicht ist es besser, wenn ich es erstmal nicht weiß. Ich muß jetzt gehen.«

Wie immer, wenn er von den Reynolds kam, war ihm leer und einsam zumute. Um zehn Minuten vor zwölf kam er auf der Revierwache an und ging nach hinten, um die Uniform anzuziehen.

Wachhabender Beamter war jetzt Captain Paul Smith,

ein untersetzter, ernsthafter Mann mit rotem Gesicht. Als Clarence zur Besprechung erschien, sagte Smith: »Patrolman Duhamell – ?« als müsse er sich erst vergewissern. »Das Morddezernat hat schon nach Ihnen gefragt. Die Herren sind draußen und trinken Kaffee. Gehen Sie mal hin.« Er machte eine Bewegung in Richtung auf den unteren Flur.

»Jawohl, Sir.« Clarence ging den Gang hinunter. Dort standen zwei oder drei Männer in Zivil, tranken Kaffee aus Papierbechern, lachten und unterhielten sich.

»Patrolman Duhamell?« fragte der eine.

»Jawohl, Sir.«

»Bitte kommen Sie hier herein.«

Clarence folgte ihm in ein leeres Zimmer – es war eher ein Lagerraum als ein Büro, obgleich ein Schreibtisch darin stand. Einer der anderen Männer kam ebenfalls mit.

»Ich bin Detective Vesey. Dies hier ist Detective Collins. Ja, ich weiß, Sie haben jetzt Dienst, aber es dauert nur ein paar Minuten. Wie steht's denn, Duhamell?« Sein Nikken war ohne Bedeutung. Er sah aus, als habe er alle notwendigen Informationen bereits vor sich.

»Alles in Ordnung, Sir.«

»Haben Sie den Bericht über Ihre Pistole gehört?«

»Nein.« Clarence blickte zu dem anderen Mann hinüber, der ihn beobachtete und dabei rauchte. Sie standen alle drei.

»Wenn ich Ihnen nun sage, daß Blut dran war? Rowajinskis Blut?«

Clarence zögerte eine Sekunde und erwiderte dann einfach: »Das würd ich nicht glauben, Sir.«

»Nerven, was?« sagte Vesey zu seinem Kollegen.

Clarence merkte, wie er unter den Armen zu schwitzen begann. Er sah, wie Vesey der Innentasche seines Mantels einige Papiere entnahm.

»Duhamell, nach dem Gesetz der Logik sind Sie der Verdächtige, und ich behaupte, wir haben recht mit dem Verdacht. Stimmt's?«

Collins nickte beifällig.

»Was haben Sie jetzt vor, Duhamell – Geständnis ablegen? Auspacken? Wär das beste für Sie.«

Clarence kam sich wie durchsichtig vor. Elende Schwäche. Er reckte sich und sagte im Ton der Entrüstung: »Nein.«

Vesey lachte ungeduldig auf, nickte noch einmal und erklärte: »Na schön, Duhamell, dann werden Sie in die Zange genommen. Was das heißt, wissen Sie ja.«

Zeigt mir doch den Bericht, dachte Clarence. Wenn's wahr ist, könnt ihr ihn mir ja zeigen. Vielleicht spielten sie ihm hier eine Komödie vor. Er hätte es ihnen auch zugetraut, einen gefälschten Bericht auf den Tisch zu legen.

»Na schön, Duhamell, dann mal zurück zum Dienst. Wir sehen uns noch.«

Sie gingen zuerst hinaus, und Clarence folgte ihnen und ging zurück zu Captain Smith. Die Besprechung war noch im Gange; etwa achtzehn oder zwanzig Polizisten waren im Raum. Smith sprach gerade über Handtaschendiebstähle im Riverside Park; sie hatten in der letzten Zeit eine ganze Anzahl Anzeigen von Hausfrauen gehabt. Clarence fiel dabei ein, wie Santini einmal verkündet hatte: »Wozu müssen sie auch Handtaschen bei sich haben, wenn sie mit den Kindern im Park rumlaufen. Wer nicht hören will, muß eben fühlen.« Clarence nahm seine Streifenroute entgegen, holte seinen Sprechfunkapparat und verließ die Wache zusammen mit den andern.

Vom Hudson herauf wehte ein steifer Westwind. Es war kalt geworden. Clarence winkte grüßend einem Türhüter zu, der hinter seiner Glastür am Riverside Drive stand. Die Türhüter waren nicht die gleichen, die er bei der Nachtschicht zu sehen bekam, aber er kannte die Gesichter von früheren Tagesschichten her. Ob die Detektive ihn bloß geblufft hatten? Das war anzunehmen, denn wenn sie ihn kleinkriegen wollten, gab es kein besseres Mittel, als ihm gleich zu Anfang den Bericht zu zeigen, der an der Dienstwaffe Blut nachwies. Gut. Aber das mit dem In-die-Zange-Nehmen war kein Bluff. Im Morddezernat wünschte man fertige Lösungen, also wurden zunächst mal die Unschuldigen genau wie die Schuldigen bearbeitet, das wußte Clarence. Konnte er das aushalten? Die Tatsache, daß er Rowajinski ja umgebracht hatte, zählte irgendwie nicht; er hatte das Gefühl, er müsse alles aushalten und seine Schuld ein- für allemal und bis zum Jüngsten Tag bestreiten. Das war er den Reynolds schuldig. Schuld – moralische Schuld spielte hier keine Rolle. Vielleicht war das nicht normal, was er sich da ausdachte? Aber Ed hatte doch selbst gesagt: Ich hätte das auch tun können. Und würde Ed vielleicht unter Schuldgefühlen leiden, wenn er es getan hätte? Wohl kaum. Nein, sicher nicht.

Clarence war gerade vom Riverside Drive abgebogen in die 105th Street, die nach Osten führte, als er weiter vorn zwei Schüsse hörte. Einen Augenblick blieb er stehen, konnte aber nicht feststellen, woher die Schüsse gekommen waren, und lief dann weiter auf die West End Avenue zu. Gleich darauf folgten zwei weitere Schüsse, Glas klirrte, man hörte lärmendes Gelächter, eine Frau schrie, und nun sah Clarence, daß die Schüsse aus einem Auto kamen, das langsam auf ihn zufuhr. Aus dem einen Fenster streckte sich ein Arm, die Hand hielt einen rauchenden Revolver, noch einmal ertönte das wilde Lachen. Clarence stürzte auf den Wagen zu. Wieder ein Schuß, und an der Tür des Apartmenthauses zersprang klirrend die Glasscheibe. Weiter links wurde erschreckt ein Fenster aufgerissen und sofort wieder zugeworfen.

Clarence lief blindlings über den Fahrweg auf den Wagen zu, als die nächsten Schüsse fielen. Er fühlte, wie sein rechtes Bein getroffen wurde. Hinter ihm prasselte ein Regen von Glas auf das Pflaster, es klang wie helle Klaviertöne. Er packte den ausgestreckten Arm mit dem Revolver in dem Moment, als der Wagen die Fahrt beschleunigte; er hielt den Arm fest, der Revolver fiel aus der schwarzen Hand. Clarence rannte, um mit dem Wagen Schritt zu halten, und riß an dem Arm des Mannes, der vor Schmerz aufheulte. Dann prallte Clarence gegen das hintere Schutzblech und schoß zur Seite, fiel auf die Schulter, rollte zweimal um sich selbst und prallte gegen einen parkenden Wagen. Er setzte sich auf und blickte verwirrt um sich. Rechts jagte der Wagen den Riverside Drive hinunter und flitzte um die Ecke. Links stand ein Mann, der sich jetzt nach dem Revolver bückte.

»Nicht anfassen!« sagte Clarence warnend und stand auf. Zwei Männer kamen auf ihn zu, sie zögerten etwas, als sei er gefährlich; vielleicht nahmen sie auch an, er brauche keine Hilfe. Er bückte sich, faßte den Revolver vorsichtig oben am Lauf und hob ihn auf. Am Bordstein stand ein halbwüchsiger Junge, der ihn mit großen

Augen anstarrte. Ein Türhüter kam über den Gehweg heran.

»Sind Sie getroffen?«

Clarence hinkte. Er kannte den Mann vom Ansehen. »Haben Sie die Nummer gesehen?«

»Nein, leider nicht. Hier – schauen Sie sich mal an, was dieses Pack mit meiner Tür gemacht hat! Hören Sie – Sie sind aber doch verletzt.«

»Hat jemand die Wagennummer notiert?« fragte Clarence. Jetzt waren auf einmal viel mehr Leute auf der Straße. An beiden Straßenseiten gingen die Fenster hoch, und plötzlich standen da zwanzig oder dreißig Menschen herum, die Fragen stellten und auf die Revolverhelden fluchten, als sei ihr persönliches Eigentum bedroht oder als habe die Schießerei ihnen ein Ventil für aufgestauten Zorn verschafft.

»Bande, verdammte!«

»Da war 'n R drin!« sagte ein kleiner Junge.

»'n alter schwarzer Cadillac war das.«

»Nigger! Schwarze waren es – ich hab's genau gesehen!«

»Kuck bloß mal die Tür an. Beim nächstenmal geht's uns allen an den Kragen!«

»Ihr Fuß blutet!« Das war wieder die Stimme des kleinen Jungen.

Clarence wollte gerade sein Funkgerät einschalten, als ein Streifenwagen heranfuhr und am Bordstein hielt, während die Sirene nachließ. Zwei Polizeibeamte sprangen heraus; sie sahen Clarence nicht gleich und begannen, den Umstehenden Fragen zu stellen. Zuerst sprachen sie mit einer Frau, die Clarence bisher nicht bemerkt hatte; von ihrer schlaffen ausgestreckten Hand, die sie am Gelenk festhielt, tropfte Blut. Der eine Polizist ging zum Wagen zurück und sprach ein paar Worte ins Mikrophon.

Clarence schwankte, ihm wurde schwach. Er hatte seine Mütze verloren und blickte sich suchend um, sah sie aber nirgends, wahrscheinlich hatte ein Kind sie erbeutet und mitgenommen. Er ging zu den Beamten hinüber, die er beide nicht kannte; sie gehörten wohl zum Revier am Frederick Douglass Park weiter im Osten.

»Sie waren dabei?« fragte ihn einer der Polizisten.

»Ja. Ein dunkler Wagen mit drei oder vier Männern, alles Schwarze. Den Revolver habe ich hier.« Clarence hielt die Waffe immer noch in der Hand.

»Sie sind ja auch getroffen, was?« Der Beamte sah Clarence an und blickte dann auf seine Füße. Aus dem rechten Schuh quoll Blut, der Fuß war durchnäßt. Wieder ergriff ihn das Schwindelgefühl. Der Beamte half ihm in den Streifenwagen, und der zweite sagte etwas von Warten, bis der Krankenwagen für die Frau kam.

Dann waren sie auf Clarences Revierwache, und jemand sagte:

»Wo hast du denn deine Mütze? Ist was passiert?«

Clarence setzte sich auf einen Stuhl, während jemand seine Hosenbeine bis zur Wade aufrollte.

»Glatter Durchschuß«, sagte eine Stimme.

Clarence setzte zum Bericht an: Zeit und Ort – aber die Umgebung schien sich aufzulösen wie ein trübgrauer Film beim Abblenden. »... alter Cadillac, sagten die Leute ... hier der Kollege hat den Revolver ...« Der andere Beamte übernahm den Bericht, denn Clarence sackte vom Stuhl und fiel langsam in die Arme des nächststehenden Beamten. Er merkte noch, daß man ihn flach auf eine Tragbahre legte und daß ihm übel wurde. Dann war er im Krankenhaus, und eine Nadel stach ihm in den Arm.

Als er aufwachte, fand er sich in einem Bett, das zusammen mit fünf oder sechs anderen in einem Krankenzimmer stand; in jedem Bett lag ein Mann. Sein rechtes Bein schmerzte unterhalb des Knies. Die rechte Schulter war dick verbunden, der Unterarm hing in einer Gazeschlinge, die viel zu leicht aussah. Draußen vor dem Fenster sah man den klaren blauen Himmel. War es noch heute – Montag – oder schon Dienstag? Seine Armbanduhr war weg, auch auf dem Nachttisch lag sie nicht. Eine Schwester in Weiß kam eilig ins Zimmer; sie trug ein schweres Tablett, das sie nur mit Mühe halten konnte.

Es war also halb zehn Uhr morgens, und heute war Dienstag, berichtete sie. Seine Uhr lag in der Nachttischschublade. Die Schulter? Sein Schlüsselbein war gebrochen.

»Und mein Bein?«

»Nur eine Fleischwunde, nichts gebrochen. Da haben Sie Glück gehabt.« Sie lächelte, und er fühlte sich noch elender.

Danach döste er eine Weile, bis die Schwester zurückkam und meldete: »Ihre Mutter ist da.«

Schüchtern kam seine Mutter ins Zimmer. Sie sah ihn nicht gleich, und Clarence hob den linken Arm. Ihre Lippen formten ein lautloses ›Ohh‹, als sie behutsam auf den Zehenspitzen auf ihn zukam. In einem Plastikbeutel hatte sie drei Apfelsinen mitgebracht. Die Schwester trug einen Stuhl herein und ging dann hinaus.

»Mein Junge! Hast du Schmerzen, Clare?«

»Nein – sie haben mir ja allerhand Zeugs gegeben. Und außerdem ist es nichts Ernsthaftes.«

»Die Schwester sagt, du kämst in ein paar Tagen raus, aber Dienst dürftest du mindestens drei Wochen nicht machen. Wie ist es denn passiert, Junge? Oder möchtest du lieber nicht reden?« Die Mutter hielt seine linke Hand, obgleich sie auf der rechten Bettseite saß.

»Ein Wagen, weißt du – sie schossen aus dem Wagen heraus, in die Haustüren. Ich hätte mir die Nummer merken sollen, aber ich weiß bloß noch, daß ich den Revolver erwischte.«

»O Clare, Gott sei gedankt, daß die Kugel dich nicht in die Brust getroffen hat!« Aus Rücksicht auf die anderen Patienten sprach die Mutter im Flüsterton. »Vater kommt heute abend her, gegen halb sieben.«

»Welches Krankenhaus ist das hier?«

»St. Lukas, 114th Street.«

Clare war in Gedanken bei Marylyn, die er in rötlich verschwimmendem Nebel vor sich sah. Er sah, wie sie die Lippen bewegte; sie war weder ablehnend noch freundlich, sie versuchte nur, ihm irgendwas klarzumachen. Behutsam, als wären es rohe Eier, legte seine Mutter die Apfelsinen auf die Nachttischplatte und sagte etwas von Krankenhauskost, die nicht viel Frisches auf dem Küchenzettel hatte.

»Du kommst dann nach Hause zu uns, Clary ... Der Beamte, der uns anrief, hat gesagt, du seist sehr tapfer. Ich glaube, ich muß jetzt gehen, die Schwester macht mir ein Zeichen ... Vergiß nicht, daß Vater kommt. Du kannst ihm sagen, ich hole ihn gegen sieben hier ab.«

»Mom – willst du mir einen Gefallen tun?«

»Natürlich, mein Junge, gern.«

Er hatte die Reynolds im Sinn gehabt ... Bescheid sagen, wo er jetzt war. Aber das sah dann so aus, als wollte er ihnen nahelegen, sich um ihn zu kümmern. Und seine Mutter kannte sie überhaupt nicht. »Nein – nichts.«

»Sag's mir doch, Clary. Ist es wegen Marylyn? Weiß sie, daß du hier bist?«

»Nein – ich hab nur geträumt. Es war nichts.«

Seine Mutter sah ihn etwas verwundert an, dann gab sie ihm vorsichtig einen Kuß und ging aus dem Zimmer.

Die Betäubungsmittel, die man ihm gegeben hatte, wirkten offenbar noch lange nach. Ganz allmählich erst begriff Clarence, daß sein Vater bei ihm am Bett saß; er hörte die klare feste Stimme, auch das Lächeln schlich sich so langsam in sein Bewußtsein wie das der Katze in Alices Wunderland. »... hat Mutter mir vorhin gesagt. Es hätte wirklich schlimmer ausgehen können ... paar Wochen bei uns bleiben, mein Junge, und dich mal rundum verwöhnen lassen ...«

Clarence versuchte, den Schlaf abzuschütteln und sich im Bett aufzusetzen, doch sofort meldete sich der Schmerz in der Schulter. »Entschuldige – ich bin immer noch halb im Schlaf.« Warum nur wirbelten seine Gedanken immer um Marylyn, Ed und Greta herum, aber nie um seine Eltern?

»... schläfst gleich wieder. Mußt nicht dagegen ankämpfen, mein Junge. Auf bald also, Clary. Wiedersehen.«

Clarence schlief wieder ein und erwachte erst, als es dunkel war, nur über der Tür schien eine Lampe mit ganz unwirklich blauem Licht hinaus in den Korridor. Er mußte auf die Toilette, aber aufstehen durfte er nicht, und um eine Bettpfanne mochte er nicht bitten. *Ich bin eben ein Versager,* dachte er. *Bei Marylyn habe ich versagt, als Polizist habe ich versagt. Und was können die Reynolds von mir halten? Ich habe weder ihren Hund noch das ganze Geld für sie gerettet, das sie bezahlt haben. Marylyn mag mich nicht mehr, weil ich sie in so mißliche Lagen gebracht habe. Und dann habe ich den großen Fehler gemacht, jemand umzubringen. Damit werde mal einer fertig! Und deshalb müßte ich mit meinem Leben Schluß machen.* Sein Körper spannte sich bei diesem Gedanken; den Schmerz fühlte er kaum. Er bleckte die Zähne. Sich umbringen – das war der einzig logische und anständige Ausweg. Dann war Schluß mit den ewigen Fehlern und Irrtümern. Dann hörte er auf, anderen Leuten auf die Nerven zu fallen, und keiner war ihm mehr feindlich gesinnt.

Wieder hastete die Schwester herein wie ein eiliger Geist und preßte beide Hände gegen seine Rippen. »Schsch –! Ganz still liegen! Was machen Sie denn für Lärm?« Auch die andern Männer grunzten ärgerlich. Eine Nadel stach in seinen linken Arm. Herrgott, kannten sie denn kein Erbarmen? Was machten sie bloß mit ihm?

Er träumte. Im Traum war er nicht ganz er selbst, aber auch nicht ganz ein anderer. Er hatte zwei Leute umgebracht, und die zweite Leiche stopfte er ebenso wie die erste in einen Mülleimer an einer einsamen Straßenecke. Das zweite Opfer war Manzoni, das erste hatte er im Traum nicht identifiziert. Dann stand er auf einmal irgendwo in einem Laden und redete halblaut mit sich selbst, bis er merkte, daß andere Leute ihn argwöhnisch betrachteten; sie hielten ihn für absonderlich oder jedenfalls für einen, dem man besser aus dem Wege ging, und da wurde ihm klar, was er getan hatte: er hatte zwei Menschen getötet und die Leichen so untergebracht, daß sie ohne Zweifel bald entdeckt werden mußten. ›Wenn einer von den Knallharten mich vornimmt‹, dachte er, ›und versucht, die Wahrheit aus mir herauszukriegen, dann werde ich bestimmt mürbe und sage alles.‹ Ein Gefühl von Scham und schwerer Schuld überkam ihn; er war abgetrennt von allen anderen Menschen, weil er etwas getan hatte, das niemand anders imstande war zu tun. Er war ein Bild des Schrekkens, verdammt und ausgestoßen, und beim Erwachen fühlte er sich so niedergedrückt wie nie zuvor in seinem Leben.

Es war jetzt dämmrig im Raum, nur ein kleines Lämpchen schien über einem Bett, in dem ein Mann lag und las.

Clarence versuchte, durch Kopfschütteln Traum und Benommenheit loszuwerden. Aber es war ja gar kein Traum, es war Wirklichkeit: er hatte wahrhaftig einen Menschen umgebracht. Der Zustand, in dem er sich jetzt befand, würde anhalten. Er war für immer ausgestoßen und mußte in dauernder Angst davor leben, daß alles herauskam. Die Depression, die ihn gepackt hielt, war so neu und ein solcher Schock, daß er lange im Bett sitzen blieb, auf einen Ellbogen gestützt, die Lippen in verwirrtem Erstaunen geöffnet. Er war nahe daran, laut zu schreien, doch kein Ton kam über seine Lippen.

21

Zwei Tage noch – bis Freitag abend – sollte Clarence im Krankenhaus bleiben. Mittwoch rief MacGregor an, und Clarence ging an den Apparat in der Vorhalle und sprach mit ihm. »Wir sind in Verbindung mit Ihrem Krankenhaus«, sagte MacGregor. »Schön, daß alles gut verläuft.« Mehr sagte er nicht, aber Clarence hatte auch keine Nachfrage erwartet und war dankbar, daß MacGregor sich überhaupt um ihn kümmerte.

Gegen fünf rief er am Mittwoch bei den Reynolds an. Heute war Gretas Verabredung mit Marylyn. Greta war am Apparat.

»Hier ist Clarence Duhamell«, sagte er liebenswürdig. »Wie geht es Ihnen? Haben Sie sich gestern abend das Ballett angesehen?«

»Ja, das haben wir, es war wirklich sehr hübsch. Noch vielen Dank, Clarence.«

»Ich rufe nämlich an, weil ich – ich bin im Krankenhaus, aber nur noch bis Freitag, und ich wollte mich –«

»Im Krankenhaus? Was ist denn los?«

»Eine Fleischwunde, nichts weiter. Durchschuß.«

»Aber das ist doch schrecklich! Wer war es denn?«

»Ach – irgendwelche Leute, auf der Straße. Wirklich nichts Schlimmes, eine kleine Wunde am Bein.«

»In welchem Krankenhaus sind Sie? Dürfen Sie Besuch haben? Dann besuche ich Sie morgen, Clarence. Morgen vormittag.«

»Bitte machen Sie sich doch keine Mühe, Greta!«

Aber sie ließ sich nicht davon abbringen.

Als Clarence ins Bett zurückhinkte, war ihm sehr viel wohler zumute. Wenn Greta morgen kam, konnte sie ihm von dem Abend mit Marylyn erzählen und vielleicht auch etwas darüber berichten, wie Marylyn jetzt zu ihm stand. Er schloß die Augen und versank in leichten Halbschlaf. Der Mann im Bett rechts von ihm unterhielt sich mit seinem Nebenmann; sie waren alte Bekannte.

»... Nachtschwestern, als ich in Singapur war. Das war damals natürlich ein englisches Hospital.«

»In Singapur?«

Lachen. »... da kriegt jeder Malaria, in den japanischen Lagern ... die übelste Sorte, cerebrale Malaria. Manche werden es nie wieder los ...«

Am nächsten Morgen kurz vor elf erschien Greta; sie trug eine Plastiktüte mit blaßgrünen Trauben und ein dickes Buch mit neuem Schutzumschlag, eine Anthologie von George Orwell. Es waren Essays und Feuilletons, darunter *Homage to Catalonia.*

»Mögen Sie Orwell?« fragte sie. »Vielleicht kennen Sie es schon.«

»Ich kenne *Catalonia*, aber ich hab das Buch nicht. Vielen Dank, Greta! Geht das mit dem Stuhl?« Er sah unbequem aus, und Clarence hätte ihr gern eins seiner Kissen angeboten. Ihm war nicht wohl zumute, immer noch stand ihm der gräßliche Traum vor Augen, und er hatte das Gefühl, jeder müsse ihm den Traum ansehen.

Greta erwiderte, der Stuhl sei ganz in Ordnung. Sie wollte nun hören, was ihm zugestoßen war. Er berichtete, wie er den Revolver gepackt hatte – dummerweise, denn er hätte sich vor allem die Wagennummer merken müssen.

»Haben Sie Marylyn gestern abend gesehen?« fragte er.

»O ja!« Greta strahlte. »Hoffentlich hat es ihr gefallen. Wir hatten zwei Redner, und die zweite Hälfte, das waren nur Gedichte. Jeder konnte irgendwas vorlesen oder aufsagen.«

»Sah sie gut aus?« Es war scheußlich, daß der Mann rechts von ihm womöglich zuhörte; er hatte zwar die Augen geschlossen, aber das hatte nichts zu sagen. Er hörte vielleicht rein aus Neugier zu.

»O ja, ich denke schon. Sie sagt, sie wohnt jetzt West Eleventh Street.«

Die Worte trafen Clarence wie ein Schuß – ein zweiter Schuß. West Eleventh: das hieß Dannie, der Ballettänzer. Bestimmt, das hieß Dannie. »Sie hat wohl nicht gesagt, bei wem sie wohnt?«

Greta überlegte einen Augenblick. »Nein, davon hat sie nichts gesagt.«

Vielleicht hatte Greta auch den Verdacht, daß Marylyn mit einem Freund zusammen wohnte –? Aber sie war so unbekümmert ... na ja, wie sollte sie sonst sein. Er hatte mit ihr ja auch nie über Dannie gesprochen. »Hat sie – hat sie irgendwas von mir gesagt?«

»Ich habe ihr erzählt, daß Sie im Krankenhaus sind. Ich hab gesagt, es sei nichts Schlimmes. Das hatten Sie mir ja gesagt.«

Ganz bestimmt wußte Greta, daß Marylyn noch nicht einmal angerufen hatte. Es war ihm irgendwie peinlich – er schämte sich.

»Schlimme Zeit für Sie jetzt – nicht wahr, Clarence?«

Manchmal denke ich, es ist ja doch alles aus mit Marylyn, wollte Clarence sagen.

»Wie lange muß der Verband noch draufbleiben?«

»Ach, das – ich kann ihn wahrscheinlich Freitag abnehmen, wenn ich rauskomme. Ich soll ein paar Tage zu meinen Eltern kommen, nach Hause. In meiner Wohnung an der East Nineteenth muß ich Treppen steigen, das wär jetzt vielleicht nicht so gut, mit dem Bein.«

»Natürlich müssen Sie zu Ihren Eltern gehen, erstmal. Es muß doch jemand für Sie sorgen.«

An der Tür erschien die Schwester – diesmal war es die dunkle aus Porto Rico, die so freundlich lächelte – und kündigte das Ende der Besuchszeit an.

»Hat Marylyn Ihnen ihre Telefonnummer gegeben?« fragte Clarence.

»Nein, aber sie hat gesagt, sie würde wieder anrufen.«

Gretas verständnisvoll-freundliches Lächeln verstörte Clarence. Sicher wußte sie, daß er bei Marylyn ausgespielt hatte, und war – wie ältere Leute immer – der Ansicht, er werde schon damit fertig werden.

»Hören Sie, Clarence, wenn Sie ein paar Tage zu uns kommen möchten, würden wir uns freuen. Wir haben ein Gastzimmer, und mit Ed habe ich schon gesprochen.«

Clarence sah sie zweifelnd an. »Das ist schrecklich nett, wirklich. Aber meine Eltern –«

»Ja, aber die wohnen doch in Long Island. Bei uns könnten Sie Marylyn leichter treffen.«

Das stimmte. »Ich möchte Sie aber nicht belasten. Lieber wäre es mir, ich könnte Ihnen helfen.«

»Ach Unsinn, so viel habe ich ja nicht zu tun.« Sie stand vor ihm und lächelte; es sah aus, als höben sich zusammen mit den Augen auch die Mundwinkel. »Ed kann Sie vielleicht mal anrufen und ein bißchen aufheitern. Kann man hier anrufen?«

»Ja, der Apparat steht draußen in der Halle. Vielen Dank, daß Sie gekommen sind, Greta. Auch für das Buch und die Weintrauben.« Clarence saß im Bett; er hätte Greta gern an die Tür begleitet, aber er kam sich im Nachthemd zu albern vor.

Dann war sie fort. Die Wände waren wieder blaßblau und glatt. Nichts Warmes war geblieben.

Abends um sieben kamen seine Eltern. Sie waren bestürzt, als sie von seinem Plan hörten. Er wollte zu einer Familie gehen, die er kaum kannte?

»Es ist keine Familie, Mutter. Bloß ein Ehepaar.«

Was waren denn das für Leute, diese Reynolds? Sie hatten von ihnen zum erstenmal gehört, als der Detektiv bei ihnen war und sie erwähnte.

Clarence berichtete, wie er sie im letzten Monat kennengelernt hatte. »Ich wollte ja gar nicht direkt vom Krankenhaus zu ihnen fahren.« Natürlich hatte er das doch gewollt. Astoria, wo die Eltern wohnten, hatte keinerlei Anziehung für ihn. »Edward Reynolds arbeitet bei Cross & Dickinson, das ist ein Buchverlag, da ist er Cheflektor. Sie sind beide ganz reizend.«

»Erst kommst du aber zu uns«, erklärte die Mutter. »Du mußt dich erst ein bißchen erholen, bevor du Leute besuchst, die du gar nicht näher kennst.«

»Wir kommen also übermorgen um dieselbe Zeit mit dem Wagen und holen dich ab, mein Junge«, sagte der Vater.

Es half alles nichts. »Ich muß ein paar Sachen aus meiner Wohnung holen. Post kann auch da sein. Vielleicht Rechnungen oder so.«

»Hast du den Schlüssel bei dir?« fragte seine Mutter.

»Sollen wir morgen abend mal hingehen? Die Treppen sind jetzt bestimmt nichts für dich, Clary ... Ich bringe dir vorerst was von zu Hause, da hast du ja noch genug Socken hängen, und du ziehst doch gern was Altes an.«

Clarence nahm den Schlüsselring, der in der Schublade des Nachttischchens lag. Marylyns zwei Schlüssel hingen noch daran. Die brauchte er nun nicht mehr. »Gut – also meine blauen Jeans und vielleicht ein oder zwei Hemden, die sind in der mittleren Schublade. Nicht die französischen mit den Manschetten, lieber die gewöhnlichen.«

»Ja, ich weiß«, sagte seine Mutter erfreut.

»War Marylyn schon mal bei dir?« fragte der Vater. »Ich hatte gehofft, sie hier zu treffen.«

Clarence betrachtete seine Mutter. Sie sah eigentlich jünger aus als Greta, der Pelzkragen auf dem schwarzen Mantel lag eng um den Hals und stand ihr gut, das freundlich lächelnde Gesicht strahlte vor Gesundheit. Trotzdem fand er Greta weit anziehender, auch wenn die Züge, für sich genommen, gar nicht hübsch waren. Er war wohl ein bißchen verliebt in Greta.

Sein Vater sprach davon, was Clarence für ein Glück gehabt habe bei der Schießerei. »Allein in New York hat die Polizei in diesem Jahr schon einundzwanzig Tote gehabt ...«

Die Schwester erschien. Es war Zeit zum Gehen.

Clarence nahm ein Buch zur Hand; ein paar Minuten lang war er ganz zufrieden. Dann fiel ihm Dannie ein und Marylyn, West Eleventh Street; gewiß kochte Marylyn für ihn, hängte ihre Kleider in seinen Schrank, stellte ihre Schreibmaschine in der Wohnung auf (sicher toll elegant, dachte Clarence, ohne zu wissen warum). Rastlosigkeit überkam ihn, und er blinzelte. Es konnte doch nichts Ernsthaftes sein, nichts von Dauer, das mit Marylyn und Dannie. Dannie wußte doch, Marylyn gehörte ihm, Clarence. Dannie sah überhaupt nicht so aus, als nähme er irgendwas ernst. Clarence hatte ihn zweimal gesehen. Marylyn konnte ausgesprochen kühl, fast unweiblich sein, beinahe wie ein Mann oder ein geschlechtsloses Wesen, wenn ein Mann sie nicht interessierte. Das hatte Clarence selbst gesehen. Außerdem: was war an Dannie schon dran? Er war sechsundzwanzig und bisher alles andere als ein großer Erfolg. Seine Eltern zahlten einen Teil seiner Miete, das hatte Marylyn mal erzählt. Vielleicht wohnte er überhaupt schon mit jemand zusammen, mit einem Freund oder so. Hoffentlich.

Während Clarence noch teilnahmslos auf das Tablett mit seinem Mittagessen starrte, erschien eine Schwester und sagte, er werde am Telefon verlangt. Marylyn! dachte Clarence. So schnell er konnte, stand er auf und überlegte dabei, was er wegen seiner Verwundung sagen sollte. Irgendwas – möglichst nachlässig und obenhin. Bagatelle. Er wollte auch sagen, sie habe jetzt hoffentlich ein ruhigeres Leben, in ihrer neuen Bleibe.

»Hallo – Clarence?«

Er erkannte Eds Stimme. »Hallo – Tag, Ed. Wie geht es Ihnen?«

»Das wollte ich gerade von Ihnen hören. Greta sagt, Sie sähen den Umständen nach nicht schlecht aus.«

»O ja, mir geht's sehr gut, morgen komme ich raus. Meine Eltern holen mich ab.«

»Greta meint, Sie könnten vielleicht ein paar Tage zu

uns kommen. Hoffentlich geht das. Was meinen Sie, wie lange werden Sie *hors de combat* sein?«

»Noch drei Wochen, sagt der Arzt. Ich kann aber jetzt rumgehen, nur Dienst machen soll ich die nächsten drei Wochen noch nicht.«

Er kehrte ins Bett und zu dem langweiligen Mittagessen zurück. Er hatte gehofft, Ed werde etwas von Marylyn sagen: daß er sie Mittwoch abend gesehen habe oder sonst was. Ach, er war ja ein Narr, dachte Clarence deprimiert. Ein Narr, sich derart nach einem Wort aufzuhängen, nach einem Eindruck, den Ed vielleicht gehabt haben könnte, falls er Marylyn – was gar nicht wahrscheinlich war – überhaupt gesehen hatte. Clarence wußte, er war völlig unrealistisch, er hängte sich an Träume und Hoffnungen, aus denen sicher niemals etwas wurde. Marylyn hatte ja noch nicht einmal angerufen.

22

Dienstag abend wurde Clarence bei den Reynolds erwartet. Seine Eltern, oder mindestens sein Vater, sollten ihn nach Manhattan fahren, und Ed und Greta hatten ihn gebeten, seine Eltern doch mitzubringen, etwa gegen sieben Uhr. Der Abendspaziergang mit Juliette war absolviert, und Greta hatte ein festliches Dinner mit Entenbraten vorbereitet. Das Gastzimmer, das eigentlich ihr Studio war – aber sie hatte die Staffelei in die Ecke verbannt und die Farben an die Seite des langen Arbeitstisches geschoben –, war liebevoll zurechtgemacht mit einer blühenden Begonie und mehreren Büchern auf dem Nachttisch, die Clarence vielleicht gern lesen würde. Greta hoffte, die Eltern Duhamell würden zum Dinner bleiben.

Das Telefon klingelte, und Ed nahm den Hörer auf.

»Hallo, Mr. Reynolds? Hier ist Peter Manzoni – ich bin Polizeibeamter auf derselben Revierwache wie Duhamell. Ich denke Sie kennen ihn – Clarence.«

»Ja –?«

»Ich würde Sie gern mal sprechen, Mr. Reynolds. Ich bin gerade bei Ihnen in der Nähe – hätten Sie vielleicht ein paar Minuten Zeit?«

»Heute abend kann ich –«

»Es ginge auch später, nach dem Essen, wenn Ihnen das lieber ist.«

»Nein, heute abend geht es gar nicht, wir haben Gäste. Darf ich fragen, worum es sich handelt?«

»Ach, ich hätte nur ein paar Fragen. Es geht um Clarence. Nichts Besonderes.«

Die energische Stimme irritierte Ed. »Und ihn selber können Sie nicht fragen?«

Der Mann lachte. »Nein, das geht nicht gut. Solche Fragen sind's nicht. Wie wäre es morgen abend, so um halb sieben oder sieben?«

Ed zögerte noch. »Ich wüßte gern, worum es sich handelt.«

»Das kann ich Ihnen am Telefon nicht sagen, Mr. Reynolds. Dafür bin ich Polizist.«

Vielleicht war es besser für Clarence, wenn er dem Gespräch nicht auswich, dachte Ed. »Also gut, dann morgen. Um sieben –? Ich werde unten in der Halle auf Sie warten.« Er hängte auf.

»Wer war denn das?« fragte Greta.

»Das war dieser Manzoni – du sagtest doch, Clarence hätte von ihm gesprochen. Er will mich morgen abend sprechen.«

»Dich sprechen? Wozu denn?«

»Er sagt, er habe ein paar Fragen. Wegen Clarence.«

Das Haustelefon schnarrte in der Küche, und Greta ging hinüber.

Ob sie auf der Revierwache wohl wußten, daß Clarence für ein paar Tage zu ihnen kam, überlegte Ed. Wahrscheinlich doch – sie wollten sicher immer informiert sein, wo er zu erreichen war. »Ich werd dem Mann kein Wort sagen«, erklärte er Greta.

Es klingelte. Clarence trat ein mit seinem Vater; er trug ein Köfferchen in der Hand, das er in einer Ecke der Diele abstellte. »Guten Tag, Greta, dies ist mein Vater. Mr. und Mrs. Reynolds.«

»Guten Tag«, sagte Ralph Duhamell. Er verneigte sich

vor Greta und streckte Ed die Hand entgegen. »Freut mich sehr, Sie kennenzulernen. Mein Sohn hat schon viel von Ihnen erzählt.«

»Haben Sie Ihre Frau nicht mitgebracht?« fragte Ed.

»Nein – sie mußte um acht irgendwo sein, heute abend. Sie hätte es schaffen können, aber ich glaube, sie dachte, es würde Ihnen vielleicht zuviel werden.«

Sie gingen ins Wohnzimmer.

Ed fand sofort Gefallen an Ralph Duhamell; er machte den Eindruck eines aufrechten, zurückhaltenden und trotzdem sicheren Mannes. Von ihm hatte Clarence den hübschen vollen Mund, doch sein Haar war dunkler, und er war nicht so groß wie der Sohn.

»Geht es Ihnen besser, Clarence?« fragte Greta.

»Ja, mir geht's wieder tadellos«, gab Clarence zurück.

Ralph nahm den angebotenen Whisky gern an, aber als Greta die Hoffnung äußerte, er werde zum Dinner bleiben, lehnte er ab. »Clare hat mir das erzählt – von Ihrem anderen Hund«, sagte er. »Wirklich schrecklich, so etwas. Und dann noch das ganze Lösegeld – ein Verbrechen. In solchen Sachen ist Manhattan bestimmt schlimmer dran als unsere Gegend drüben. Wir wohnen in Astoria – keine besonders elegante Gegend, aber wir sind da zu Hause. Clare ist dort aufgewachsen.«

Aus seiner Art der Unterhaltung merkte Ed, daß er von der Tat seines Sohnes keine Ahnung hatte.

»Clare hat das Gefühl, sich in Ihrem Falle irgendwie nicht bewährt zu haben«, meinte Ralph. »Davon hat er viel gesprochen in der letzten Zeit.«

»Ach – was konnte er schon tun? Ich fürchte, der Mann hat den Hund gleich zu Anfang umgebracht.«

»Ja, ich weiß. – Und Sie haben Marylyn kennengelernt? Clare hat uns davon erzählt.«

»Ja, sie war einmal hier.« Ed war froh, das Thema wechseln zu können. Greta unterhielt sich mit Clarence auf der anderen Seite des Zimmers. »Ich fand sie sehr nett, und auch recht intelligent.«

»Tatsächlich?« fragte Ralph. »War sie interessiert?«

«O ja – politisch sehr«, meinte Ed lächelnd.

»Clare ist nämlich ganz versessen auf sie. Nun, wenigstens arbeitet sie und bringt sich selber durch. Auch mit Drogen hat sie, glaube ich, nichts im Sinn – Clare sagt, sie mag nicht mal Hasch.«

Dann zeigte Clarence seinem Vater Gretas Bilder. Ein Seebild schien ihm besonders zu gefallen. Er lehnte einen zweiten Drink ab und sagte beim Abschied zu Clarence:

»Also dann – sei brav, mein Junge.« An der Tür schüttelte er Ed noch einmal die Hand.

»Kommen Sie, Clarence, ich zeige Ihnen Ihr Zimmer«, sagte Greta. »Nehmen Sie Ihren Koffer mit. Können Sie ihn auch tragen?«

»Natürlich, der wiegt ja nichts. Ist nur ein kleiner Koffer.« Clarence nahm ihn und folgte ihr in die kleine Diele links von der Küche. Sein Zimmer lag auf der linken Seite, das Fenster ging auf die Straße. »Oh, was für ein schönes Zimmer!« sagte er.

Auf dem Boden lag ein kräftiger dunkelgrüner Teppich und auf dem Bett eine orangefarbene Tagesdecke. Der Tisch war solide und praktisch, die Wände weiß – hier war nichts zu sehen von den vielen Überflüssigkeiten, die so oft ein Zimmer verdarben. Die Gastgeber hatten Geschmack. Clarence hängte seine Hose auf. Er hatte nicht viel mitgebracht – länger als zwei Tage sollte er wohl lieber nicht bleiben. Er ging in das blaugekachelte Badezimmer und wusch sich Hände und Gesicht; seine Handtücher hatte ihm Greta gezeigt. Dann kehrte er ins Wohnzimmer zurück, in der Hand die Flasche Châteauneuf-du-Pape, die er im Koffer mitgebracht hatte.

Sie setzten sich zu Tisch.

Als Clarence später am Abend in sein Zimmer gegangen war, stand Ed am Wohnzimmerfenster und blickte hinunter auf die wenigen Sandsteinhäuser, die auf der anderen Straßenseite zwischen den größeren Apartmentblocks eingeengt standen. Greta war mit dem Hund unten – Clarence hatte sich erboten zu gehen, aber Greta wollte lieber selbst gehen. Ed hatte vor dem Schlafengehen noch einiges zu lesen.

Mit deutlichem Unbehagen dachte er an Manzoni und an morgen abend. Er nahm sich vor, ruhig, kurz und sachlich aufzutreten – so sachlich wie möglich jedenfalls. Manzoni würde vermutlich sagen: »Wie ich höre, wohnt Dummell augenblicklich bei Ihnen.« Ed hätte jetzt mit seiner Lektüre anfangen können, doch er wartete, bis er das leise Klicken der Fahrstuhltür und dann Gretas Schritte in der Diele hörte und wußte, sie war zurück und wohlauf. Er nahm das neun Seiten starke hektographierte Schriftstück mit der Überschrift: Non-Fiction – Vergleich zwischen dem laufenden und dem letzten Geschäftsjahr. Werbung, Verkauf nach Gebieten, Nettobeträge, alles übersichtlich aufgeteilt. Zwei Bücher, für die er sich eingesetzt hatte, hatten gut abgeschnitten; das freute ihn. Einen Titel hatte er abgelehnt, und der hatte noch bessere Erträge erzielt. So war nun mal das Leben.

»Was hat Clarence morgen vor?« fragte Ed.

»Er will mir beim Einkaufen helfen. Und Juliette will er auch ausführen.« Greta lachte leise.

»Das wäre mir nicht sehr lieb«, sagte Ed mit gedämpfter Stimme. »Den Hund können wir selber ausführen.«

»Ach weißt du, er möchte so gern helfen. Er hat –«

»Es ist wegen dieses Manzoni«, erklärte Ed. »Ich weiß nicht – vielleicht beobachtet er das Haus. Ich möchte das nicht.«

Greta sah ihn mit großen Augen an. »Gut, Eddie.«

»Morgen abend kann ich dir mehr sagen.«

Ed war am nächsten Abend um zehn Minuten vor sieben unten in der Halle. »Ich warte auf jemand«, erklärte er dem Pförtner mit freundlichem Lächeln. Clarence war nachmittags im Kino gewesen, war aber jetzt im Haus und wollte nachher Ed und Greta zum Dinner ausführen. Ed hatte ihm gesagt, er habe eine Besprechung mit einem Verlagsautor in der Nähe und werde in einer halben Stunde zurück sein.

Manzoni war pünktlich. Ed erkannte ihn sofort, als der Pförtner ihn einließ: ein dunkler Mann, etwas über einssiebzig, ohne Hut, mit schwarzem gelocktem Haar und vielsagendem Lächeln auf dem breiten faltenreichen Gesicht. Er trug einen dunkelblauen Trenchcoat.

»Mr. Reynolds?« sagte er fragend.

»Ja. Guten Abend.«

»'n Abend. Können wir irgendwo hingehen?«

Es war ein kleines Lokal in der Nähe. Manzoni wies auf eine Box an der Seite; als sie Platz genommen hatten, begann er:

»Wie ich höre, wohnt Clarence bei Ihnen. Ich habe heute mit seinen Eltern gesprochen.«

»Er wohnt bei uns, ja, aber nur für ein paar Tage. Sie wissen ja, daß er gerade aus dem Krankenhaus gekommen ist.«

»Er hätte auf der Wache melden müssen, wo er ist. Er ist immer noch 'n Cop, auch wenn er Krankenurlaub hat. Deshalb habe ich seine Eltern angerufen – bei ihm meldet sich keiner.«

Ed erwiderte nichts darauf.

»Ja, also –« Manzoni verzog das Gesicht zu einem Lächeln. »Was wissen Sie von Rowajinski, Mr. Reynolds? Das ist der Grund, warum ich Sie sprechen wollte. Ich wollte wissen, was Dummell von ihm erzählt hat.«

»Ich weiß nur, daß er tot aufgefunden wurde«, antwortete Ed.

Ein Kellner trat heran, und Manzoni murmelte etwas. Ed bestellte einen Whisky mit Soda.

Manzoni zündete sich eine Zigarette an. Er hatte rundliche kraftvolle Hände, sie paßten zu seinem Gesicht. »Unsere Leute vom Morddezernat wissen natürlich nicht definitiv, wer Rowajinski umgebracht hat, das ist klar, aber sehr verdächtig ist Dummell. Sehr verdächtig. Sonst kommt ja auch kaum jemand in Frage. Und was meinen Sie nun?«

»Darüber habe ich noch nicht nachgedacht.«

»Ach –? Tatsächlich nicht?«

Ed entspannte sich und zog seine eigenen Zigaretten aus der Tasche. »Nein. Wozu sollte ich über Rowajinski nachdenken? Ich wüßte wirklich nicht warum.«

»Also ganz offen: ich wollte Sie fragen, ob Sie annehmen, daß Clarence es getan hat. Hat er mit Ihnen darüber gesprochen?«

»Nein.« Ed runzelte leicht die Stirn, als sei er betroffen von der Frage. Er wußte, daß er sich verstellte – sich verstellen mußte. »Sie wissen genausoviel wie ich und wahrscheinlich noch einiges mehr.« Da Manzoni schwieg, fragte Ed: »Sind Sie Detektiv?«

»Noch nicht. Das kommt noch.«

Der Kellner brachte die Gläser. Manzoni nahm einen tiefen Schluck und zerbiß ein paar Eisstückchen zwischen den Zähnen. »Mr. Reynolds – wenn Dummell den Kerl umgebracht hat, dann wären Sie sozusagen auf seiner Seite, nicht wahr. Sie mochten ja Rowajinski auch nicht.«

Ed seufzte gespielt. »Mein Gott – ich habe Rowajinski doch nicht so gehaßt, daß ich ihn tot wünschte. Er war ein kranker Mann – krank im Kopf, meine ich.«

Manzoni nickte. »Was Dummell Ihnen auch erzählt haben mag – sehen Sie, Mr. Reynolds, wir sind ganz sicher, er hat es getan, und er wird noch eine ganze Menge Fragen beantworten müssen. Ich weiß, er kommt gerade aus dem Krankenhaus –«

»Wieso sind Sie so sicher?«

»Er hatte einen Grund, das wissen Sie. Der Pole hatte seine Freundin angerempelt, und außerdem hat er behauptet, Dummell hätte Geld von ihm angenommen. Bestechung. Ist nie erwiesen worden, ob es stimmte oder nicht.« Manzoni hielt den dicken Zeigefinger in die Höhe. »Dummell macht sich an Leute wie Sie heran, weil er Eindruck schinden will. Ranschmeißer, das ist er.«

Ed schüttelte langsam den Kopf, als sei ihm das kaum verständlich.

»Was wollen Sie sagen?« fragte Manzoni.

»Ich kann Ihnen keine Tatsachen bieten. Ich weiß, Sie suchen nach dem richtigen Mann, das ist klar.« Ed leerte sein Glas, nicht weil er Durst hatte, sondern weil er bald gehen wollte.

»Ich will Ihnen was sagen, Mr. Reynolds: alle Indizien deuten auf Dummell, und wir kriegen ihn auch. Wie – das kann ich Ihnen noch nicht sagen.« Manzoni hob die Schultern, seine Augen nahmen ein paar Sekunden lang einen fast träumerischen Ausdruck an. »Aber allzu schwer wird's nicht sein, denke ich.«

Offensichtlich, dachte Ed, hatte Manzoni doch nicht den Mut, unumwunden zu behaupten, daß er – Ed Reynolds – den Verdächtigen decke. Ed zuckte ebenfalls die Achseln, als wollte er sagen: Das ist nicht meine Sache.

Manzoni blickte Ed fest an. Immer noch lächelte er, aber es war etwas Unnachgiebiges im Blick, das Ed im Film und auf dem Bildschirm oft gesehen hatte: der stahlharte Verfolger war am entscheidenden Punkt angekommen, Ausflüchte gab es nicht mehr. »Sie behaupten also, daß Clarence Ihnen gar nichts erzählt hat.«

»Ja.«

»Er hat bloß gesagt, daß er die Nacht bei seinem Mädchen geblieben ist?«

»Die Nacht –?«

»Ja, die Nacht, in der Rowajinski umgebracht wurde. Die Dienstagnacht.«

»Ja, das hat er gesagt.«

»Sie wissen vielleicht, daß seine Freundin ihm den Laufpaß gegeben hat. Marylyn heißt sie.«

»Ach –?«

»Das wußten Sie nicht?«

»Clarence hat nichts davon gesagt.«

»Kennen Sie sie?«

»Nein, ich habe sie nur einmal gesehen.«

»Ja, sie hat genug von ihm. Sie weiß ja Bescheid. Kein Mensch glaubt daran, daß Clarence die ganze Nacht bei ihr war. Seine Freundin behauptet das auch nur, um den Cops eins auszuwischen. Aber einen Killer zum Freund haben, das will sie nun doch nicht.«

»Ich weiß gar nichts von Marylyn«, erklärte Ed gelassen. »Clarence hat nicht darüber gesprochen.« Er warf einen Blick auf seine Uhr. »Wenn Sie gestatten –«

»Ja, selbstverständlich. Sie haben noch was vor –?«

Ed nickte und zog die Brieftasche hervor. »Wenn Sie nichts weiter – möchten Sie sonst noch was?«

»Nein. Nur eins: wenn Clarence Ihnen irgendwas sagt, auch wenn es nur eine Kleinigkeit ist, bitte geben Sie uns Bescheid, ja? Hier ist die Telefonnummer.« Auch Manzoni zog seine Brieftasche und entnahm ihr einige Karten. Eine reichte er Ed.

Ein schiefgesetzter roter Stempel auf der Karte nannte Adresse und Telefonnummer der Revierwache. Ed schob die Karte in die Manteltasche. Manzoni wollte für beide bezahlen; schließlich zahlte jeder für sich und hinterließ ein angemessenes Trinkgeld.

Für Clarence hatte der Tag fürstlich begonnen. Er war um viertel nach neun aufgewacht, als Greta an die Tür klopfte und ihm auf einem Tablett Kaffee und Orangensaft ans Bett brachte. Draußen schien die Sonne; Clarence war im Zimmer umhergeschlendert, barfuß und im Schlafanzug, hatte schluckweise seinen Kaffee getrunken und dabei Einzelheiten des Raumes – es war sonst Gretas Arbeitszimmer – in sich aufgenommen: die benutzten, aber sauber ausgewaschenen Pinsel in der hohen Keksdose, die Porträtskizze von Ed in dunkelroten Wasserfarben, eine alte Einkaufsliste, auf der sie verschiedene Gelbschattierungen ausprobiert hatte. Irgendwo drüben hörte er den Staubsauger summen, und es fiel ihm ein, daß Greta erzählt hatte, die Putzfrau werde heute kommen.

Nach einigen Fragen fand Clarence dann auch heraus, wie er sich nützlich machen konnte: Greta brauchte ein Küchengerät, das vielleicht in der Haushaltsabteilung von Macy's, im Kellergeschoß zu haben war. Er machte sich auf den Weg, als fahnde er nach dem Heiligen Gral. Unter keinen Umständen wollte er ohne das Ding nach Hause kommen, auch wenn er dafür nach Brooklyn fahren mußte. In einem ungarischen Restaurant ließ er einen Tisch reservieren, dorthin wollte er Ed und Greta heute abend einladen. Es war fast elf, als er an der Untergrundbahnstation West 4th Street ankam; das war eine Zeit, zu der er Marylyn anrufen konnte, ohne befürchten zu müssen, daß sie noch schlief. Er trat in einen Drugstore und suchte Dannie Sheppards Nummer im Telefonbuch.

Eine männliche Stimme meldete sich.

»Hallo – hier ist Clarence Duhamell. Ist dort Dannie?«

»Ja.«

»Entschuldigen Sie die Störung – ist wohl Marylyn da?«

Kurze Pause. Dann: »Hören Sie, Clarence, dieser Stinker hat sich schon wieder gemeldet. Der Cop – Sie wissen. Eben hat er angerufen. Er ist immer noch hinter Marylyn her, und ich kann Ihnen sagen, sie hat die Nase voll. Deshalb rate ich Ihnen: verschwinden Sie, aber pronto. Dies ist meine Wohnung hier –«

»Kann ich Marylyn mal sprechen?«

»Ich glaube nicht, daß ihr daran was liegt.«

»Warum fragen Sie sie nicht selber?« Im Hintergrund war jetzt Marylyns Stimme zu hören. Sie kam ans Telefon.

»Hallo«, sagte sie.

»Hallo, Darling. Wie geht's dir?«

»Na, was meinst du wohl, wie's mir geht?«

»Marylyn – ich möchte dich sprechen.«

»Ich hab schon mal 'n besseren Vorschlag gehört.«

»Ich muß dich sprechen, Marylyn. Nur fünf Minuten. Ich bin ganz in deiner Nähe, ich kann dich jetzt gleich treffen – meinetwegen irgendwo an der Ecke. Bitte, Marylyn!«

Sie blieb bei ihrem Nein.

Verstört setzte Clarence seinen Weg fort. Bei Macy's fand er das Küchengerät, das Greta haben wollte. Er rief sie an und teilte es ihr mit – sie war zu Hause geblieben und wollte nachmittags arbeiten, vielleicht malen. Er ging in ein Kino, um nicht mehr an Marylyn denken zu müssen. Außerdem wollte er Greta das Zimmer überlassen, obgleich sie beteuert hatte, sie könne ebensogut im Wohnzimmer malen.

Der nächste Tag war ein Donnerstag, und Clarence hatte vorgehabt, sich von den Reynolds zu verabschieden und in seine Wohnung zurückzukehren. Aber heute hatte Greta Geburtstag, abends sollten Eric Schaffner und Lilly

Brandstrum zum Dinner kommen, und Greta sagte, Clarence werde doch hoffentlich auch bleiben. Spätabends in seine Wohnung zurückzukehren, sei unsinnig, warum wollte er nicht noch eine Nacht bleiben? Clarence hatte also zugestimmt und in einem Geschäft an der 8th Street ein silbernes Halskettchen für Greta gekauft, das ziemlich teuer war, aber – wie er hoffte – nicht so teuer, daß das Geschenk zum faux pas wurde. Seine Stimmung hob sich, als er die Kette erstanden hatte; er rief noch einmal bei Dannie an, in der Hoffnung, der heitere Ton seiner Stimme werde Marylyn zu einem Treffen bewegen. Diesmal war sie selbst am Apparat.

»Große Lust hab ich wirklich nicht, aber gut, meinetwegen. Auf fünf Minuten.«

Sie verabredeten sich für jetzt gleich an der Ecke 11th Street und Sixth Avenue. Clarence ging eilig hin.

Marylyn hatte nur einen Häuserblock weit zu gehen und kam mit ihm gleichzeitig an der Ecke an. Das schmale Gesicht trug einen gereizten Ausdruck. Die Wildlederjacke, die sie anhatte und die ihr zu groß war, kannte er nicht. Sicher gehörte sie Dannie.

»Hallo, Darling«, sagte er. »Möchtest du irgendwohin gehen? Wo wir uns hinsetzen können?«

»Nein.« Nervös und unruhig stand sie vor ihm in ihren Mocassins, die Hände in den Taschen, steif, als friere sie, obwohl es nicht sehr kalt war. Sie hatte keine Socken an – immer war sie leichtsinnig und ließ Socken und Schal weg, wenn es eigentlich zu kalt dafür war. »Wir werden ja doch sicher beobachtet. Ganz piepe, ob wir rumlaufen oder irgendwohin gehen.«

»Dir ist kalt.«

»Ja – die Heizung bei Dannie hat heute morgen gestreikt.«

»Ach.« Insgeheim freute sich Clarence: die Luxuswohnung war anscheinend doch nicht ganz so luxuriös, wie er angenommen hatte.

Sie gingen die Straße hinunter, Marylyn mit gesenktem Kopf und eigensinnigen kleinen Schritten.

»Ich hab's reichlich satt mit diesem Faschistenschwein«, sagte sie.

»Ja, ich weiß. Er hat angerufen, sagte Dannie.«

»Angerufen – er ist hingekommen, zu uns, gestern abend! Ja, zuerst hat er angerufen, aber dann war er da, bevor wir uns verdrücken konnten. Wir hätten auch gar nicht weggehen können, und wozu überhaupt? Dannie hatte Gäste. Und dann sagte er, er wär gerade bei Mr. Reynolds gewesen. Fabelhaft interessant für uns, findest du nicht?«

»Er lügt. Wann war das?«

»Um acht ungefähr. Er sagte, daß Mr. Reynolds dich bloß decken wollte, und ich ebenso, und daß du – na, du weißt ja. Mindestens sieben oder acht Leute haben das mit angehört. Ich habe gesagt, er soll machen, daß er wegkommt, aber das nützte natürlich überhaupt nichts. Dannie versuchte erst, ihn nicht in die Wohnung reinzulassen, aber so'n Polyp kommt ja überall durch. Dannie fragte, haben Sie überhaupt 'n Durchsuchungsbefehl, und er sagte nein, er suchte ja gar nichts. Die wollen einen bloß piesacken, das ist alles. Ein Faschistenstaat ist das hier, Clare! Kämpfen hat gar keinen Sinn, die haben alle Waffen! Ja, ich weiß, du sitzt im Schlamassel, aber bitte zieh mich nicht auch noch mit rein.«

So war es also: Ed war gestern abend gar nicht mit einem Autor verabredet gewesen, sondern mit Manzoni, dachte Clarence. Jetzt fiel ihm auch ein, daß Ed beim Essen im Restaurant gestern abend anders gewesen war als sonst: ein wenig unsicher, eine Spur kühler. Vielleicht hatte er auch längst genug von allem, wie Marylyn.

»Ich habe nie die Absicht gehabt, dich hineinzuziehen.«

»Nein –? Himmel nochmal, ich hab doch gesagt, du wärst bei mir geblieben in der Nacht! Du selber hast das ja auch gesagt. Und dann hast du nicht die Absicht gehabt, mich hineinzuziehen!«

Clarence begriff. Ja, er hatte sie hineingezogen.

»Für mich wärs besser, wenn ich rüberzöge nach Long Island oder auf die Bronx, bloß meine Arbeiten kriege ich meist hier, deshalb muß ich schon bleiben.«

»Ja, ich weiß. Es tut mir sehr leid, Marylyn.«

»Dir tut immer alles sehr leid. Du kannst dich ja von Mr. Reynolds beschützen lassen, wenn du willst, aber mich laß möglichst aus'm Spiel, ja? Ach so, das geht ja gar nicht mehr.« Sarkastisch fügte sie hinzu: »Wir dürfen uns hier auch nicht streiten, hörst du – falls uns einer beobachtet, jedenfalls darf es nicht so aussehen. Der Bulle von deiner Wache wohnt Jane Street, Gott weiß, welche Dienstzeiten der hat. Wir müssen einfach aussehen wie gute Freunde – mittelgute jedenfalls.«

Der Sarkasmus in ihrer Stimme war ihm neu. Sie standen jetzt an der Ecke der Frauenhaftanstalt, wo fünf lebhafte Straßen ineinander mündeten.

»Vielleicht gönnen sie dir noch eine Ruhepause«, meinte Marylyn, »aber der Bulle hat gesagt, sie vernehmen dich noch weiter.«

»Marylyn, hör zu: ich werd's schaffen. Ich komme durch, ganz bestimmt.«

»Meinst du? Ich hab gehört, daß sie Leute zusammenschlagen.«

»Das kann ich aushalten.«

Marylyn bog nach rechts in die Greenwich Avenue ein und ging langsam weiter. Clarence schritt neben ihr.

»Ich will wirklich nicht mit Absicht ekelhaft sein, Clare. Aber du mußt verstehen, daß mir das einfach zu viel wird, nicht?«

Ja, das verstand er. Er hätte ihr gern etwas Tröstendes gesagt, einen Halt gegeben, doch er fand die Worte nicht. »Aber später können wir uns doch wiedersehen, Marylyn – wenn das alles vorbei ist, ja? Ja?«

Sie hob die Schultern und blickte ihn nicht an. »Vielleicht, ja. Mal sehen.«

Nach Hause zurückgebracht werden wollte sie nicht, und so war er eine halbe Minute später allein und ging die Greenwich Avenue hinunter. *Vielleicht. Mal sehen.* Das war fast schlimmer, als wenn sie ganz mit ihm gebrochen hätte. Sie liebte ihn nicht und haßte ihn auch nicht; was sie für ihn fühlte, lag dazwischen. Und das hieß wohl, daß sie ihn niemals geliebt hatte und auch nie lieben würde.

Greta hatte nachmittags mit den Vorbereitungen zum Dinner zu tun, und Ed kam um vier Uhr nach Hause und setzte sich gleich an seinen Schreibtisch. Zwei- oder dreimal im Monat, sagte er, arbeite er den ganzen Tag zu Hause. Clarence war froh, daß er zweimal etwas aus dem Delikatessengeschäft holen konnte, das Greta vergessen hatte. Am Spätnachmittag setzte sie sich ans Klavier und spielte einen Walzer von Chopin, und als Clarence näher kam und zuhören wollte, lachte sie verschmitzt und ging über in ein Lied – ›Second-hand rose‹ hieß es –, das sie mitsang, so daß Clarence lachen mußte.

»So was singen wir immer«, erklärte sie und hämmerte auf die Tasten, »wenn die öden Dichter auf unseren Abenden ihre Gedichte vorgetragen haben, wissen Sie.«

Es folgte ›Ein anderer steht bei ihr‹, bis Ed herüberrief: »Was macht ihr da eigentlich? Die werden uns die Wohnung kündigen!«

»An meinem Geburtstag ist das doch wohl erlaubt!« rief Greta fröhlich zurück.

Die Wohnung duftete nach gebackenem Schinken, Gewürznelken und braunem Zucker. Als letztes erschien gegen sieben auf dem festlich gedeckten Tisch eine Schüssel mit Rollmöpsen in saurer Sahne.

Dann erschienen die Gäste – beide kamen gleichzeitig in demselben Fahrstuhl. Eric hatte Blumen mitgebracht, Lilly eine große flache Schachtel mit Pralinen, und außerdem gab es noch eingewickelte Geschenke. Bei der Begrüßung erklärte Greta, Clarence sei Logiergast bei ihnen und bleibe noch bis morgen. Lilly und Eric begrüßten ihn freundlich. Cocktails und Canapés folgten, und dann ging es ans Auspacken der Geschenke. Ein Kasten für Farben und Pinsel von Lilly, dänisches Fabrikat, der praktischste Behälter für ein Maximum an Utensilien auf einem Minimum an Platz. Greta schien sich riesig zu freuen. Eric hatte ihr zwei italienische schmiedeeiserne Leuchter mitgebracht. Eds Geschenk war eine prachtvolle silbergrüne Abendjacke, verziert mit schimmernden Münzen. Greta brach bei jedem Geschenk in Freudenrufe aus, und Clarence sah ihr beglückt zu. Als sie seine Halskette in der

Hand hielt, rief sie: »O Clarence, wie fabelhaft!« und legte sich die Kette um den Hals.

Clarence wurde allmählich leichter zumute. Offenbar hatte niemand die Absicht, von der Affäre Rowajinski zu sprechen. Gleichzeitig jedoch kam er sich wie ein Außenseiter vor, wie einer, der dabeisteht und nur zusieht. Ed und Greta und die beiden andern waren alte Freunde, fast eine Familie, trotz des deutschen Akzents bei Greta und Eric, der im Gegensatz stand zu dem New Yorker Tonfall bei Ed und Lilly. Alle waren überaus freundlich zu Clarence – alle bis auf Ed. Ed war anders. Clarence hatte das Gefühl, als vermeide Ed es, ihn anzusehen.

»Ach ja – Greta hat erzählt, Sie seien im Krankenhaus gewesen«, sagte Lilly beim Essen zu Clarence. »Da muß ich Ihnen noch mein Beileid ausdrücken. In Ausübung der Pflicht verwundet, sagt Greta.« Die Worte waren nicht zynisch gemeint; Lilly war nur angeregt vom Essen und vom Wein.

»Ja – kleine Schießerei. Nichts Schlimmes«, erwiderte Clarence.

»Es waren Rowdies, die in die Glastüren schossen«, warf Ed ein. »Drüben in unserer alten Gegend.«

»Gibt's eigentlich was Neues in der Sache mit dem Polen? Du hast mir doch gesagt, er sei ermordet worden, Greta, nicht? Doch, ja«, sagte Lilly, als sei es ihr gerade wieder eingefallen.

»Ja«, antwortete Greta und biß in eine Selleriestange. »Das hab ich dir schon vor ein paar Wochen erzählt.«

»Ja, natürlich. Ich hab's auch gehört«, meinte Eric. »Im Fernsehen hab ich's gesehen, noch bevor Greta es erzählte.«

»Weiß man, wer's getan hat?« fragte Lilly.

»Nein«, gab Greta zurück. »Irgendeiner auf der Straße vermutlich.«

»Ach, dieser Verrückte! Das war doch wirklich kein Wunder!« erklärte Eric.

»Was war es noch – erstochen oder erschossen?« fragte Lilly.

»Nein – einfach erschlagen«, sagte Greta.

»Totgeschlagen«, fügte Ed hinzu.

»Liebe Zeit – was für ein Gesprächsthema – heute am Geburtstag!« sagte Eric.

»Ich hole noch Wein.« Greta stand auf und ging in die Küche, um eine neue Flasche zu holen.

Ed nahm sich Zeit, um seine Zigarre anzuzünden. Niemand hatte absichtlich das Thema gewechselt; es hing eine Weile in der Luft, bis man zu anderen Dingen überging. Lilly fiel ein, daß sie eine Platte mit elektronischer Musik mitgebracht hatte, die die andern hören sollten. Die Platte wurde aufgelegt, während man Kaffee trank. Eric sagte ein paar Worte dazu und lachte leise. Auf der Schallplatte sprach eine Frauenstimme einige deutsche Worte, die von sonderbar ächzenden und eulenartigen Rufen unterbrochen wurden. Clarence ließ seine Gedanken schweifen. Er sah im Geist einen Garten voller Metallblumen, dann einen dunklen Tunnel, ein stickiges Inferno, in dem sich alles ereignen konnte und nichts unmöglich war. Es war eine fremde und doch vertraute Welt, so wie die eigenen Träume, die man kennt und die einem doch fremd sind, weil man sie nicht zu deuten weiß, aber nicht weil man sie und ihre Atmosphäre nicht kennt. Clarence dachte an Marylyn. Sie lebte ihr eigenes Leben, das ihm vielleicht immer unbegreiflich bleiben würde. Wenn das so war, wenn sie im Innersten Zweifel hatte, ob ihm ihr Leben verständlich war, so würde sie das erkennen und ablehnen. So etwas mochte sie nicht. Auch ihn selbst würde sie dann nicht mehr mögen; und vielleicht war eben dieser Punkt schon längst erreicht. Ach, hätte er sie nur an dem Morgen damals in die Arme genommen und ihr klargemacht – aber wie? –, daß sie beieinander sein und bleiben mußten. Wie immer hatte er es versäumt, das Richtige zur rechten Zeit zu tun.

Eric war der erste, der sich verabschiedete; er küßte Greta beide Hände und machte ihr auf deutsch Komplimente. Dann ging auch Lilly und nahm die seltsame Schallplatte wieder mit.

Es war fast Mitternacht. Clarence gratulierte Greta zu dem gelungenen Abend und sagte dann ihr und Ed Gute Nacht; er nahm an, sie wollten gern allein sein.

Eine halbe Stunde später, als Clarence in seinem Zimmer war, klopfte Ed an die Tür. Er war im Pyjama und Hausmantel. »Ach, Clarence«, sagte er, »ich sah noch Licht bei Ihnen.«

»Ja – kommen Sie doch bitte herein«, sagte Clarence. Er hatte im Bett gelesen.

Ed nahm Platz. »Ja – also – wegen Ihrer Angelegenheit. Sie haben es noch nicht hinter sich, nicht wahr?«

»Nein.« Clarence setzte sich im Bett auf. »Ich habe gehört, daß Sie Manzoni gestern abend gesprochen haben.«

»Ach –?«

»Marylyn hat es mir erzählt. Ich hab sie getroffen.«

»Woher wußte sie das denn?« Aber noch während Ed fragte, wurde es ihm klar.

»Manzoni ist bei ihr gewesen. In der Wohnung. Und sie haßt natürlich das ganze Gefrage von der Polizei, das ist klar. Mir ist es auch schrecklich, ihretwegen.«

»Es werden aber noch mehr Fragen kommen, soviel ich weiß.«

»Ja. Und sie werden auch versuchen, Marylyn mürbe zu kriegen. Vielleicht nicht mit Gewalt, aber – es dreht sich ja nur darum, daß ich angegeben habe, ich wär die Nacht bei ihr geblieben, und sie hat das auch gesagt.«

»Ja, ich weiß. Natürlich, ja.« Ed sagte sich im stillen die nächsten Sätze vor, aber sie verschwanden, und er wußte nicht weiter.

»Manzoni war bestimmt kein angenehmer Besucher«, sagte Clarence. »Er weiß auch, daß ich hier bei Ihnen bin.«

»Ja, das stimmt, und deshalb dachte ich, es wäre vielleicht besser – um Ihretwillen wäre es besser, daß Sie nicht zu viel bei uns gesehen werden – aus naheliegenden Gründen. Wenn es nicht schon zu spät ist.« Bis Gras über die Sache gewachsen ist, wollte er noch hinzufügen. Aber wuchs denn jemals Gras über eine solche Sache? Wenn sie Clarence auf der Polizei immer wieder in die Mühle nahmen, würde er dann nicht doch schließlich umkippen? Kippten nicht alle irgendwann um? »Selbstverständlich habe ich gar nichts dagegen, daß Sie jetzt hier sind, und Greta auch nicht. Aber in Zukunft, meine ich –«

»Ja, ich verstehe schon.« Clarence war todunglücklich. Unmöglich konnte er jetzt aufstehen und sofort das Haus verlassen, es war viel zu spät und machte zu viele Umstände. Und auch morgen früh war der Abschied bestenfalls ein Rückzug nach dem, was Ed eben gesagt hatte.

»Mit Marylyn ist doch alles in Ordnung?« fragte Ed.

»Es macht sie wahnsinnig, daß Manzoni sie nicht in Ruhe läßt«, sagte Clarence halb erstickt. »Deshalb hat sie so eine Wut, und nun kann ich sie auch erstmal nicht mehr sehen. Das geht jetzt nicht anders.«

Ed erhob sich. Er konnte den Kummer des Jungen einfach nicht mehr mit ansehen und fand auch keine tröstenden Worte für ihn. »Ja, im Augenblick geht es wohl nicht anders. Gute Nacht, Clarence. Ich bin müde.«

»Gute Nacht, Ed.«

Im Schlafzimmer sagte Ed zu Greta: »Das war der größte Fehler, den ich je gemacht habe.«

»Aber so schlimm ist es doch nicht, Eddie. Denk jetzt nicht mehr daran.«

Ed lag mit offenen Augen im Bett, den Blick in die Dunkelheit gerichtet. »Ich meine nicht nur heute abend. Ich hab schon seit Tagen immer daran gedacht.« Er sprach leise; das Zimmer, in dem Clarence schlief, lag gegenüber. »Ich kann ihn nicht mehr sehen, das ist es. Ich weiß nicht warum – doch, ich weiß es. Ich traue ihm nicht.«

»Aber wieso denn? Eddie –« Greta suchte seine Hand, drückte sie und hielt sie fest.

»Wie es eigentlich gekommen ist, weiß ich nicht. Ich hätte schon – neulich in der Hotelbar, da hatte ich das Gefühl schon. Hände weg, dachte ich. Er hat irgendwas – irgendwas Sonderbares an sich. Und nun bin ich soweit – nun decke ich ihn auch noch, genau wie dieser – dieser Manzoni behauptet.«

»Was meinst du mit sonderbar, Eddie? Er hat einfach eine Wut gehabt und hat den Kopf verloren, das ist alles.«

Ed schloß die Augen. Nein, das war nicht alles – es war mehr. Für eine Frau war Gretas Standpunkt eigentlich merkwürdig, aber sie betrachtete die Dinge häufig anders als er. Sie hatte mehr als er erlebt und durchgemacht. Mehr Brutalität, und es hatte sie in der engsten Familie getroffen. Schön: aber hatte sie jemals einen der Killer als Gast in ihrem Haus gehabt? Oder hatte vielleicht ein Verwandter von ihr einem deutschen Killer Gleiches mit Gleichem vergolten? Und Greta hatte womöglich davon gehört und es ganz in Ordnung gefunden? Möglich war es – aber ganz vorstellen konnte sich Ed das nicht. Außerdem: damals war Krieg gewesen. Dies hier war kein Krieg.

23

Am Freitag morgen fuhr Clarence mit einem Taxi in seine Wohnung. Er war so rechtzeitig aufgestanden und fertig gewesen, daß er sich noch bei Ed bedanken und von ihm verabschieden konnte, bevor Ed ins Büro fuhr. Dann hatte er mit Greta mehrere Tassen Kaffee getrunken (sie trank Kaffee leidenschaftlich gern) und dabei seine Sachen gepackt. Greta war heiter und zuversichtlich gewesen, dabei trotzdem ganz realistisch, und auf der Fahrt im Taxi nach Hause sann Clarence darüber nach, wie sie das fertigbrachte. »Vielleicht ist Marylyn nicht ganz die Richtige für Sie, Clarence ... Sie stehen noch immer unter Schockwirkung, da sieht man manches nicht ganz klar ... Ach, Eddie müssen Sie nicht weiter schwernehmen. Er ist manchmal nicht ganz einfach ... So–? Ja, dann ... wenn Sie jähzornig sind, dann müssen Sie eben lernen, sich zu beherrschen ...« Clarence hatte an ihren Lippen gehangen und jedes Wort verschlungen, um und um gewendet und im Geist so oft wiederholt, daß er nun alles auswendig wußte. Greta besaß eben echte Lebensklugheit – nicht weil sie etwa für ihn Partei nahm, das tat sie nämlich im Grunde gar nicht. Er hatte gesagt, er habe den Kopf verloren – er sei schon nahe dran gewesen, aus der Haut zu fahren, als er Rowajinski das erstemal aufsuchte. »Sie dürfen sich nicht Ihr Leben damit ruinieren ... Denken Sie doch an all die Morde, die in New York passieren. Wen kümmert das noch? Es heißt immer, die Cops tun ihr Bestes. Mag ja sein, aber was ist mit den Menschen, die von den Cops umgebracht werden? Wer tut sein Bestes für *die*? Das sind doch auch Menschen!« Clarence hatte darauf hingewiesen, daß er Rowajinski aus persönlichen Gründen getötet habe – nicht wie einen Verbrecher, der nach seiner Tat zu flüchten versuchte.

Die Unterhaltung mit Greta hatte kein greifbares Ergebnis gebracht, aber Clarence fühlte sich enorm gestärkt und getröstet. Er hatte das Gefühl, er wäre zusammengebrochen – vielleicht noch nicht ganz bereit zu einem Geständnis, aber doch einem Kollaps nahe –, hätte er nicht einen Menschen wie Greta gefunden, mit dem er sein Problem erörtern konnte. Greta war es zu verdanken, daß er jetzt wieder Mut hatte.

Um in der Wohnung nicht ganz allein zu sein, stellte er das Radio an und machte sich ans Auspacken und Aufräumen. Er fegte, räumte das Zimmer auf, machte dann ein paar Einkäufe und stellte den Kühlschrank wieder an, den seine Mutter offenbar abgestellt hatte. Ein Freund aus dem College, Larry Summerfield (er wohnte in Manhattan) hatte ihm ein paar Zeilen geschrieben und gefragt, wo er sei und warum er sich am Telefon nicht melde. Und ausgerechnet Nolan hatte ihm eine nette Postkarte (kitschiges Bild mit zwei jungen Katzen im Körbchen) geschickt: ›Hoffentlich geht's dir bald besser – du fehlst uns. Gruß vom ganzen Stall – Bert.‹ Die Postkarte war in einem Umschlag geschickt worden.

Clarence holte seine Wäsche aus der Wäscherei; auch das Hemd war dabei, das er in der Nacht bei Rowajinski getragen hatte. Er untersuchte es nicht weiter und legte es zusammen mit den anderen in die Schublade. Vielleicht sollte er heute seine Eltern anrufen – sie erwarteten ihn am nächsten Donnerstag zum Thanksgiving. Er war noch bis zum 4. Dezember beurlaubt, vom Tage seiner Entlassung aus dem Krankenhaus noch drei ganze Wochen.

Kurz vor drei klingelte das Telefon. Eine Männerstimme meldete sich: Detective Soundso vom Fünften Dezernat. Konnte Clarence morgen, Samstag, um zehn ins Hauptquartier kommen? Ja, das könne er, sagte Clarence.

Um zehn Minuten vor zehn war Clarence da. Er mußte warten. Er hatte die *Times* und ein Buch mitgebracht und las eine halbe Stunde. Kurz nach elf wurde er in einen Raum geführt, wo sich Morrissey und Fenucci befanden. Fenucci hatte offenbar anderes zu tun, denn er kümmerte sich nicht um Clarence, er stand am Schreibtisch und durchsuchte einige Papiere, die er an sich nahm. Man bot Clarence einen Stuhl an. Er bemerkte, daß Morrissey ein unsauberes Hemd anhatte und aussah, als sei er die letzte Nacht nicht ins Bett gekommen – aber wohl sicher nicht wegen ihm, Clarence.

»Wir warten noch auf jemand«, sagte Morrissey zu Clarence und half Fenucci beim Zusammenlegen der Papiere.

Clarence fiel jetzt ein, daß er seine Mutter nicht angerufen hatte. Unsinnig, daß er gerade jetzt daran dachte. Er hätte sie gestern abend noch angerufen, wollte aber den Eltern nichts davon sagen, daß man ihn heute erneut auf die Polizei bestellt hatte; und er hätte es vielleicht doch gesagt, wenn ihn seine Mutter gedrängt hätte, er solle doch gleich zum Wochenende zu ihnen kommen und über den Donnerstag dort bleiben.

Kurz vor zwölf kam ein großer starker Mann ins Zimmer, den Clarence nicht gleich erkannte. Es war der Hausmeister aus Rowajinskis Haus in der Morton Street, er sah furchtsam und gleichzeitig aggressiv aus. Sekundenlang hielt er den Blick auf Clarence gerichtet, dann wandte er ihn ab und sah Clarence nicht wieder an.

»Ah ja«, sagte Morrissey und rieb sich die Hände. »Guten Tag, Mr. –« er sah den Mann an. »Mr. Philip –«

»Liebowitz«, sagte der Mann.

»Philip Liebowitz. Dies hier ist Patrolman Clarence Duhamell.« Morrissey wandte sich zu Clarence. »Mr. Liebowitz gibt an, Sie wären am Mittwoch, achtundzwanzigsten Oktober, zu ihm gekommen – Morton Street ist das Haus –, um Kenneth Rowajinski aufzusuchen. Stimmt das?«

»Ja, das stimmt«, erwiderte Clarence. Das Datum wußte er nicht mehr genau.

»Mr. Liebowitz ist dort der Hausmeister, das wissen Sie vielleicht. Er sagt, Sie hätten Rowajinski zusammengeschlagen. Ist das wahr?«

»Ich habe Ihnen doch gesagt«, gab Clarence zurück, »daß ich ihn geschüttelt habe. Ich wollte ihm einen Schrekken einjagen. Ich habe ihn gestoßen, und er ist hingefallen. Zusammengeschlagen habe ich ihn nicht.«

»So hat es uns Mr. Liebowitz aber nicht dargestellt«, meinte Morrissey und lächelte leicht erschöpft. »Erzählen Sie mal, Mr. Liebowitz. Vielleicht hat er es vergessen.«

»Na ja – es war eben 'ne orntliche Keilerei, das hab ich gehört, ich war ja im Treppenhaus. Und dann hab ich gehört, wie einer hinfiel. Dieser Rawinsk –«

»Rowajinski«, verbesserte Morrissey. Er stand zwischen Clarence und dem Hausmeister.

»Dieser Rowajinski, der war nachher furchtbar aufgeregt. Ich weiß noch, er wollte unbedingt ins Badezimmer. Das war gleich danach.«

»Wie lange war Patrolman Duhamell da?« fragte Morrissey.

»Ach, gut zehn oder fünfzehn Minuten.«

Fünf dürften eher stimmen, dachte Clarence. Er blinzelte und hielt die Augen auf Liebowitz gerichtet. Ob man dem Mann vorher beigebracht hatte, was er aussagen sollte? Wahrscheinlich wurde das Interview auf Tonband genommen, der Apparat steckte sicher irgendwo hier im Schreibtisch.

Morrissey wandte sich an Clarence und begann in höflichem Ton: »Also, Duhamell, ich fasse noch einmal zusammen: Sie hatten Grund, Rowajinski nicht zu mögen, er hatte behauptet, Sie hätten im Oktober fünfhundert Dollar von ihm angenommen und ihn dafür entwischen lassen; und als er dann wieder festgenommen, vorgeführt und auf Bewährung entlassen worden war, fing er an, Ihre Freundin Marylyn Coomes zu belästigen, und schrieb ihr einen anonymen Brief, in dem er einiges gegen Sie vorbrachte. An dem Abend, als Rowajinski im Eingang eines Hauses an der Barrow Street, in der Nähe der Hudson Street, erschlagen und tot liegengelassen wurde, waren Sie in der Nähe. Sie hatten Rowajinski schon einmal ohne ersichtlichen Grund, nur weil Sie eine Wut auf ihn hatten, aufgesucht und ihn zu Boden geschlagen. Sie behaupten, die ganze Nacht in einem Hause an der Macdougal Street verbracht zu haben; diese Behauptung wird durch nichts gestützt, außer durch Ihre eigene Aussage und die Ihrer Freundin Marylyn Coomes. Daß Miss Coomes das bestätigt, ist ja wohl ganz natürlich, nicht wahr. Also,

Patrolman Duhamell, wir geben Ihnen jetzt noch einmal eine Chance, uns zu erzählen, was Sie tatsächlich in dieser Nacht gemacht haben. Was haben Sie dazu zu sagen?«

»Ich habe gar nichts zu sagen. Meine Aussage bleibt bestehen«, erwiderte Clarence.

Jemand brachte Kaffee – scheußliches Zeug in weichlichen Pappbechern.

Als nächster kam der blonde junge Mann aus dem Laden nahe bei Marylyns Wohnung. Er trug weite schwarze Hosen und eine Pelzjacke. Teddie hieß er, das fiel Clarence jetzt ein.

»Theodore Hackensack«, gab er bei Morrissey an. Morrissey ließ sich die Wohnung nennen, den Arbeitsplatz und die Tatsache, daß er Marylyn Coomes mindestens vom Sehen und ebenso Clarence Duhamell vom Sehen kannte.

»Sie haben also ausgesagt ...«

Morrissey hatte offenbar Teddie schon vorher vernommen, und Teddie hatte erklärt, er habe am Abend des 3. November, Dienstag, weder um halb elf noch um Mitternacht noch zu irgendeiner anderen Zeit Clarence das Haus von Marylyn Coomes verlassen sehen. Jedenfalls könne er sich daran nicht erinnern. Er habe ihn auch nicht kommen sehen an diesem Abend. Dabei blieb Teddie, unerschüttert und unerschütterlich.

»Haben Sie jemals Rowajinski gesehen, an diesem Abend oder irgendwann sonst?«

»Ja, das habe ich ja schon gesagt. Er kam rein und fragte, ob im Haus nebenan ein Cop wohnte.«

»Ach ja – wir hatten festgestellt, das müßte etwa am

achtundzwanzigsten Oktober gewesen sein«, sagte Morrissey. »Und was sagten Sie darauf?«

»Ich habe ihm gesagt, das wüßte ich nicht.« Teddie rutschte auf seinem Stuhl hin und her, offenbar verärgert von den Fragen oder dem Gedanken an Rowajinski. »Wie komme ich schließlich dazu, ihm irgendwas zu erzählen? Mir gefiel der Kerl ganz und gar nicht.«

»Aber daß Patrolman Duhamell öfter zu Marylyn Coomes ins Haus kam, das wußten Sie?«

»Na klar. Den habe ich oft gesehen.«

»Wie lange? Ich meine, seit wann war das – daß er Miss Coomes immer besucht hat?«

Teddie schüttelte belustigt den Kopf. »Weiß ich nicht. Das habe ich mir wirklich nicht gemerkt.«

»Kennen Sie Miss Coomes gut?«

»Nein«, antwortete Teddie.

»Wie gut also? Ist sie nur eine Bekannte oder was?«

»Wir sind Nachbarn. Auf der Straße grüßt man sich. Ein paarmal hat sie bei mir 'n Kaffee getrunken.«

»Von einer Heirat mit Patrolman Duhamell hat sie nie etwas gesagt?«

Nachsichtig schüttelte Teddie den Kopf. »Nein – wieso sollte sie mir das erzählen?«

»Oder daß sie jetzt mit ihm Schluß gemacht hat?« Morrissey machte eine Kopfbewegung zu Clarence hin.

»Nein«, erwiderte Teddie gelangweilt. Er blickte nicht hin und suchte nach seinen Zigaretten.

»Hat sie aber. – Haben Sie irgendeinen Grund zur Angst vor Patrolman Duhamell, Theodore?« fragte Morrissey.

In Teddies blauen Augen blitzte es, aber noch lächelte

er. »Schmiere, meinen Sie? Nee. Bei mir verkehren keine Junkies und Pusher. Sie kommen vielleicht mal kurz rein, das kann sein – aber meine Sorte ist das nicht. Sie verstehen.« Er fügte hinzu: »Ich kümmere mich um meine Angelegenheiten, und bisher hat mich noch keiner aufs Kreuz gelegt, weder 'n Cop noch sonstwer.«

Morrissey nickte. Er hatte sein Jackett ausgezogen und den Schlips gelöst; das Zimmer war überheizt. »Haben Sie jemals allein mit Patrolman Duhamell gesprochen? Ich meine, von Mann zu Mann?«

Teddie und Morrissey blickten einander an. Morrissey lächelte immer noch, doch das Lächeln war jetzt nichts mehr als ein leicht geöffneter Mund.

»Nein«, antwortete Teddie fest. »Das wüßte ich.«

Morrissey – das erkannte Clarence – versuchte, Teddie zu der Aussage zu bewegen, er habe irgendwelche Schmiergelder angenommen; das wäre dann ein Grund für ihn, lieber den Mund zu halten und nichts gegen Clarence zu sagen. Aber das Vorhaben mißlang: Morrissey bekam aus ihm nicht mehr heraus als Stirnrunzeln und Schweigen. Dann konnte Teddie gehen.

»Miss Coomes muß bald hier sein«, bemerkte Morrissey. Er nahm den Telefonhörer und bestellte Kaffee und Sandwiches. »Wieviel –? Na ja, meinetwegen vier.«

Philip Liebowitz saß immer noch einsam auf seinem Stuhl und schien nichts zu verstehen. Morrissey wandte sich zu ihm und fragte: »Haben Sie mal gesehen, daß sonst noch jemand mit Rowajinski Krach hatte, Mr. Liebowitz?«

»Nein, das sagte ich ja. Bloß der da.«

»Hören Sie, Duhamell: wir werden ja sehen, wie hieb-

und stichfest Ihre Geschichte ist, wenn Ihre Freundin jetzt kommt. Wir wissen genau, daß Sie nicht die Wahrheit sagen und Ihr Mädchen auch nicht. Aber Sie möchten doch sicher nicht, daß wir sie ein bißchen schärfer rannehmen, oder? Auch wenn sie mit Ihnen Schluß gemacht hat.«

Clarence hätte ihn gern gefragt, woher er wisse, daß sie mit ihm Schluß gemacht hatte; aber er sagte sich, es sei am besten, möglichst wenig zu reden. Wenn er sich jetzt aufregte, konnte er in Teufels Küche kommen.

»Sie muß jeden Augenblick hier sein.« Morrisseys Lächeln hatte etwas Dämonisches an sich. »Aber Sie haben immer noch Zeit, Duhamell. Sie können immer noch sagen: Ja, es stimmt, ich bin mal runtergegangen und bin dann zu ihr zurückgekommen. Aus waren Sie jedenfalls, und den Mann haben Sie umgebracht, gegen Mitternacht, das steht fest. Stimmt's? Warum geben Sie's nicht zu und ersparen sich eine Menge Fragen? Eine Menge unangenehme Fragen. Na?« Morrissey nahm eine Zigarette und hielt sie zwischen den Zähnen fest.

Clarence wurde reichlich warm. Er rutschte etwas zur Seite auf seinem Stuhl und sagte nichts.

»Sie ist nicht die einzige, die hier aufkreuzen wird, wissen Sie – Ihr Freund Reynolds kommt nämlich auch noch, gleich nach Miss Coomes.« Morrissey blickte auf seine Armbanduhr. »Um halb vier.«

»Sehr schön«, gab Clarence zur Antwort.

Aber es wurde zwei Uhr, und Marylyn war noch nicht da. Liebowitz durfte jetzt gehen. Morrissey bedankte sich ostentativ herzlich für sein Kommen. Als er wieder mit Clarence allein war, erklärte er:

»Sie haben zu Detective Fenucci gesagt, Sie hätten an

dem Abend Ihre Pistole nicht bei sich gehabt. Wir sind aber der Meinung, daß Sie sie doch bei sich hatten, und daß Sie damit Rowajinski totgeschlagen haben. Na, wie ist es nun – stimmt das nicht?«

»Das Labor hat ja die Pistole untersucht. Die ist überhaupt nicht benutzt worden, zu gar nichts«, erwiderte Clarence. Er fühlte sich auf sicherem Boden. Und wenn der Boden etwa nicht ganz sicher war, dann wurde es Zeit, daß er es erfuhr.

»Ach, wieso – die können Sie ja abgewaschen haben. Wozu haben Sie sie überhaupt mit nach Hause genommen, wenn Sie sie dann doch nicht bei sich trugen?«

»Ich nehme sie öfter mit nach Hause, wenn ich erst um vier Uhr morgens vom Revier komme. Das tun andere Kollegen auch.«

»So – das tun andere Kollegen auch«, wiederholte Morrissey spöttisch. »Immer höflich, das ist Ihre Devise, was, Dummell? Und Mord, das ist so 'n häßliches Thema, dazu schweigen Sie lieber, was, Dummell?«

Clarence antwortete nicht. Er hätte gern eine Zigarette geraucht, unterließ es aber.

Um zehn Minuten vor drei erschien Marylyn. Sie trug jetzt einen schwarzen Rock, lang und weit und mit roter Saumstickerei eingefaßt. Sie nickte Clarence lächelnd zu. Er saß immer noch auf seinem Stuhl.

»Bitte nehmen Sie Platz, Miss Coomes«, sagte Morrissey. »Sitzen Sie bequem?«

»Ja, aber es ist hier scheußlich verqualmt«, sagte Marylyn.

Morrissey trat ans Fenster und öffnete es mit einiger Mühe. »Also, Miss Coomes, wir sind jetzt schon ein bißchen weiter. Wollen Sie immer noch behaupten, daß Clarence Duhamell die ganze Nacht vom dritten auf den vierten November in Ihrer Wohnung, Macdougal Street, verbracht und die Wohnung auch nicht für kurze Zeit verlassen hat?« Er lächelte.

Marylyn sah abgespannt aus; sie holte tief Atem und erwiderte ruhig: »Er war die ganze Nacht dort. Ich habe keinen Grund, meine Aussage zu ändern.«

»Ihre Aussage – aha. Ja. Aber haben Sie die Wahrheit gesagt?«

»Gott, warum sollte ich lügen?« sagte Marylyn mit großspuriger Verachtung. Im Geist hörte Clarence, wie sie hinzusetzte: vor euch Bullen.

»Ja. Wie ich höre, haben Sie mit Duhamell Schluß gemacht, Miss Coomes. Geschah das vielleicht, weil Sie genau wissen, er hat die Tat begangen – er hat einen Mann totgeschlagen?«

»Wer behauptet denn, daß ich Schluß gemacht habe? Wir sind immer noch die besten Freunde. Schließlich sind wir ja nicht verheiratet. Was geht Sie das überhaupt an?« Sie zog ihre Zigaretten aus der Tasche. »Ich darf ja wohl rauchen hier«, setzte sie hinzu und warf einen Blick auf die schmutziggraue Zimmerdecke.

»Pete Manzoni hat mir erzählt, daß Sie Schluß gemacht haben«, entgegnete Morrissey. »Clarence hat schon eine ganze Zeitlang nicht mehr bei Ihnen übernachtet, das letztemal war es am –«

»Manzoni soll sich zum Teufel scheren. Dieses Faschistenschwein – ein Schandfleck für die Polizei, kann ich nur sagen. Und solchen Leuten werden Uniformen und Waffen ausgehändigt! Den Bullen werd ich anzeigen, das kann ich Ihnen sagen, ich sammle bloß noch etwas mehr Material, damit er mal so richtig auf'n Bauch fällt, der krumme Hund. Und so'n Scheißkerl nennen Sie Kollege!«

Morrissey erwiderte nichts darauf, und Marylyn fuhr fort:

»Ein ganz übler Patron ist dieser Manzoni. Macht sich an Frauen heran – wir haben doch weiß Gott genug Verbrecher in New York, warum kümmert er sich nicht um die? Statt dessen steht er bei mir vor der Tür und drängt sich rein, weil er hofft, daß ich grade beim Anziehen – oder Ausziehen – bin. Die ganze Stadt –« sie sah Morrissey fest an – »erstickt in Hasch, und die Bullen schwimmen im Geld aus solchen Geschäften, aber Sie vertun Ihre Zeit mit der Suche nach dem Mann, der diesen Schleimer umgelegt hat. Auf welcher Seite sind Sie eigentlich, möcht ich bloß mal wissen? Ich werd's Ihnen sagen. Die Cops, die sind alle auf der Seite der Schleimer und Schnüffler.«

Ihre Beleidigungen machten nicht den geringsten Eindruck auf Morrissey. »Wieso Schleimer? Rowajinski war immerhin ein Mensch, nicht wahr.«

»Haha.«

»Das sagen Sie doch nur, weil Sie –«

»Ich habe nichts weiter zu sagen zu diesem Schnüffler. Er war nicht besser und nicht schlechter als der Scheißbulle von Ihrer Wache, zum Beispiel.«

Es klopfte, ein uniformierter Arm wurde an der Tür sichtbar, dann trat Edward Reynolds ein. Er nickte Morissey zu und sagte Clarence und Marylyn freundlich Guten Tag. Morrissey, der die ganze Zeit auf der Schreibtischkante gehockt hatte, zog einen Stuhl für Ed heran.

»Vielen Dank, daß Sie gekommen sind, Mr. Reynolds«,

begann Morrissey. »Wir sind gerade bei den Ereignissen in der Nacht vom dritten auf den vierten November, und wir kommen der Sache auch schon ganz schön näher. Ich möchte sagen: wir haben sie schon im Griff. Miss Coomes hier –« er hielt inne, weil die Tür aufging.

Fenucci kam herein, warf einen Blick ins Zimmer, ging hinaus und kam sofort mit einem Stuhl für sich selbst zurück. Er machte Morrissey ein Zeichen fortzufahren.

»Ich sagte gerade«, erklärte Morrissey, »Miss Coomes hier bleibt also dabei, daß Dummell die ganze Nacht bei ihr war.« Er sprach jetzt hauptsächlich zu Ed Reynolds. »Das ist auch ganz verständlich, Dummell ist ja ihr Freund. Also kurz gesagt, Mr. Reynolds, wir glauben die Geschichte nicht, und deshalb sind wir hier. Wir wollen die Wahrheit erfahren, jetzt oder später.«

Ed warf Clarence einen Blick zu – einen abschätzenden Blick, meinte Clarence; es war, als wolle er abwägen, was Clarence an Fragen und Verhör schon hinter sich habe. Clarence fühlte sich vollkommen fit und sagte sich noch einmal, es sei wichtig, die Ruhe zu bewahren und Kräfte zu sparen. Morrissey würde bestimmt weder Ed noch Marylyn die ganze Nacht hier behalten. Mit ihm selber war das was anderes. Da war das nicht ausgeschlossen.

»Ich wüßte gern, ob Sie die gleiche Aversion gegenüber der Polizei haben wie Miss Coomes«, fragte Morrissey freundlich.

Ed zögerte einen Moment und erwiderte dann mit leichtem Lächeln: »Darüber habe ich wirklich noch nicht nachgedacht.«

»Aber Ihre Abneigung gegen Rowajinski war sicher noch größer«, meinte Morrissey.

Übler Seitenhieb, dachte Ed. Er behielt den nichtssagend-freundlichen Gesichtsausdruck bei und schwieg, obgleich Morrissey offensichtlich eine Antwort erwartete. Auch Fenucci wartete.

»Dummell sagt«, fuhr Morrissey fort, »er habe die ganze Nacht vom dritten auf den vierten November in der Wohnung von Miss Coomes verbracht, von zehn Uhr abends bis etwa acht Uhr früh – oder bis zehn Uhr, da gibt's nämlich zwei verschiedene Angaben von den beiden Herrschaften hier, und wahr ist keine. Dummell sagt, er habe die Wohnung nicht verlassen in der Nacht, auch nicht für eine halbe Stunde. Seine Pistole will er nicht bei sich gehabt haben, und Miss Coomes kann sich nicht erinnern, sie gesehen zu haben, aber die Pistole wurde später in Dummells Wohnung gefunden, denn er hatte sie mitgenommen, als er seine Revierwache verließ. Wir sind der Ansicht, daß diese Pistole die Mordwaffe ist und daß Dummell sie gründlich abgewaschen hat und man deshalb kein Blut daran fand. Wir wissen auch, daß Dummell am Morgen nach Rowajinskis Tod eine Hose und einen Mantel in die Reinigung gebracht hat, die in der Nähe seiner Wohnung liegt. Merkwürdig, was?« Er blickte zu Clarence hinüber.

Clarence blieb gelassen. Daß die Beamten vom Morddezernat in der Reinigung nachfragen würden, war ganz selbstverständlich, das hatte er erwartet.

»Ja, so häufen sich die Indizien.« Morrissey schien von seinen Ausführungen sehr befriedigt. »Wenn wir –«

Langsam zog Ed seine Zigaretten aus der Tasche. Bei dem Bemühen, möglichst unbekümmert zu erscheinen, glitt ihm das Feuerzeug aus der Hand und fiel neben Morrissey zu Boden, der es aufhob und Ed zurückgab. »Danke«, sagte Ed.

»Ja, Mr. Reynolds – Sie sagen also, Dummell habe Ihnen gegenüber niemals etwas davon erwähnt, daß er es Rowajinski heimzahlen wollte?«

»So ist es«, erwiderte Ed.

»Auch nachdem man in Bellevue nichts unternahm, oder jedenfalls nach seiner Ansicht nicht genügend unternahm? Hat er nicht vielleicht mal so etwas gesagt wie: ›Da müßte doch mal einer was tun‹?«

Ed zog tief den Rauch ein. »Er fand, daß Bellevue etwas tun müßte.«

»Und als von dort aus nichts geschah?«

»Mehr hat er nicht gesagt – zu mir jedenfalls nicht.«

»Mr. Reynolds – Sie wissen doch sehr gut, daß Patrolman Dummell schuld ist an Rowajinskis Tod, nicht wahr?« Hier stieß Marylyn einen hörbaren Seufzer aus. »Und daß das alles so offenkundig ist, daß man es eigentlich gar nicht mehr auszusprechen braucht, nicht wahr?«

»Nein«, sagte Ed. Er haßte das alles: Morrisseys Haltung und ebenso seine eigene Lügerei. Er merkte, es war ihm nicht mehr möglich, Clarence und Marylyn auch nur flüchtig anzusehen. Er hielt den Blick auf den Boden geheftet oder auf Morrisseys Hosenaufschläge. Morrissey stand an den Schreibtisch gelehnt.

»Mr. Reynolds – haben Sie nicht doch den Verdacht, daß Clarence Duhamell den Mann umgebracht hat? Sie sind ein intelligenter Mann, Sie müssen das doch annehmen.«

Ed hätte gern geschwiegen, aber er wußte, irgendwas mußte er sagen. »Ich habe keinen Grund, das anzunehmen, und deshalb tue ich's auch nicht«, erklärte er endlich.

»Ich fürchte, Ihre Gutherzigkeit, oder Naivität, ist hier fehl am Platze, Mr. Reynolds. Wir kriegen doch noch die Wahrheit aus ihm heraus.« Hitzig fügte er hinzu: »Keinen Grund, sagen Sie – wo er der einzige Mensch weit und breit war, der ein Motiv zu der Tat hatte und ebenfalls das Mittel, nämlich seine Pistole, die –«

»Ein Motiv hatte ich auch«, unterbrach ihn Ed mit halbem Lächeln.

»Mr. Reynolds, Sie haben doch ein völlig anderes Temperament als dieser Mann da ...«

Morrissey redete noch fünf Minuten weiter, aber es blieb immer dasselbe.

»Vergessen Sie mich nicht. Ich hatte auch ein Motiv«, sagte Marylyn.

Morrissey winkte ab. Er blickte einen Moment leer vor sich hin und verließ dann mit einem »Ich bin gleich wieder da« das Zimmer.

Fenucci hatte die ganze Zeit aufmerksam zugehört. Jetzt erhob er sich und ging, ohne die andern zu beachten, ebenfalls aus dem Zimmer. Die Tür schloß sich hinter ihm.

Ed stieß einen Seufzer aus und blickte zu Marylyn und Clarence hinüber. Ohne darüber nachzudenken, wußte er, daß irgendwo ein Abhörapparat versteckt war und er besser kein Wort sagte.

Clarence streckte die Beine aus und langte nach einer Zigarette. Er lächelte Marylyn zu, fing jedoch ihren Blick nicht auf. Sicher argwöhnte auch Ed, daß alles abgehört wurde, dachte Clarence, und deshalb sagte er nichts.

»So, nun können wir uns mal richtig ausquatschen«, ließ Marylyn plötzlich vernehmen, und die beiden anderen lachten. Marylyn mußte auch beinahe lachen und verzog die Lippen. »Wollen wir nicht mal 'n Choral singen? Ich –« Sie hielt inne.

Was glauben Sie, wie lange man Sie hier festhalten wird? hätte Ed gern gefragt, aber selbst diese Frage oder Clarences Antwort war wohl nicht ratsam und mochte gegen ihn verwendet werden.

Morrissey kam wieder herein. Wie sich der Mann verändert hatte seit der ersten freundlichen Unterhaltung an dem Abend damals, dachte Ed. Jetzt sah er verbraucht aus, wie ein Automat, kaum wie ein Mensch. Er erledigte hier seine Aufgabe, und Ed hatte das Gefühl, daß er auf keiner Seite stand: er war neutral. Oder gar nichts. Ihm lag nur daran, einen – irgendeinen – auf die Tat festzunageln.

Morrissey stand wieder an den Schreibtisch gelehnt und trommelte mit den Fingerspitzen, während er die nächsten Sätze formte. »Mr. Reynolds, glauben Sie mir: wir kriegen die Wahrheit aus ihm heraus.« Er wies auf Clarence. »Nur eine Frage der Zeit, weiter gar nichts. Sie können uns helfen, wenn Sie wollen. Sie brauchen uns nur zu sagen, was Sie wissen. Sagen Sie uns die Wahrheit – bitte.« Ton und Stimme baten höflich-eindringlich.

Nichts hatte Ed bisher so gereizt. Er hatte also bis jetzt nicht die Wahrheit gesagt, das hieß es doch wohl. Er hatte Clarence gedeckt, weil Clarence ein Freund von ihm war. »Ich habe nichts weiter zu sagen. Und wenn Sie sonst keine Fragen mehr haben, würde ich jetzt gern gehen.«

Morrissey nickte; man sah ihm die Enttäuschung an. »Gut, Sir. Ich danke Ihnen.« Er ließ die Schreibtischkante los.

Ed war aufgestanden. »Wiedersehen, Marylyn. Wiedersehen, Clarence«, sagte er.

»Auf Wiedersehen, Sir«, gab Clarence zurück. Das ›Sir‹ war ihm versehentlich entfahren. »Vielen Dank, daß Sie gekommen sind.«

Morrissey warf Clarence einen Blick zu und grinste, als er Ed die Tür öffnete.

Ed trat auf die Straße und atmete tief die kalte Luft ein. Himmel, was für eine deprimierende Atmosphäre war das da drinnen! Selbst die häßlichen Häuser ringsum, die vier Mülleimer, die drüben standen, sahen freundlicher aus als das, was er eben hinter sich gelassen hatte. Er hätte am liebsten sofort Greta angerufen, nur um ihre Stimme zu hören; das erste Taxi, das vorbeikam, nahm er und fuhr nach Hause.

Es war nun halb sechs geworden, und Clarence wurde müde und allmählich auch gereizt, doch er unterdrückte seinen Ärger. Marylyn war kurz nach Ed entlassen worden. Morrissey hatte sie nicht mehr weiter beachtet, und beim Hinausgehen hatte sie erklärt: »Dies war übrigens das letztemal, daß ich hergekommen bin – ich habe Wichtigeres zu tun. Und den Bullen, der bei mir gewesen ist, werde ich anzeigen, auch wenn er nicht nochmal kommt. Und wenn er so blöd ist und läßt sich nochmal bei mir sehen, dann kann er was erleben: ich werde nämlich so laut schreien, daß die ganze Nachbarschaft zusammenläuft. Das ist noch immer ein probates Mittel gewesen.«

Morrissey, völlig ungerührt, hatte abwesend genickt und sie weder angesehen noch irgend etwas erwidert. Er hatte zweifellos schon Schlimmeres zu hören bekommen, dachte Clarence.

In den folgenden sechzig Minuten nahm Morrissey dann alles noch einmal vor: die Pistole in Clarences Wohnung; die Tatsache, daß Rowajinski behauptet hatte, Clarence habe fünfhundert Dollar von ihm angenommen; seine Freundschaft mit den Reynolds. Ranschmeißen, was? Weil sie feine Leute waren, oder? Angeberei, hä? Clarence erwiderte nichts. Das Ganze glich mehr einem Vortrag als einem Verhör.

»Bin ich eigentlich der einzige, der dem Kerl gern mal eins ausgewischt hätte?« fragte Clarence schließlich.

»Nein – o nein.« Morrissey schien geradezu beglückt darüber, daß er endlich auf eine Reaktion traf. »Nein, neulich war mal ein Mann hier – Andrew Soundso hieß er, ein Hauswart aus einem der Häuser, wo Rowajinski mal gewohnt hat. Der haßte ihn auch. Rowajinskis Hauswirtin hat uns das erzählt. Sie hatten mal Krach, weil dieser Andrew Rowajinski irgendwann angestoßen hat, als er die Mülleimer rausbrachte, oder sowas. 'ne Schlägerei auf der Straße. Ja, das stimmt alles. Aber dieser Andrew war an dem Abend nicht in der Barrow Street. Er hat überhaupt nicht gewußt, wo Rowajinski wohnte.«

Zweimal stand Clarence auf und ging im Zimmer auf und ab, steif vom langen Sitzen. Der harte Stuhl schmerzte ihn, aber er fürchtete, wenn er stehenblieb, würden sie ihn die ganze Nacht stehen lassen. Die richtige scharfe Prozedur wurde doch sicher im Keller vorgenommen, oder noch woanders. Und sicher würde man versuchen, ihn zu reizen; sie wußten ja nun, wie jähzornig er sein konnte.

»Ihnen langt's wohl bald, was?« fragte Morrissey. Er saß auf der Schreibtischkante und kaute ein Sandwich.

Clarence hatte nicht zugehört.

»Sie werden's noch reichlich sattkriegen, verlassen Sie sich drauf. Und denken Sie auch mal daran, was Sie Ihren Bekannten alles zumuten, Clarence. Mit der Freundschaft wird es bald aus sein, und das wissen Sie auch.«

Clarence trank gelassen den miserablen Kaffee. Auf dem Schreibtisch lag auf einem Pappteller ein Sandwich mit Schinken und Käse, aber er mochte nichts essen. Er malte sich aus, daß Ed Reynolds und Marylyn versuchten, ihn heute abend in seiner Wohnung anzurufen, wo sich niemand meldete; und gleich darauf wurde ihm klar, daß bestimmt keiner von beiden anrief, jeder aus einem anderen Grund. Ed hatte deprimiert ausgesehen, er hatte es offenbar alles satt. Ob man ihn noch einmal vorlud? Irgendwann hatte Morrissey so etwas gesagt. Oder doch nicht? Vielleicht hatten sie vor, auch Ed mal etwas auf den Rost zu legen, genau so wie sie es mit ihm taten, und ihn so lange zu löchern, bis er eingestand, was er wußte. Der Gedanke war Clarence, wie Morrissey gesagt hatte, verhaßt, er würde alles tun, um Ed das zu ersparen. Nein, er hatte das ja gar nicht gesagt, Morrissey hatte es gesagt. Clarence war nun sehr müde. Er hätte gern einen Spaziergang gemacht oder eine kleine Weile geschlafen. Das Zimmer war stickig warm.

»Wenn Sie telefonieren wollen, können Sie das tun«, sagte Morrissey und wies auf den Apparat auf dem Schreibtisch. »Zuerst müssen Sie auf den grünen Knopf drücken und dann wählen.« Er ging zur Tür. »Gleich kommt jemand anderes.«

Als er jetzt allein war, trat Clarence ans Fenster und schob es ein Stück in die Höhe. Dann ließ er sich in den Drehstuhl hinter dem Schreibtisch fallen und legte die

Füße auf die Heizung unter dem Fenster. Der Kopf lag auf der Stuhllehne; er versuchte zu schlafen.

Fenucci trat ein. Clarence blickte auf seine Uhr und sah, daß es sieben Uhr vierundvierzig war.

Um viertel vor zehn redete Fenucci immer noch, immer mit der gleichen eintönig ermüdenden Stimme. »... Tatsachen, mehr nicht. Das ist alles. Eiserne Faust, das liegt mir nicht. Nicht meine Art.« Fenucci ging im Zimmer auf und ab, die Hände in den Taschen. »Müde? Stehen Sie mal auf.«

Clarence stand auf. »Ich möchte mal das Fenster etwas aufmachen.« Fenucci hatte es wieder geschlossen.

»Springen Sie bloß nicht raus!« Fenucci lächelte.

Clarence hörte gar nicht hin; er war zu müde. Aus irgendeinem Grunde, vielleicht als Folge der Anspannung, hatte das verletzte Schlüsselbein vor Stunden wieder angefangen zu schmerzen. Es tat recht weh, als er jetzt das Fenster in die Höhe schob.

»Nein, eiserne Faust nicht – höchstens mal 'ne Kleinigkeit«, sagte Fenucci und versetzte Clarence, der sich vom Fenster abgewandt hatte, plötzlich einen flachen Schlag ins Gesicht. »Nicht weiter schlimm, was? Kleine Strafe – haben Sie verdient. Und das auch.« Ein Stoß in die Magengrube.

Es schmerzte nicht sehr; schlimmer war der Schock. Clarence fühlte, wie sich sein Gesicht mit kaltem Schweiß überzog. Die Augen öffneten sich weit. Auf einmal hatte sich die Atmosphäre geändert. Jetzt kam es also, was er erwartet hatte.

Fenucci hob den Fuß und trat ihm hart auf die Zehen.

Auch das tat nicht sehr weh. Clarence mußte fast lächeln. Auf die Füße treten war blöd. Man mußte die Dinge in der richtigen Perspektive betrachten. Clarence ging im Zimmer auf und ab, er war jetzt hellwach.

»... nur eine Frage der Zeit, Clarence. Wir sind viele, aber Sie sind bloß einer ... wenn nicht heute, dann ein andermal, vielleicht morgen oder übermorgen, was? Oder vielleicht noch einen Tag später. Wissen Sie, uns macht das nichts aus. Aber Sie – Sie kriegen keine Ruhe, bis Sie auspacken.«

Clarence blieb ruhig. Vielleicht war es doch von Vorteil, müde zu sein, dann war man nicht so angespannt. Nur die Nerven mußte er behalten. Fenucci redete offenbar bloß, um irgendwas zu sagen, und auch Clarence ließ seine Gedanken wandern. Marylyn – vermutlich saß sie heute abend mit Freunden zusammen und unterhielt sie mit einem Bericht über polizeiliche Methoden. Und Ed saß jetzt wohl zu Hause und las, oder er war mit Greta im Kino. Sicher wollte er die Minuten mit Morrissey gern möglichst schnell vergessen.

»Sie rufen jetzt Mr. Reynolds an. Los. Rufen Sie an, ich sag's Ihnen.«

Clarence kam zu sich. »Ich rufe ihn nicht an. Wozu auch?«

»Sie rufen ihn an – ich befehle es. Los, rufen Sie an – los!« Er machte eine Kopfbewegung zum Telefon hin.

»Ich habe gar keinen Grund, ihn anzurufen.«

»Ach – Sie haben wohl Angst, er könnte sich ärgern? Sehr schön. Doch, Sie haben einen Grund: weil ich es nämlich befehle. Also los.« Ingrimmig, als sei er von Zorn erfüllt, riß Fenucci ein Streichholz an. »Los jetzt!«

»Ich weiß die Nummer gar nicht.« Das stimmte, Clarence hatte die neue Nummer nicht mehr im Kopf.

Fenucci drückte auf einen Knopf, wartete und warf einen finsteren Blick auf den Wust von Papieren, der auf dem Schreibtisch lag. Ein Polizist in Uniform erschien, und Fenucci befahl ihm, ein Telefonbuch von Manhattan zu holen. Darin mußte Clarence die alte Nummer suchen, wählen und sich den neuen Anschluß geben lassen, den er dann ebenfalls wählte.

Greta meldete sich.

»Hallo, Greta – hier ist Clarence. Bitte verzeihen Sie die Störung, ich –«

»Sind Sie – wollen Sie Ed sprechen?«

»Nein, ich will gar nicht, aber –«

Fenucci schlug Clarence auf den Hinterkopf. Clarence packte den Hörer fester; er hätte ihn am liebsten hingeworfen, aber was nützte das schon, er mußte dann höchstens noch einmal anrufen.

»Sagen Sie, daß Sie selber anrufen wollten!« befahl ihm Fenucci.

»Hallo, Ed«, sagte Clarence. »Bitte verzeihen Sie –« Wieder kam ein Schlag auf den Hinterkopf. »Die haben mich hier gezwungen, Sie anzurufen!« schrie er. »Es tut mir leid, Ed, ich –«

Fenucci riß ihm den Hörer aus der Hand. »Hallo, Mr. Reynolds? Hier ist Detective Fenucci. Ich glaube, Dummell will ein Geständnis ablegen. Er wollte mit Ihnen sprechen.«

»Das ist nicht wahr!« schrie Clarence laut.

»Ich gebe ihm jetzt den Hörer.« Fenucci gab Clarence den Hörer.

»Ed –«

»Was ist denn los?«

»Ich will ja gar kein Geständnis ablegen! Ich wollte nur sagen, es tut mir so leid, daß ich Sie so spät noch angerufen habe, aber ich konnte –«

Diesmal versetzte ihm Fenucci wie beiläufig einen härteren Stoß in den Magen. Dann nahm er ihm den Hörer aus der Hand und legte ihn auf die Gabel zurück. Clarences Herz schlug wie ein Hammer. Der Stoß hatte ihm den Atem genommen, er konnte sekundenlang nicht sprechen. »Und was – was soll der ganze Quatsch bedeuten?«

Auf Fenuccis Gesicht erschien ein dünnes Lächeln. »Oh, Ihr Freund Ed sollte bloß mal erleben, was Sie für ein Jämmerling sind. Das hat er nun gesehen. Jetzt können Sie mal Ihre ehemalige Freundin anrufen.«

Clarence konnte wieder atmen. »Nein, kann ich nicht. Ich weiß gar nicht, wo ich sie erreichen kann.«

»Das wissen wir. Wir haben die Nummer.« Fenucci begann, in den vor ihm liegenden Notizbüchern und Zetteln zu wühlen. Er brauchte lange, bis er die Nummer fand und sie Clarence hinschob.

Clarence erkannte sie: es war Dannies Nummer, die er jetzt wählte. Niemand meldete sich; das freute ihn.

Gegen ein Uhr morgens sagte Fenucci: »Okay. Sie können nach Hause gehen.«

Clarence fuhr auf und reckte sich; er war noch halb betäubt, obgleich er auf den Füßen stand. Das Stehen hatte Fenucci befohlen.

»Gehen, habe ich gesagt. Nach Hause gehen. Bis morgen also – morgen mittag um zwei, da sind Sie wieder hier. Erstmal können Sie jetzt schlafen«, sagte Fenucci.

Clarence zog seinen Mantel an und wollte auch Kragen und Schlips schließen, gab es aber auf.

»Schwein«, sagte Fenucci.

Clarence trat auf die Straße. Der kalte Nachtwind, der ihm an den Kragen fuhr und sich auf der schweißnassen Haut eisig anfühlte, machte ihn wach. Er nahm ein Taxi und fuhr nach Hause; dort zog er sich aus, wusch sich, putzte die Zähne und trank zwei Glas Wasser. Er hätte gern Ed angerufen und alles erklärt, trotz der späten Stunde. Nein, lieber nicht: sie schliefen sicher schon, und es wäre peinlich, sie aus dem Schlaf zu reißen. Er könnte erstmal duschen. Nein, es war doch besser, sie vorher anzurufen – nach dem Duschen wäre es ja noch später. Er mußte sich bei ihnen entschuldigen, und zwar gleich jetzt, sonst konnte er doch nicht schlafen. Er trat ans Telefon und wählte die Nummer, die er jetzt auswendig wußte.

Ed meldete sich.

»Hier ist nochmal Clarence. Ich bin zu Hause. Hoffentlich habe ich Sie nicht aufgeweckt.«

»Schon gut. Was ist denn nun los?«

»Sie haben mich gezwungen, Sie anzurufen, vorhin. Ich wollte gar nicht!« Er erschrak, als er die eigene laute Stimme hörte, und versuchte sich zu beherrschen. »Bitte seien Sie mir nicht böse, Ed. Die haben mich den ganzen Tag bearbeitet, wissen Sie.« Ihm fiel plötzlich ein, daß sein Telefon vielleicht auch abgehört wurde, genau wie der Raum, in dem er den Tag verbracht hatte. Verstört lachte er auf. »Ich hab gar nicht die Absicht, irgendwas zu gestehen. Wär doch unsinnig, nicht? Ich wollte – ich wollte mich bei Ihnen entschuldigen für die Störung. Von mir aus hätte ich sowas nie getan.«

»Schon gut«, sagte Ed. Was Clarence da redete, klang nach leichter Hysterie. »Nun schlafen Sie mal, Clarence.«

»Sie haben wohl Marylyn nicht zufällig gesprochen, nein?«

»Nein.«

»Die mußte ich auch vorhin anrufen, in ihrer jetzigen Wohnung, Eleventh Street. Zum Glück war sie aber nicht zu Hause.« Clarence merkte, Ed wollte die Unterhaltung zu Ende bringen, aber das ging doch nicht, er wollte noch nicht Schluß machen, er wollte weiterreden, erklären und vor allem sich vergewissern, daß Ed noch zu ihm stand. »Ich wollte Ihnen auch noch danken, Ed, für heute. Daß Sie gekommen sind. Vielen Dank.«

»Sie brauchen mir nicht zu danken, Clarence. Aber ich hoffe, es war das letztemal. Noch einmal komme ich nicht hin. Ich bin nicht sicher, ob ich mich weigern kann, die Leute in meine Wohnung einzulassen, aber hinkommen werde ich nicht mehr, dafür fehlt mir dann eben die Zeit. Alles hat seine Grenzen.«

Ein Schwall von Worten stieg in Clarence auf – Worte und Sätze, die er nicht herausbrachte; er wußte nicht, was er zuerst sagen sollte. Dankbarkeit. Beschämung. Versagen. Bedauern. Daß er niemandem irgend etwas anlastete, am allerwenigsten Ed. Und daß er durchaus verstand, warum Ed und auch Marylyn – überhaupt vielleicht jeder außer Greta – ihn als Paria betrachtete, weil er einen Menschen umgebracht hatte.

»Nun versuchen Sie mal zu schlafen, Clarence.«

»Könnte ich wohl – kann ich Sie nicht irgendwann morgen schnell mal sprechen? Um zwei muß ich da wieder hin, aber –«

»Nein, Clarence. Um Ihretwillen – verstehen Sie das nicht? Wollen Sie denn, daß man denkt, wir stecken unter einer Decke? Sie werden doch sicher beobachtet, oder? Vermutlich doch.«

»Ja, Sir«, sagte Clarence erschöpft. »Ich bin ziemlich erledigt, das stimmt. Gute Nacht, Sir.«

Ed legte langsam den Hörer auf. »Mein Gott«, flüsterte er.

Greta war wieder wach, nachdem sie vorher fast eingeschlafen war; Ed hatte noch im Bett gelesen. »Was ist passiert, Eddie?«

Ed ging auf bloßen Füßen zum Fenster und wandte sich um. »Er sagt, er hat nicht gestanden. Sie haben ihn offenbar heute zwölf Stunden lang verhört – unter Druck verhört.«

»Von wo hat er angerufen?«

»Aus seiner Wohnung. Er sagt, sie sind noch nicht fertig mit ihm. Morgen um zwei muß er wieder hin. Irgendwann wird er bestimmt gestehen. Das tun sie doch fast immer. Meinst du nicht?«

Greta antwortete nicht gleich.

»Natürlich tun sie das«, sagte Ed. »Aber mir ist es jetzt egal. Dann habe ich also gelogen. Clarence wird aussagen, daß er es mir erzählt hat – vor Tagen schon. Dann habe ich also gelogen.«

»Ich auch. Mich haben sie ja auch gefragt. Aber mir tut's nicht leid. Nein, mir tut es bestimmt nicht leid.«

Wenn es ihm doch auch so klar und einfach erschiene wie Greta, dachte Ed sehnsüchtig. Sicher hatte sie recht, aber es war ihm nicht möglich, es ebenso zu sehen. Und doch glaubte er nicht, daß er völlig falsch gehandelt hatte.

Gab es denn so etwas wie halb falsch und halb richtig? Nein, das gab es nicht. »Ich weiß bloß, daß ich –«

»Komm ins Bett, Eddie. Komm, du kannst im Bett weiterreden.«

Ed ging im Zimmer auf und ab. »Ich kann ihn einfach nicht mehr sehen. Ja, natürlich, ich müßte toleranter sein. Mehr Kraft haben. Ach, ich weiß es selber nicht.«

»Du, Eddie«, sagte Greta und gähnte leicht, hörte aber weiter aufmerksam zu. »Ich bin gar nicht so sicher, daß er gestehen wird.«

Ja, das war durchaus möglich, so seltsam es klang. Vielleicht gestand er tatsächlich nicht. Doch darauf kam es jetzt nicht mehr an. Es ging auch nicht mehr darum, daß er, Ed, Clarence Duhamell gedeckt hatte. Es war einfach so, daß er ihn nicht mehr mochte – daß ihm Clarence Duhamell gründlich zuwider war.

24

Das Telefon schrillte und riß Clarence aus dem Schlaf. Er war noch halb betäubt; langsam griff er nach dem Hörer, ließ ihn in der Dunkelheit fallen, suchte auf dem Fußboden und hatte ihn endlich gefunden.

»Hal-lo –?«

»Hallo. Hier ist Pete. Na, Clarence, wie geht's denn?«

Manzoni. Die Stimme schreckte ihn schmerzhaft auf.

»Ich hab gehört, du bist bald soweit«, sagte Manzoni.

Der Ärger, den Clarence aufsteigen spürte, ging nicht sehr tief. Er legte den Hörer auf die Gabel und ließ sich aufs Bett zurückfallen. Langsam wich der Schlaf, und er blinzelte in die Dunkelheit. Was konnte Manzoni festgestellt haben? Vielleicht gar nichts. Jedenfalls konnte keine Rede davon sein, daß er, Clarence, sich weichkriegen ließ. Gar kein Gedanke. Nun gerade nicht. Er zwang sich, die Augen zu schließen und gleichmäßig zu atmen. Der Morgen dämmerte.

Er schlief nur noch halb, als das Telefon zum zweitenmal klingelte. Da war es schon viertel vor zehn.

»Hallo, Clare? Hier ist Mutter. Wie geht's dir, mein Junge? Wir haben ein paarmal versucht, dich zu erreichen. Ist alles in Ordnung?«

»Ja, Mutter. Ganz in Ordnung.«

»Warum hast du nicht mal angerufen? Wir wollten nicht bei den Reynolds nachfragen, weil ich nicht sicher war, daß du dort noch warst.«

»Nein.« Clarence schüttelte den Kopf, um ganz wach zu werden. »Nein, ich war nur bis Freitag dort.«

»Du bist noch müde, ich hab dich sicher aufgeweckt, das tut mir leid, Clary. Geht's dir wirklich gut? Hast du keine Schmerzen mehr? ... Du könntest doch zu uns herauskommen, Junge. Du hast ja noch eine ganze Weile Urlaub.«

Clarence kämpfte mit sich. Er konnte jetzt entweder lügen und behaupten, er brauche Ruhe und wolle allein sein, in seiner Wohnung. Oder er konnte die Wahrheit sagen, und das war viel einfacher.

»Clare –?«

»Ja, Mom. Sie verhören mich immer noch, wegen des Polen. Deshalb muß ich hier in der Stadt bleiben.«

»Tatsächlich? Weißt du denn so viel darüber?«

Schließlich erfand er doch eine Ausrede. Ja, er habe den Polen mehrfach gesehen, sagte er. Ja, er werde sie anrufen, sobald er übersehen könne, wann er Zeit habe.

Wieder versuchte er zu schlafen.

Um zwei Uhr nachmittags fand sich Clarence auf der Hauptwache, 126th Street, ein, in Tennisschuhen und Rollkragenpullover. Zum Frühstück hatte er zwei Eier gegessen und dazu so viel Toast, wie er bewältigen konnte. Auch diesmal mußte er lange warten. Es war jetzt drei Uhr zehn. Er hatte die Sonntagsausgabe der *Times* und ein Taschenbuch mit Kurzgeschichten von Ben Hecht mitgebracht, die er schon zweimal gelesen hatte.

Morrissey erschien. Er sah frisch und ausgeruht aus und sah Clarence abwesend an, als er vorbeiging und in dem gleichen Raum wie gestern – es war doch der gleiche? – verschwand. Wieder vergingen zwanzig Minuten; Clarence lehnte den Kopf gegen die Wand und schlief ein. Der Schlaf schien ihm besser, erfrischender als der Schlaf der ganzen vergangenen Nacht, aber als ihn jetzt ein Polizist mittleren Alters wachrüttelte, sah er, daß nur zehn Minuten vergangen waren. Der Mann brachte ihn in einen Raum – ja, es war derselbe wie gestern. Hinter dem Schreibtisch wartete Morrissey.

»Also, Dummell – jetzt geht's uns ja nur noch um die Zeit, stimmt's? Vielleicht schaffen wir's in ein paar Minuten. Setzen Sie sich.« Morrissey saß bereits. »Wir haben uns mit Edward Reynolds unterhalten. Er scheint nicht mehr ganz so bereit, Sie zu verteidigen. Oder sagen wir: Sie zu decken.« Morrissey lächelte breit. »Dazu haben Sie wohl nichts zu sagen, nein?«

»Nein.«

»Und Miss Coomes – die kommt heute auch nicht. Heute sind Sie ganz allein, Dummell – keiner Ihrer Freunde läßt sich sehen. Da können wir ja mal zur Abwechselung in ein anderes Zimmer gehen.«

Morrissey ging voraus zu einer anderen Tür links vom Flur. Im Gang trafen sie mehrere Polizisten; es kam Clarence so vor, als betrachteten sie ihn merkwürdig belustigt, aber das bildete er sich vielleicht nur ein. Sie gingen ein paar Stufen nach unten und kamen in einen großen quadratischen Raum; in der Mitte stand ein Schreibtisch. Fenster gab es nicht. Man hörte das Summen eines Ventilators, vielleicht war es auch die Zentralheizung, jedenfalls kam es aus dem Gitterrost nahe der Decke. Im Zimmer standen zwei Stühle, Morrissey setzte sich und sagte zu Clarence:

»Gehen Sie mal ein bißchen auf und ab, Sie sehen müde aus.«

Clarence war nicht müde. Er legte seinen Mantel auf den

anderen Stuhl und ging langsam im Zimmer umher, immer rund herum. Nach einer Stunde schritt er immer noch auf und ab, machte einen Bogen um den Schreibtisch und kehrte um, wann er wollte. Genau dieses war es, was er erwartet hatte. Vielleicht ließ man ihn so weitergehen, immer weiter, bis er umfiel. Er bemühte sich, nicht hinzuhören, was Morrissey sagte: vielleicht half ihm das, ruhig zu bleiben und nicht aufzubrausen.

Es war sicher wahr, daß die Reynolds ihn hatten fallenlassen. Oder doch nicht? Ed hatte Nein gesagt, als Clarence ihn für heute um eine Zusammenkunft bat; er hatte sich nicht geradezu geweigert, aber doch gemeint, es wäre nicht ratsam. Und Marylyn war – sie war ganz unerreichbar. Immer noch setzte Clarence einen Fuß vor den andern. Sein rechtes Bein fing an zu schmerzen, es war das Bein mit der Schußwunde. Er holte tief Luft und warf einen Blick auf die blaßgraue Wand, als er wieder kehrtmachte.

»... alles ganz sonnenklar ... absolute Zeitverschwendung, weiter gar nichts ... Nun geben Sie es doch endlich zu, Dummell! Was soll eigentlich der ganze Quatsch? Kommen sich wohl vor wie'n Held, was? Wo doch ...«

Wie durch einen Zaubertrick brach die Stimme ab. Clarence besah sich die grauen Wände, die oben in den Ecken in schwärzliches Dunkelgrau übergingen. Er hielt den Kopf höher. Morrissey nannte ihn einen verlogenen Saukerl. Und Schlimmeres. Clarence merkte, wie er den nicht aufhörenden Monolog im Geist zensierte; es kam ihm selbst komisch vor. Er hatte damit nichts zu tun, ihn berührten die Worte nicht – er war unberührbar (das hatte Morrissey gesagt). Unberührbar. Na und? Er war also anders, schön. Sollte er deshalb vielleicht mürbe werden? Da konnte Morrissey lange warten!

Morrissey saß auf seinem Stuhl und trank Kaffee aus einem Pappbecher. Clarence hatte keinen Kaffee bekommen (er taugte auch sowieso nichts). Den Kaffee hatte vor kurzem ein uniformierter Bürodiener gebracht, ebenso ein Stück trockenen Kuchen. Es war jetzt 5.37 Uhr.

Clarence blieb stehen und blickte Morrissey lächelnd an.

»... bloß keinen Mumm für –« Wie eine alte Schallplatte brach die Stimme ab.

Kein Mumm für was? Clarence war zumute, als gäbe es nichts, das er nicht aushalten konnte. Sie mochten ihm heute nacht noch die Fingernägel ausreißen oder die Zähne, die er jetzt zusammenpreßte. Morrissey wartete auf ein Wort von ihm, aber Clarence sagte es nicht. Er sagte gar nichts, er starrte nur Morrissey an, der deutlich gereizter wurde.

»Na –?« sagte Morrissey endlich.

Clarence schwieg. Er starrte Morrissey an, bis dessen Augen zu blinzeln begannen und er sie abwandte und auf die Papiere blickte, die vor ihm lagen. Morrissey sah sogar ein wenig erschreckt aus, dachte Clarence; dabei hatte er doch das Telefon vor sich und außerdem das übliche Schaltbrett mit Knöpfen auf dem Schreibtisch, so daß er im Handumdrehen Unterstützung herbeirufen konnte, wenn er wollte. Ein Revolver lag sicher auch noch irgendwo, wahrscheinlich in einer der Schubladen.

»Also – sind Sie jetzt soweit, Clarence? Ein Satz genügt: ›Ich hab den Kerl in der Barrow Street erschlagen.‹ Das ist alles. Also nun mal los.«

Clarence schloß halb die Augen, ohne weitere Bewegung.

»Gehen Sie weiter«, sagte Morrissey.

Clarence blieb stehen. Morrissey erhob sich und versetzte ihm einen Schlag aufs Kinn – keinen Faustschlag, nur einen Stoß mit der geschlossenen Hand, aber Clarence spürte den Zorn. Langsam setzte er sich wieder in Bewegung und ging im Zimmer auf und ab, wie vorher. Er war nicht böse, im Gegenteil, er fühlte sich großartig. Er reckte sich hoch auf.

Morrissey hielt den Hörer in der Hand, das Telefon hatte einen Summton von sich gegeben. Clarence war nicht neugierig, aber um der Abwechslung willen hörte er zu.

»Nein, noch nicht«, sagte Morrissey. »Nee, mir geht's sehr gut ... Klar, sagen Sie nur, daß er hier ist ... okay ... okay.« Er legte auf. »Ihre Revierwache. Die wollten wissen, ob Sie hier sind. Und ob Sie inzwischen ausgepackt haben.« Er lachte kurz auf und zündete sich eine Zigarette an. »Sie dachten wohl, es wäre Mr. Reynolds und er wollte sich erkundigen, wie's Ihnen geht, was.«

Clarence versuchte wieder abzuschalten, die Stimme nicht zu hören. Vielleicht war es doch Ed gewesen. Morrissey hatte mit einem der Cops gesprochen, nicht mit dem Anrufer selber. Aber wahrscheinlich war es nicht Ed gewesen. Nein, sicher nicht. Clarence hielt sich vor, daß er jetzt stark sei: er brauchte Ed nicht mehr. Nicht daß er ihn nicht mochte, darum ging es nicht. Aber er hatte ihn nicht mehr nötig, ihn nicht und Marylyn auch nicht. Und die Nacht war noch jung.

»Wollen Sie 'n Sandwich?«

Die Frage kam viele Minuten später. Clarence hatte sich vorgenommen, nicht mehr auf die Uhr zu sehen. Morrissey sagte:

»Es ist fast neun.«

Clarence hatte noch immer keine Lust zu reden und sagte nichts.

Morrissey erhob sich und hob den Arm, um noch einmal nach ihm zu schlagen, deshalb sagte Clarence:

»Ja, ein Sandwich und Milch.«

»Milch? Keinen Kaffee?«

Der Kaffee war genauso widerlich wie Morrissey und alles andere hier – aber wozu sollte er das sagen.

Er durfte sich setzen, während er den größten Teil eines Leberwurstbrotes aß und Milch durch einen Strohhalm trank. Dann mußte er wieder umhergehen.

Morrissey war jetzt angespannt; man merkte, er wollte den Fall heute zu Ende bringen. Clarence war jedoch bereit, es auch noch mit Morrisseys Ablösung aufzunehmen, weiter herumzugehen, immer weiter, bis er umfiel, und selbst wenn er umfiel, würden sie aus ihm nichts herauskriegen. Wie konnten sie was herauskriegen, wenn er doch entschlossen war, nichts zu sagen? Jetzt wäre es Zeit für einen Lügendetektortest, dachte er plötzlich mit heimlicher Freude; er würde bestimmt überhaupt nicht reagieren. Seit Stunden lief Morrisseys Monolog an ihm ab wie – wie –

Das Telefon klingelte, oder es war der Summer auf dem Schreibtisch; Clarence stolperte und fing sich gerade noch. Zugegeben, er war jetzt etwas müde. Morrissey redete und lachte in den Hörer. Wie spät mochte es sein? Clarence sah nicht auf die Uhr. War ja ganz egal.

»Na Mensch, du hast'n Nerv«, sagte Morrissey eben.

»Schön, meinetwegen, meinetwegen, du sollst recht haben.« Er blickte Clarence an. »Ihr Freund Manzoni, Clarence.«

Clarence stand vor Morrissey, der ihn jetzt nicht ansah, sondern wieder ins Telefon sprach und mit Manzoni witzelte. Gib ihn mir mal! wollte Clarence sagen. Zorn stieg in ihm auf, als habe Manzoni soeben ein gemütliches Gespräch unterbrochen.

»Okay. Wollen Sie mit ihm reden?« fragte Morrissey und reichte Clarence den Hörer.

Hatte er laut gedacht? Clarence wußte es nicht, aber er nahm den Hörer. »Manzoni!« sagte er munter.

»Na Clarence? Ich höre, du wirst durch den Wolf gedreht. Bald am Umkippen, was? Hält keiner lange aus, das kennen wir.«

Clarences ganzer Zorn entzündete sich an Manzonis hämischer Stimme. Er fluchte ausgiebig und hörte erst auf, als er Morrisseys Gelächter hörte.

»... bald umkippen!« Auch Manzoni lachte laut.

Clarence legte den Hörer auf die Gabel zurück.

»Warum haben Sie aufgelegt?« fragte Morrissey breit grinsend. »Hab ich Ihnen vielleicht gesagt, daß Sie auflegen sollen?« Er schwenkte wie beiläufig die Hand; sie berührte Clarence nicht.

Wieder nahm Clarence seine langsame Wanderung durch den Raum auf. Ja, das war ein Fehler gewesen, daß ihm da eben bei Manzoni die Nerven durchgegangen waren. Immerhin, kein sehr schwerwiegender Fehler, er ließ sich ausbügeln.

»Sie mögen die Polizei nicht, was, Dummell? 'n Outsider, das sind Sie.«

»Wie meinen Sie das? Ich habe –«

»Sie gehören nicht richtig zu uns, heißt das. Im Grunde sehen Sie doch herab auf die Polizei.«

Das war schwierig zu erklären, und Morrissey erwartete auch gar keine Erklärung. Wahrscheinlich, dachte Clarence, wäre es für ihn von jeher besser gewesen, wenn er ›dazugehört‹ hätte, ein richtiger Kumpel, der Schmiergelder annahm und sich aufführte wie alle andern. Ob es das war, was Morrissey meinte? Morrissey hatte zwar den Rang eines Detective und trug Zivil, zählte aber sicher mit zu den Kumpeln.

»Ich habe doch –« erschöpft hielt Clarence inne.

»Was haben Sie?«

»Ich meine, ich habe mich doch nicht zur Polizei gemeldet, um zu spionieren oder zu –«

»Wer hat denn was von spionieren gesagt?« Morrissey lachte.

»Ich hab immer eine hohe Meinung von der Polizei gehabt. Das war für mich der Grund zum Eintreten.« Ich wollte mich nützlich machen, dachte er, aber er wollte kein weiteres Gelächter hervorrufen.

Morrissey nickte herablassend.

Clarence ließ seine Gedanken wandern. Es gab Fälle, ähnlich wie seiner, da hatte ein Polizist den andern gedeckt. Er hatte davon gehört, und jeder wußte es. Aber ihn deckte keiner. Er fühlte, wie Zorn und Selbstmitleid in ihm aufstiegen. Er versuchte beides zu unterdrücken. Genau dies war es ja, was Morrissey beabsichtigt hatte.

Morrissey sagte etwas. Clarence legte die Hände über die Augen. Er war jetzt müde, gereizt, verbittert. Er hörte, wie Morrissey halblaut fluchte.

Morrissey ging hinaus, verärgert, weil die Ablösung nicht gekommen war, nach der er ins Telefon gebrüllt hatte. Clarence warf sich auf den Stuhl, auf dem sein Mantel lag, legte den Kopf zurück und streckte die Beine lang aus wie ein Boxer zwischen zwei Kampfrunden. In wenigen Sekunden war er eingeschlafen, als habe ihn ein tiefes schwarzes Loch in sich eingesogen. Dann rüttelte ihn eine Hand kräftig an der Schulter, und er blickte in ein dunkles lächelndes Gesicht. Es war ein robustes Gesicht von italienischem Typus – ein fremdes Gesicht.

»Aufstehen, Mac«, sagte der Mann mit tiefer Stimme und ging auf den Schreibtisch zu.

Clarence stand auf, und die beiden Männer musterten einander. Clarence wußte, der Mann schätzte ihn ab: wie müde er war, wie feindselig er sich verhielt. Clarence konnte sich kaum auf den Beinen halten vor Erschöpfung, und sicher sah man ihm das an. Aber er schwankte nicht.

»Na schön – scheint mir ganz – hmm«, murmelte der Mann mit einem Blick in seine Notizen.

In den nächsten Minuten wurde der Fall Rowajinski zum soundsovielten Mal durchgesprochen. Mit diesem Vorgeplänkel arbeitete sich der Dunkle an die Sache heran. Auf Clarence wirkte es einschläfernd. Er setzte sich und blieb vier oder fünf Minuten sitzen, bis sein Gegenüber ihm befahl aufzustehen.

»Weitergehen«, sagte der Mann. »Hier in Ihrer Aussage steht, Ihre Freundin Marylyn habe einen festen Schlaf, sie hat Sie auch am Morgen nicht weggehen hören. Vielleicht hat sie auch nicht gehört, daß Sie nachts die Wohnung mal verlassen haben und dann wiedergekommen sind. Als

Sie rausgingen und unten Rowajinski fanden ... wär doch möglich, was? Nun sagen Sie doch mal was!«

»Ich hab die Wohnung nicht verlassen.«

Der andere redete weiter, führte Daten an: Bellevue. Der Versuch einer Beziehung zu den Reynolds. Das Bemühen um eine Freundschaft ... »... nichts dazu zu sagen?«

»Nein.« Clarence schritt weiter und machte langsam kehrt. Vor kurzem noch hatte er pinkeln müssen, und jetzt nicht mehr. Komisch. Die Toilette war weiter unten am Flur, auf der rechten Seite.

»... und nun haben Ihre Freunde Sie doch im Stich gelassen ... Bitte geradehalten! Sie könnten sich alles viel leichter machen, wenn Sie das zugeben, was ich hier schwarz auf weiß vor mir habe. Daß Sie nämlich um elf oder zwölf die Wohnung Ihrer Freundin verlassen haben, zu Rowajinski gegangen sind, ihn unterwegs gefunden und dann zusammengeschlagen haben. Geben Sie's doch endlich zu, Mann!«

»Ich hab's nicht getan.«

»Sie wissen doch, es kommt zum Prozeß, und wenn Sie da noch weiter leugnen, sind Sie erledigt!«

»Kann ich nicht ändern.«

Es ging weiter, immer weiter.

»Denken Sie bloß nicht, daß Ihre Freundin noch was von Ihnen wissen will. Die hat's auch satt, genau wie Sie's mal satt haben und alle andern ... und unsere Leute sind noch lange nicht fertig mit ihr ...«

Clarence fiel zu Boden. Die dunkelgrüne Steinfläche schien sich zu heben und ihm ins Gesicht zu schlagen; er war sofort wach, schob sich in die Höhe und stand vor dem Schreibtisch, über dem das Licht brannte. Er vernahm einen lauten Summton, der direkt aus der Schädeldecke zu kommen schien. Oder war es die Telefonglocke? Nein. Der dunkle Mann beugte sich halb vor und schrie etwas.

»... los, weitergehen! Weiter! Wollen Sie jetzt reden?«

Ein Stoß in den Magen. Auf einmal stand der Dunkle direkt vor ihm. Clarence blinzelte etwas, der Stoß hatte wehgetan.

»Zeitvergeudung, verdammt nochmal! Reden Sie doch! Reden Sie, los!«

Clarence verlangte, auf die Toilette gehen zu dürfen, und merkte, daß er nur ein undeutliches Gemurmel hervorbrachte. Mit mühsam gebändigtem Zorn begleitete ihn der andere den Gang hinunter zur Toilette; die Tür mußte offen bleiben, damit der dunkle Mann – genau wie Morrissey – ihn im Auge behalten konnte. Am Waschtisch goß sich Clarence Wasser über das Gesicht und trank etwas aus der Hand, es schmeckte nach der flüssigen Seife, mit der er sich gewaschen hatte. Sie kehrten ins Zimmer zurück, und Clarence ging zu dem Stuhl und setzte sich auf seinen Mantel.

»Aufstehen!«

Er stand auf. »Ich sage heute abend kein Wort mehr, weder zu Ihnen noch zu irgend jemand sonst.« Nun schwankte er doch leicht, und die Füße waren feucht von Schweiß. Aber ihm war nicht warm, er fröstelte.

Der Dunkle wollte etwas sagen und schwieg dann; die Lippen hatten schon zum Sprechen angesetzt. Er trat ans Telefon, aber Clarence hörte nicht hin. Die Unterredung dauerte etwa fünf Minuten, vielleicht auch etwas länger.

Clarence blickte auf seine Uhr, kniff mühsam die Augen zusammen und sah, daß es zweiundzwanzig Minuten nach drei war. Er suchte mit den Fingern nach dem Uhrknauf – vielleicht war er herausgesprungen, dann stimmte die Zeit nicht. Nein, der Knauf war in Ordnung. Es war Montag morgen, zweiundzwanzig Minuten nach drei.

»Wollen Sie denn, daß das immer so weitergeht, morgen und übermorgen?« fragte der Dunkle. Er hatte den Hörer aufgelegt. »Mensch, reden Sie doch bloß! Wir können Ihnen eine Spritze geben ...«

Eine Spritze: zum Wachbleiben oder zum Reden? Wieder schwankte Clarence. Seine Augen brannten.

Der Mann ging wieder zum Telefon, drückte auf einen Knopf und riß den Hörer hoch. Er hatte Kragen und Schlips gelockert und sah ganz anders aus als der Mann, der vor mehreren Stunden hier angekommen war.

»... Unterstützung –? Ich kann noch nicht sagen, ob ich jemand brauche ... Nein, nein, das nicht.« Er sprach halblaut, es klang gereizt.

Clarence schaltete innerlich die Stimme ab, als sei es eine Sprache, die er gar nicht verstand. Sollten sie doch Unterstützung herbeischaffen, ihm Spritzen zur Belebung geben oder Weckamine, so daß er tagelang nicht schlafen konnte! Reden würde er doch nicht. Auch wenn sie ihn umbrachten, würde er nicht reden. Verglichen mit richtigen Folterungen war das, was er jetzt durchmachte, gar nichts, und er tat sich auch gar nicht mehr leid. Er fühlte sich großartig, ein ganzer Mann. Er würde es schaffen.

»Wir gehen jetzt, hab ich gesagt!« schrie der andere.

Clarence wandte sich um. Der Dunkle ging auf die Tür zu und ruckte mit dem Daumen. »Ihr Mantel.«

Sicher sollte er in einen anderen Raum gebracht werden. Sie stiegen die Treppe hinauf und gingen über den Gang zur Eingangstür und dann hinaus in die kühle frische Luft. Am Bordrand stand ein Taxi, das vermutlich der Polizist, der draußen stand, herbeigerufen hatte.

Der dunkle Mann öffnete die Wagentür und sagte: »Sie fahren jetzt nach Hause. Nineteenth, oder? Versuchen Sie nicht, woanders hinzufahren, wir finden Sie doch.«

Die Wagentür schlug zu. Der Fahrer wußte Bescheid, wohin er fahren sollte.

Clarence stieg die Treppe zu seiner Wohnung empor. Oben zog er Tennisschuhe und Hose aus, wusch sich flüchtig Gesicht und Hände und fiel ins Bett. Ringsum lag tiefe Dunkelheit; in seinen Ohren pulsierte das Blut. Nach wenigen Minuten wachte er auf mit dem gräßlichen Gefühl, in die Tiefe zu stürzen; er setzte sich im Bett auf und fiel angstvoll wieder zurück. Die Müdigkeit war verflogen, und im Kopf drehte sich alles. Marylyn, Morrissey, Ed Reynolds, Greta. Sie taten nichts und sprachen auch nicht, sie jagten nur vorbei – irgendwo klingelte es.

Das Klingeln war Wirklichkeit. Clarence tastete nach dem Telefonhörer und erkannte dann, daß es die Türglocke war. Wer mochte das sein – vielleicht Marylyn? Nein, sicher die Cops, die wollten sich vergewissern, daß er zu Hause war. Wenn er nicht aufmachte, würden sie vermutlich die Tür einschlagen. Er fand den Lichtschalter und drückte auf den elektrischen Knopf, der unten die Haustür öffnete; dann öffnete er auch die Wohnungstür einen Spalt. Schritte wurden im Treppenhaus hörbar: es war nur einer, der da die Stufen heraufkam. Ein Mann, der es nicht eilig hatte.

Im Treppenhaus brannte gedämpftes Licht, und jetzt wurde Manzonis Gestalt sichtbar. Clarence machte eine Bewegung, um die Tür zu schließen, und zögerte dann. Manzoni sah ihn und lächelte leicht.

»Hallo!« sagte Manzoni. »Ich wollte bloß mal nachsehen. Kann ich rein?«

»Nein. Was wolltest du nachsehen?«

Manzoni, bullig und entschlossen, schob ohne Umstände die Tür weiter auf und trat ein. »Ob du hier bist. Ich hab gehört, du bist sehr müde, aber du hast noch nicht ausgepackt. Stimmt's?«

»Hau ab, Pete.« Clarence nahm seine Hose vom Stuhl und zog sie an, wobei er Manzoni nicht aus den Augen ließ.

Manzoni hatte sich eine Zigarette angezündet. Er trug keinen Hut, der Mantel stand offen. Vielleicht hatte er seine Pistole bei sich. Clarence blickte auf die Uhr. Es war zwölf Minuten vor sechs.

»Du, Clarence, ich hab mich heute mal mit deinen Kumpels unterhalten, Marylyn und Reynolds. Wird nicht mehr lange dauern, bis Marylyn mit der Wahrheit rausrückt. Und Reynolds auch.«

Manzoni hatte einen Moment gezögert vor Ed Reynolds Namen, und Clarence glaubte ihm kein Wort. Marylyn fiel es nicht im Traum ein, den Bullen zu helfen, am allerwenigsten Manzoni. Und auch an Ed zweifelte er nicht, denn der hatte ihm sein Wort gegeben, und außerdem hatte Ed die ganze Sache gründlich satt. Aber was das wichtigste war: es kümmerte Clarence nicht mehr. Er hatte auch keine Angst vor Manzoni, selbst wenn der eine Pistole bei sich hatte.

»Mach dir doch nichts vor, Clarence.« Manzoni setzte sich und grinste Clarence an. »Was willst du denn tun, wenn alle deine ehemaligen Freunde auspacken?« Er lachte. »Du bist ja jetzt schon erledigt, also warum gibst du's nicht einfach zu? Du hast den Kerl umgelegt.«

Clarence zündete sich eine Zigarette an. Manzoni war hier, um sein Geständnis einzuholen, nachdem die Männer von der Mordkommission ihn, Clarence, erstmal mürbe gemacht hatten. Manzoni wollte befördert werden, zum Detective. Manzoni hatte sicher gehofft, ihn in einem schwachen Moment anzutreffen. Dieser Scheißkerl, hier in seiner Wohnung! Derselbe Scheißkerl, der Marylyn so in Wut gebracht und beleidigt hatte – nur deshalb hatte sie mit Clarence gebrochen! »Mach jetzt, daß du rauskommst, Pete.« Er tat einen Schritt auf Manzoni zu.

»O nein.« Manzoni zog Kopf und Schultern ein und blieb sitzen. »Ich hab 'ne Pistole bei mir, also sei vorsichtig. Hör zu, Clarence: *ich* hab den Rowinsk gefunden, als du mit ihm fertig warst. Ich war –«

Clarence ballte die Faust und zog sie zurück. Sofort zog Manzoni die Pistole und zielte damit auf Clarence. Manzoni saß immer noch.

»Ich habe keine Angst vor deiner Pistole. Raus, habe ich gesagt!«

»Keine Angst – ha! Ich kann dich umlegen und sagen, es war Notwehr. Du glaubst doch nicht, daß irgendein Hahn nach dir kräht?«

Clarence verzog den Mund zu einem Lächeln. Die Pistole war nur wenige Zentimeter von ihm entfernt und zielte genau auf seinen Magen. Clarence machte einen Schritt nach vorn, er wollte Manzoni vom Stuhl stoßen.

Manzoni sprang auf, und der Stuhl fiel zu Boden. In dem dunklen faltigen Gesicht stand plötzlich nackter Schrecken, Todesangst. Clarence sah den Schock und tat einen Schritt zurück. Manzoni blickte ihn angstvoll und verstört an.

Gewonnen! dachte Clarence. Und zwar nur deshalb, weil ich nichts zu verlieren habe. Wie einfach – wie einleuchtend das war!

»Los, komm mit, geh mal 'n bißchen spazieren«, sagte Manzoni und zeigte mit der Pistole auf die Tür.

»Spazieren? Wozu?«

»Weil's mir so paßt. Was 'n los? Hast du Angst?«

»Ich wüßte nicht, warum ich jetzt spazierengehen sollte. Und nun hau ab.«

»Ich befehle, verstanden?«

Clarence war wohl zumute, wohl und ganz wach und kein bißchen müde. Er hatte gesiegt – gesiegt über diesen kleinen Dreckskerl, und er wußte, damit sollte er es bewenden lassen. Es war blanker Irrsinn, jetzt auf die Straße zu gehen; dann wäre es leicht für Manzoni, irgendwas vom Zaun zu brechen, einen Streit zu fingieren, damit er seine Waffe gebrauchen konnte. »Ich bin den ganzen Tag rumgelaufen«, sagte Clarence. »Nein danke, Pete, ich –«

Der Schuß fiel, und Clarence fühlte den leichten Stoß im Magen. Er starrte Manzoni an – seltsam, Manzoni sah genauso erschrocken aus wie vorhin, nur standen jetzt auch noch Erwartung und furchtsame Spannung in dem groben Gesicht. Wußte er nicht, ob er noch einen Schuß abgeben sollte? Nein, Manzoni wartete, daß Clarence umfiel. Und Clarence schwankte.

Dann lag er am Boden. Manzoni ging eilig hinaus, doch

Clarences Gedanken jagten noch schneller. Er dachte an das, was Manzoni aussagen würde: Clarence sei tätlich geworden, und aus Notwehr habe er selber dann – aber vielleicht brauchte er gar keine Aussage zu machen. Wie man es auch betrachtete, Manzoni konnte nichts passieren. Auch Marylyn streifte ein kurzer fliehender Gedanke, eine Ahnung des Unmöglichen, Unerreichbaren. Es war ein Jammer, daß sie niemals verstanden hatte, worum es ihm ging. Und Ed und Greta – nie hatten sie geahnt, daß er bereit gewesen wäre, sein Leben für sie hinzugeben. *Alles – ich hatte mir alles so viel schöner vorgestellt –*

Manzonis hastender Schritt war verklungen. Eine Tür fiel ins Schloß.

Patricia Highsmith im Diogenes Verlag

Suspense
oder Wie man einen Thriller schreibt
Aus dem Amerikanischen von Anne Uhde
Broschur

Elsie's Lebenslust
Roman. Deutsch von Otto Bayer. Leinen

Geschichten von natürlichen und unnatürlichen Katastrophen
Deutsch von Otto Bayer. Leinen

Der Stümper
Roman. Deutsch von Barbara Bortfeldt
detebe 20136

Zwei Fremde im Zug
Roman. Deutsch von Anne Uhde
detebe 20173

Der Geschichtenerzähler
Roman. Deutsch von Anne Uhde
detebe 20174

Der süße Wahn
Roman. Deutsch von Christian Spiel
detebe 20175

Die zwei Gesichter des Januars
Roman. Deutsch von Anne Uhde
detebe 20176

Der Schrei der Eule
Roman. Deutsch von Gisela Stege
detebe 20341

Tiefe Wasser
Roman. Deutsch von Eva Gärtner und Anne Uhde. detebe 20342

Die gläserne Zelle
Roman. Deutsch von Gisela Stege und Anne Uhde. detebe 20343

Das Zittern des Fälschers
Roman. Deutsch von Anne Uhde
detebe 20344

Lösegeld für einen Hund
Roman. Deutsch von Anne Uhde
detebe 20345

Der talentierte Mr. Ripley
Roman. Deutsch von Barbara Bortfeldt
detebe 20481

Ripley Under Ground
Roman. Deutsch von Anne Uhde
detebe 20482

Ripley's Game
Roman. Deutsch von Anne Uhde
detebe 20346

Der Schneckenforscher
Gesammelte Geschichten. Vorwort von Graham Greene. Deutsch von Anne Uhde
detebe 20347

Ein Spiel für die Lebenden
Roman. Deutsch von Anne Uhde
detebe 20348

Kleine Geschichten für Weiberfeinde
Deutsch von W. E. Richartz. Mit siebzehn Zeichnungen von Roland Topor
detebe 20349

Kleine Mordgeschichten für Tierfreunde
Deutsch von Anne Uhde. detebe 20483

Venedig kann sehr kalt sein
Roman. Deutsch von Anne Uhde
detebe 20484

Ediths Tagebuch
Roman. Deutsch von Anne Uhde
detebe 20485

Der Junge, der Ripley folgte
Roman. Deutsch von Anne Uhde
detebe 20649

Leise, leise im Wind
Erzählungen. Deutsch von Anne Uhde
detebe 21012

Keiner von uns
Erzählungen. Deutsch von Anne Uhde
detebe 21179

Leute, die an die Tür klopfen
Roman. Deutsch von Anne Uhde
detebe 21349

Nixen auf dem Golfplatz
Erzählungen. Deutsch von Anne Uhde
detebe 21517

Als Ergänzungsband liegt vor:

Über Patricia Highsmith
Essays und Zeugnisse von Graham Greene bis Peter Handke. Mit Bibliographie, Filmographie und zahlreichen Fotos. Herausgegeben von Franz Cavigelli und Fritz Senn
detebe 20818

Margaret Millar im Diogenes Verlag

Banshee, die Todesfee
Roman. Aus dem Amerikanischen von
Renate Orth-Guttmann. Leinen

Liebe Mutter, es geht mir gut ...
Roman. Deutsch von Elizabeth Gilbert
detebe 20226

Die Feindin
Roman. Deutsch von Elizabeth Gilbert
detebe 20276

Fragt morgen nach mir
Roman. Deutsch von Anne Uhde
detebe 20542

Ein Fremder liegt in meinem Grab
Roman. Deutsch von Elizabeth Gilbert
detebe 20646

Die Süßholzraspler
Roman. Deutsch von Georg Kahn-Ackermann
und Susanne Feigl
detebe 20926

Von hier an wird's gefährlich
Roman. Deutsch von Fritz Güttinger
detebe 20927

Der Mord von Miranda
Roman. Deutsch von Hans Hermann
detebe 21028

Das eiserne Tor
Roman. Deutsch von Karin Reese und Michel Bodmer
detebe 21063

Fast wie ein Engel
Roman. Deutsch von Luise Däbritz
detebe 21190

Die lauschenden Wände
Roman. Deutsch von Karin Polz
detebe 21421

Nymphen gehören ins Meer!
Roman. Deutsch von Otto Bayer
detebe 21516

Literarische Thriller im Diogenes Verlag

● **Margery Allingham**

Die Handschuhe des Franzosen
Kriminalgeschichten. Aus dem Englischen von Peter Naujack. Zeichnungen von Georges Eckert. detebe 20929

Trau keiner Lady
Roman. Deutsch von Gerd van Bebber
detebe 21567

Gefährliches Landleben
Roman. Deutsch von Brigitte Mentz
detebe 21568

Süße Gefahr
Roman. Deutsch von Peter Fischer
detebe 21569

Judaslohn
Roman. Deutsch von Edith Walter
detebe 21570

Wenn Geister sterben
Roman. Deutsch von Brigitte Mentz
detebe 21616

Überstunden für den Totengräber
Roman. Deutsch von Theda Krohm-Linke
detebe 21630

● **Eric Ambler**

Die Maske des Dimitrios
Roman. Aus dem Englischen von Mary Brand und Walter Hertenstein. detebe 20137

Der Fall Deltschev
Roman. Deutsch von Mary Brand und Walter Hertenstein. detebe 20178

Eine Art von Zorn
Roman. Deutsch von Susanne Feigl und Walter Hertenstein. detebe 20179

Schirmers Erbschaft
Roman. Deutsch von Harry Reuß-Löwenstein, Th. A. Knust und Rudolf Barmettler
detebe 20180

Die Angst reist mit
Roman. Deutsch von Walter Hertenstein
detebe 20181

Der Levantiner
Roman. Deutsch von Tom Knoth
detebe 20223

Waffenschmuggel
Roman. Deutsch von Tom Knoth
detebe 20364

Topkapi
Roman. Deutsch von Elsbeth Herlin
detebe 20536

Schmutzige Geschichte
Roman. Deutsch von Günter Eichel
detebe 20537

Das Intercom-Komplott
Roman. Deutsch von Dietrich Stössel
detebe 20538

Besuch bei Nacht
Roman. Deutsch von Wulf Teichmann
detebe 20539

Der dunkle Grenzbezirk
Roman. Deutsch von Walter Hertenstein und Ute Haffmans. detebe 20602

Ungewöhnliche Gefahr
Roman. Deutsch von Walter Hertenstein und Werner Morlang. detebe 20603

Anlaß zur Unruhe
Roman. Deutsch von Franz Cavigelli
detebe 20604

Nachruf auf einen Spion
Roman. Deutsch von Peter Fischer
detebe 20605

Doktor Frigo
Roman. Deutsch von Tom Knoth
detebe 20606

Bitte keine Rosen mehr
Roman. Deutsch von Tom Knoth
detebe 20887

Mit der Zeit
Roman. Deutsch von Hans Hermann
detebe 21054

Die Begabung zu töten
Deutsch von Matthias Fienbork. detebe 21631

● **Gavin Black**

Ein Drachen zum Fest
Roman. Aus dem Englischen von Matthias Fienbork. detebe 21560

● Peter Bradatsch

Waschen, Schneiden, Umlegen
Ein Dutzend Kriminalgeschichten
detebe 21272

● John Buchan

Die neununddreißig Stufen
Roman. Aus dem Englischen von Marta Hackel. Mit Zeichnungen von Edward Gorey
detebe 20210

Grünmantel
Roman. Deutsch von Marta Hackel
Mit Zeichnungen von Topor
detebe 20771

Mr. Standfast oder Im Westen was Neues
Roman. Deutsch von Marta Hackel
Mit Zeichnungen von Topor
detebe 20772

Die drei Geiseln
Roman. Deutsch von Marta Hackel
Mit Zeichnungen von Tatjana Hauptmann
detebe 20773

Basilissa
Roman. Deutsch von Otto Bayer
detebe 21249

● W. R. Burnett

Little Caesar
Roman. Aus dem Amerikanischen von Georg Kahn-Ackermann. detebe 21061

High Sierra
Roman. Deutsch von Armgard Seegers und Hellmuth Karasek. detebe 21208

Asphalt-Dschungel
Roman. Deutsch von Walle Bengs
detebe 21417

● Anton Čechov

Das Drama auf der Jagd
Eine wahre Begebenheit. Aus dem Russischen von Peter Urban. detebe 21379

● Raymond Chandler

Die besten Detektivstories
Neu aus dem Amerikanischen übersetzt von Hans Wollschläger. Diogenes Evergreens

Der große Schlaf
Roman. Neu übersetzt von Gunar Ortlepp
detebe 20132

Die kleine Schwester
Roman. Neu übersetzt von W. E. Richartz
detebe 20206

Das hohe Fenster
Roman. Neu übersetzt von Urs Widmer
detebe 20208

Der lange Abschied
Roman. Neu übersetzt von Hans Wollschläger. detebe 20207

Die simple Kunst des Mordes
Briefe, Essays, Fragmente. Herausgegeben von Dorothy Gardiner und Kathrine Sorley Walker. Neu übersetzt von Hans Wollschläger. detebe 20209

Die Tote im See
Roman. Neu übersetzt von Hellmuth Karasek. detebe 20311

Lebwohl, mein Liebling
Roman. Neu übersetzt von Wulf Teichmann
detebe 20312

Playback
Roman. Neu übersetzt von Wulf Teichmann. detebe 20313

Mord im Regen
Frühe Stories. Vorwort von Prof. Philip Durham. Neu übersetzt von Hans Wollschläger. detebe 20314

Erpresser schießen nicht
Detektivstories I. Neu übersetzt von Hans Wollschläger. detebe 20751

Der König in Gelb
Detektivstories II. Neu übersetzt von Hans Wollschläger. detebe 20752

Gefahr ist mein Geschäft
Detektivstories III. Neu übersetzt von Hans Wollschläger. detebe 20753

Englischer Sommer
Geschichten, Parodien, Aufsätze. Mit einer Erinnerung von John Houseman, einem Vorwort von Patricia Highsmith und Zeichnungen von Edward Gorey. Diverse Übersetzer
detebe 20754

● Agatha Christie

Die besten Geschichten von Agatha Christie
Aus dem Englischen von Maria Meinert, Marfa Berger und Ingrid Jacob
Diogenes Evergreens

Villa Nachtigall
Geschichten. Deutsch von Peter Naujack und Günter Eichel. detebe 20825

Der Fall der enttäuschten Hausfrau
Geschichten. Deutsch von Günter Eichel detebe 20826

● Friedrich Dürrenmatt
Das Versprechen / Aufenthalt in einer kleinen Stadt
Erzählungen. detebe 20852

Der Richter und sein Henker
Kriminalroman. Mit einer literarischen Skizze des Autors. detebe 21435

Der Verdacht
Kriminalroman. Mit einer literarischen Skizze des Autors. detebe 21436

Justiz
Roman. detebe 21540

● William Faulkner
Die Spitzbuben
Roman. Aus dem Amerikanischen von Elisabeth Schnack. detebe 20989

Der Springer greift an
Kriminalgeschichten. Deutsch von Elisabeth Schnack. detebe 20152

Die Freistatt
Roman. Deutsch von Hans Wollschläger, Vorwort von André Malraux. detebe 20802

● Celia Fremlin
Klimax
Roman. Aus dem Englischen von Dietrich Stössel. detebe 20916

Wer hat Angst vorm schwarzen Mann?
Roman. Deutsch von Otto Bayer detebe 21302

Die Stunden vor Morgengrauen
Roman. Deutsch von Isabella Nadolny detebe 21515

Rendezvous mit Gestern
Roman. Deutsch von Karin Polz. detebe 21603

● Der goldene Gelbe 86
Sonderausgabe. Enthält folgende Romane: Raymond Chandler, Der große Schlaf / Patricia Highsmith, Zwei Fremde im Zug / Eric Ambler, Die Maske des Dimitrios detebe 21412

● Der goldene Gelbe 87
Sonderausgabe. Enthält folgende Romane: Dashiell Hammett, Der dünne Mann/Margaret Millar, Liebe Mutter, es geht mir gut/Ross Macdonald, Unter Wasser stirbt man nicht detebe 21524

● Der Goldene Gelbe 88
Einmalige Sonderausgabe. Enthält folgende Romane von Georges Simenon: Maigret amüsiert sich / Mein Freund Maigret / Maigret und die junge Tote. detebe 21597

● Robert van Gulik
Mord im Labyrinth
Roman. Deutsch von Roland Schacht detebe 21381

Tod im Roten Pavillon
Roman. Deutsch von Gretel und Kurt Kuhn detebe 21383

Wunder in Pu-yang?
Roman. Deutsch von Roland Schacht detebe 21382

Halskette und Kalebasse
Roman. Deutsch von Klaus Schomburg detebe 21519

Geisterspuk in Peng-lai
Roman. Deutsch von Irma Silzer. detebe 21622

Mord in Kanton
Roman. Deutsch von Klaus Schomburg detebe 21623

Der Affe und der Tiger
Roman. Deutsch von Klaus Schomburg detebe 21624

● Henry Rider Haggard
Sie
Abenteuerroman. Aus dem Englischen von Helmut Degner. detebe 20236

König Salomons Schatzkammer
Roman. Deutsch von V. H. Schmied detebe 20920

● Dashiell Hammett

Der Malteser Falke
Roman. Neu aus dem Amerikanischen übersetzt von Peter Naujack. detebe 20131

Rote Ernte
Roman. Neu übersetzt von Gunar Ortlepp detebe 20292

Der Fluch des Hauses Dain
Roman. Neu übersetzt von Wulf Teichmann detebe 20293

Der gläserne Schlüssel
Roman. Neu übersetzt von Hans Wollschläger. detebe 20294

Der dünne Mann
Roman. Neu übersetzt von Tom Knoth detebe 20295

Fliegenpapier
5 Stories. Deutsch von Harry Rowohlt, Helmuth Kossodo, Helmut Degner, Peter Naujack und Elizabeth Gilbert. Vorwort von Lillian Hellmann. detebe 20911

Fracht für China
3 Stories. Deutsch von Elizabeth Gilbert, Antje Friedrichs und Walter E. Richartz detebe 20912

Das große Umlegen
3 Stories. Deutsch von Walter E. Richartz, Hellmuth Karasek und Wulf Teichmann detebe 20913

Das Haus in der Turk Street
3 Stories. Deutsch von Wulf Teichmann detebe 20914

Das Dingsbums Küken
3 Stories. Deutsch von Wulf Teichmann. Nachwort von Steven Marcus. detebe 20915

● E.W. Heine

Kuck Kuck
Noch mehr Kille Kille Geschichten. Leinen

Kille Kille
Makabre Geschichten. detebe 21053

Hackepeter
Neue Kille Kille Geschichten detebe 21219

Wer ermordete Mozart? Wer enthauptete Haydn?
Mordgeschichten für Musikfreunde detebe 21437

Wie starb Wagner? Was geschah mit Glenn Miller?
Neue Geschichten für Musikfreunde detebe 21514

● Patricia Highsmith

Elsie's Lebenslust
Roman. Aus dem Amerikanischen von Otto Bayer. Leinen

Geschichten von natürlichen und unnatürlichen Katastrophen
Deutsch von Otto Bayer. Leinen

Der Stümper
Roman. Deutsch von Barbara Bortfeldt detebe 20136

Zwei Fremde im Zug
Roman. Deutsch von Anne Uhde detebe 20173

Der Geschichtenerzähler
Roman. Deutsch von Anne Uhde detebe 20174

Der süße Wahn
Roman. Deutsch von Christian Spiel detebe 20175

Die zwei Gesichter des Januars
Roman. Deutsch von Anne Uhde detebe 20176

Der Schrei der Eule
Roman. Deutsch von Gisela Stege detebe 20341

Tiefe Wasser
Roman. Deutsch von Eva Gärtner und Anne Uhde. detebe 20342

Die gläserne Zelle
Roman. Deutsch von Gisela Stege und Anne Uhde. detebe 20343

Das Zittern des Fälschers
Roman. Deutsch von Anne Uhde detebe 20344

Lösegeld für einen Hund
Roman. Deutsch von Anne Uhde detebe 20345

Der talentierte Mr. Ripley
Roman. Deutsch von Barbara Bortfeldt. detebe 20481

Ripley Under Ground
Roman. Deutsch von Anne Uhde
detebe 20482

Ripley's Game
Roman. Deutsch von Anne Uhde
detebe 20346

Der Schneckenforscher
Vorwort von Graham Greene
Deutsch von Anne Uhde. detebe 20347

Ein Spiel für die Lebenden
Roman. Deutsch von Anne Uhde
detebe 20348

Kleine Geschichten für Weiberfeinde
Deutsch von W. E. Richartz. Mit Zeichnungen von Roland Topor. detebe 20349

Kleine Mordgeschichten für Tierfreunde
Deutsch von Anne Uhde. detebe 20483

Venedig kann sehr kalt sein
Roman. Deutsch von Anne Uhde
detebe 20484

Ediths Tagebuch
Roman. Deutsch von Anne Uhde
detebe 20485

Der Junge, der Ripley folgte
Roman. Deutsch von Anne Uhde
detebe 20649

Leise, leise im Wind
Erzählungen. Deutsch von Anne Uhde
detebe 21012

Keiner von uns
Erzählungen. Deutsch von Anne Uhde
detebe 21179

Leute, die an die Tür klopfen
Roman. Deutsch von Anne Uhde
detebe 21349

Nixen auf dem Golfplatz
Erzählungen. Deutsch von Anne Uhde
detebe 21517

● Hans Werner Kettenbach

Minnie oder Ein Fall von Geringfügigkeit
Roman. detebe 21218

● Mauric Leblanc

Arsène Lupin – Der Gentleman-Gauner
Roman. Deutsch von Erika Gebühr
detebe 20127

Die hohle Nadel oder Die Konkurrenten des Arsène Lupin
Deutsch von Erika Gebühr. detebe 20239

813 – Das Doppelleben des Arsène Lupin
Roman. Deutsch von Erika Gebühr
detebe 20931

Der Kristallstöpsel oder Die Mißgeschicke des Arsène Lupin
Roman. Deutsch von Erika Gebühr
detebe 20932

Die Gräfin von Cagliostro oder Die Jugend des Arsène Lupin
Roman. Deutsch von Arika Gebühr
detebe 20933

Arsène Lupin kontra Herlock Sholmes
Roman. Deutsch von Erika Gebühr
detebe 21026

Die Insel der 30 Särge
Roman. Deutsch von Lothar Schmidt und Ulrike Simon. detebe 21198

Die Uhr schlägt achtmal
Roman. Deutsch von Erika Gebühr
detebe 21254

● Gaston Leroux

Das Geheimnis des gelben Zimmers
Roman. Aus dem Französischen von Klaus Walther. detebe 20924

● Marie Belloc Lowndes

Jack the Ripper oder der Untermieter
Roman. Aus dem Englischen von Wulf Teichmann. detebe 20130

● Ross Macdonald

Dornröschen war ein schönes Kind
Roman. Aus dem Amerikanischen von Wulf Teichmann. detebe 20227

Unter Wasser stirbt man nicht
Roman. Deutsch von Hubert Deymann
detebe 20322

Ein Grinsen aus Elfenbein
Roman. Deutsch von Charlotte Hamberger
detebe 20323

Die Küste der Barbaren
Roman. Deutsch von Marianne Lipcowitz
detebe 20324

Der Fall Galton
Roman. Deutsch von Egon Lothar Wensk
detebe 20325

Gänsehaut
Roman. Deutsch von Gretel Friedmann
detebe 20326

Der blaue Hammer
Roman. Deutsch von Peter Naujack
detebe 20541

Durchgebrannt
Roman. Deutsch von Helmut Degner
detebe 20868

Geld kostet zuviel
Roman. Deutsch von Günter Eichel
detebe 20869

Die Kehrseite des Dollars
Roman. Deutsch von Günter Eichel
detebe 20877

Der Untergrundmann
Roman. Deutsch von Hubert Deymann
detebe 20878

Der Drahtzieher
Sämtliche Detektivstories um Lew Archer I. Mit einem Vorwort des Autors. Deutsch von Hubert Deymann und Peter Naujack
detebe 21018

Einer lügt immer
Sämtliche Detektivstories um Lew Archer II. Deutsch von Hubert Deymann und Peter Naujack. detebe 21019

Sanftes Unheil
Roman. Deutsch von Monika Schoenenberger. detebe 21178

Blue City
Roman. Deutsch von Christina Sieg-Welti und Christa Hotz. detebe 21317

Der Mörder im Spiegel
Roman. Deutsch von Dietlind Bindheim
detebe 21303

● **Ian McEwan**

Der Trost von Fremden
Roman. Aus dem Englischen von Michael Walter. detebe 21266

● **Margaret Millar**

Banshee, die Todesfee
Roman. Aus dem Amerikanischen von Renate Orth-Guttmann. Leinen

Liebe Mutter, es geht mir gut ...
Roman. Deutsch von Elizabeth Gilbert
detebe 20226

Die Feindin
Roman. Deutsch von Elizabeth Gilbert
detebe 20276

Fragt morgen nach mir
Roman. Deutsch von Anne Uhde
detebe 20542

Ein Fremder liegt in meinem Grab
Roman. Deutsch von Elizabeth Gilbert
detebe 20646

Die Süßholzraspler
Roman. Deutsch von Gerog Kahn-Ackermann und Susanne Feigl. detebe 20926

Von hier an wird's gefährlich
Roman. Deutsch von Fritz Güttinger
detebe 20927

Der Mord von Miranda
Roman. Deutsch von Hans Hermann
detebe 21028

Das eiserne Tor
Roman. Deutsch von Karin Reese und Michel Bodmer. detebe 21063

Fast wie ein Engel
Roman. Deutsch von Luise Däbritz
detebe 21190

Die lauschenden Wände
Roman. Deutsch von Karin Polz. detebe 21421

Nymphen gehören ins Meer!
Roman. Deutsch von Otto Bayer
detebe 21516

● **Patrick Quentin**

Bächleins Rauschen tönt so bang
Kriminalgeschichten. Deutsch von Günter Eichel. detebe 20195

Familienschande
Roman. Deutsch von Helmut Degner
detebe 20917

● Jack Ritchie

Der Mitternachtswürger
Geschichten. Aus dem Amerikanischen von Alfred Probst. detebe 21293

Für alle ungezogenen Leute
Detektiv-Geschichten. Deutsch von Dorothee Asendorf. detebe 21384

Gedächtnis ade
Kriminalgeschichten. Deutsch von Elfriede Riegler und Dorothee Asendorf. detebe 21565

● Georges Simenon

Brief an meinen Richter
Roman. Aus dem Französischen von Hansjürgen Wille und Barbara Klau. detebe 20371

Der Schnee war schmutzig
Roman. Deutsch von Willi A. Koch
detebe 20372

Die grünen Fensterläden
Roman. Deutsch von Alfred Günther
detebe 20373

Im Falle eines Unfalls
Roman. Deutsch von Hansjürgen Wille und Barbara Klau. detebe 20374

Sonntag
Roman. Deutsch von Hansjürgen Wille und Barbara Klau. detebe 20375

Bellas Tod
Roman. Deutsch von Elisabeth Serelmann-Küchler. detebe 20376

Der Mann mit dem kleinen Hund
Roman. Deutsch von Stefanie Weiss
detebe 20377

Drei Zimmer in Manhattan
Roman. Deutsch von Linde Birk
detebe 20378

Die Großmutter
Roman. Deutsch von Linde Birk
detebe 20379

Der kleine Mann von Archangelsk
Roman. Deutsch von Alfred Kuoni
detebe 20584

Der große Bob
Roman. Deutsch von Linde Birk
detebe 20585

Die Wahrheit über Bébé Donge
Roman. Deutsch von Renate Nickel
detebe 20586

Tropenkoller
Roman. Deutsch von Annerose Melter
detebe 20673

Ankunft Allerheiligen
Roman. Deutsch von Eugen Helmlé
detebe 20674

Der Präsident
Roman. Deutsch von Renate Nickel
detebe 20675

Der kleine Heilige
Roman. Deutsch von Trude Fein
detebe 20676

Der Outlaw
Roman. Deutsch von Liselotte Julius
detebe 20677

Der Verdächtige
Roman. Deutsch von Eugen Helmlé
detebe 20679

Die Verlobung des Monsieur Hire
Roman. Deutsch von Linde Birk
detebe 20681

Der Mörder
Roman. Deutsch von Lothar Baier
detebe 20682

Die Zeugen
Roman. Deutsch von Anneliese Botond
detebe 20683

Die Komplizen
Roman. Deutsch von Stefanie Weiss
detebe 20684

Die Unbekannten im eigenen Haus
Roman. Deutsch von Gerda Scheffel
detebe 20685

Der Ausbrecher
Roman. Deutsch von Erika Tophoven
detebe 20686

Wellenschlag
Roman. Deutsch von Eugen Helmlé
detebe 20687

Der Mann aus London
Roman. Deutsch von Stefanie Weiss
detebe 20813

Die Überlebenden der Télémaque
Roman. Deutsch von Hainer Kober
detebe 20814

Der Mann, der den Zügen nachsah
Roman. Deutsch von Walter Schürenberg
detebe 20815

Zum Weißen Roß
Roman. Deutsch von Trude Fein
detebe 20986

Der Tod des Auguste Mature
Roman. Deutsch von Anneliese Boton
detebe 20987

Die Fantome des Hutmachers
Roman. Deutsch von Eugen Helmlé
detebe 21001

Die Witwe Couderc
Roman. Deutsch von Hanns Grössel
detebe 21002

Schlußlichter
Roman. Deutsch von Stefanie Weiss
detebe 21010

Die schwarze Kugel
Roman. Deutsch von Renate Nickel
detebe 21011

Die Brüder Rico
Roman. Deutsch von Angela von Hagen
detebe 21020

Antoine und Julie
Roman. Deutsch von Eugen Helmlé
detebe 21047

Betty
Roman. Deutsch von Raymond Regh
detebe 21057

Der Neger
Roman. Deutsch von Linde Birk
detebe 21118

Die Tür
Roman. Deutsch von Linde Birk
detebe 21114

Das blaue Zimmer
Roman. Deutsch von Angela von Hagen
detebe 21121

Der Bürgermeister von Furnes
Roman. Deutsch von Hans Grössel
detebe 21209

Es gibt noch Haselnußsträucher
Roman. Deutsch von Angela von Hagen
detebe 21192

Die Glocken von Bicêtre
Roman. Neu übersetzt von Angela von Hagen. detebe 20678

Das Testament Donadieu
Roman. Deutsch von Eugen Helmlé
detebe 21256

Der Untermieter
Roman. Deutsch von Ralph Eue
detebe 21255

Emil und sein Schiff
Erzählungen. Deutsch von Angela Hagen und Linde Birk. detebe 21318

Exotische Novellen
Deutsch von Annerose Melter. detebe 21285

Die Leute gegenüber
Roman. Deutsch von Hans-Joachim Hartstein. detebe 21273

Die schwanzlosen Schweinchen
Erzählungen. Deutsch von Linde Birk
detebe 21284

Weder ein noch aus
Roman. Deutsch von Elfriede Riegler
detebe 21304

Auf großer Fahrt
Roman. Deutsch von Angela von Hagen
detebe 21327

Der Bericht des Polizisten
Roman. Deutsch von Markus Jakob
detebe 21328

Die Zeit mit Anaïs
Roman. Deutsch von Ursula Vogel
detebe 21329

Die Katze
Roman. Deutsch von Angela von Hagen
detebe 21378

Der Passagier der Polarlys
Roman. Deutsch von Stephanie Weiss
detebe 21377

Die Schwarze von Panama
Roman. Deutsch von Ursula Vogel
detebe 21424

Das Gasthaus im Elsaß
Roman. Deutsch von Angela von Hagen
detebe 21425

Das Haus am Kanal
Roman. Deutsch von Ursula Vogel
detebe 21426

Der Zug
Roman. Deutsch von Trude Fein. detebe 21480

Striptease
Roman. Deutsch von Angela von Hagen
detebe 21481

45° im Schatten
Roman. Deutsch von Angela von Hagen
detebe 21482

Die Eisentreppe
Roman. Deutsch von Angela von Hagen
detebe 21557

Das Fenster der Rouets
Roman. Deutsch von Stefanie Weiss
detebe 21558

Die bösen Schwestern von Concarneau
Roman. Deutsch von Ingrid Altrichter
detebe 21559

Der Sohn Cardinaud
Roman. Deutsch von Linde Birk. detebe 21598

Der Zug aus Venedig
Roman. Deutsch von Liselotte Julius
detebe 21617

Meistererzählungen
Deutsch von Wolfram Schäfer u.a.
detebe 21620

Weißer Mann mit Brille
Roman. Deutsch von Ursula Vogel
detebe 21635

Weihnachten mit Maigret
Zwei Romane und eine Erzählung. Leinen

Maigrets erste Untersuchung
Roman. Deutsch von Roswitha Plancherel
detebe 20501

Maigret und Pietr der Lette
Roman. Deutsch von Wolfram Schäfer
detebe 20502

Maigret und die alte Dame
Roman. Deutsch von Renate Nickel
detebe 20503

Maigret und der Mann auf der Bank
Roman. Deutsch von Annerose Melter
detebe 20504

Maigret und der Minister
Roman. Deutsch von Annerose Melter
detebe 20505

Mein Freund Maigret
Roman. Deutsch von Annerose Melter
detebe 20506

Maigrets Memoiren
Roman. Deutsch von Roswitha Plancherel
detebe 20507

Maigret und die junge Tote
Roman. Deutsch von Raymond Regh
detebe 20508

Maigret amüsiert sich
Roman. Deutsch von Renate Nickel
detebe 20509

Hier irrt Maigret
Roman. Deutsch von Renate Nickel
detebe 20690

Maigret und der gelbe Hund
Roman. Deutsch von Raymond Regh
detebe 20691

Maigret vor dem Schwurgericht
Roman. Deutsch von Wolfram Schäfer
detebe 20692

Maigret als möblierter Herr
Roman. Deutsch von Wolfram Schäfer
detebe 20693

Madame Maigrets Freundin
Roman. Deutsch von Roswitha Plancherel
detebe 20713

Maigret kämpft um den Kopf eines Mannes
Roman. Deutsch von Roswitha Plancherel
detebe 20714

Maigret und die kopflose Leiche
Roman. Deutsch von Wolfram Schäfer
detebe 20715

Maigret und die widerspenstigen Zeugen
Roman. Deutsch von Wolfram Schäfer
detebe 20716

Maigret am Treffen der Neufundlandfahrer
Roman. Deutsch von Annerose Melter
detebe 20717

Maigret bei den Flamen
Roman. Deutsch von Claus Sprick
detebe 20718

Maigret und die Bohnenstange
Roman. Deutsch von Guy Montag
detebe 20808

Maigret und das Verbrechen in Holland
Roman. Deutsch von Renate Nickel
detebe 20809

Maigret und sein Toter
Roman. Deutsch von Elfriede Riegler
detebe 20810

Maigret beim Coroner
Roman. Deutsch von Wolfram Schäfer
detebe 20811

Maigret, Lognon und die Gangster
Roman. Deutsch von Wolfram Schäfer
detebe 20812

Maigret und der Gehängte von Saint-Pholien
Roman. Deutsch von Sibylle Powell
detebe 20816

Maigret und der verstorbene Monsieur Gallet
Roman. Deutsch von Roswitha Plancherel
detebe 20817

Maigret regt sich auf
Roman. Deutsch von Wolfram Schäfer
detebe 20820

Maigret und das Schattenspiel
Roman. Deutsch von Claus Sprick
detebe 20734

Maigret und die Keller des Majestic
Roman. Deutsch von Linde Birk
detebe 20735

Maigret contra Picpus
Roman. Deutsch von Hainer Kober
detebe 20736

Maigret läßt sich Zeit
Roman. Deutsch von Sibylle Powell
detebe 20755

Maigrets Geständnis
Roman. Deutsch von Roswitha Plancherel
detebe 20756

Maigret zögert
Roman. Deutsch von Annerose Melter
detebe 20757

Maigret und der Treidler der »Providence«
Roman. Deutsch von Claus Sprick
detebe 21029

Maigrets Nacht an der Kreuzung
Roman. Deutsch von Annerose Melter
detebe 21050

Maigret hat Angst
Roman. Deutsch von Elfriede Riegler
detebe 21062

Maigret erlebt eine Niederlage
Roman. Deutsch von Elfriede Riegler
detebe 21062

Maigret gerät in Wut
Roman. Deutsch von Wolfram Schäfer
detebe 21113

Maigret verteidigt sich
Roman. Deutsch von Wolfram Schäfer
detebe 21117

Maigret und der geheimnisvolle Kapitän
Roman. Deutsch von Annerose Melter
detebe 21180

Maigret und die alten Leute
Roman. Deutsch von Annerose Melter
detebe 21200

Maigret und das Dienstmädchen
Roman. Deutsch von Hainer Kober
detebe 21220

Maigret und der Fall Nahour
Roman. Deutsch von Sibylle Powell
detebe 21250

Maigret im Haus des Richters
Roman. Deutsch von Liselotte Julius
detebe 21238

Maigret und der Samstagsklient
Roman. Deutsch von Angelika Hildebrandt-Essig. detebe 21295

Maigret in New York
Roman. Deutsch von Bernhard Jolles
detebe 21308

Maigret und die Affäre Saint-Fiacre
Roman. Deutsch von Werner De Haas
detebe 21373

Sechs neue Fälle für Maigret
Erzählungen. Deutsch von Elfriede Riegler
detebe 21375

Maigret stellt eine Falle
Roman. Deutsch von Angela von Hagen
detebe 21374

Maigret in der Liberty Bar
Roman. Deutsch von Angela von Hagen
detebe 21376

Maigret und der Spion
Roman. Deutsch von Hainer Kober
detebe 21427

Maigret und die kleine Landkneipe
Roman. Deutsch von Bernhard Jolles und Heide Bideau. detebe 21428

Maigret und der Verrückte von Bergerac
Roman. Deutsch von Hainer Kober
detebe 21429

Maigret, die Tänzerin und die Gräfin
Roman. Deutsch von Hainer Kober
detebe 21484

Maigret macht Ferien
Roman. Deutsch von Markus Jakob
detebe 21485

Maigret und der hartnäckigste Gast der Welt
Erzählungen. Deutsch von Linde Birk und Ingrid Altrichter. detebe 21486

Maigret verliert eine Verehrerin
Roman. Deutsch von Ingrid Altrichter
detebe 21521

Maigret in Nöten
Roman. Deutsch von Markus Jakob
detebe 21522

Maigret und sein Rivale
Roman. Deutsch von Ingrid Altrichter
detebe 21523

Maigret und die schrecklichen Kinder
Roman. Deutsch von Paul Celan. detebe 21574

Maigret und sein Jugendfreund
Roman. Deutsch von Markus Jakob
detebe 21575

Maigret und sein Revolver
Roman. Deutsch von Ingrid Altrichter
detebe 21576

Maigret auf Reisen
Roman. Deutsch von Markus Jakob
detebe 21593

Maigret und die braven Leute
Roman. Deutsch von Ingrid Altrichter
detebe 21615

Maigret und der faule Dieb
Roman. Deutsch von Stefanie Weiss
detebe 21629

● **Henry Slesar**

Fiese Geschichten für fixe Leser
Aus dem Amerikanischen von Thomas Schlück. Diogenes Evergreens
Auch als detebe 21125

Das graue distinguierte Leichentuch
Roman. Deutsch von Paul Baudisch und Thomas Bodmer. Ausgezeichnet mit dem Edgar-Allan-Poe-Preis. detebe 20139

Vorhang auf, wir spielen Mord!
Roman. Deutsch von Thomas Schlück
detebe 20216

Erlesene Verbrechen und makellose Morde
Geschichten. Deutsch von Günter Eichel und Peter Naujack. Vorwort von Alfred Hitchcock. Zeichnungen von Tomi Ungerer
detebe 20225